王发国　著

诗品考索

商務印書館
创于1897　The Commercial Press

图书在版编目(CIP)数据

诗品考索/王发国著.—北京:商务印书馆,2021
ISBN 978-7-100-19682-6

Ⅰ.①诗…　Ⅱ.①王…　Ⅲ.①古典诗歌—诗歌研究—中国　Ⅳ.①I207.22

中国版本图书馆CIP数据核字(2021)第043630号

诗品考索
王发国　著

商　务　印　书　馆　出　版
(北京王府井大街36号　邮政编码100710)
商　务　印　书　馆　发　行
北京艺辉伊航图文有限公司印刷
ISBN 978-7-100-19682-6

2021年6月第1版　　开本710×1000 1/16
2021年6月北京第1次印刷　　印张26

定价:136.00元

初版序

钟嵘《诗品》是与刘勰《文心雕龙》齐名的我国古代文学批评名著，历代研究者甚夥，近代尤为中国古代文论研究中的热点。海内外有关研究著作已出版了不少，但够得上“深入”二字者，为数不多。王发国著《诗品考索》吸取了现有研究成果中的精华，又加以更深的开掘，从大量占有原始资料入手，遂能发前人未发之覆，尤其在诗人的考订辨证这一关键环节，多有创获，解决了许多疑点难点，精义胜识，时时可见，证明了作者的功力。出版这部高质量的研究著作，对弘扬中华优良传统文化，无疑有重要的价值，因此我很乐意推荐这部凝聚了作者多年心血的研究著作。

项　楚

一九九二年十二月十五日

凡 例

一、每种古籍都给整理者留下了一些难解的问题。本书即为解决和修正前人在《诗品》研究中的一些遗留问题而写的。

二、本书所论范围，除《诗品》旧注外，还涉及历代论述、引述《诗品》的著作，故书中有些条目，不完全属于《诗品》研究中存在的问题。

三、本书所论内容，属《诗品》的基础研究范畴，以对《诗品》人物的事迹、生卒、籍里、诗作等问题的考证和《诗品》旧注的校勘、诠释为主，阐发义理，妙解文心，则非本书重点。

四、本书大致以原《诗品》之次为序，间有以类相从者。

五、本书所引《诗品》原文，多从通行刊本，文中不一一列出。

六、补正:（一）修订本所补正的内容，分别列在原刊本各节之后，首以“补正”二字标明，此乃学钱锺书先生《谈艺录》之体而稍变其例也;（二）补正内容主要有：补正相关资料，罗列有关内容之原载、转载刊物，列出引述本条之书目及相关内容等。

小　引

中国诗话，源远流长，广博深邃。而诗话之祖，当推钟嵘《诗品》。

《诗品》问世以来，研读、注释者代不乏人，成果累累。仅就现当代的中国而言，《诗品》注本就有十余种之多。这些著作引述宏富，论证精约，在考证人事、诠释词语、阐发义理、妙解文心等方面，无不胜义纷呈，成绩斐然。但因《诗品》所涉繁夥，文献资料又极为分散，注家一时难以网罗赅备，故可考而失考、已注而误注者，时有出现。笔者仅就涉猎所及，对《诗品》旧注的有关阙失，分门别类，依原《诗品》的顺序（间有以类相从者），略作考证，命之曰《诗品考索》。非敢因难见能，只为各言所识；即罹吹毛求疵之嫌、凿口栽须之讥，也只好听之任之。当代注本中最常见的有：

陈延杰《诗品注》（简称《陈注》）、古直《诗品笺》（《古笺》）、许文雨《诗品讲疏》（《许疏》）、叶长青《诗品集释》（《叶释》）、杜天靡《广注诗品》（《杜注》）、萧华荣《诗品注译》（《萧译》）、吕德申《钟嵘诗品校释》（《吕校》）、向长青《诗品注释》（《向释》）、赵仲邑《诗品译注》（《赵译》）、徐达《诗品全译》（《徐译》）、杨祖聿《诗品校注》（《杨注》）。

俗语云：智者千虑，必有一失。我非智者，所失更多。敬望方家，于其拾穗之遗、扫叶之存，不吝赐教。

［补正］

《诗品》研究专著，除上举者外，中国还有：

王叔岷《钟嵘诗品笺证稿》（1992，《笺证稿》）、张伯伟《钟嵘诗品研究》（1993，《张氏研究》）、曹旭《诗品集注》（1994，《集注》）、陈元胜《诗品辨读》(1994,《辨读》)、蒋祖怡《诗品笺证》(1995,《笺证》)、张怀瑾《钟嵘诗品评注》(1997,《评注》)、曹旭《诗品研究》(1998,《曹氏研究》)、周振甫《诗品译注》(1998,《周氏译注》)、杨明《文赋诗品译注》(1999, 杨明《译注》)、张少康《诗品》(1999,《张氏诗品》)、张连第《诗品》(2000,《连第诗品》)、曹旭《中日韩诗品研究论文选评》(2003,《论文选评》)、曹旭《诗品笺注》(2009,《笺注》)、吕德申《钟嵘诗品校释》(2000,《校释(再版本)》)、曹旭《诗品集注(增订本)》(2011,《集注(增订本)》)等。

日本有:中泽希男《诗品考》、高松亨明《诗品详解》《钟嵘诗品校勘》、立命馆《钟氏诗品疏》、兴膳宏《诗品》、高木正一《诗品》、清水凯夫《诗品文选论文集》《六朝文学论文集》。

韩国有:车柱环《钟嵘诗品校证》《钟嵘诗品校证补》、李徽教《诗品汇注》。

法国有:陈庆浩《钟嵘诗品集校》。

这些著作的有关内容,在本书中,将有涉及。在引录时,对日、韩、法诸国之作,皆录作者和书之全名而已。

目　录

第一章 《诗品》人物事迹考

一、《文士传》作者张隐

张隐，见《诗品序》："张隐《文士》，逢文即书。"

关于《文士传》的作者，旧说颇多。陈寿《三国志·曹休传》裴松之注作张隐。同书《王粲传》裴注作张骘（凡三见），其一云："张骘假讹之词，而不觉其虚之自露也。凡骘虚讹妄作，不可覆疏，如此类者，不可胜纪。"同书《荀彧传》注又作张衡。刘孝标《世说新语注》引《文士传》凡十九条，又皆不著录作者姓名。徐坚《初学记》作张荣。《隋书·经籍志》作张隐。两《唐志》作张骘。《昭明文选》李善注、《后汉书》李贤注或作张隐，或作张骘。《太平御览》则一作张隐，一作张鄢，一作张骘。总之，在唐宋以前，有关《文士传》作者之说主要有五：张隐、张荣、张鄢、张骘、张衡。后之论者，多在张隐、张骘中求是非。吴士鉴、卢弼认为，鄢、骘皆隐之讹文，丁国钧同此。陈景云认为，似当以骘为正，沈家本同此。章宗源则于隐、骘之间，莫衷一是。但没有赞同作张衡、张荣的。注《诗品》者，亦分三家：陈延杰《诗品注》、古直《钟记室〈诗品〉笺》、许文雨《诗品讲疏》、叶长青《诗品集释》、向长青《诗品注释》、徐达《诗品全译》等作张骘；吕德申《钟嵘诗品校释》从《隋志》作张隐；萧华荣《诗品注译》则云：骘、隐形近，其中一个当误。

按，当从吕德申说作张隐。

隐与偃，可互通。《毛诗·鱼丽》传"士不隐塞"，《释文》云：隐或作偃；《管子·小匡·内言三》"偃五兵"，戴望《管子校正》云：

“宋本作隐五刃”;《汉书·古今人表》“徐隐王”，颜师古注:“即偃王也”；皆是其证。而偃与鄢，又可互通。吴曾《能改斋漫录》卷九《地理》“辨隱（按，隱是鄢的另写）陵字音”条云:“开封隱陵县，距东京一百六十里。今隱音烟，非是。按《春秋左氏传·襄公二十六年》……陆德明《音义》曰:‘鄢音偃。’然春秋、魏、唐曰鄢，汉曰傿，后汉、晋、隋曰隱，音隱，亦音偃。然则二字通用耳。”是其证。由于隐与偃通、偃与隱通，则隐与隱，亦可互通。故《晋书》之《谢安传》附《谢琰传》之“魏鄢”，同书《孙恩传》作“魏傿”（按，钱大昕《十驾斋养新录》卷十二云:“鄢又傿之异文”），而《安帝纪》、《世说新语·赏誉》注引《魏世谱》、《通鉴》卷一百十一又皆作“魏隐”。其隐、隱（鄢、傿）相通，盖如钱大昕所说“隐、隱（傿、鄢）声相近”（《十驾斋养新录》卷十二），即二字均是喉音、元部、影母。正因为隐与鄢（隱）相通，则《文士传》的作者写作张隐，或写作张隱（鄢）皆无不可了。作张荣者，当是张隐的音变；误作张骘，则是因“骘”与“隱”形近易混之故。

当然，可能会有另外一种与此完全相反的意见说:《文士传》的作者本作张骘，但因骘与鄢形近易混，便由张骘讹为张鄢，而鄢又与隐通，于是就写成了张隐。按此说虽辩，但张骘之名，史不见载；其人其事，了不可考。而张隐其人，则略见于《晋书·陶侃传》，略云：陶侃早年孤贫，欲仕无门。后因鄱阳孝廉范逵推荐，庐江太守张夔召侃为督邮，领枞阳令，迁主簿。夔妻有疾，将迎医于数百里，时值寒雪，诸吏皆难之，侃乃请行。咸和四年（329）因平苏峻之难有功，诏侃督江州领刺史，命夔子张隐为参军，以报隐父夔之知遇之恩。此叙张隐，文虽至略，却聊胜于无，至少可证历史上确有张隐其人。

张隐《文士传》似不为人所重。裴松之就曾斥之为“虚讹妄作”（已见上引文），《诗品序》也说他“逢文辄书”，无所剪裁；而唐修《晋书》也不予著录。《文士传》之卷数及内容，诸家亦各有所志。《隋志》作五十卷，两《唐志》同此。章宗源则曰:“《玉海》《中兴书目》

作五卷，载六国文人起楚芈原（按即屈原），终魏阮瑀；《崇文目》十卷，终谢灵运。”（卢弼《三国志集解》引）按，章说不太可靠。考张隐于咸和四年（329）为陶侃参军，则其时至少已是青年，他根本不可能活至谢灵运去逝之元嘉十二年（435）之后。又据《世说新语》注引《文士传》，其已言及张翰等晋人。故说张隐《文士传》终魏之阮瑀或宋之谢灵运皆不甚确。但是，笔者认为，张隐《文士传》出后，当有续作，有人以为续作者为张骘，故《崇文目》有“终谢灵运”之说。以张隐生活的时代看，《文士传》终张翰则有可能。考张隐咸和四年任陶侃参军，而张翰卒于永嘉六年（312）之后不久（见本书第二章之《张翰生卒年考》），则《文士传》是完全可能记述其生平、著录其作品的。余嘉锡《世说新语笺疏·雅量》第41条云：“张隐，不详时代，然裴松之、刘孝标皆引其书，则其当生于晋代。”正与余考出者相合。张隐著作，见于《隋志》者还有《论语释》一卷，不过早已佚亡。

［补正］

按，曹旭《诗品集注》《诗品笺》谓《文士传》佚文仅十余条。其实，不止此数也。《世说新语》刘孝标注引《文士传》多至十九条；《三国志》裴松之注亦有七条，《说郛》卷五十八（上）又录十七条，《后汉书》注、《太平御览》等亦存数条。除去重复者，至少五十条以上。故《五朝小说大观》辑得二十人，鲁迅辑得五十八人，朱迎平辑得五十八家[①]，周勋初辑得六十七人，但有漏、误[②]。而《三国志》裴注所涉人物有：曹摅（《集解》第281页）、祢衡（第307页）、何桢［第345页。按，此条记至何桢曾孙何充，并言“贵达至今”。何充，《晋书》有传。从“贵达至今”一语可知，何充和《文士传》作者张隐同时都是东晋人：何充卒于永和二年（346），陶侃卒于咸和七年（332），离何充之卒仅十余年。可见与上证张隐所生活的时代并不矛盾。《文士传》记何

① 朱迎平：《第一部文人传记文士传辑考》，《古籍整理研究学刊》1994年第6期。
② 周勋初：《魏晋南北朝文学论丛》，江苏古籍出版社1999年版。

充事时，何充当还健在。且何充正是庐江人，而庐江又是张隐之父张夔任太守之地。这为张隐作《文士传》记何充家世提供了便利条件］、王粲（第509页）、阮瑀（第512页）、刘桢及父刘梁（第513页）、郑胄及父郑扎、子郑丰（第918页。谓丰“有文学操行，与陆云善，与陆云诗词往返，司空张华辟，未就，卒”）。其中，所涉曹摅、王粲、阮瑀、刘桢，见钟嵘《诗品》。《世说新语》刘孝标注引《文士传》十九条：顾荣（《德行》第25条）、边让（《言语》第1条）、祢衡（《言语》第8条）、刘桢（《言语》第10条）、孙楚（《言语》第24条）、潘尼（《政事》第5条）、郭象（《文学》第17条，两次征引）、夏侯湛（《文学》第71条）、嵇康（《雅量》第2条）、束皙（《雅量》第41条）、张翰（《识鉴》第10条）、陆机陆云（《赏誉》第39条）、陆绩（《品藻》第2条）、杨修（《捷悟》第1条）、孙登（《栖逸》第2条）、阮籍（《任诞》第5条）、张翰（《任诞》第20条）、嵇康（《简傲》第3条）、张华（《排调》第7条）。其中，刘桢、孙楚、潘尼、夏侯湛、嵇康、张翰、陆机、陆云、阮籍、张华等，入《诗品》。《说郛》所录十七条则是成公绥、张俨、孔融、江统、束皙、孙盛、张纯、王肃、贾谧、张衡简、刘桢、潘尼、（梁）武帝、张秉、孔炜、桓驎、顾荣等，只有刘桢、潘尼入《诗品》。其记桓驎云：“桓驎，字元凤。伯父焉官至太尉。精察好学。年十三四在焉坐，有宿年客，焉告之曰：‘吾此弟子，颇有异才，令已涉猎书传，殊能作诗赋，为口赋诗与之。’客乃为诗曰：‘甘罗十二，杨乌九龄。昔有二子，今则桓生。参差等踪，异世齐名。’驎即答曰：‘邈矣甘罗，超群绝伦。卓彼杨乌，世称贤人。嗟予蠢弱，殊才异年。仰惭二子，俯愧前言。’”桓驎，逯钦立《全晋诗》未立目，当补。“（梁）武帝”条更不可能出现在张隐《文士传》中。

钟嵘《诗品》谓：“张隐《文士》，逢文即书。”盖指收罗诗文太滥，没有深加考索真伪。如裴注《王粲传》评《文士传》所载王粲劝刘表子刘琮归曹操那段不实之辞云：“以此知张骘（即张隐）假讹之辞而不觉其虚之自露也。凡骘（隐）虚讹妄作不可复疏，如此类者，不可胜纪。”

(《集解》第509页)此言文。言诗者则见于记阮瑀事条。裴注评《王粲传》附《阮瑀传》引《文士传》所记善解音律的阮瑀为曹操抚琴而歌的《琴歌》云:"瑀以(建安)十七年卒;太祖(建安)十八年策为魏公。而云瑀《歌舞词》称'大魏应期运',愈知其妄。又其辞云'他人焉能乱',了不成语。瑀之吐属,必不如此。"(《集解》第512页)今人逯钦立亦云:"据此,知《歌》,系后人依托,姑编入俟考。"[①]

二、钱塘杜明师

杜明师,见《诗品上》"评临川太守谢灵运诗":"初,钱塘杜明师夜梦东南有人来入其馆,是夕,即灵运生于会稽……其家以子孙难得,送灵运于杜治养之。十五方还都,故名'客儿'。"各注于杜明师生平事迹皆无考。

按,杜明师乃东晋末年钱塘地区的著名道士,生平事迹见宋张君房《云笈七签》卷一百十一《洞仙传·杜昺传》、元赵道一《历世真仙体道通鉴》卷二十二《杜昺传》(见《道藏》)。两传记事多同,只个别用语有异。赵《传》云:

> 杜昺,字叔恭,吴国钱塘人也。年十八岁与时辈戏北郭,有父老召昺曰,此童子有不凡之相,惜吾已老,不及见之。昺早孤,事后母至孝,名闻乡郡,三辟(《云笈七签》作"礼")命仕不就。叹曰:方当人鬼淆乱,非正一之气,无以镇之。于是师余杭陈文子受治为正一弟子。救治有效,百姓咸附焉。从(《云笈七签》作"后")夜中有神人降云:我张镇南也,汝应传吾道法,故来相授诸秘要方,典(《云笈七签》无"典"字)阳平治。昺每入(《云笈七签》作"人")静烧香,能见百姓三五世祸福,说之了然。章书符水,应手即验。远近道俗,归化如云。十年之内,操米户数万。

① 逯钦立:《先秦汉魏晋南北朝诗》,中华书局1983年版,第379页。

> 晋太傅谢安时为吴兴太守，见黄白光以问昺，昺曰：君先世有阴德于物，庆流后嗣，君当位极人臣。尚书令陆纳世世临终而并患浸淫毒，纳时年始出三十，忽得奏章云：令君大厄得过，授纳灵飞散方。纳服之，云年可七十九。司马桓温北伐，问以捷否？昺曰：公明年三月专征，当挫其锋。温至枋头，石门不开，水洞粮尽，为鲜卑所摄，谓弟子桃叶云：恨不从杜先生之言，遂致此败。苻坚未至寿春，车骑将军谢玄领兵伐坚，问以胜负。昺曰：我不可往，往必无功；彼不可来，来必复败；是将军效命之秋也。坚果败散。卢竦自称先生，常从子弟三百余人。昺以白桓温，竦乃协东治老木之精眩惑百姓，此当逼突宫阙，然后乃死耳。晋简文帝咸安中，竦夜半（《云笈七签》作“率”）男女数百人直入宫，称海西复位，一时官军诛剿，温方叹服。后桓冲欲引昺息该为从事，昺辞曰：吾儿孙并短命，不欲进仕，至玄孙方得吾福耳。昺曰：吾去世后，当有假吾法以破大道者，亦是小驱逐也，与黄巾相似，少时消灭。素书此言函封付妻冯氏：若有灾异，可开示子侄，勤修德自守。安帝隆安中，琅琊孙泰以妖惑陷咎，及祸延者众。昺忽弥日聚集，纵乐无厌，使书吏崇桃生市凶具，令家作衣衾，云：吾至三月二十六日日中当行。体寻小恶，至期于寝，不觉尸柔气绝。诸道民弟子为（《云笈七签》“为”后有“之”字）立碑，谥曰明师。

此传叙杜明师事颇详，但对其卒年则未具体著录。细考《传》文，可知杜明师之逝在孙泰陷咎后不久。而孙泰之被会稽王司马道子诛杀，在隆安二年（398）十二月。如此，则杜明师之逝当在孙泰被诛之次年三月二十六日。明师逝后不久，孙恩即于海上起事。

定杜明师逝于隆安三年，与《诗品》“灵运……生旬日”，“其家以子孙难得，送灵运于杜治养之，十五方还都”之说正相合。谢灵运生于东晋孝武帝太元十年（385），不久即被送杜昺处，至隆安三年（399）杜昺死后才还都。从太元十年至隆安三年，灵运恰为十五岁。

李叔还《道教大辞典》云："杜昺……《三洞珠囊》作杜炅。"[①]《三洞珠囊》之杜炅是不是杜昺呢？两种著名的《中国道教史》有着截然不同的看法。

四川人民出版社1988年出版、卿希泰主编的《中国道教史》（第一卷）云：

> 钟嵘《诗品》上《宋临川太守谢灵运》条说："钱塘杜明师夜梦东南有人来入其馆。"……过去有些学者认为这个杜明师就是杜子恭（按，杜炅字子恭）。但杜子恭又称明师，史传无明确记载。在《云笈七签》卷一百一十《洞仙传·杜昺传》里却说："杜昺，字叔恭……诸道民弟子为之立碑，谥曰明师矣。"据此，则杜明师应是杜昺。杜昺字叔恭，而杜炅字子恭，且据《晋书·孙恩传》载，孙泰起事之时，子恭已死，故叔恭与子恭并非一人，但二人籍贯相同，时代也相近，以其名字来看，二人似有非常密切的关系，或系昆仲亦未可知，于是文献资料常将二人的事迹相混。

此说认为杜昺、杜炅并非一人。

上海人民出版社1990年出版、任继愈主编的《中国道教史》则认为：

> 东晋东南地区传天师道者杜昺、杜炅。昺与炅通，二者实为一人。其名应依《晋书·孙恩传》《南史·沈约传》作杜炅。

诚然，昺与炅通，杜昺即杜炅，但是，杜明师的名和字当依《云笈七签》和《道藏》作杜昺，字叔恭。为了论述方便，我们先把杜炅的有关材料作些引述。

《道藏·三洞珠囊》（大唐陆海羽客王悬河修）卷一《求导品》引《道学传》第四（卷）云：

> 杜炅，字子恭。及壮，识性精勤，宗事正一，少参天师治箓，以之化导，接济周普，行己精洁，虚心拯物，不求信施，遂立治

① 李叔还：《道教大辞典》，浙江古籍出版社1987年10月版。

静，广宣救护，莫不立验也。又陆纳为尚书令，时年四十，患疮，告炅云：奕世短寿，临终皆患此疮。炅为奏章，与灵飞散，谓曰：君厄命已过，可至七十。果如其言也。（《太平御览》卷六六六记陆纳事与此略同，仅“告炅”作“告杜恭”。）

又云：

杜炅，字子恭。为人善治病，人间善恶皆能预睹。上虞龙稚、钱塘斯神并为巫觋，疾炅道王，常相诱毁，人以告炅。炅曰：非毁正法，寻招冥考。俄而稚妻暴卒，神抱隐疾，并思过归诚，炅为解谢，应时皆愈。神晚更病，炅语曰：汝藏鬼物，故气祟耳。神即首谢曰：实藏好衣一箱。登取于治烧之，豁然都差。又云，王羲之有疾，请杜炅，炅谓弟子曰：王右军病不差，何用吾为？十余日而卒。又云：陆纳为尚书令，时年四十……（按，此后与前引所记陆纳之事全同，略。）

又《南史·沈约传》云：

初，钱塘人杜炅字子恭，通灵有道术，东土豪家及都下贵望并事之为弟子，执在三之敬。（沈）警累世事道，亦敬事子恭。子恭死，门徒孙泰、泰弟子（孙）恩传其业，警复事之。隆安三年，恩于会稽作乱，自称征东将军，三吴皆响应。（沈约《宋书·自序传》与此全同。）

又同书《隐逸·杜京产传》云：

京产高祖子恭以来及子栖，世传五斗米道不替。（萧子显《南齐书·高逸·杜京产传》与此略同。）

又《晋书·安帝纪》云：

隆安二年……十二月己酉，前新安太守杜炯反于京口，会稽王世子元显讨斩之。

又同书《孙恩传》云：

孙恩……世奉五斗米道。恩叔父泰……师事钱塘杜子恭，而子恭有秘术。尝就人借瓜刀，其主求之，子恭曰：当即相还耳。

既而刀主行至嘉兴，有鱼跃入船中，破鱼得瓜刀。其为神效往往如此。(《道藏·三洞群仙录》卷一《子恭秘术、长桑禁方》记此事略同。）子恭死，泰传其术。然浮狡有小才，诳诱百姓……王珣言于会稽王（司马）道子，流之于广州。广州刺史王怀之以泰行郁林太守，南越亦归之。太子少傅王雅先与泰善，言于孝武帝，以泰知养性之方，因召还。道子以为徐州主簿……稍迁辅国将军、新安太守。……泰见天下兵起，以为晋祚将终，乃扇动百姓，私集徒众，三吴士庶多从之。于时朝士皆惧泰为乱，以其与元显交厚，咸莫敢言，会稽内史谢辅发其谋，道子诛之。

又《南齐书·孔稚珪传》云：

父灵产……事道精笃。吉日，于静屋四向朝拜，涕泗滂沱。东出过钱塘北郭，辄于舟中遥拜杜子恭墓。

又《资治通鉴》卷一百三晋简文帝咸安元年（371）云：

大司马（桓）温恃其材略位望，阴蓄不臣之志，尝抚枕叹曰：男子不能留芳百世，亦当遗臭万年。术士杜炅，能知人贵贱，温问炅以禄位所至。炅曰：明公勋格宇宙，位极人臣。温不悦。

又同书卷一百十一隆安二年（398）云：

初，琅琊人孙泰学妖术于钱塘杜子恭，士民多奉之。王珣恶之，流泰于广州。王雅荐泰于孝武帝，云知养性之方，召还，累官至新安太守。泰知晋祚将终，因王恭之乱，以讨恭为名，收合兵众……三吴之人多从之，识者皆忧其为乱，以中领军元显与之善，无敢言者。会稽内史谢辅发其谋，（十二月）己酉，会稽王道子使元显诱而斩之。

上引各书，对杜氏之名和字，有的作杜炅字子恭，有的只作杜炅或杜炯，有的又只作杜子恭或杜恭，与《云笈七签》和《道藏》本传作杜昺字叔恭者异。下面即对杜氏名、字各书互异的原因略作考索。

（一）唐人所撰《南史》《晋书》《三洞珠囊》或作杜炅、杜炯，或只作杜子恭，而不作杜昺者，乃唐人避“昺”字之讳故也。唐高祖讳渊，皇祖讳虎，皇考讳昞。昞，《一切经音义》云：同炳；《玉篇》云：炳亦作昺；《集韵》云：炳或作昺。故昞、炳、昺三字，实为一字，唐人皆讳之。《宋书·隐逸·宗炳传》“炳字少文”，《南史·隐逸传》为了避“炳”字之讳就仅以字行而不书名，直接作“宗少文”。又《梁书·萧景传》之萧景，本名昺，姚思廉为避唐讳改昺作景。严可均《全上古三代秦汉三国六朝文·全梁文》即云：“萧昺，《梁书》作景，避讳。《答释法云书》署名萧昺。”又云：“《弘明集》七：卫尉卿萧昺答。《梁书·萧景传》：‘天监五年，迁辅国将军，卫尉卿。’与《弘明集》正合。知萧景即萧昺也。”不过，此改昺为景之避讳方法与《南史》所用的“仅以字行而不书名”者不同。

不仅如此，唐人连丙、秉也讳。中华书局《晋书》“出版说明”即云：“书中的避讳字，天干‘丙’字，唐人讳改为‘景’。”《晋书·李重传》“父景”，中华书局《校勘记》亦云：“(《三国志》)《魏志·李通传注》引王隐《晋书》‘景’作秉，则其人本名‘秉’。此作‘景’，盖唐人避嫌名（唐高祖之父名昞）改。”《宋书·刘秉传》“秉字彦节”，《南史》为避嫌名，则径作“彦节”，不书其名。

由于唐初讳“昞”字甚严，而杜昺之昺又与昞同，必讳无疑。避讳之法，亦不外如上列举之二种：一是以音、义相近字改所讳字，二是不书人名而仅以字行。于是，《晋书》《南史》《三洞珠囊》杜昺之昺，有时就改写成与昺相近的炅或炯，有时又不书其名仅以字行而作子恭了。

杜昺之作杜炅、杜炯，确是因为昺、炳与炯义近，而炯与炅又音义并同。《广韵》云：“炯，火明貌。”《集韵》云：“炳（同昺），火明也。”此为炳、昺、炯义近之证。又：炅，《唐韵》作古迥切，《集韵》作畎迥切，并音颎；炯，《唐韵》《韵会》《正韵》均作古迥切，《集韵》作畎迥切，并音颎。此为炅、炯音同之证。就义而言，炅、炯二字亦同。炅，《集韵》云：“光也，或作耿。”炯，《广韵》云：“光也，《集韵》或作耿。”故杜昺之作杜炅、杜炯，正与唐人避讳时常用的以音义相近字改所讳字的方法相同。

（二）人们或许要问：沈约、萧子显、司马光，不避唐讳，为何《宋书》《南齐书》《资治通鉴》于杜昺又只作杜子恭或杜炅呢？按，这当是后人追改或沿袭旧史所致。《宋书·符瑞志》"泰始六年四月丙午"，中华书局《校勘记》云："丙午，各本并作景午。按，沈约不当避唐讳，盖后人所追改。今改回。"后人为避昺字之讳，连丙字都要追改，则杜昺之昺自然也更不能在唐时通行的《宋书》中出现了。《宋书》如此，《南齐书》亦然。《南齐书·齐高帝纪》"以公秉礼弘律"，中华书局《校勘记》亦云："秉，南监本、毛本、殿本、局本作执，《南史·齐纪》同。《元龟》一百八十作秉。按《南史》秉作执，避唐讳改，毛本、殿本、局本又据《南史》改也。"连秉字都要改作执，昺字就更要讳莫如深了。至于《资治通鉴》，其不作杜昺，殆是因袭史书之故，因为旧史都只作杜子恭或杜炅。

（三）那么，杜昺的字为何有的作叔恭，有的又作子恭呢？夷考其实，子恭、叔恭亦无分别。子与叔义同。《老子》"以知其子"，王注："子，末也。"叔也有末义。《汉书·刑法志》"叔世"注："言晚时也。"《后汉书·酷吏列传》"叔季"注："犹末代也。"同书《党锢传序》"叔末"注："犹季末也。"子，有小义。《释名·释形体》："子，小称也。"叔，也有少、小之义。《广雅·释诂三》《释名·释亲属》皆云："叔，少也，幼者称也。"《白虎通·姓名》："叔者，少也。"《礼记·曲礼下》"天子同姓谓之叔父"疏："叔，小也。"子，有美义。《汉书·武帝纪》注："子者，人之嘉称。"叔，也有善义。《诗·令叔》"令终有叔"，《说文》："叔，善也。"盖子、叔以昆弟行辈言，皆指少、小、晚、末者；以对人之感情色彩言，都用作对人的称美；二字自可互代。故杜昺之字，或作叔恭，或作子恭，皆无不可。

卿希泰先生主编的《中国道教史》还认为，"据《晋书·孙恩传》载，孙泰起事之时，子恭已死。"而据《云笈七签》载，杜昺卒于孙泰获咎之后，"故叔恭与子恭并非一人。"

按，《晋书·孙恩传》对杜子恭之卒年的记述不可靠。虽然《晋书·孙恩传》确有“子恭死，（孙）泰传其业”的记述，但是，这与同书《安帝纪》“隆安二年十二月己酉，前新安太守杜炯反于京口，会稽王世子元显讨斩之”之记载大相径庭。据前考证，此杜炯，即杜炅字子恭者；又据查，前新安太守孙泰也是在同一天被元显所诛。可见，杜炅和孙泰，都是具相同身分（前新安太守），获相同罪名（谋反），于同日（隆安二年十二月己酉）于同地（京口）被同一人（司马元显）所杀，哪有先后之分？故《晋书》之《安帝纪》和《孙恩传》、《宋书·自序》及据《宋书》而成的《南史·沈约传》对杜炅之卒的记述，当属野论无根，自相矛盾，令人怀疑。因此，司马光的《资治通鉴》在《晋纪》“隆安二年”（398）叙述孙泰被诛时就有意删去了《晋书》中的“子恭死，（孙）泰传其业”和司马元显诛前新安太守杜炯于京口等事。其为司马光所不取者，正是史书记事有误之处。其实，《晋书》的错误还远不止此，正如中华书局在《出版说明》中所指出的那样：“由于《晋书》成于众手，从历史编纂学的角度来看，还存在不少问题，前后矛盾，失去照应，叙事错误、疏漏，指不胜屈……至于叙事中人名、地名、官职、时间、地点的错误和歧异就更多。”《晋书》对杜炅之卒的记述只不过是众多错误中的一个罢了。

杜炅之卒，当依《云笈七签》和《历世真仙体道通鉴》之说，定在孙泰被杀之明年即隆安三年（399）三月二十六日。这不仅是因为二书言之凿凿，而且还与钟嵘《诗品》“灵运十五方还都”之说合如符契。可以说，钟嵘《诗品》之说，是杜炅（即杜昺）卒于隆安三年的一个有力旁证。

综上考索可知，两种《中国道教史》根据正史得出的某些结论欠妥。应该说，杜昺、杜炅、杜炯、杜叔恭、杜子恭皆是杜明师的名和字；而其本名、字号和生平当依《云笈七签》和《道藏·历世真仙体道通鉴》作“杜昺字叔恭”。此正所谓“实录正史未必皆可据，野史小说未必皆无凭”也（语见司马光《传家录》卷六三《答范梦德》）。

[补正]

按，拙文《钟嵘诗品“杜明师”其人考》（《西南民族大学学报》2006年第2期），对此作了更详细的考索，可参看。

杨明《译注》、曹旭《诗品集注（增订本）》引录拙说。

三、秦嘉、徐淑

秦嘉、徐淑夫妇之事，不见于正史记述，刘知几因此在《史通·人物》中怀愤曰：

> 观东汉一代，贤明妇人如秦嘉妻徐氏，动合礼仪，言成规矩，毁形不嫁，哀恸伤生，此则才德兼美者也……至（范）蔚宗《后汉》，传标《列女》，徐淑不齿……欲使彤管所载，将安准的？

不过，秦嘉、徐淑夫妇之事迹及其诗文，仍可在杜预《女记》、刘义庆《幽明录》、徐陵《玉台新咏》、《隋书·经籍志》、李善《文选注》、杜佑《通典》、姚宽《西溪丛语》、何汶《竹庄诗话》、严可均《铁桥漫稿》《全后汉文》《全晋文》，以及《北堂书钞》《艺文类聚》《太平御览》等类书中探得一鳞半爪。兹取各书中的有关材料，特别是严可均《铁桥漫稿·徐淑传》，聊为秦嘉、徐淑夫妇作一小传云耳。《传》曰：

秦嘉（136？—164），字士会，陇西人（《幽明录》、《北堂书钞》一百三十六引秦士会《与妇书》、《玉台新咏》之《秦嘉〈赠妇诗〉序》、《竹庄诗话》引《西溪丛语》）。同郡徐氏女名淑，贤明有才章，动合礼仪，言成规矩，适嘉为妻，伉俪情笃（《史通·人物》）。嘉作《述婚诗》二首以志其喜，以警其志。其一曰：

> 群祥既集，二姓交欢。敬兹新婚，六礼不愆。羔雁总备，玉帛戋戋。君子将事，威仪孔闲。猗兮容兮，穆矣其言。

其二曰：

> 纷彼婚姻，祸福之由。卫女兴齐，褒姒灭周。战战兢兢，惧

德不仇。神启其吉，果获令攸。我之爱矣，荷天之休。

后汉桓帝延熹年间，秦嘉仕郡为上计掾，妻淑寝疾还家。岁末，嘉将至京师，以车迎淑，并与淑书曰：

不能养志，当给郡使。随俗顺时，僶俛当去，知所苦故尔。来有瘳损，想念悒悒，劳心无已。当涉远路，趋走（《西溪》作大，于文意不顺）风尘，非志所慕，惨惨少乐。又计往还，将弥时节，念发同怨（《西溪》作驾），意有迟迟，欲暂相见，有所属托。今遣车往，想必自力。（《类聚》三十二）

淑因疾所迫，不能面别，而答嘉书曰：

知屈珪璋，应奉藏使（《西溪》作岁使，是。说详后），策名王府，观国之光。虽失高素皓然之业，亦是仲尼执鞭之操也。自初承问，心愿东还，迫疾[①]，惟宜抱叹而已。日月已尽，行有伴例，想严装已办，发迈在近，谁谓宋远，企予望之，室迩人遐，我劳如何！深谷逶迤，而君是涉；高山岩岩，而君是越；长路悠悠，而君是践；冰霜惨烈，而君是履；斯亦难矣[②]。身非形影，何得动而辄俱？体非比目，何得同而不离？于是咏萱草之喻，以消两家之思；割今者之恨，以待将来之欢。今适乐土，优游京邑，观王都之壮丽，察天下之珍妙，得无目玩意移，往而不能出耶？（《类聚》三十二）今奉越布手巾二枚，细布袜一量，严器中物几具，旄牛尾拂一枚，可以拂尘垢，金错碗一枚，可以盛书水，琉璃碗一枚，可以服药酒。（《类聚》七十三）

嘉又重报淑书曰：

车还空反，甚失所望，兼叙远别，恨恨之情，顾有怅然。间得此镜，既明且好，形观文彩，世所希有，意甚爱之，故以相与（《类聚》三十二）。并致龙虎组缇履一两，宝钗一双，价值千金；好

---

① 中华书局 1984 年版《竹庄诗话》点校本引《西溪丛语》，“迫疾”连上读，误。

② 末句原在“而君是越”句后，今臆改。

香四种各一斤，素琴一张，常所自弹也[①]。明镜可以鉴形，宝钗可以耀首，好香可以馥身去秽，麝香可以辟恶气，素琴可以娱耳[②]。嘉又赠妻诗三首，其一曰：

人生譬朝露，居世多屯蹇。忧艰常早至，欢会常苦晚。念当奉时役，去尔日遥远。遣车迎子还，空往复空返。省书情凄怆，临食不能饭。独立空房中，谁与相劝勉。长夜不能眠，伏枕独辗转。忧来如循环，匪席不可卷。

其二曰：

皇灵无私亲，为善荷天禄。伤我与尔身，小小罹茕独。既得结大义，欢乐苦不足。念当远离别，思念叙款曲。河广无舟梁，道近隔丘陆。临路怀惆怅，中驾正踯躅。浮云起高山，悲风激深谷。良马不回鞍，轻车不转毂。针药可屡进，愁思难为数。贞士笃终始，恩义不可属。

其三曰：

肃肃仆夫征，锵锵扬和铃。清晨当引迈，束带待鸡鸣。顾看空室中，仿佛想姿形。一别怀万恨，起坐为不宁。何用叙我心？遗思致款诚。宝钗好耀首，明镜可鉴形。芳香去垢秽，素琴有清声。诗人感木瓜，乃欲答瑶琼。愧彼赠我厚，惭此往物轻。虽知未足报，贵用叙我情。

淑重答嘉书曰：

既惠音令，兼赐诸物，厚顾殷勤，出于非望。镜有文彩之丽，钗有殊异之观，芳香既珍，素琴益好[③]，惠异物于鄙陋，割所珍以相赐，非丰恩之厚，孰肯若斯？览镜执钗，情想仿佛；操琴咏诗，思心成结。敕以芳香馥身，喻以明镜鉴形，此言过矣，未获我心也。昔诗人有飞蓬之感，班婕妤有谁荣之叹（《类聚》三十二），今

① 《西溪》无“致龙虎组缇履一两”、“价值千金”、“各一斤”等字句。
② 《西溪》于好香二句只作“芳香可以馥身”。
③ 《文选》嵇康《赠秀才入军诗注》作“又好”。

君征未旋，镜将何施？明镜鉴形，当待君至[①]；未奉光仪，则宝钗不列也；未侍帷帐，则芳香不发也。（《类聚》三十二）

淑又答嘉诗（按，仅存一首）曰：

妾身兮不令，婴疾兮来归。沉滞兮家门，历时兮不差。旷废兮侍觐，情敬兮有违。君今兮奉命，远适兮京师。悠悠兮离别，无因兮叙怀。瞻望兮踊跃，伫立兮俳回。思君兮感结，梦想兮容辉。君发兮引迈，去我兮日乖。恨无兮羽翼，高飞兮相追。长吟兮永叹，泪下兮沾衣。

嘉遂行，入洛，寻除黄门侍郎。延熹七年冬十月，嘉扈从桓帝南巡云梦，遂病卒于南郡江陵之津乡亭。刘义庆《幽明录》记其事曰：

淑归宁于家，昼卧，流涕覆面。嫂怪问之，云："适见嘉自说，往津乡亭病亡，二客俱留，一客守丧，一客赍书还，日中当至。"举家大惊。书到，事事如梦。（《御览》四百）

嘉无子，淑惟生一女。及嘉奉使，淑乞子而养。寻嘉亡，淑守寡，兄弟将嫁之，淑誓而不许，为书与兄弟曰：

盖闻君子导人以德，矫俗以礼，是以烈士有不移之志，贞女无回二之行。淑虽妇人，窃慕杀身成义，死而后已。夙遘祸罚，丧其所天，男弱未冠，女幼未笄，是以僶俛求生，将欲长育二子，上奉祖宗之嗣，下继祖祢之礼。然后觐于黄泉，永无惭色。仁兄德弟，既不能厉高节于弱志，发明德于暗昧，许我他人，逼我于上，乃命官人，讼之简书。夫智者不可恶（按，当作惑）以事，仁者不可胁以死，晏婴不以白刃临颈改正直之词，梁寡不以毁形之痛忘执节之义；高山景行，岂不思齐。计兄弟不能匡我以道，博我以文，虽曰既学，吾谓之未也。（《御览》四百四十一引杜预《女记》）

淑竟毁形不嫁，哀恸伤生（《史通·人物》）。淑殁后，养子还所生家。

---

① 《御览》七百十七。《西溪》于"今君征……"四句作"素琴之作，当须君归。明镜之鉴，当待君还"。

朝廷通儒移其乡邑录淑所养子还继秦氏之祀①。淑有文集，早佚。《隋书·经籍志》云："梁有妇人后汉黄门郎秦嘉妻《徐淑集》一卷，亡。"秦嘉集先则未见著录，清姚振宗《汉书艺文志》卷四据《元和姓纂》著录有上计吏《秦嘉集》，今佚。秦嘉诗今仅存五言三首、四言三首和四个五言佚句。

以我之《秦嘉·徐淑传》与严可均《铁桥漫稿》卷七《后汉秦嘉妻徐淑传》相较，有以下几处不同：

其一，严《传》引徐淑第一次答秦嘉书之"应奉藏使"，余谓当从《竹庄诗话》所引《西溪丛语》作"应奉岁使"。"藏"当是"岁"字之误。其致误之由，是"藏"与"歲"形近。《周礼·天官·小宰》"赞冢宰受岁会，岁终，则令群吏致事"，郑玄注："使赍岁尽文书来，若今上计。"贾公彦疏："汉之朝集使，谓之上计吏，谓上一年计会、文书及功状也。"淑答嘉书之"应奉岁使"，即谓秦嘉任上计吏之意。因为这种上计吏，每年岁终都要委派人员至京充任，故淑谓之"岁使"。许文雨《诗品讲疏》引严氏《徐淑传》作"应奉藏使"并曲为之说云："按嘉官上计，淑书则称'藏使'，盖'藏使'者，库藏之使，上计之职，输赋于国库，故以称之。"许氏未谕"藏使"乃"岁使"之讹。

其二，严《传》以徐淑所奉赠秦嘉之物如越布手巾、细布袜、旄牛尾拂、金错碗、琉璃碗等为秦嘉所遗礼物如明镜、宝钗、好香、素琴等的回赠品，这种处置，恰好颠倒。按秦嘉《赠妇诗》第三首有云，"何用叙我心，遗思致款诚。宝钗好耀首，明镜可鉴形，芳香去垢秽，素琴有清声。诗人感木瓜，乃欲答瑶琼。愧彼来赠厚，惭此往物轻。虽知未足报，贵用叙我情。"明言徐淑之物为"来赠"，己遗为"往物"。故余将严氏《徐淑传》第二次答书之"今奉越布手巾二枚……琉璃碗一枚，可以服药酒"这段文字移到徐淑第一次答书之中。《竹庄诗

① 《通典》六十九载晋咸和五年散骑侍郎贺侨妻于氏上表言养兄子率为后云："汉代秦嘉早亡，其妻徐淑乞子而养之。淑亡后，子还所生。朝廷通儒移其乡邑录淑所养子还继秦氏之祀。异姓尚不为嫌，况兄弟之子。"

话》所引《西溪丛语》之徐淑第二次答书即无徐淑赠物之语。余冠英先生《汉魏六朝诗选》释秦嘉"诗人感木瓜"四句云："四句言对方待我情义极厚，我的赠品不能相称，有愧于古诗人用美玉报答木瓜的精神。"此释似嫌空泛。夷考其实，也与不明徐淑赠嘉之物有关。应该说"四句言对方遗我之物甚厚，我的回赠不能相称"云云。

其三，严氏于秦嘉生卒之年未作著录。今则作136？—164。其理由是：据《幽明录》谓，秦嘉卒于津乡亭。按，津乡亭当在江陵津乡。《后汉书·郡国四》云："南郡江陵有津乡。"注云："《左传》庄十九年：楚子大败于津。"杜预《左传注》云："津，楚地。或曰，江陵县有津乡。"杨伯峻《春秋左传注》云："津，当即今湖北省江陵县南二十里之江津戍（亦名奉城），详沈钦韩《地名补注》。或云：即今枝江县之津乡。"秦嘉病逝之地，当在此。然而，作为黄门侍郎的秦嘉应在洛阳，他为何又来到江陵津乡呢？据《后汉书·桓帝纪》载，延熹七年"冬十月壬寅，南巡狩，庚申幸章陵祠旧宅，遂有事于园庙，赐守令以下各有差。戊辰幸云梦，临汉水，还幸新野，祠湖阳新野公主、鲁哀王寿、张敬侯庙。……十二月辛丑，车驾还宫"。又据《资治通鉴》卷五十五，这次历时三个月的南巡声势十分浩大，"时公卿贵戚，车骑万计，征求费役，不可胜纪。"身为黄门侍郎的秦嘉自然也要扈从南巡，而江陵津乡恰又在南巡范围（云梦）之内，故秦嘉在桓帝南巡云梦时逝于江陵之津乡亭是完全可能的。这就是定秦嘉卒于延熹七年（164）的原因。陆侃如《中古文学系年》谓秦嘉逝于延熹八年，虽与余说仅差一年，但未叙理由。《萧译》谓秦嘉"病死于京"，其说亦误。

秦嘉生年，则不可确考。上引《通典》卷六十九所载晋散骑侍郎贺侨妻于氏上表有"汉代秦嘉早亡"云云。所谓早亡，一般都指二十几岁就死云（详本书第二章"晋征士许询生卒年考"条），故秦嘉卒时当不到三十岁。以此而推，秦嘉当生于136年以后。陆侃如《中古文学系年》谓秦嘉约生于130年，逝时"恐未满四十岁"，亦是臆测。

又，关于秦嘉、徐淑之生卒，明人竟有以徐淑先秦嘉而卒者。胡应麟《诗薮》外编卷一驳此云：

> 秦嘉《赠妇》四言诗有云："尔不是居，帷帐何施？尔不是照，华烛何为？"盖以妻寝疾还家，形容离索之语，非伤逝也。题曰《赠妇》甚明。近有节略淑传者，以淑先死，嘉为此诗伤之，大误。按，嘉又有寄内诗三首，中云："梦寐空室中，恍惚见姿形。"岂亦伤逝耶？兼史自有灼据，不必深辩。

胡氏之说甚是。

四、晋著作王赞

王赞，见《诗品中》。旧注对其生平事迹虽皆有注释，却都有异同。《陈注》云：《晋书》曰："王赞，字正长，义阳人。辟司空掾，历散骑侍郎，卒。"《徐译》同此。《古笺》云："《文选》注引臧荣绪《晋书》曰'王瓒，字正长'……案《隋志》'散骑侍郎《王讃集》五卷'，字作'讃'，与《诗品》合。"《许疏》略同《古笺》，但引《隋志》作"王瓒"，与《古笺》作"王讃"异。《叶释》与《许疏》同。《萧译》云："王赞（生卒年不详）字正长，宜阳（今河南桐柏县东）人。曾任司空掾、著作郎、散骑侍郎等官职。事迹见《晋书·文苑传》及《文选》卷二十九注引臧荣绪《晋书》。"《吕校》云：义阳（今河南省新野县）人。晋武帝太康中为太子舍人，历官侍中、著作郎、散骑侍郎。《向释》云：王赞（？—290左右），义阳人，仕至散骑侍郎。除此之外，严可均《全上古三代秦汉三国六朝文·全晋文》、逯钦立《先秦汉魏晋南北朝诗·晋诗》对王赞生平事迹亦有介绍。严、逯二氏略云：王赞字正长，义阳人，太康中为太子舍人，惠帝时拜侍中，永嘉中为陈留内史，加散骑侍郎。有集五卷。

按，以上各说，确有异同。就王赞之名而言，有王赞、王瓒、王讃之别；就其仕履行述而言，前之注较简，而后出之注则逐步加丰：

陈、古、许、叶、徐各家据《文选》注引臧荣绪《晋书》所载，只著司空掾、散骑郎二职；《萧译》在前注之上加了著作郎一职，合前共三职，《吕校》在《萧译》之上加了太子舍人、侍中二职，减却司空掾一职，共四职。而籍里、生卒及材料来源亦有歧说。对于这诸多歧说之是是非非，当须考索。

考唐修《晋书》，虽有王赞、王讚、王瓒三人之名，却无本传，其行事皆见于他人之纪传。《萧译》云“事见《晋书·文苑传》”，显误。

《晋书·李胤传》云：

> 太康三年，（李胤）薨。……皇太子（按，指司马衷）命舍人王赞诔之，文义甚美。

此作王赞。此王赞于太康三年（282）李胤卒时为太子舍人。

《晋书·贾谧传》云：

> 先是，朝廷议立《晋书》限断，中书监荀勖谓宜以魏正始起年，著作郎王瓒欲引嘉平已下朝臣尽入晋史，于是依违未有所决。惠帝立，更使议之。谧上议，请从泰始为断。

此作王瓒。考荀勖为中书监约在太康三年（李胤、贾充卒后）至太康八年之间，则王瓒任著作郎并参与议立《晋书》限断，也当在这段时间的后期。

又，秦荣光《补晋书艺文志》卷二云：“《汉书集解》二十四卷，臣瓒撰。……近洪颐煊云：《贾充传》有著作郎王瓒，当即臣瓒。”然颜师古《前汉书叙例》则谓“臣瓒不详姓氏及郡县”。

另外，《艺文类聚》九十七《郑志·答王瓒问》：“今沛、鲁以南谓之蟷蠰，三河之域谓之螳螂，燕赵之际谓之食肬，齐济以东谓之马敫。”亦作王瓒。

《晋书·孝怀帝纪》云：

> 永嘉四年……冬十月壬寅，石勒围仓垣，陈留内史王讚击败之，勒走河北。……永嘉五年……九月癸亥石勒袭阳夏，至于蒙县，大将军苟晞、豫章王（司马）端，并没于贼。

又《晋书·苟晞传》云：

（永嘉四年）晞复上表曰："……辄遣前锋征虏将军王讚径至项城，使（司马）越稽首归政，斩送（潘）滔等……"五年……晞表曰："辄祗奉前诏……遣王讚率陈午等将兵诣项，龚行天罚。"……俄而京师陷，晞与王讚屯仓垣。豫章王端及和郁等东奔晞，晞率群官尊端为皇太子，置行台。端承制以晞领太子太傅、都督中外诸军、录尚书，自仓垣徙屯蒙城，（王）讚屯阳夏。……石勒攻阳夏，灭王讚，驰袭蒙城，执晞署为司马，月余乃杀之。

又《晋书·石勒载记上》云：

（汲）桑进军攻邺，以（石）勒为前锋都督……（司马）越大惧，使苟晞、王讚等讨之。……勒出成皋关，围陈留太守王讚于仓垣，为讚所败，退屯文石津。……勒进寇谷阳，害冠军将军王兹。破王讚于阳夏，获讚，以为从事中郎。袭破大将军苟晞于蒙城，执晞署为左司马。……苟晞、王讚谋叛勒，勒害之。

又《资治通鉴》卷八十六云：

永嘉元年五月，（汲）桑大破魏郡太守冯嵩，长驱入邺……济自延津，南击兖州。太傅（司马）越大惧，使苟晞及将军王讚讨之。……十二月，（刘）灵亦为王讚所败。

又《资治通鉴》卷八十七云：

永嘉四年冬十月，（石）勒出成皋关，壬寅，围陈留太守王讚于仓垣，为讚所败，退屯文石津。……永嘉五年秋八月，石勒攻王讚于阳夏，擒之；遂袭蒙城，执（苟）晞及豫章王（司马）端，锁晞颈，以为左司马……冬十月，苟晞、王讚谮谋叛勒，勒杀之。

此作王讚。此王讚于永嘉中任征虏将军、陈留太守（按即内史，说详后）。在洛阳保卫战中，为大将军苟晞前锋，颇有战绩。永嘉五年八月被石勒擒于阳夏；十月，与苟晞谋叛石勒而被杀。

另外，《艺文类聚》八十六、《初学记》二十八载有王讚《梨树颂》并序。《序》云："太康四年，梨树西枝其条与中枝合，生于玄圃，皇太子命侍臣作颂。”据此，则王赞于太康四年还在做皇太子司马衷舍人。

按，王赞、王瓒、王讚，当为一人。赞、讚、瓒三字相通。《易·说卦传》“幽赞于神明而生蓍”，《释文》：“本或作讚。”《孔和碑》“幽赞神明”，赞或作讚；《诗·棫朴笺》“瓒，璋瓒也”，《释文》：“瓒，本作赞。”故《诗品》之王赞，《吕校》云：吟窗本、格致本、全梁文本、历代诗话本作王讚；而《文选》王正长《杂诗》李善注引臧荣绪《晋书》又作王瓒。此其一也。又据《晋书·李胤传》，王赞于太康三年为太子舍人并被皇太子命作李胤诔文；而据《艺文类聚》载，王讚于太康四年为太子侍臣被命作《梨树颂》，更可见王赞和王讚是同一个人。此其二也。其三，《晋书》时作王赞，又作王讚，也作王瓒，乃“《晋书》成于众手”（《晋书·出版说明》）之故。

《晋书》之于王赞，不仅其名写法不一，就是有些任职，也有不同说法。如《晋书·孝怀帝纪》说“石勒围仓垣，陈留内史王讚击败之”；而同书《石勒载记》却说“石勒东出成皋关，围陈留太守于仓垣，为（王）讚所败，退屯文石津”。两书叙王讚在同一时间、同一地点所任之职，一作陈留内史，一作陈留太守。对此，又当如何解释呢？按，两书之异，并非有误。《晋书·职官志》云：“诸王国以内史掌太守之任。”此言内史与太守职权相同。钱大昕《十驾斋养新录》“内史、太守互称”条云：“汉制：诸王国，以相治民事，若郡之有太守也。晋则以内史行太守事，国除为郡，则复称太守。然二名往往混淆，史家亦互称之。”据此，则《晋书》于王讚之任职时称太守，时称内史，即是史家互称之一例。当然，《晋书》于太守、内史互称之例，远不止此。如《晋书·惠帝纪》“前南平内史王矩、前吴兴内史顾秘”，中华书局《校勘》即云：“周校：‘两内史，《（王）矩传》及《周玘传》皆作太守。’按，晋制，以郡为国，内史治民事，若郡太守。国除为郡，复称太守。然二名往往混淆，史家亦互称之。此其一例，后不悉举。”钟嵘《诗品》亦有此类互称。如《诗品上》“晋平原相陆机”，《晋书·陆机传》作“平原内史”，此“相”和“内史”为互称。《晋书·武帝纪》

即云："太康十年十一月，改诸王国相为内史。"又如《诗品上》"宋临川太守谢灵运"，《宋书·谢灵运传》则作"临川内史"；《诗品中》"晋清河太守陆云"，《晋书·陆云传》亦作"清河内史"，此即以内史和太守互称。

关于王赞籍里，各注引《文选》李善注作义阳，惟《萧译》作"宜阳（今河南桐柏县东）"，殆误。而《吕校》云"义阳（今河南省新野县南）"，亦似不妥。据《晋书·地理志下》云，义阳是郡名，也是县名。义阳郡，太康中置，统县十二，义阳县即其中之一。《文选》李善注引《晋书》言王赞是义阳人仅是指其郡望（有人认为当指义阳县——今河南信阳县，似不确）。但是，仅知某人郡望，还不能凭此确指其今属何县。因此，仅据郡望以确定的今属县名，往往不准。王赞之县籍，今已无从考出，为了慎重，其籍里还是以著录"晋义阳郡"为好。

王赞生年，已不可考；卒年，当依《晋书》《通鉴》，定为永嘉五年十月，即311年初冬。《向释》作卒于290年左右，误。

综上考索，我们可对王赞生平作如下简介：

王赞（王讚、王瓒）（？—311），字正长，义阳郡人，太康三年（282）为皇太子司马衷舍人时，曾受命作李胤诔文，文义甚美，然已佚失。太康四年（283）又受命作《梨树颂》，文存类书。晋武帝末（284—287年）任著作郎，参与《晋书》限断的讨论，主张"引嘉平已下朝臣尽入晋史"，与中书监荀勖意见不合。永嘉初任征虏将军、陈留内史（太守）。永嘉四年（310），参与洛阳保卫战，为大将军苟晞前锋，在仓垣大破石勒。永嘉五年八月，被石勒擒获于阳夏，署为从事中郎；十月，因与苟晞谋叛石勒而被杀。王赞原有集五卷，今佚。李善注《文选》引臧荣绪《晋书》言王赞"辟司空掾，历散骑侍郎"及严可均《全晋文》、逯钦立《晋诗》言其于"惠帝中拜侍中"等事及系年，已不可详考，以理推之，当在晋惠帝司马衷在位期间（290—306年）。

［补正］

按，王赞生卒年，王叔岷《笺证稿》、曹旭《集注》、陈元胜《辨读》、杨明《译注》等，皆言无考；而曹氏稍后的《诗品笺注》和《诗品集注（增订本）》则引述拙说。

又，庾信《伤心赋序》云："婕妤有自伤之赋，扬雄有哀祭之文；王正长有北郭之悲，谢安石有东山之恨。岂期然矣。至若曹子建、王仲宣、傅长虞、应德琏、刘滔之母、任延之亲，书翰伤切，文词哀痛，千悲万恨，何可胜言。"（《全后周文》卷九）然而，王正长（赞）抒写"北郭之悲"之文，已佚。

五、晋朗陵公何劭

何劭，见《诗品中》。何劭所袭之爵位，旧注说法不一。《陈注》《萧译》《吕校》《向释》《徐译》都说《诗品》之"朗陵公"当是郡公；《古笺》《叶释》只言"劭父曾封朗陵公，劭袭其爵"，浑言而不分郡县；《许疏》言"劭父曾封朗陵侯，劭嗣爵，故亦称朗陵公也"，并把"曾"读作"曾经"之"曾"。

按，要知何劭袭封爵位之等第，必先考索其父何曾的封爵等级。据《晋书·何曾传》，何曾少袭父何夔阳武亭侯之封，后进封为颍昌乡侯，改封朗陵（县）侯；晋武帝袭王位后，与裴秀、王沈等劝进。武帝践阼，拜太尉，进爵为公。这是泰始元年（265）之封；泰始六年（270）则如"郡公比"。据此可见，何曾所受之封当是县公，后来只被当郡公对待。此说还可在《晋书·郑冲传》中得到证实。《郑冲传》引武帝泰始六年之诏即云：

> 其为寿光、朗陵、临淮、博陵、钜平国置郎中令，假夫人、世子印绶，食本秩三分之一，皆如郡公侯比。

何曾卒于咸宁四年（278），生前未受郡公之封，卒后亦未能如王沈那样追封为郡公，《晋书·王沈传》云：

帝受禅，以佐命之勋……封博陵郡公，固让不受，乃进爵为县公……泰始二年，薨。……明年，帝追思沈勋诏曰："……可以郡公官属送葬。"……咸宁中，复追封沈为郡公。

何曾封爵既明，则何劭袭封之爵当可认定。《三国志·魏书·何夔传》裴松之注引《晋诸公赞》云：

曾以高雅称，加性纯孝，位至大宰，封朗陵县公，年八十余薨，谥曰元公。子邵嗣。

此说，最可信从。

又，《许疏》"劭父曾（经）封朗陵侯，劭嗣爵，故亦称朗陵公也"云云，至少有两误："劭父曾"，当指何劭之父何曾，许误为"曾经"之"曾"，此其一；何劭被《诗品》称作"朗陵公"，是因劭父何曾被封为朗陵县公，而何劭又袭其封爵之故，许不详考其由，而云何劭袭封朗陵侯，此其二。皆当正之。

六、晋吏部郎袁宏

袁宏，见《诗品中》。其生平事迹，见《晋书·文苑传》。注《诗品》各家，无不据此《传》作注，仅言袁宏曾任谢尚参军、桓温记室、吏部郎、东阳太守等职。

按，《诗品》注家所据以作注的《晋书·文苑传》于袁宏仕履有重要遗漏，它对袁宏曾任南海太守一事阙而不载。

《晋书·艺术·单道开传》云：

（道开）升平三年至京师，后至南海，入罗浮山，独处茅茨，萧然物外。年百余岁，卒于山舍，敕弟子以尸置石穴中，弟子乃移入石室。陈郡袁宏为南海太守，与弟颖叔及沙门支法防共登罗浮山，至石室口，见道开形骸如生，香火瓦器犹存。宏曰：法师业行殊群，正当如蝉蜕耳。乃为之赞云。

此《传》所记，当是实录。严可均《全上古三代秦汉三国六朝文·晋文》所收录的出自《法苑珠林》五十九引梁《高僧传》及《十六国春秋》卷二十一的袁宏《单道开赞》和取自《御览》卷七百五十九的《罗山疏》二文，尤可证此《传》所记袁宏曾任南海太守一职。《罗山疏》云：

> 单道开尸在石室北壁下，形体朽坏，有白骨。在昔在都[①]，识此道士，闻之，使人恻然。其业行殊异，当蝉蜕解骨耳。石室中先有瓯盛香，得便使扫除烧香。

此《疏》与《单道开传》所记略同。而《单道开赞》亦可续《晋书·单道开传》之貂尾。《赞》云：

> 物俊招奇，德不孤立。辽辽幽人，望岩凯入。飘飘灵仙，兹焉游集。遗屣在林，千载一袭。

袁宏任南海太守的时间，《冥祥记》有具体记载：

> 赵沙门单（或作善），字道开，不知何许人也。《别传》云："敦煌人，本姓孟，少出家……石虎建武二年自西平迎来至邺下……升平三年来至建业，复适番禺，住罗浮山，荫卧林薮，邈然自怡，以其年七月卒。遗言露尸林里，弟子从之。陈郡袁彦伯，兴宁元年为南海太守，与弟颖叔登游此岳，致敬其骸，烧香作礼。"（鲁迅《古小说钩沉》）

此虽出于小说，但其记事与《晋书》略同。袁宏兴宁元年（363）任南海太守，当是可信的。这一记载可补《晋书》本传记事之不备。

袁宏籍里，旧注多著录为陈郡，《吕校》《萧译》进而注陈郡为"今河南省淮阳县"，《徐译》则注为陈郡阳夏。

按，陈郡当系袁宏郡望。仅凭郡望，还不足以定其今属何县。《三国志·魏书·袁涣传》："袁涣，陈郡扶乐人。"《世说新语·言语》注引《续晋阳秋》云："袁宏，魏郎中令涣六世孙也。"则袁宏籍里当是

---

① 升平三年（359），道开至京师时，袁宏三十岁左右，正在桓温幕府中。

陈郡扶乐。严可均《全晋文》、逯钦立《晋诗》于袁宏籍里即作陈郡扶乐。陈郡扶乐，今不属河南淮阳而在河南扶沟县。

当然，袁氏籍里又可作陈郡阳夏。《晋书·袁瑰传》云："袁瑰字山甫，陈郡阳夏人也。"据《晋书·袁宏传》，袁瑰乃宏之从祖，故宏籍里也可作陈郡阳夏。卢弼《三国志集解·袁涣传》解释道："阳夏，今为太康县治，晋时扶乐并于阳夏，故袁氏又为阳夏人也。"不过，袁氏籍里所在之地，并未因并于阳夏而有所迁移，其地当仍在今之扶沟县内。故以今地言之，袁宏籍里亦不属太康而仍属扶沟。

七、宋参军顾迈

顾迈，见《诗品中》。各注皆言其生平事迹无考。

按，顾迈事迹，史乘有零星记载。

沈约《宋书·自序》云：

> 元嘉十七年，始兴王（刘）浚为扬州刺史，宠爱殊异，以（沈璞）为主簿。……（二十二年）又与主簿顾迈、孔道存书曰："沈璞淹思逾岁，卿研虑数旬，瑰丽之美，信同在昔。向聊问之，而还答累翰，辞藻艳逸，致慰良多。既欣股肱备此髦楚，还惭予躬无德而称。复裁少字，宣志于璞，聊因尺纸，使卿等具知厥心。"（《南史·沈约传》略同）

此顾迈，无疑即《诗品》所言之者。据《宋书·文帝纪》，始兴王刘浚为扬州刺史在元嘉十七年（440）十二月至二十六年（449）十月，则顾迈和沈璞（沈约之父）、孔道存一同任扬州刺史刘浚主簿也当在此期间（详说见后）。

钟嵘《诗品》言顾迈曾任"参军"，其事也可在史乘中得到证实。《宋书·刘穆之传》附穆之孙刘瑀《传》云：

> 瑀字茂琳，少有才气……始兴王浚为南徐州（刺史），以瑀补别驾从事史，为浚所遇。瑀性陵物护前，不欲人居己上。时浚

征北府行参军吴郡顾迈，轻薄而有才能，浚待之甚厚，深言密事，皆与参之。瑀乃折节事迈，深布情款，家内妇女间事，言语所不得至者，莫不倒写备说。迈以瑀与之款尽，深相感信。浚所言密事，悉以语瑀。瑀与迈共进射堂下，瑀忽顾左右索单衣帻，迈问其所以，瑀曰："公以家人待卿，相与言无所隐，而卿于外宣泄，致使人无不知。我是公吏，何得不启？"因而白之，浚大怒，启太祖徙迈广州。迈在广州，值萧简为乱，为之尽力，与简俱死。（《南史·刘穆之传》略同）

据此可知，《诗品》所言顾迈任参军一职，也是在始兴王刘浚府中。《宋书·文帝纪》载，元嘉二十六年十月，始兴王刘浚由扬州刺史为征北将军，开府仪同三司，南徐、兖二州刺史。顾迈任刘浚征北府行参军也当在元嘉二十六年（449）十月以后。这恰与《宋书·自序》所言顾迈任主簿事先后衔接。

顾迈在广州事，《宋书·沈庆之传》所附其从弟沈法系《传》也有记述：

法系字体先……讨萧简于广州。闻台军将至，简诳其众曰："台军是贼（刘）劭所遣。"并信之。前征北参军顾迈，被贼徙在城内，善天文，云"荆、江有大兵"。城内由此固守。初，世祖先遣邓琬围简，唯治一攻道；法系至，曰："宜四面并攻，若守一道，何时可拔？"琬虑功不在己，不从。法系曰："更相申五十日。"日尽又不克，乃从之。八道俱攻，一日俱拔。斩萧简，广州平。

但是，这段文字未载邓琬、沈法系斩萧简、顾迈，平广州的具体时间，因此，萧简、顾迈之卒年还当考索。

《宋书·孝武帝纪》载，元嘉三十年九月，（刘）劭党羽"南海太守萧简据广州反。丁卯，辅国将军邓琬讨平之"（《资治通鉴》卷一百二十七同此）。如此，则萧简、顾迈之被诛，即当在元嘉三十年（453）十月前后。

顾迈籍里，《宋书·刘穆之传》只言吴郡。其实，吴郡的著姓顾氏，皆聚居于该郡之吴县。顾迈之郡籍既属吴郡，则其县籍有很大可能亦属吴县。因此，我们可以说，顾迈也当是吴郡吴县（今苏州）人。

顾迈能文，有文集，《隋书·经籍志》“《王微集》十卷”下即注云:“征北行参军《顾迈集》二十卷，亡。”

顾迈事迹，还有见于小说者。《法苑珠林》卷二十引《冥祥记》云：

> 宋顾迈，吴郡人也。奉法甚谨。为卫府行参军。元嘉十九年，亦自都还广陵，发石头城，便逆湖，朔风至，横决，风势未弭，而舟人务进。既至江中，波浪方壮，迈单船孤征，忧危无计，诵观世音经，得十许遍，风势渐歇，浪亦稍小。既而中流屡闻奇香，芳馥不歇。迈心独喜，故归诵不辍，遂以安济。

虽出于小说，似可补史乘所载之不备。第一，史乘记顾迈事以其元嘉中作始兴王刘浚之扬州刺史主簿为最早，而此则云元嘉十九年（442）前顾迈曾任卫府行参军。按卫府，指卫将军府。据《宋书·文帝纪》，元嘉十六年夏四月丁巳，以平西将军临川王刘义庆为卫将军、江州刺史；十七年冬十月戊寅，卫将军临川王刘义庆以本号为南兖州刺史；十八年夏五月壬午，卫将军刘义庆为开府仪同三司。可见，元嘉十八年五月之后、十九年以前，顾迈在卫将军刘义庆府中为行参军。第二，据史乘记载推考出的顾迈任始兴王刘浚之扬州刺史主簿的时间最早当可能为元嘉十七年（440）十二月（见前），而此则云元嘉十九年顾迈从京都至广陵。按，扬州刺史之官衙在广陵，故顾迈此次自京至广陵，极有可能是应始兴王刘浚之聘赴广陵任扬州刺史主簿的。如果这一推断不误，则顾迈始任扬州刺史主簿的时间，似当定在元嘉十九年。这比仅据史乘所载推考的时间亦似更为有据、可信。第三，顾迈奉教事，史乘无一言及。此则云其奉法甚谨，于观世音经，诵念不辍，亦可补史乘之阙文。另外，史乘和小说皆言顾迈为吴郡人，此亦可确证顾迈郡望确属吴郡。

至此，我们可为《诗品》各注皆言无考的顾迈的生平事迹作如下简介：

顾迈（？—453），吴郡吴（今江苏省苏州市）人。元嘉十八年（441）至十九年（442），为临川王刘义庆卫将军府行参军。十九年，为始兴王刘浚之扬州刺史主簿。元嘉二十六年（449），始兴王刘浚为征北将军，顾迈又任其征北府行参军。任职期间，颇受赏识，后因泄密，被徙广州。元嘉三十年（453），刘劭党羽南海太守萧简据广州反，顾迈为之尽力。是年，广州平，萧简与顾迈俱被杀。顾迈有才藻，善天文，奉佛甚谨，为文艳逸。有《顾迈集》二十卷，早佚。

八、宋参军戴凯

戴凯，见《诗品中》。旧注亦多言其生平事迹无考，惟《古笺》云："戴凯，无考。《隋志》《汤惠休集》下云：'梁又有《戴凯之集》六卷，亡。'戴凯或即戴凯之而夺一字，未可知也。"而《吕校》则云："凯"，诗法萃编本误作"凯之"，恰与古说针锋相对。

按，《诗品》之戴凯，《隋志》之戴凯之，既未夺文，又非误作。戴凯可写作戴凯之，戴凯之也可写作戴凯。因为六朝人，单名后面多加"之"字，而双名后之"之"字，又可省略。此类例证，在《晋书》《宋书》《南齐书》《梁书》《陈书》《南史》中，比比皆是。今举四例，以博其征。《晋书·谢安传》之"张玄之"，同书《谢道韫传》即作"张玄"。对此，丁国钧《晋书校文（四）》解释说："晋人单名，多加'之'字。"（钱大昕《十驾斋养新录》卷十二则不辨此）此为第一例。《宋书·庾登之传》"父廓"，中华书局《校勘记》云："《晋书》作'廓之'。东晋南北朝人名后之'之'字，有时可省去。"此是第二例。《南齐书·萧子良传》"初沈攸之难"，中华书局《校勘记》云："'沈攸之'下当叠一'之'字。盖六朝人名下之'之'字，往往可省略。"此三例也。《梁书·朱异传》"父巽"，中华书局《校勘记》云："《南史》作'选之'。……惠栋《松崖笔记》二："選、巽字相似，故讹为巽。"此少一'之'字，六朝人双名后所用'之'字，往往可省去，非脱文。"此四例也。可见，戴凯、戴凯之实为一人。其实，《诗品》省去双名后之“之”字者，又不止此。《诗品序》“颜延、谢庄尤为繁密”，“颜延”后就省去了“之”字。胡仔《苕溪渔隐丛话·前集》引此即作“颜延之”。当然，钟嵘也有把“之”字加上的地方。如《诗品下》的“许瑶之”，徐陵《玉台新咏·目录》（四部丛刊本）作“许瑶之”，而卷十则作“许瑶”。

戴凯或戴凯之其人，《四库全书总目》卷二五《谱录类》在介绍《竹谱》作者时说：

> 《竹谱》一卷（内府藏本），旧本题晋戴凯之撰。晁公武《郡斋读书志》云：凯之字庆豫，武昌人。又引李淑《邯郸图书志》云：谓不知何代人。按，《隋书·经籍志》“谱系类”中有《竹谱》一卷，不著名氏。《旧唐书·经籍志》载入农家，始题戴凯之之名，然不著时代。左圭《百川学海》题曰晋人，而其字则曰庆预。豫、预字近，未详孰是？其曰晋人，亦不知其何所本。

这里所说的戴凯之，史传对其事迹，也略有记载。

《南齐书·武帝纪》云；

> 江州刺史晋安王子勋反，上（按，指齐武帝萧赜，时任南康赣令）不从命，南康相沈肃之执上于郡狱。族人萧欣祖、门客桓康等破郡迎出上。肃之率将吏数百人追击，上与左右拒战，生获肃之，斩首百余级，遂率部曲百余人举义兵。始兴相殷孚将万兵赴子勋于寻阳……子勋遣其将戴凯之为南康相，及军主张宗之千余人助之。上引兵向郡，击凯之别军主程超数百人于南康口，又进击宗之，破斩之，遂围郡城。凯之以数千人固守，上亲率将士尽日攻之，城陷，凯之奔走，杀伪赣令陶冲之。（《南史·齐武帝纪》略同）

又《宋书·邓琬传》云：

> （泰始二年四月）时齐王（按，即齐高帝萧道成，宋顺帝升明三年四月进爵为齐王。此是史臣追述）率众东北征讨，而齐王世子（按，指萧赜）为南康赣令，琬遣使收世子，世子腹心萧欣祖、桓康等数十人奉世子长子奔窜草泽，召募得百余人，攻郡出世子。世子自号

宁朔将军，与南康相沈肃之、前南海太守何昙直、晋康太守刘绍祖、北地傅浩、东莞童禽等，据郡起义。琬征始兴相殷孚为御史中丞，并令率郡人俱下。孚众盛，世子避之于揭阳山。琬遣武昌戴凯之为南康相，世子率众攻之，凯之战败遁走。

上引两条史料中，有两点值得我们注意：其一，从中可知戴凯之曾参与晋安王刘子勋于泰始元年十二月发动的叛乱（见《宋书·明帝纪》），并任其所署南康相，率兵固守南康城；其二，从中可证《四库全书总目》所引晁公武《郡斋读书志》说戴凯之籍里为武昌，信而有征。

戴凯之之死，史无明载，但可推知：他既是刘子勋同党，则叛乱失败后，绝无生理，故最有可能与刘子勋等同因叛乱失败于泰始二年八月被杀。《宋书·明帝纪》云：泰始二年八月己卯，“晋安王子勋、安陆王子绥、临海王子顼、邵陵王子元并赐死，同党皆伏诛。”同书《晋安王子勋传》亦云：泰始二年，沈攸之诸军至寻阳，诛子勋及其母，同党皆夷灭。在被诛杀的同党中或即有戴凯之。既然戴凯之有可能被诛杀于泰始二年，则当为宋人。此可正《四库全书总目》所引诸说之误。

戴凯之之字，《四库全书总目》在引晁公武《郡斋读书志》作庆豫、宋末左圭《百川学海》作庆预后加按语云：“预、豫字近，未详孰是。”今按，预、豫不仅字近，而且可互通。《一切经音义》二四云：“古文：预、忬二形曰豫。”此言豫、预是古今字，豫是预的古文。故《经典释文》云：“预通作豫”；《正字通》亦云：“预与豫同”；而《玉篇》也云：“豫或作预。”可以说，预、豫通作之例，在古籍中也是随处可见，不胜枚举的。今仅举人名中的预、豫相通者三例以证。《晋书·儒林传·虞喜传》“弟豫自有传”，中华书局《校勘记》云：“豫，本传作预。”此一例也。《南齐书·孝义传·乐颐传》“弟预亦孝”，中华书局《校勘记》云：“预原作豫。”此二例也。《文选》沈约《宿东园诗》李善注所引《雪诗》的作者任预，《北堂书钞》卷一百五十六作任豫。此三例也。以彼例此，庆豫，以今文写之，即作庆预。

戴凯之，有文集，见《隋志》“汤惠休集”条下注：“梁又有《戴凯之集》六卷，亡。”又据《唐书·经籍志》载，凯之还撰有《竹谱》一卷，前人谓用四言韵语写成（按，《文选》张衡《南都赋》李善注引戴凯之《竹谱》则非四言韵语）。戴凯之诗，今已无存。不过，清人廖元度所编《楚风补》（五十卷）曾把戴凯之《竹谱》当诗编入。对此，《四库全书总目》卷一百九四云：“至戴凯之《竹谱》之类，本非诗篇；汉高帝《鸿鹄歌》之类，无与楚事；亦牵率并登，殆不可解。”

至于钟嵘《诗品》所说戴凯之曾任“参军”一事，史乘虽无明载，似亦可推断。此盖即戴凯之任南康相前之职务也，其谋主自然也当是晋安王刘子勋。据《宋书》之《晋安王刘子勋传》和《明帝纪》载，子勋大明七年任前将军，八年迁镇军将军，景和元年（即泰始元年）进号车骑将军，则戴凯之之任子勋参军，最早也当在大明七年。

综上考索和推测，我们亦可对戴凯之的生平作如下简介：

戴凯之（一作戴凯，？—466？）：字庆豫（或作预），武昌人。宋大明七年（463）至泰始初（466）为晋安王刘子勋参军。泰始元年（465）十二月，镇军将军、江州刺史、晋安王刘子勋反叛，戴凯之参与叛乱。泰始二年（466）四月，为刘子勋所署南康相，并率兵固守南康郡城，后因城陷奔逃。是年八月，叛乱失败，刘子勋等被杀，党羽亦伏诛，作为子勋同党的戴凯之殆亦同时被诛。凯之能文，原有文集六卷，隋代即已亡佚。另有《竹谱》一卷，今存，因其为四言韵语，故被清人廖元度当作诗作编入《楚风补》。

九、晋河内太守阮侃

阮侃，见《诗品下》。各本皆以《世说新语·贤媛》注所引《陈留志》之说为注云：阮侃……与嵇康为友，官至河内太守。然而，《古笺》《许疏》《叶释》《吕校》《徐译》题作“晋河南太守阮侃”，其注却作“河内太守”。又注释于阮侃生卒年多言不详，惟《向释》云：约卒于公元 265 年前后。

按,《诗品》品题之“河南太守”,当是“河内太守”。考“河南”“河内”,在古籍中易混。《三国志·魏书·嵇康传》注“河南向秀”,卢弼《三国志集解》引钱大昭曰:“秀,河内怀人,此作河南,误。”此一证也。又《三国志·魏书·董卓传》“河内太守王匡”,《集解》云:“冯本、官本内作南,各本俱作内。范《书》、《通鉴》作内,袁宏《后汉纪》作南。按《郡国志》首列河南尹;《百官志》亦曰河南尹,盖京兆别于外郡之太守也。如称太守,自以作河内为是。《武帝纪》‘初平元年’及《夏侯惇传》注引《魏书》俱称河内太守王匡。”此二证也。又《晋书·慕容垂载记》“略地河南”,中华书局《校勘记》云:“各本河南作河内,宋本作河南。下举廪丘、阳城并在河南,今从宋本。”此三证也。以第二证例此,钟嵘既称其为太守,当以作河内为是。

阮侃生年已不可考;其卒年,《向释》作约公元265年前后。按,向把阮侃误作魏人,故定其卒于魏亡之年。《宋书·符瑞志下》云:“晋武帝太康二年六月丁卯,白雀二见河内南阳(按,当作河阳或山阳),太守阮侃获以献。”据此,则阮侃于太康二年(281)犹在,何言其竟卒于265年前后?可以说,《向释》把阮侃卒年至少提前了十七年。

[补正]

按,阮侃原有著作。但《隋书·经籍志》“晋少傅《山涛集》九卷”注云:“《阮侃集》五卷,《录》一卷,亡。”又,《隋志》还云:“梁有《摄生论》二卷,晋河内太守阮侃撰,亡。”

一〇、宋中书令史陵修之

陵修之,见《诗品下》。各注皆言无考。

按,《陶渊明集》各本第四卷末有《联句》一首云:

鸣雁乘风飞,去去当何极。念彼穷居士,如何不叹息(渊明)。

虽欲腾九万,扶摇竟何力。远招王子乔,云驾庶可饬(愔之)。

顾侣正徘徊，离离翔天侧。霜露岂不切，务从忘爱翼（循之）。

高柯擢条干，远眺同天色。思绝庆未看，徒使生迷惑（渊明）。

这首《联句》的作者渊明、愔之、循之，皆书名不署姓。历代注陶集者，除定渊明为陶渊明外，于愔之、循之之姓皆无考。我认为，这里的循之当姓陵，陵循之即《诗品》之陵修之。因为古人书写修循二字易混。戴望《管子校证·形势》“庙堂既修”，引王（引之）云：“修当为循，亦字之误也。《隶续》曰：修、循二字，隶书只争一划，传写往往讹混。”闻一多《楚辞校补·七谏》“修往古以行恩兮”案云：“修当为循，字为误也（循以形近误为修）。”陈奇猷《韩非子集释·有度》“上以修头，下以修足”引陶鸿庆曰：“案修皆为循字之误。修字隶书……与循相似，古书二字多互误。”曹道衡先生认为，《建康实录》中，朱修之、毛修之等人名，都一律误为循之。[1]这是由于古人常把修字写成脩，而在草书也就与循字形近而误了。沈约《宋书·武帝纪》“（毛）璩弟子（毛）修之时为（桓）玄屯骑校尉”，中华书局《校勘记》云：“修之各本并为循之，据《南史》及《通鉴》改。”这些均是修、循互混之例。以彼例此，《陶渊明集》的循之，亦当是修之之误。

有人或许要问：晋宋之际，名“修之”的有三人——毛修之、朱修之和陵修之，何以断定与陶渊明联句唱和的是陵修之呢？由《宋书》本传可知，毛修之和朱修之是武将，不是文人，不具与陶渊明联句唱和的诗才；毛修之“为河南、河内二郡太守，行司州事”；朱修之“名位素显”。以陶渊明不愿“为五斗米，折腰向乡里小儿”（萧统《陶渊明传》）的个性，他是不会和他们交往的。陵修之，钟嵘说他是“宋中书令史”。中书令史官阶低至九品（《宋书·百官志下》），陵氏在当时也是“有志不获骋”（陶渊明《杂诗八首》之二），这也与陶渊明的遭遇相似；他被钟嵘列入《诗品》，称为“才子”，又谓其所“著篇章”“为缙绅之所嗟咏”（《诗品下》评陵修之），有与陶渊明联句的可能性。显然，

① 曹道衡：《关于裴子野诗文的几个问题》，载氏著《中古文学史论文集》，中华书局1986年版。

在这三个“修之”中，能与陶渊明联句唱和、志趣相投者，非陵修之莫属。

［补正］

按，袁行霈《陶渊明集笺注》卷四《联句·题解》云：“‘愔之’‘循之’，《集》内不再见，莫知其姓。考《晋书》《宋书》及《南史》，亦无此人。意必《晋书》潜本传所谓‘其乡亲张野及周旋人羊松龄、宠尊等’辈中人也。”“霈按，《宋书·符瑞志（下）》：‘泰始六年十二月壬辰，木连理生豫章南昌。太守刘愔之以闻。’泰始六年（470），距渊明逝已四十六年。与渊明联句者，未知是否此人。录以备考。”袁先生只及“愔之”，而未及“循之”。

一一、区惠恭

区惠恭，见《诗品下》。于其生平，各注皆无考；生卒，各注亦多无注，惟《向释》云：卒于公元438年前后。

按，区惠恭生平事迹，仅见于《诗品》：

> 惠恭本胡人，为颜师伯干。颜为诗笔，辄偷定之，后造《独乐赋》，语侵给主，被斥。及大将军修北第，差充作长。时惠连兼记室参军，惠恭时往共安陵嘲调。末作《双枕诗》以示谢。谢曰：“君诚能，恐人未重，且可以为谢法曹造。”大将军见之赏叹，以锦二端赐谢。谢辞曰：“此诗公作长所制，请以锦赐之。”

因此，这段话便成为考证惠恭生平的唯一材料，但是，这条记载颇有可疑者。据《宋书·前废帝纪》和《颜师伯传》，永光元年（465）秋八月癸酉，诛尚书左仆射颜师伯，师伯时年四十七，则师伯当生于晋恭帝元熙元年（419）。又据《颜师伯传》载，师伯于宋文帝元嘉三年（426）年仅八岁时，因父亲颜邵与谢晦谋起兵反朝廷而饮药死后，即陷入“少孤贫”的境地。这种情形，一直到元嘉十三年（436）刘道产进号辅国将军，师伯被署为辅国行参军，才告结束。因此，在元嘉十三年以前的颜师伯，是不可用区惠恭为“干”的。又据《文选》谢惠连《祭古冢文》李善注引沈约《宋书》说，刘义康修北第，始于元嘉七年（430），其时师伯只有十二岁，又据《宋书·谢惠连传》，谢惠连卒于元嘉十年（433）。此时师伯也才十五岁，仍处于“孤贫”之境。因此，《诗品》所言区惠恭先为颜师伯干，后充刘义康修北第时作长等事，均与史载不合。

笔者以为，区惠恭为颜师伯干与充刘义康修北第作长事，在时间上，当作先后颠倒，即先充刘义康作长，后为颜师伯干。当然，这只是推测。不过，自信比《诗品》之说合理一些。曹道衡、沈玉成《南北朝文学史》亦以为钟嵘此记有误：“稍感遗憾的是这条记载在年代上有些问题。谢惠连卒于元嘉十年，大将军刘义康治府第在元嘉七年，其时颜师伯仅十二岁。”（第 338 页注 13）

区惠恭任颜师伯干，虽然一定是在颜师伯释褐（436 年）以后，但具体时间已不可考，有可能在世祖（宋孝武帝刘骏）践祚、师伯为黄门侍郎或南郡太守时。《宋书·沈演之传》：

> 先是五省官所给干僮，不得杂役。太祖（宋文帝刘义隆）世，坐以免官者，前后百人。……世祖诏曰：“自顷干僮，多不祗给，主可量听行杖。”得行干杖，自此始也。

《诗品》云，惠恭“后造《独乐赋》，语侵给主”，颜师伯“斥”（《萧译》作“辞退”，《徐译》作“驱逐”），比被“行杖”之处分还要重些，而颜师伯竟未免官。可见区之被斥，当在世祖下诏之后。考此诏下于大明中（457—464），故有可能区惠恭在太明初还在为颜师伯干。也正由于此，《向释》说区惠恭约卒于宋文帝元嘉十五年（438）前后，似太早。

［补正］

按，杨明《译注》、曹旭《笺注》《集注（增订本）》皆参拙说。曹旭先生还对《诗品》原文作了改正。其《集注（增订本）》“区惠恭”

条之《参考》一云：

> 旭谓：钟嵘此条叙述，前后有所颠倒。据王发国考证，谢惠连为彭城王（刘）义康法曹参军，与区惠恭嘲调时，颜师伯才十二三岁，尚未入仕，区惠恭不可能先为其干。“语侵给主，被斥”后“差充作长”。区当与惠连嘲调事在前，为颜师伯干事在后。旭猜度钟嵘原意，区惠恭为胡人，名位又卑。然其诗赋之才，不能泯灭。故以地下隐秘之创作为快乐。一作诗使大将军刘义康误会赐锦；二为颜师伯偷定诗歌笔札，均趣味盎然。区惠恭偷作之乐，亦钟嵘叙述之乐也。而偷定颜师伯笔札，造《独乐赋》，不如使大将军误会，受赐锦事精彩、详细，可以有意味地展开，故钟嵘置赐锦于后，更具象征意义。如按时序叙述，则当为：“惠恭本胡人，大将军修北第，差充作长。时谢惠连兼记室参军，惠恭时往共安陵嘲调。末作《双枕诗》以示谢。谢曰：‘君诚能，恐人未重，且可以为谢法曹造。’遗大将军，见之赏叹，以锦二端赐谢。谢辞曰：‘此诗，公作长所制，请以锦赐之。’后为颜师伯干。颜为诗笔，区辄偷定之。因造《独乐赋》，语侵给主，被斥。”

曹旭先生之按，正合拙心。

又按，曹道衡、沈玉成《南北朝文学史》论钟嵘《诗品》“还在评论中有时引述一些佳话轶事，点缀成趣”时，例举“最有意思的一则是关于区惠恭的记载”后作注云：“稍感遗憾的是这条记载在年代上有些问题。谢惠连卒于元嘉十年，大将军刘义康修治府第在元嘉七年，其时颜师伯仅十二岁。不过，弃末节而务根本，对这一段文字也不妨作如是观。”（第 338 页）

一二、齐惠休上人

惠休，见《诗品下》。各注于其生平事迹皆有注释，但是对其官职，则有扬州刺史、扬州从事史两种截然不同的说法。《陈注》引《宋书》曰："沙门惠休，善属文。世祖命之还俗。本姓汤，位至扬州刺史。"《古笺》引《宋书·徐湛之传》则云："时有沙门释惠休，善属文，辞采绮艳，湛之与之甚厚。世祖命使还俗。本姓汤，位至扬州从事史。"后之注者，《萧译》《向释》《徐译》说同《陈注》，《许疏》《叶释》《吕校》则同《古笺》。胡应麟《诗薮》、逯钦立《先秦汉魏晋南北朝诗·宋诗》、杨生枝《乐府诗史》等亦云惠休官至扬州刺史。

按，《宋书》《南史》的《徐湛之传》在叙述惠休事迹时均无有如《陈注》所引作"位至扬州刺史"者，相反，二史都作"位至扬州从事史"。又二史于此，并无《校勘记》，亦可见各本《宋书》《南史》的《徐湛之传》皆作"位至扬州从事史"。另外，《文选》江文通《杂体诗三十首·休上人》李善注引沈约《宋书》，也与今本《宋书》同。李善注云："沈约《宋书》曰：'沙门惠休，善属文。徐湛之与之甚厚。世祖命使还俗。本姓汤，位至扬州从事也。'"此注，各本亦无校文，可见各本《文选》注，也无作"位至扬州刺史"者。故当依《古笺》之说定为"位至扬州从事史"。"州从事史"仅是"州刺史"的佐吏，如别驾、治中、主簿、功曹之类，其地位与"刺史"殊甚，不当混为一谭。

汤惠休还曾任过宛朐令。《隋书·经籍志》即云："宋宛朐令《汤惠休集》三卷，梁四卷。"于此经历，史传无载，而《诗品》各注也未言及。

汤惠休的生活时代旧亦有歧说。胡应麟《诗薮》外编卷二云："沙门诗昉自晋惠远、道猷辈……惠休本释子还俗，至晋刺史。"此一说也。《宋书》《南史》之《徐湛之传》皆云："世祖命使还俗。"此世祖是宋孝武帝刘骏庙号；又《隋书·经籍志》云："宋宛朐令。"此二说也。钟嵘《诗品》云："齐惠休上人。"《向释》据此著其生卒年为？—502年前。《徐译》云："齐世祖萧赜命之还俗。"此三说也。

今按，考此三说，当以第二说为是。汤惠休生活的时代，当在宋而不在晋或齐。这可从与惠休有关的人和事所处的时代中得到证实。(一)《宋书·徐湛之传》"世祖命使还俗"，"世祖"当指宋世祖孝武帝刘骏，（齐世祖武帝）萧赜（《徐译》作颐，误），《宋书》不可能称之为“世祖”，而是按他当时所任职务书之。《徐译》以宋世祖为齐世祖，显误。宋世祖孝武帝刘骏454—464年在位，则命汤惠休还俗为官的时间，最迟也当在464年以前。（二）《宋书·徐湛之传》云：惠休与徐湛之甚厚。徐湛之卒于元嘉三十年（453），则汤惠休与之友善的时间，当在元嘉年间。此时，惠休尚未还俗，其具体时间，殆在元嘉二十四、五年。《宋书·徐湛之传》即云：“（元嘉）二十四年……出为前军将军、南兖州刺史。善于为政，威惠并行。广陵城旧有高楼，湛之更加修整，南望钟山。城北有陂泽，水物丰盛。湛之更起风亭、月观、吹台、琴室，果竹繁茂，花蕊成行，招集文士，尽游玩之适，一时之盛也。时有沙门释惠休，善属文，辞藻绮艳，湛之与之甚厚。世祖命使还俗。”可见惠休正为湛之所招文士之一。（三）《诗品》及《南齐书·文学传论》等将休、鲍并称，惠休、鲍照又互有赠答之诗（鲍照有《秋日示休上人诗》《答休上人菊诗》，惠休也有《赠鲍侍郎诗》）。此可证休、鲍并世。鲍照卒于宋明帝泰始二年（466），则与之并世之惠休，亦当是宋人。（四）《诗品下》评吴迈远云：“汤休谓远云：‘我诗可为汝诗父。’以访谢光禄，云：‘不然尔，汤可为庶兄。’”此可证汤惠休亦与吴迈远、谢光禄（即谢庄）同时。谢庄卒年与鲍照同，为466年。吴迈远，则卒于474年。（五）《诗品中》评颜延之云，“汤惠休曰：‘谢诗如芙蓉出水，颜如错彩镂金。’颜终身病之。”颜延之卒于456年，则汤惠休之评“颜谢”也当在颜延年卒年之前。以上所列和汤惠休有关的六人中，当以徐湛之卒年为最早（453），颜延之次之（456），宋孝武帝刘骏又次之（464），鲍照、谢庄再次之（466），吴迈远为最晚（474）。但即以最晚之474年而言，其离宋亡之479年，也还有五年之久。因此，汤惠休生活年代，当在宋文帝至明帝时。他大约于宋文帝元嘉年间遁入空门；元嘉二十四、五年（447、448）时，徐湛之为南兖州刺史，招集文士，吟赏风月，惠休因善属文，辞采绮艳，在被招之列，且与湛之相交甚厚。宋孝武帝孝建、大明（454—464）中，受诏还俗为官，作过宛朐令、扬州从事史；与当时著名文士颜延之、鲍照、谢庄、吴迈远等都有交往；诗近鲍照，世称休、鲍。惠休之卒年，已不可确考，但说他卒于宋明帝泰始年间（465—471）或稍后，当不会有大错。《向释》说汤惠休卒于502年（齐亡）前不久，那是误信了《诗品》“齐惠休上人”之说，不可从。

一三、齐诸暨令颜则

颜则，见《诗品下》。对其生平，《陈注》无考。《古笺》云：“案《南史》曰：‘颜延之子测，亦以文章见知，官至江夏王义恭大司马录事参军。’颜则或即颜测，故曰：‘最荷家声。’”《许疏》引《宋书·颜延之传》云：“子竣，竣弟恻（《南史》卷三十四恻作测），亦以文章见知，官至江夏王傅义恭大司徒录事参军，蚤卒。”《疏》又云：“颜则，疑即颜恻。《品》云‘祖袭颜延，诸暨最荷家声’可证。《隋·志》‘宋大司马录事《颜测集》十一卷并目录。’”《叶释》与《古笺》同。《萧译》云：“颜则，颜延之的后代，生平事迹不详，诗亦不存。”《吕校》云：“测，考索本原误作则，据吟窗本、格致本改。《宋书·颜峻传》和《南史·颜延之传》正作测。其它各本同考索本。”又云：“颜测……颜延之次子。官至江夏王刘义恭大司马录事参军，早卒。”《向释》云：“颜则（？—公元502年前）：颜延之孙，任至诸暨令。”《徐译》云：“颜则，史书无传。一说为颜测之误。颜测，颜延之子。”后出之王叔岷《笺证稿》、曹旭《集注》《笺注》《集注（增订本）》、杨明《译注》等，皆谓是颜延之子。

按，旧注有五个问题，当须考索。

（一）关于人名是作则、测或恻的问题。据查，在古籍中，则、测易混。《书·多士传》“不则德义之径”，《释文》云：“则，本作测。”而测又易混为侧。《考工记·弓人注》云：“测读为侧隐之侧。”因此，颜则，有时写作颜测，有时又写作颜恻。如《诗品》之吟窗杂录本、格致丛书本、诗法统宗本、硃评词府灵蛇本“则”皆作“测”；而《宋书·颜延之传》中华书局《校勘记》亦云：“竣弟测，测各本并作侧，据《南史》及本书《颜竣传》改。”不过，当以作测为正。唐颜真卿《晋侍中右光禄大夫本州大中正西平靖侯颜公大宗碑》，即作“颜测”。①

（二）关于颜测官职问题。《宋书·颜延之传》作“江夏王傅义恭大司徒录事参军”；《南史·颜延之传》作“江夏王义恭大司马录事参军”，《隋志》与《南史》同。按，《宋书·刘义恭传》云：元嘉元年（424）封江夏王，十七年（440）进位司徒、录尚书事；二十二年（444）进位太尉，领司徒。据此，则义恭不曾任大司徒、大司马之职。按，司徒和大司徒、太尉和大司马是互称。《宋书·百官志》云：“司徒，一人。……光武建武二十七年（51）去大。”又云：“光武建武二十七年，省大司马，以太尉代之。”可见，《刘义恭传》之“司徒”“太尉”，即同于《颜延之传》的“大司徒”“大司马”。颜测盖于元嘉十七年先任刘义恭（大）司徒录事参军，待义恭于元嘉二十年进位太尉（即大司马）后，又继作其太尉录事参军。《宋书》《南史》只因各录一职而形成了殊异。颜测任江夏王刘义恭大司马录事参军事，还有他自己写的《大司马江夏王赐绢葛启》一文为证。此文见《太平御览》卷八百十九引《颜测集》。又《宋书》(《许疏》引)“江夏王”下多一“傅”字。《宋书·颜延之传》中华书局《校勘记》云：“江夏王下各本并衍傅字。”可见，《许疏》引文中之“傅”字，当是衍文。

（三）关于颜测和颜延之的关系问题。《萧译》说颜测是颜延之的后代，《向释》说是颜延之之孙，而《宋书》《南史》则言是颜延之之次子。考此三说，当以《宋书》《南史》为是。颜真卿《晋侍中右光禄大夫本州大中正西平靖侯颜公大宗碑》亦以为颜测是颜延之之子。②

（四）关于颜测的卒年。旧注多言无考，惟《向释》作约卒于502年前。按，向说误。《南史·颜延之传》云：颜测“以兄贵为忧，先竣卒”。《宋书·颜竣传》云：“及竟陵王（刘）诞为逆，因此陷之，召御

①② 《全唐文》卷三三九，上海古籍出版社1990年版1522页。

史中丞庾徽之于前为奏，奏成，诏曰：‘竣孤负恩养，乃可至此。于狱赐死，妻息宥之以远。’”《宋书·孝武帝纪》云：“大明三年夏四月，司空、南兖州刺史竟陵王（刘）诞有罪贬爵。诞不受命，据广陵城反。”据此，颜竣之卒当在大明三年（459），则颜测卒年必在此之前。

（五）关于颜测诗作存佚问题。各注皆言诗作无存。按，《艺文类聚》八十九有颜测《栀子赞》一首，五言四句，似可视为诗作。《赞》云：

濯雨时摛素，当飚独含芬。

丰荣殊未纪，销落竟谁闻。

如此，则颜测当有五言诗一首流传至今。

除以上五事外，据颜真卿《晋侍中右光禄大夫本州大中正西平靖侯颜公大宗碑》云：“浚，吏部尚书；测，临淮太守。”如此，则颜测还任过临淮太守。但是，此职史传无载，已不可考。同样，钟嵘《诗品》说颜测是“齐诸暨令”（按，当为“宋诸暨令”，属扬州会稽郡）一事，也因史传无载而只好存疑了。

[补正]

按，颜测在元嘉中还任过博士（第六品）。《宋书·礼志二》云：“元嘉二十三年七月”，“其博士庾邃之、颜测、殷明、王渊之”和其他人等，因事“并免所居官”。此任职，因不载本传，易为人忽略，却比诸府参军高一品。

又按，曹旭《集注（增订本）》先谓颜测是“南朝宋齐时诗人”，后又说“在齐朝曾任诸暨令”。这些说法皆误。颜测逝于刘宋，不可能在萧齐作诗、为官。

一四、齐秀才顾则心

顾则心，见《诗品下》。旧注多言其生平事迹无考，惟《吕校》《徐译》及其它少数几家有说。如《吕校》云：“曾为扬州主簿。则心或作恖。”

按，逯钦立《先秦汉魏晋南北朝诗·宋诗》云：“顾恖，扬州主簿，善《易》。恖，一作则心，一作测。”逯氏又在顾恖《望廨前水竹诗》题下注云：“《选诗拾遗》作顾则心。”逯氏所言，实为吕、徐等注之所本，虽皆成立，但因不列实据，且语焉不详，故当作进一步考索。

按，《诗品》著录的顾则心，即逯氏所说之顾恖。古书竖排，既易将恖写作则心，也易将则心视作恖。恖之作则心，犹“昊”之作“日天”（《吕氏春秋·君守》）、“峕（时）”之作“山百”（《吕氏春秋·任地》）、“觉”之作“舆见”（《吕氏春秋·精通》）、“擎”之作“敭手”（《汉书·古今人表考》卷三）；而则心之作恖，又犹“龙言”之作“聋”（《战国策·赵策》）、“山松”之作“崧”（《晋书·谢混传》）、“山土”之作“岦”（见《宋书·孔季恭传》）、“麻香”之作“馨”（《梁书·孝行·韩怀明传》、“自大”之作“臭”（纪昀《阅微草堂笔记》和钱锺书《管锥编》第三册）、“此言”之作“呰”（杨明照师《文心雕龙校注拾遗》）。又，恖是恻的古文，《一切经音义》四云：“恻，古文作恖”；《声类》云：“恻亦作恖”；《诗·卫风·氓笺》“恳恻”，《释文》云：“本亦作恖。”又《考工记注·弓人》云：“测，读为恻隐之恻。”则恻又与测相通了。总之，由于恖易写作则心，恖又可写作恻，而恻又与测通作，所以顾恖有时写作顾则心，又有时写作顾恻，还有时写作顾测，便是不足为怪之事了。

顾则心善《易》事，见《南史·齐高帝诸子传》：

> （齐）武帝尝问临川王（萧）映，居家何事乐？映曰：“政使刘瓛讲《礼》，顾恖讲《易》，朱广之讲《庄》《老》，臣与二三诸彦兄弟友生时复击赞。以此为乐。”

而其为扬州主簿事，则见《南齐书》和《南史》的《陆澄传》。《南齐书·陆澄传》云：

> 澄弟鲜，得罪宋室，当死。澄于路见舍人王道隆，叩头流血，以此见原。扬州主簿顾测，以两奴就鲜质钱，鲜死，子晫（按，

《南史》作晖）诬为卖券（按，《南史》作买券），澄为中丞，测与书相往反，后又笺与太守萧缅云："澄欲遂子弟之非，未近义方之训，此趋贩所不为，况缙绅领袖、儒宗胜达乎？"测遂为澄所排抑，世以此少之（按，指陆澄）。

此传所言顾测"以两奴就（陆）鲜质钱"和任扬州主簿及致笺太守萧缅的时间皆大致可考。

（一）顾测以两奴就陆鲜质钱事，当在宋末。其时陆澄正任御史中丞。据《陆澄传》载，陆澄任御史丞是在任刘秉后军长史、东海太守以后，而据《宋书·刘秉传》云，刘秉任后将军、南徐州刺史（下正领有南东海郡）是在宋泰始五年（469）至宋后废帝元徽元年（473），则陆澄任御史中丞必在宋元徽元年或以后不久。陆澄任御史中丞的下限则在齐建元初。《陆澄传》云："建元元年，骠骑咨议沈宪等坐家奴客为劫，子弟被劾，宪等晏然。左丞任遐奏澄不纠，请免澄官。……诏曰：……可白衣领职。明年，转给事中、秘书监，迁吏部。"故顾测以两奴质钱事，当在宋元徽元年至齐建元元年间。当时顾测可能还未任扬州主簿呢。

（二）顾测任扬州主簿的时间当在建元元年九月以后，当时的扬州刺史是平西将军临川王萧映。《南齐书·高帝纪》云：建元元年九月，以平西将军临川王萧映为扬州刺史，二年十月，以扬州刺史萧映为荆州刺史。则顾测之任扬州主簿，必当在萧映为扬州刺史时。此盖由顾测善《易》并曾为临川王萧映讲《易》且受到好评的缘故。但是，顾测为萧扬州主簿的时间并不长，至多也只有一年零一个月（建元元年九月至二年十月）而已。以后可能是受陆澄排抑的影响，萧映为荆州刺史时就不再聘用他了。

（三）顾测致笺太守萧缅，当在扬州主簿解职以后，其时萧缅正任吴郡太守。《南齐书·萧缅传》云："萧缅于建元元年封安陆侯，邑千户。……世祖即位，迁五兵尚书领前将军，仍出为辅国将军、吴郡太守，少时大著风绩。世祖嘉其能，转郢州刺史。"《传》中所言"世祖”，指齐武帝萧赜，据《南齐书·武帝纪》载，萧赜于建元四年三月即位，之后不久，缅转为吴郡太守，因于太守任上“大著风绩”，永明元年九月迁郢州刺史。又查萧缅一生只任过这一次太守。故顾测致笺太守萧缅的时间必在萧缅为吴郡太守任上，即齐建元四年（482）三月至永明元年（483）九月间。

另外，从顾则心罢扬州主簿后而致笺吴郡太守萧缅一事，还可推知顾则心的郡望。顾则心罢职后，不致笺别人而致笺吴郡太守萧缅，一则可能萧缅为政清廉，颇得顾则心的信赖；二则可能顾则心其时居于吴郡，萧缅正是他的父母官。而顾则心之居于吴郡，则又是因为他的家可能就在吴郡，他本身可能就是吴郡人。

至于《诗品》说顾则心是“齐秀才”，因史无记载，已不可考了。不过，以常例推之，“秀才”当是善《易》的顾则心早年在刘宋时代被举之号。

[补正]

按，曹旭《集注（增订本）》云：“王法（误，当作发）国《考索》谓：顾则心，一作顾惻，是因古书竖排之故；又写作顾测，是因‘惻’是‘恻’之古文，而‘恻’又通‘测’之故。顾则心，即顾惻或顾测。是也。”

一五、齐参军毛伯成

毛伯成，见《诗品下》。于其生平及生活年代，《陈注》《萧译》《徐译》无考，而《古笺》云：

> 当云晋参军。
>
> 《世说新语·言语篇》曰：毛伯成既负其才气，常称宁为兰摧玉折，不作萧敷艾荣。注引《征西寮属名》曰：毛玄，字伯成，颍川人，仕至征西行军参军。

伯成诗佚。《隋·志》别集：晋《毛伯成集》一卷。又总集：《毛伯成诗》一卷。注云：伯成，东晋征西将军。案以《世说》注证之，参误为将。

《许疏》《叶释》《吕校》同《古笺》，《向释》却云："毛伯成（约公元501年以前），居里不详，仕至参军，据《隋·志》有诗一卷。"

按，当从《古笺》，作晋参军。《隋·志》"征西将军"确乃"征西参军"之误。古籍中，"参军""将军"易混。仅沈约《宋书》即有多例。如《景陵王诞传》"赠车骑参军"，中华书局《校勘记》云："参军，各本并作将军。……《宋书考论》云：当作参军。按孙说是，今改正。"《恩倖传·阮佃夫传》"历右军骠骑参军"，中华书局《校勘记》云："参军，各本并作将军。……《宋书考论》云，将军盖当为参军之讹。按孙说是，今改正。"《索虏传》"车骑参军王玄谟领千人"、《孟怀玉传》"以龙符为车骑参军"，中华书局《校勘记》亦并引《宋书考论》之说以证各本并作将军之误。

又按，《诗品》诸注中，《向释》此注尤谬。既言"据《隋·志》有诗一卷"，则可见注释者是读过《隋·志》的，而《隋·志》明言"伯成，东晋征西将军（按，当作参军）"，则毛伯成无论如何活不到501年。考东晋一代，虽然为征西将军或征西大将军者甚众，但是，其中最著者当推晋穆帝永和四年（348）秋八月进位征西大将军的桓温。据《世说新语·排调》注，列入《征西寮属名》者还有郝隆。《征西寮属名》云："隆字佐治，汲郡人，仕至征西参军。"此与述毛伯成同一手法。而郝隆之得列名《征西寮属》，是因为他是桓温参军（亦见《世说·排调》），据此而推，毛伯成亦当是桓温参军方能列名于《征西寮属》。桓温卒于晋孝武帝宁康元年（373），则为桓温参军的毛伯成也当生活在348至373年前后。又据《世说·黜免》注，桓温之参军还有列入《大司马寮属名》者。此《大司马寮属名》，殆即《征西寮属名》，亦皆可证毛伯成所任为桓温参军。

［补正］

按，曹旭《笺注》《集注（增订本）》皆云："（毛伯成）官至征西行参军"，"当以桓温的可能性最大。"与余说同。

又按，《世说新语·赏誉》："谢公作宣武司马，属门生数十人于田曹中郎赵悦子"注引傅滔《大司马寮属名》曰："悦字悦子，下邳人，历大司马参军、右卫将军。"其叙事法亦与《征西寮属名》同。

一六、齐朝请许瑶之

许瑶之，见《诗品下》。旧注多言其生平无考。而《古笺》云："案《玉台新咏》目录有许瑶之诗二首，而卷内则作许瑶，明夺一之字也。"《叶释》《吕校》说同《古笺》。又《向释》云：许瑶之约卒于公元501年以前。

按，许瑶之可写作许瑶。盖东晋、南朝人单名之后可加之字，而双名的后一之字又往往可省略。故许瑶之可省作许瑶，许瑶可加之作许瑶之。其说详见本章"宋参军戴凯"条，兹不复道。

许瑶之事，略见《宋书》和《南史》之《孝义传·郭世道传》。《宋书》云：

> 郭世道（按，《南史》作郭世通），会稽永兴人也。……子原平，字长泰……高阳许瑶之居在永兴，罢建安郡丞还家，以绵一斤遗原平，原平不受，送而复反者前后数十，瑶之乃自往曰："今岁过寒，而建安绵好，以此奉尊上下耳。"原平乃拜而受之。及母终，毁瘠弥甚……太祖崩，原平号哭致恸……元徽元年，卒于家。（《南史》所载略同）

这段文字，弥足珍贵，它不仅为我们提供了许瑶之是"何许人"的仅有的材料，而且还可纠正《诗品》说许瑶之是齐人之误。

（一）关于许瑶之的籍里问题。《传》言"高阳许瑶之居在永兴"，此与东晋许询相似。《建康实录》卷八云："询字玄度，高阳人。父归，以琅琊太守随中宗过江，迁会稽内史，因家于山阴。询幼冲灵，好泉石，清风朗月，举杯永怀。中宗闻而征为议郎，辞不受职，遂托迹，居永兴。"许瑶之和许询同"居在永兴"，绝非巧合。至少表明许瑶之和许询有某种关系，或者甚至是同族，其先在魏、西晋时皆居高阳，后因永嘉之乱都迁到江南，初家会稽之山阴，后徙同郡之永兴。据此则许瑶之籍里当与许询相同。又，《南史·许懋传》云："许懋，字昭晳，高阳新城人，魏镇北将军（许）允九世孙也；五世祖（许）询，晋征士。"如此，则许瑶之亦当是高阳郡新城县人。新城，晋作北新城。《宋书·州郡志二》云："高阳太守领县五……领新城令……《晋太康地理志》属高阳，并曰北新城。"晋时之北新城、宋时之新城，以今地言之，当属河北省徐水县。准此，则《吕校》谓许询是今河北保定市人，当是误注。

（二）关于许瑶之的生活时代问题。《传》言许瑶之"罢建安郡丞还家，以绵一斤遗原平"。按，此事的时间，虽不可详考，但是，从叙述中可知，其事当在宋文帝元嘉中。因为《宋书·郭世道传》是把许瑶之罢建安郡丞及遗绵事放在"太祖崩，原平号哭致恸"之前来插叙的。《传》中之太祖，即指宋文帝刘义隆，《宋书·文帝纪》开宗明义第一句"太祖文皇帝讳义隆"可证。刘义隆卒于元嘉三十年（453）二月甲子，则许瑶之任建安郡丞及罢职归家的时间，必在此之前，离萧齐代宋之建元元年（479）至少有26年之久，而离齐亡之中兴二年（502）更长达50年。因此，许瑶之生活时代，当在宋，而不在齐，其卒之年，也不至如《向释》所言之公元501年前后。

又据上考索，《诗品》之"齐朝请"当作"宋朝请"。《宋书·百官志下》："永初以来，奉朝请选杂。……孝建初，奉朝请省。"许瑶之为奉朝请即当在永初（元年为420）至孝建（元年为454）这段"奉朝请选杂"的时期。不过，许瑶之任"奉朝请"与任"建安郡丞"，孰先孰后，则不可考了。

又据上言，许瑶之的卒年不可能如《向释》那样约定为齐亡前不久（501），那又当定于何时呢？按，此亦不可详考。据《宋书·郭原平传》所载许瑶之事推之，许瑶之既与卒于元徽元年（473）的宋世著名孝子郭原平有交往，则其生活时代，亦当和郭原平差不多；其卒之年，有可能在宋末，至迟不会到宋亡之年——升明三年（479）以后。准此，则吴兆宜《玉台新咏》注、逯钦立《先秦汉魏晋南北朝诗》置许瑶之于齐，亦属显误。

许瑶之的字号及生年，因史无记载而已无从考索，只能付诸阙如了。许瑶之诗今存三首，皆五言四句，与《诗品》"许长于短句咏物"之评相合。

［补正］

按，明冯复京《说诗补遗》卷三云："孔欣、王叔之、许瑶，此三人莫知爵里。""瑶《咏梅（按当作柟）榴枕》云：'端木生河侧，因病遂成妍。朝将云髻别，夜与蛾眉连。"皆轻艳动人，不减当时名下士。许或齐代人，未可知。钟（嵘）谓'长于短句咏物'者，当是其人。"于此可见，明人亦未知许瑶之是何许人也。

又按，许瑶之作《咏柟榴枕诗》，可能和三国吴人张纮曾作《柟榴枕赋》有关。《三国志·吴书·张纮传》注引《吴书》云："纮见柟榴枕，爱其文，为作赋。陈琳在北见之，以示人曰：'此吾乡里张子纲所作也。'"

一七、徐太尉

徐太尉，见《诗品下》评"齐诸暨令袁嘏"："嘏诗平平耳，多自谓能。尝语徐太尉云：'我诗有生气，须人捉着，不尔便飞云。'"校注者多对徐太尉其人皆言无考，惟张锡瑜《钟记室诗评三卷》说："徐太尉孝嗣。"

按，张说是也。徐孝嗣，《南齐书》和《南史》皆有传。据《传》云：徐孝嗣字始昌，东海郯（今山东省郯城县）人，生于元嘉三十年（453），永元元年（499）为东昏侯萧宝卷药杀；中兴元年（501），齐和帝萧宝融追赠孝嗣为太尉。《南齐书》和《南史》本传还说，“孝嗣爱好文学，赏托清胜，器量弘雅，不以权势自居。”故当时文士喜与之往还。袁嘏系当时著名文士，卒于齐明帝建武五年（498），仅比徐孝嗣之被杀早一年。因此，袁嘏和徐孝嗣有交往，是完全可能的。

不仅如此，考有齐一代，姓徐而又被史籍称为太尉者，只有徐孝嗣一人。《梁书·世祖徐妃传》“祖孝嗣，太尉，枝江文忠公”；同书《王规传》“太尉徐孝嗣每见必为之流涕，称曰孝童”；《孔休源传》“建武四年（497）州举秀才，太尉徐孝嗣省其策，深善之”，皆是其证。

由于萧齐只有一个徐太尉，故有的文章就只作齐太尉徐公。沈约《齐太尉徐公墓志》是其例。《志》云：

> 公美风仪，善言笑。受重琴棋，流连情赏。拓宇东郊，暧然闲素。贵荣之来，无慨怀抱。任居端揆，万务同归。簿领盈前，嚣尘满席。直举枉错，虚来实反。天道不仁，与善蹇应。

此志所说的“齐太尉徐公”当即指齐太尉徐孝嗣，其与《诗品》谓徐孝嗣为徐太尉正同。

以沈《志》和《南齐书·徐孝嗣传》所记之事相较，则更可见二文是在记述同一个人。沈《志》言“公美风仪，善言笑”；而《传》亦云孝嗣“善趋步，闲容止，与太宰褚渊相埒”（按《南齐书·褚渊传》云：“渊美仪貌，善容止，俯仰进退，咸有风则。每朝会，百僚远国使，莫不延首目送之。”）此一同也。《志》言“拓宇东郊，暧然闲素”，“任居端揆，万务同归”（按《梁书·沈约传》“约久处端揆”，端揆，指尚书令），《传》亦云：“尚书令王俭谓人曰：徐孝嗣将来必为宰相。转充御史中丞。世祖问俭曰：谁可继卿者？俭曰：臣东都之日，其在徐孝嗣乎！[①]……（王）

---

① 按，东都之日，指致仕之时，盖引汉二疏——疏广和其侄疏受归老故乡，公卿大夫故人邑子为设祖供帐东都门故事为言。

晏诛，转尚书令”，“加中书监”。此二同也。《志》言“簿领盈前，嚣尘满席。直举枉错，虚来实反”;《传》亦言“及江祏见诛，内怀忧恐，然未尝表色。始安王遥光反，众情遑惑，见孝嗣入，宫内乃安”。此三同也。《志》言“天道不仁，与善蹇应”;《传》亦言“群小亦稍憎孝嗣，劝帝召百僚集议，因诛之。冬，召孝嗣入华林省，遣茹法珍赐药，孝嗣容色不异，少能饮酒，药至斗余，方卒”。此四同也。凡此种种，绝非偶合，它正表明,《志》《传》所叙，实为一人。

当然,《志》《传》记事，亦有不同。如《志》所言之“爱重琴棋，流连情赏”，在今本《南齐书·徐孝嗣传》中就无记载。此殆由《南齐书·徐孝嗣传》本阙一页所致。钱大昕《十驾斋养新录》卷六“诸史残阙”条云:“《南齐书·州郡志》《桂阳王铄》《徐孝嗣》《高丽》传各阙一页。”中华书局标点本《南齐书·徐孝嗣传》末“沈文季门世”之《校勘记》亦云:“此下原本缺一页，各本同。”其所缺一页中，或即有徐孝嗣“爱重琴棋”之事，亦未可知。

又《诗品》所载袁嘏“语徐太尉”事,《南史·卞彬传》作:“陈郡袁嘏，自重其文。谓人曰:‘我诗应须大才捉之，不尔飞去。’”两相比较,《诗品》可补史传之不备。

[补正]

按，言《南齐书》有阙页者还有:《四库全书总目提要》“《南齐书》”条云:“自李延寿之史盛行，此书……日就讹脱。《州郡志》及《桂阳王传》中均有阙文，无从补正。”余嘉锡《四库提要辨证》引《廿二史考异》云:“今本《南齐书》卷十五(《志第七》)《州郡志(下)》、卷三十五(《列传十六》)《高十二王传》、卷四十四(《列传二十五》)《徐孝嗣传》、卷五十八(《列传三十九》)《高丽传》各阙一页。”

又按，袁嘏之言，还表明了“诗思”——灵感的“突发性”和“暂时性”。灵感之来如电光、石火，不期而来，又忽地消失，来时必须及时“捉住”，否则，一瞬间就会“飞走”。

一八、梁晋陵令孙察

孙察，见《诗品下》。旧注对其生平多言无考，惟《叶释》引陈直《诗品约注》云：“《梁书·孙谦传》‘从子孙廉，历御史中丞、晋陵吴兴太守。’孙廉当即孙察。《梁书》为唐姚思廉撰，思廉为陈吏部尚书姚察之子，思廉避父讳，廉、察义近，故改易作廉。李延寿《南史》又因姚《书》而作廉也。”

按，《叶释》所引陈直《诗品约注》一书，其实至今未见付梓，故并无此书（详说见本书第五章一四一条）。尽管如此，其说《诗品》之孙察即《梁书·孙谦传》之孙廉，则颇有道理，此虽非信谳，却可备一说。

考《梁书》确有避父讳“察”之处。《梁书·刘孝绰传》“先圣以众恶之，必察焉，众好之，必察焉”，中华书局《校勘记》云：“二语见于《论语》（按，《卫灵公篇》），两察字各本皆作监，此姚思廉避家讳改。今改回。”即是其证。按，严可均《全上古三代秦汉三国六朝文·全梁文》所录的出自姚思廉《梁书》的刘孝绰之《谢东宫启》中的两“察”字仍作“监”，亦可证中华书局《校勘记》此说之确。以彼例此，姚思廉于孙察也当避家讳而改字了。

古代避讳，或用音同、音近字代所讳字，或以同义、近义字代所讳字。姚思廉为避父讳而改“察”作“监”或“廉”，即用后者。监有察义：《方言》十二、《国语·周语》“使监谤者”及“后稷监之”韦昭注、《汉书·韦玄成传》“天子我监”颜师古注皆言：“监，察也。”廉，亦可训察：《管子·正世》“人君不廉而变”房玄龄注、《汉书·何武传》“武使从事廉得其罪”颜师古注、《后汉书·鲁恭传》“亲往廉之”、《第五种传》“廉察灾害”、《杨彪传》“使廉知其状”、《华佗传》“使人廉之”李贤注皆云：“廉，察也。”又，姚思廉在《梁书》中，为避父讳，有时改察为监，有时又改察为廉，究其改字不一之由，盖缘语言环境不同也。

说《梁书》之孙廉即《诗品》之孙察，还因二人之事迹颇有同者：以仕履言，《诗品》之孙察曾任晋陵令，而《梁书》的孙廉亦曾为晋陵太守；以出身言，《诗品》云孙察“最幽微”，而此“幽微”，《陈学士吟窗杂录本》作“孤微”（引自《吕校》），显指门地寒微，出身低贱，《梁书》孙廉之家亦甚孤贫，其从父孙谦曾客居历阳，“躬耕以养弟妹”（《梁书》本传）。

孙廉（察）生平，《南史》所载比《梁书》为详。《南史》本传云：

> 从子廉字思约，父奉伯位少府卿、淮南太守。廉便辟巧宦，齐时已历大县、尚书右丞。天监初，沈约、范云当朝用事，廉倾意奉之，及中书舍人黄睦之等亦尤所结附。凡贵要每食，廉必日进滋旨，皆手自煎调，不辞勤剧，遂得为列卿，御史中丞，晋陵、吴兴太守。广陵高爽有险薄才，客于廉，廉委以文记。爽尝有求不遂，乃为屐谜以喻廉曰：“刺鼻不知嚏，踏面不知嗔；啮齿作步数，持此得胜人。”讥其不计耻辱以此取名位。然处官平直，遂以善政称。武帝尝曰：“东莞二孙，谦、廉而已。”

但此《传》未记孙廉子嗣。其实，孙廉有子曰抱，见《南史·文学传·卞彬传》所附《高爽传》。《传》云：

> 孙抱为延陵县，（高）爽又诣之，抱了无故人之怀。爽出，从县阁下过，取笔书鼓云：“徒有八尺围，腹无一寸肠。面皮如许厚，受打未讵央。”爽机悟多如此。……抱，东莞人，父廉，吴兴太守。抱善吏职，形体肥壮，腰带十围，爽故以此激之。

孙廉（察）籍里，当与其从父孙谦、子孙抱同。《梁书·孙谦传》云：“孙谦，东莞莒人也。”《南史·卞彬传》云：“抱，东莞人，父廉。”则孙廉（察）亦当为东莞莒（今山东省莒县）人。

孙廉（察）生活年代，各注皆未言及。惟《向释》云：“约公元518年以前。”按，孙廉之卒，最迟不当晚于沈约，沈约卒于梁天监十二年（513）。《诗品序》云：

一品之中，略以时代为先后，不以优劣为诠次。又其人既往，其文克定，今所寓言，不录存者。

明言所品评的诗人俱已谢世。《诗品》所评梁代诗人共有江淹、范云、丘迟、任昉、沈约、范缜、虞羲、江洪、鲍行卿、孙察等十人，而其他名家如柳恽、何逊等俱不录评，柳恽、何逊卒于天监十六年（517，见《梁书》各本传），则孙廉之卒就当在此年之前。而所评十人中，年代可确考者以沈约为最晚，《诗品》又写于沈约卒后不久，故孙廉（察）之卒最迟也只能和沈约差不多。《向释》以孙廉（察）之卒和钟嵘之卒同年，显然太晚。

［补正］

按，陈垣《史讳举例》第十一《避讳改经传文例》云："《梁书·刘孝绰传》：'众恶之，必监焉；众好之，必监焉。'此引《论语》改'察'为'监'。姚思廉避其家讳也。"

又按，孙廉家原是东莞莒人，南迁时可能迁至历阳。因家境贫寒，其从父孙谦"客居历阳，躬耕以养弟妹"。据陈寅恪考证，南迁士族，地位显赫者，迁居于京城附近或富庶地区；次者则离京稍远，所处地区稍贫；下者则如孙谦，随便找个地方住下，只要不受外族骚扰而有点田产即可。今人杨赛云："由于没有过多的田产"，"大部分生活十分贫困，只能靠俸禄来维持一家人的生计。"[①] 而孙廉家，可能当时连俸禄也没有，就只能靠"躬耕"以养家了。所以《诗品》说孙察（即孙廉）"最幽微"。

又按，孙察籍里，陈元胜《辨读》、曹旭《集注》《笺注》未注；杨明《译注》、曹旭《集注（增订本）》作东莞莒（今山东莒县）。

---

① 杨赛：《偏安中的风流：南朝士风》，《中国社会科学报》2012年2月17日。

第二章 《诗品》人物生卒考

一、挚虞

挚虞，见《诗品序》。于其生卒年，《吕校》作？—311？。

按，《世说新语·文学》注引王隐《晋书》云："永嘉五年，洛中大饥，遂饿而死。"据此可知，挚虞卒于永嘉五年（311）。《吕校》之疑当释。

二、汉婕妤班姬

班姬，见《诗品上》。于其生卒之年，多数注本无考（如后出的陈元胜《辨读》、杨明《译注》等），惟《吕校》、曹旭《集注》和王叔岷《笺证稿》附录《诗选》作：前48？—前6？。

按，汉班姬生平，略见《汉书·外戚传》，但未详载其生卒年，只言："孝成班倢伃，帝初即位选入后宫，始为少使，俄而大幸，为倢伃……至成帝崩，倢伃充奉园陵，薨，因葬园中。"据《汉书·成帝纪》和《资治通鉴》卷二十九载，汉成帝刘骜即位于竟宁元年（前33）六月己未，其即位不久，便采良家女以充后宫。又《汉书·匡衡传》"元帝崩，成帝即位，（匡）衡上疏戒妃匹、劝经学威仪之则"云云，《杜钦传》"上（成帝）为太子时，以好色闻，及即位，皇太后诏采良家女，（杜）钦因是说大将军（王）凤"云云，都是为谏此事而发的。据此，则班姬入宫，也当在竟宁元年。又《汉书·谷永传》云：建始三年（前30）冬，日食、地震同日俱发，"诏举方正直言极谏之士……

（谷）永上对，以为后宫女宠太盛，将害继嗣。”《通鉴》卷三十一“成帝建始三年十二月”胡三省注云：“盖指许后及班婕好也。”据此亦可见，建始三年（前30）班姬已得大幸，由少使而封为婕好了。

晋傅玄《怨歌行·朝时篇》云：

> 昭昭朝时日，皎皎晨明月。十五入君门，一别终华发。同心忽离异，旷若胡与越。……正尔可奈何，譬如纨素裂。孤雌翔故巢，流星光景绝。魂神驰万里，甘心要同穴。

逯钦立《汉诗别录》（载氏著《汉魏六朝文学论集》）云：此诗“‘十五’以下二句写班氏身世，且以‘纨素裂’之语，摹仿《怨歌行》”。李白《怨歌行》亦云：“十五入汉宫，花颜笑春红。”据此，则班氏入宫之竟宁元年为十五岁。由竟宁元年上溯十五年，为汉元帝初元二年（前47）。此即班姬生年。

班姬卒年，据《汉书》所言，当在成帝死后。《汉书·成帝纪》云，绥和二年（前7）三月丙戌崩于未央宫。四月己卯葬延陵。《外戚传》云班姬所奉园陵即成帝延陵，时间也在绥和二年四月成帝葬延陵后，则班姬之卒当在此年之后不久。

综上考索可知，班姬生卒年当为前47—前7或稍后，享年四十余。

[补正]

按，班姬生卒年，曹旭《笺注》《集注（增订本）》均改作：前47？—前6？。

三、晋黄门郎张协

张协，见《诗品上》。于其生卒年，《萧译》《吕校》和王叔岷《笺证稿》作？—307；《向释》作约公元295年前后在世；余冠英《汉魏六朝诗选》与萧、吕说同。

按，张协生平，略见《晋书·张载传》所附《张协传》，但未著录生卒年而只言："永嘉初，复征为黄门侍郎，托疾不就，终于家。"永嘉为晋怀帝年号（307—313），计七年，则永嘉初，至早为307年。

又，永嘉初，还不一定只指永嘉元年。如把永嘉包括的七年分为初、中、末三段，则永嘉初当是元年（307）和二年（308）。因此，萧、吕把张协之卒定为307年，略嫌武断。

又，游国恩《中国文学史》、陆侃如《中古文学系年》，于张协生卒作255？—310？，亦似不妥。因为永嘉初，无论如何都不可能计算至永嘉四年（310）。

张协生卒已难确考，今据《晋书》本传"永嘉初……终于家"之说，其卒年姑作307？。

［补正］

按，曹旭《笺注》《集注（增订本）》均作？—307。

四、谢玄

谢玄，见《诗品上》评谢灵运："灵运生旬日而谢玄亡。"

今按，《陈注》《古笺》《萧译》《向释》《徐译》等对钟嵘此说没有异议。《许疏》云："案《宋书》本传：'谢灵运祖玄，晋车骑将军；父瑍，生而不慧，为秘书郎，蚤亡。灵运幼便颖悟，玄甚异之，谓亲知曰：我乃生瑍，瑍那得生灵运？'若记室所云者不误，则灵运生甫旬日，车骑何能辨其聪慧，见亲知而叹之耶？仲伟殆误其父瑍为祖玄欤！"《叶释》说同许氏。逯钦立《钟嵘〈诗品〉丛考》亦云："玄应作瑍（灵运父）"。《吕校》云："谢玄实为谢安之误。"

考此三说（灵运之生与谢玄之卒同年、与谢瑍之卒同年、与谢安之卒同年），当以《吕校》为是。谢灵运生于东晋孝武帝司马曜太元十年（385）（见本书第一章二条），谢安即卒于是年。《晋书·孝武帝纪》云："（太元十年）八月丁酉，使持节、侍中、中书监、大都督十五州诸军事、卫将军、太保谢安薨。"《晋书·五行中》亦云:"孝武帝太元十年四月,谢安出镇广陵,始发石头,金鼓无故自破……月余疾还而薨。"谢玄则卒于太元十三年,《晋书》本传即云:"玄既舆疾之郡,十三年卒于官,时年四十六。"灵运之生比谢玄之卒早三年。又谢琰卒年,史书无载。故在谢安、谢玄、谢琰三人中,唯谢安之卒与谢灵运之生同年,《诗品》之谢玄当作谢安。

这里附带说一个问题。《晋书·谢玄传》云:"永熙中,(谢灵运)为刘裕世子左卫率。"此说大谬。永熙为晋惠帝司马衷年号,时间不足一年,在290年四月己酉之后。《晋书·惠帝纪》即云:"太熙元年四月己酉,武帝崩。是日,皇太子即皇帝位,大赦,改元为永熙。……永平元年春正月乙酉……改永熙二年为永平元年。"永熙元年(290)离谢灵运出生之385年还有近百年,而比刘裕生年兴宁二年(364)也还早七十多年。《晋书》此误,显而易见。夷考其实,此当作义熙中。义熙(405—418)为晋安帝的年号,计14年。刘裕世子,指宋少帝刘义符。《宋书·少帝纪》云:"少帝讳义符,武帝长子也……宋台建,拜宋世子。元熙元年(419)进为宋太子。"谢灵运为"刘裕世子左卫率"当在刘宋立国后、刘裕封王前。《宋书·武帝纪》云:"义熙十二年……十月,天子诏曰:'其进位相国,总百揆,扬州牧,封十郡为宋公,备九锡之礼,加玺绂,远游冠,位在诸侯王上,加相国绿綟绶'……十四年六月,受相国宋公九锡之命。……元熙元年正月……进公爵为王……世子为太子。"据此,谢灵运为刘裕世子左卫率,当在义熙十二年(416)至十四年(418)之间。《宋书·谢灵运传》叙事则不误。

[补正]

按,谢玄当作谢安。但也有异说,张锡瑜《钟记室诗平三卷》已持怀疑态度,而叶笑雪《谢灵运诗选·谢灵运传》、郑骞《钟嵘诗品谢灵运条订误》、张伯伟《钟嵘诗品谢灵运条疏证》、清水凯夫《诗品谢灵运条逸话考》、杨祖聿《诗品校注》、王叔岷《笺证稿》、曹旭《集注》《笺注》《集注（增订本）》、杨明《译注》、陈元胜《辨读》等谓当作谢安。而车柱环《钟嵘诗品校证》、高松亨明《诗品详解》、郝昺衡《谢灵运年谱》及陈庆浩《钟嵘诗品集校》（引《许疏》）等谓当作谢琰。

又按，《晋书·谢玄传》“永熙中，（谢灵运）为刘裕世子左卫率”，当为“义熙中”云云。此可补《晋书》标点本于此未作《校勘记》之失。

五、魏文帝

魏文帝曹丕，见《诗品中》。于其生卒之年，多数注本作187—226；而《向释》作187—266（疑误植）。

按，曹丕生卒之年，见于史籍者有《三国志·魏书·文帝纪》及裴松之注引《魏略》、卢弼《三国志集解》引《水经注》和《三国志·魏书·朱建平传》等。其《三国志·文帝纪》云：

> 文皇帝讳丕，字子桓，武帝太子也。中平四年冬生于谯……（黄初）七年……夏五月丁巳，帝崩于嘉福殿，时年四十。

卢弼《三国志集解》引《水经注·阴沟水》云：

> 谯城东有曹太祖旧宅，文帝以汉中平四年生于此，上有青云如车盖，终日乃解。

裴松之注引《魏略》云：

> 太祖不时立太子，太子自疑。是时有高元吕者善相人，乃呼问之，对曰：“其贵乃不可言。”问寿几何？元吕曰：“其寿至四十当有小苦，过是无忧也。”后无几而立为王太子，至年四十而薨。（《宋书·符瑞志上》亦记高元吕相文帝事）

《三国志·方伎·朱建平传》云：

> 文帝为五官将，坐上会客三十余人，文帝问己年寿。……（朱）建平曰：“将军当寿八十，至四十时，当有小厄，愿谨护之。”……文帝黄初七年，年四十，病困，谓左右曰：“建平所言八十，谓昼夜也，吾其决矣。”顷之，果崩。

据上所言，曹丕当生于汉中平四年（187），卒于黄初七年（226），享年四十。此说多被认同。

那么，将曹丕生卒之年作187—226，是否就没有问题了呢？我的回答是：否。因为有人谓上引史籍所载的曹丕生年与曹丕《典论·自叙》之说不合。

曹丕《典论·自叙》云：

> 初平之元，董卓杀主鸩后（卢弼《集解》云：事在中平六年，此云初平者，下文皆述初平之事也），荡复王室。是时四海既困中平之政，兼恶卓之凶逆，家家思乱，人人自危，山东牧守咸以《春秋》之义卫人讨州吁于濮，言人人皆得讨贼，于是大兴义兵，名豪大侠，富室强族，飘扬云会，万里相赴。兖豫之师，战于荥阳；河内之甲，军于孟津。卓遂迁大驾，西都长安。而山东，大者连郡国，中者婴城邑，小者聚阡陌，以还相吞并。会黄巾盛于海岱，山寇暴于并冀（卢弼云：谓黑山贼及西河白波贼也），乘胜转攻，席卷而南，乡邑望烟而奔，城邑睹尘而溃，百姓死亡，暴骨如莽。余时年五岁，上以四方扰乱，教余学射，六岁而知射；又教余骑马，八岁而能骑射矣。以时之多难，故每征余常从。建安初，上南征荆州至宛，张绣降，旬日而反，亡兄孝廉子修、从兄安民遇害，时余年十岁，乘马得脱。夫文武之道，各随时而用，生于中平之季，长于戎旅之间，是以少好弓马，于今不衰。

此文有数语关涉曹丕年岁。（一）“建安初，上南征荆州至宛……时余年十岁”；（二）“会黄巾盛于海岱，山寇暴于并冀……时余年五岁”；（三）“生于中平之季”。杨栩生即引此数语以驳曹丕生于中平四年（187）之成说，而定其生于中平五年（188）：

> 《自叙》谓“建安初，上南征荆州”云云，考《三国志·魏书·武帝纪》：“建安二年春正月，公到宛，张绣降，既而悔之复反。公与战，军败，为流矢所中，长子昂、弟子安民遇害。”按，昂字子修（今按，见《三国志·武文王公传》：“丰愍王昂字子修，弱冠举

孝廉，随太祖南征，为张绣所害。”)，《自叙》称“时余年十岁”，自建安二年（197）逆推之，则汉灵帝中平五年（188）曹丕生矣。张可礼《三曹年谱》谓丕之《自叙》“时余年十岁”“当为十一岁”。陆侃如先生《中古文学系年》亦谓……他应该是十一岁。……张、陆之说无据可依，愚以为乃丕生于中平四年强为之说。即令有如张、陆所说，“十”字脱“一”字……而《自叙》中尚有两处自言生年，恐不至皆误。其一：“会黄巾盛于海岱，山寇暴于并冀，乘胜转攻，席卷而南……余时年五岁。”……此指上年（初平二年）黄巾“转寇渤”，为公孙瓒所败；今夏（初平三年）四月，黄巾以百万之众而南向兖州，为曹操所败，降三十万；故曰：“乘胜转攻，席卷而南。”丕《自叙》称“时余年五岁”，自初平三年（192）逆数五年，是中平五年（188）是丕生年。其二，《自叙》称“生于中平之季……”。中平号六年，设若丕生于中平四年而称“中平之季”，似甚不妥。……中平五年称“季”可，而中平四年称“季”有所不宜。[①]

按，杨氏所引曹丕《典论·自叙》中的有关话语，当有别解。其一，《自叙》言建安二年，上征张绣，丕年“十岁”。此“十岁”，当是曹丕年岁之整数而不是实龄。缪钺先生认为：“古人平常言语，提到数目字时，难以很精确，常常喜欢用整数，如‘五’或‘十’之类。”[②]曹丕在《自叙》中将“十一”说成“十”即是古人喜用整数之一证。同时这也是为叙述方便，此亦犹《自叙》开首将发生在中平六年之“董卓杀主鸩后”事说为“初平之元”发生一样。其二，《自叙》“会黄巾盛于海岱，山寇暴于并冀，乘胜转攻，席卷而南……余时年五岁”云云。从文意看，此数句皆指“黄巾”和“山寇”，非指曹操破“贼”声势。据《三国志·武帝纪》载，黄巾、山寇“侵暴”海岱并冀，在初

① 杨栩生：《曹丕生年辨》，《许昌师专学报》1987年第3期。

② 缪钺：《敬复路梅材张志明两位先生关于五斗米问题商讨的意见》，《许昌师专学报》1987年第4期。

平二年，三年则是破贼获胜之时，故《自叙》“余时年五岁”之“时”，当指初平二年。若此时五岁，则丕恰生于中平四年（187）。其三，《自叙》“生于中平之季”云云，其“季”亦可指中平四年。中平计六年，把它分为初末两段，则中平前三年则可谓“中平之初”，后三年亦可谓“中平之季”或“中平之末”了。因此，《自叙》的“中平之季”，也可以是中平四年。

可证曹丕生于中平四年（187）之材料，还有曹丕《柳赋序》：

> 昔建安五年，上与袁绍战于官渡。是时，余始植斯柳，自彼迄今，十有五载矣。左右仆御已多亡，感物伤怀，乃作斯赋。

由此可知，《柳赋》作于建安十九年（214）。《柳赋》云：

> 在余年之二七，植斯柳乎中庭。
> 始围寸而高尺，今连拱而九成。
> 嗟日月之逝迈，忽亹亹以遄征。
> 昔周游而处此，今倏忽而弗形。

《赋》谓“在余年之二七，植斯柳于中庭”，显指建安五年（200）曹丕植此树时的年龄是14岁。自建安五年逆数14年，正是曹丕生年——中平四年（187）。

总之，曹丕的生卒年，仍当以《三国志·文帝纪》所载为是，作187—226。向作187—266，杨作188—226，皆不可据。

［补正］

按，《柳赋》作年，丁福林、陆侃如谓作于建安十九年；缪钺先生、俞绍初、吴云、唐绍忠、张可礼等谓作于建安二十年。

六、晋中散嵇康

嵇康，见《诗品中》。按，嵇康生卒，旧有数说，今罗列如下，可择善而从。

（一）216—255说。《三国志注·魏书·王粲传》云："臣松之案：本传云：康以景元中坐事诛，而干宝、孙盛、习凿齿诸书皆云正元二年司马文王反自乐嘉，杀嵇康、吕安。"据干宝、孙盛、习凿齿之说，则嵇康被诛于正元二年（255），时年四十。由此而推，当生于建安二十一年（216）。此说为裴松之所不许。裴氏云："其实不然。山涛为选官，欲举康自代，康书告绝，事之明审者也。案涛行状始以景元二年（261）除吏部郎耳。景元与正元相较七八年。以涛行状检之，如本传为审。又《钟会传》亦云：会作司隶校尉时诛康。会作司隶，景元中也。"

（二）219—262说。吴荣光《历代名人年谱》附录："嵇叔夜一作生于建安二十四年己亥；年四十四。"据此"一作"，则其生卒当为219—262（景元三年）。此说与史言康年四十不合。

（三）223—262说。《资治通鉴》卷七十八《魏纪十》元帝景元三年（262）云："昭遂杀（吕）安及（嵇）康。"以康年四十计，则当生于黄初四年（223）。余萧客《文选纪闻》卷二十四谓："康死之日实魏元帝景元三年。"亦持此说。今人也多从此。如《萧译》《向释》及余冠英《汉魏六朝诗选》、北大中文系文学史教研室编《魏晋南北朝文学史参考资料》、袁行霈《中国文学史纲要（二）》、王叔岷《笺证稿》等。

（四）224—263说。陆侃如《中古文学系年》云："康死于景元三年也有问题。……第一，康《与山巨源绝交书》谓'男年八岁'，而康子绍'十岁而孤'，前后相距二年。《书》既作于景元二年，则康死应在四年。第二……司马昭于四年十月始受相国位，而吕巽于相国掾任上陷害其弟（吕安）及康，那当然不能在三年。吕安之狱，恐始于四年五月钟会伐蜀之前，故会得进谗于昭。安、康之诛，恐在当年十月以后；故巽已为掾了。"据此，则生卒年为224—263。《吕校》及曹旭《集注》《笺注》《集注（增订本）》、杨明《译注》同此。

（五）223—263说。中国科学院文学研究所及游国恩等主编的两部《中国文学史》和杨生枝《乐府诗史》作此。但此与嵇康卒年四十之说不合。

七、晋冯翊守孙楚

孙楚，见《诗品中》。其生卒年，《萧译》《向释》作？—293；《吕校》和王叔岷《笺证稿》、曹旭《集注》皆作218？—293；而杨明《译注》则作？—293。

孙楚卒年向无疑问，《晋书》本传云："惠帝初，为冯翊太守。元康三年卒。"元康三年即293年。

孙楚生年由于《晋书》无载，故当考索。《晋书·孙楚传》云：

> 楚才藻卓绝，爽迈不群，多所陵傲，缺乡曲之誉。年四十余，始参镇东军事。文帝遣符劭、孙郁使吴，将军石苞命楚作书遗孙皓。

我们可据"年四十余，始参镇东军事"一语，考索孙楚的生年。

据"将军石苞命楚作书遗孙皓"推之，孙楚"参镇东军事"，是为镇东将军石苞作参军。《晋书·石苞传》云："寿春平，拜苞镇东将军。"

"寿春平"，指魏诸葛诞在淮南的叛乱被平息。据《晋书·文帝纪》"甘露三年二月乙酉斩（诸葛）诞"的记载，其事在258年。这时孙楚四十岁多一点。由此上数四十或四十一年，即是建安二十三年或二十四年，此即为孙楚生年。故孙楚之生年当从《吕校》之说作218？或217？。萧华荣《魏晋南北朝诗话》于孙楚生卒亦作218？—293，与《吕校》同。

又，《传》中"将军石苞命作书遗孙皓"的时间也可确考。

《晋书·文帝纪》云：

> 咸熙元年冬十月丁亥，奏遣吴人相国参军徐劭（按，《孙楚传》作符劭，《三国志·吴三嗣主传》和《文选·为石仲容与孙皓书》李善注引臧

荣绪《晋书》并作徐劭)、散骑常侍水曹属孙郁使吴。

孙楚之为石苞作书遗孙皓，即在咸熙元年（264）之冬十月丁亥前不久。

八、晋司徒掾张翰

张翰，见《诗品中》。于其生卒，多数注家皆言无考，而《向释》作258—319。

按，据《向释》之说，张翰享年六十有二。这与《晋书·文苑·张翰传》“年五十七卒”之说不合，故《向释》有误。

张翰当卒于永嘉六年以后。《世说新语·伤逝》云：

顾彦先（按，顾荣字）平生好琴，及丧，家人常以琴置灵床上。张季鹰往哭之，不胜其恸，遂径上床，鼓琴作数曲竟，抚琴曰：“顾彦光颇复赏此否？”因又大恸，遂不执孝子手而出。

《晋书·顾荣传》云：“（永嘉）六年，卒官。”据此，则永嘉六年（312），张翰犹在，其卒必当在永嘉六年之后。

由于知张翰卒于永嘉六年以后，其生年亦大致可推知。《传》言张翰“年五十七卒”，则由永嘉六年上数五十七年，便得魏正元三年（256），张翰即生于正元三年（256）以后。

又，《张翰传》云：

会稽贺循赴命入洛，经吴阊门，于船中弹琴。翰初不相识，乃就循言谈，便大相钦悦。问循，知其入洛，翰曰：“吾亦有事北京。”便同载即去，而不告家人。

据《晋书·贺循传》说，贺循入洛是为应召补太子舍人。但是，《世说新语·任诞》则以为是作太孙舍人：

贺司空入洛赴命，为太孙舍人。经吴阊门，在船中弹琴。张季鹰本不相识，先在金阊亭，闻弦甚清，下船就贺，因共语，便大相知悦。问贺：“卿欲何之？”贺曰：“入洛赴命，正尔进路。”张曰：“吾亦有事北京。”因路寄载，便与贺同发。初不告家，家追问乃知。

较此二说，当从《任诞》。据《晋书·惠帝纪》云："永康元年（300）五月己巳，立皇孙臧为皇太孙。"贺循入洛即为作皇太孙司马臧的舍人，时间亦当在永康元年（300）。而张翰既与贺循同载入京，则其入洛之年也当在永康元年（300）。

张翰入洛不久，即被"齐王冏辟为大司马东曹掾"。《张翰传》云：

> 冏时执权，翰谓同郡顾荣曰："天下纷纷，祸难未已。夫有四海之名者，求退良难。吾本山林间人，无望于时。子善以明防前，以智虑后。"……翰因见秋风起，乃思吴中菰菜、莼羹、鲈鱼脍，曰："人生贵得适志，何能羁宦数千里以要名爵乎！"遂命驾而归。著《首丘赋》……俄而冏败，人皆谓之见机。然府以其辄去，除吏名。

考《晋书·惠帝纪》，齐王冏为大司马在永宁元年（301）六月甲戌，永宁元年即永康二年（301），则张翰之被齐王冏辟为大司马东曹掾，当即在其入洛第二年（301）之六月。《国语·周语中》说："驷见而陨霜，火见而清风戒寒。"由《诗经·豳风·七月》"七月流火"，可知秋风初起，当在七月。如此，则张翰六月被辟，次年七月即思归。张翰归家后不久——太安元年（302）十月，齐王冏即被攻杀。《传》称"人谓之见机"，确实当之无愧。又《初学记》二十一载张翰《诗序》云："永康之末，疾苦痿瘵，故人颇候之，常以闲静，为著诗一首，分句改纸，各有别读。"此当是归家前作。永康之号，仅为两年（300—301），则《诗序》之"永康之末"当是永康二年（301）。故《诗序》亦可作为张翰于太安元年（302）即辞官归家的旁证。

据《传》言，张翰于太安元年（302）秋辞官归家后，就未再出仕。可见张翰一生只作过短时间的齐王冏大司马东曹掾。《诗品》谓张翰为"晋司徒掾"，不见于《传》，疑有误。

又，《向释》以张翰卒年为319年，盖是误以贺循卒年相代了。《晋书·贺循传》云："大兴二年卒，时年六十。"《三国志注·吴书·贺邵传》引虞预《晋书》亦云：贺循“年六十，大兴二年卒”。大兴二年即319年。

九、晋中书令潘尼

潘尼，见《诗品中》。其生卒年，《萧译》云不详;《吕校》作250？—311;《向释》作？—310；王叔岷《笺证稿》、曹旭《笺注》《集注》《集注（增订本）》，皆作250？—311？；杨明《译注》作？—311。

按，《晋书》本传云：

> 永嘉中，迁太常卿。洛阳将没，携家属东出成皋，欲还乡里。道遇贼，不得前，病卒于坞壁，年六十余。

据此，则潘尼之卒当在永嘉中洛阳失陷前不久，则其卒年既有可能如《向释》所说在永嘉四年（310），也有可能如《吕校》所说在永嘉五年（311）。不过，考此二说，当从《吕校》。

据《晋书·孝怀帝纪》，永嘉四年（310）冬十月，京师饥。东海王司马越羽檄征天下兵，怀帝谓使者曰：“为我语诸征镇，若今日，尚可救，后则无逮矣。”可见永嘉四年（310）十月，京师洛阳还比较安全。《怀帝纪》又云：永嘉四年（310）十一月，司马越帅众出许昌，使河南尹潘滔居守洛阳，大将军苟晞上表迁都仓垣，怀帝将从，诸大臣畏潘滔之势，不敢奉诏。潘滔即潘尼从子。可见潘尼在永嘉四年（310）十一月时还有潘滔可依靠。因此，潘尼不至于在永嘉四年（310）离京还乡。至到永嘉五年（311）三月，京师支柱东海王司马越因内部纷争忧愤成疾而死，还葬东海（《晋书·怀帝纪》）；潘滔亦因苟晞的搜捕而逃遁。潘尼这时感到从子不可依，京师无人守，为了避祸，遂作还乡之行。途中恰遇石勒追击东海献王司马越灵车之轻骑大败晋兵（《晋书·怀帝纪》云：永嘉五年四月戊子，石勒追东海献王丧，及于陈郡，将军钱端战死，军溃……王公以下死者十余万人），潘尼不得前进，遂病卒于坞壁。故潘尼之卒，不当在永嘉四年（310），而当在永嘉五年（311）四五月之间。潘尼卒月余，洛阳即沦陷。

潘尼生年，亦当从《吕校》之说。《潘尼传》言卒时年六十余，则潘尼当约生于250年。

一〇、晋太尉刘琨

刘琨见《诗品中》。按，刘琨生卒计有四说。

（一）271—318说。《晋书》本传谓琨被段匹磾缢杀时，年四十八；《晋书·元帝纪》谓："太兴元年……五月癸丑，使持节、侍中、都督、太尉、并州刺史、广武侯刘琨为段匹磾所害。"《通鉴》同。据此而推，则刘琨当生于太始七年（271）。《诗品》各注于刘琨生卒作271—318，即本此。此说有一定的可靠性。《晋书》本传谓琨"年二十六为司隶从事。时征虏将军石崇河南金谷涧中有别庐，冠绝时辈，引致宾客，日以赋诗。琨预其间，文咏颇为当时所许。"刘琨二十六岁时为元康六年（296）。《世说·品藻》注引石崇《金谷诗叙》云："余以元康六年以太仆卿出为使持节监青徐诸军事、征虏将军。有别庐在河南县界金谷涧中。"与琨传所叙正合。因此，余冠英《汉魏六朝诗选》、朱东润《中国历代文学作品选》、胡国瑞《魏晋南北朝文学史》、袁行霈《中国文学史纲要》、杨生枝《乐府诗史》、王叔岷《笺证稿》、杨明《译注》、曹旭《集注》《笺注》《集注（增订本）》等皆从此。

（二）275—318说。《北堂书钞》六十八引王隐《晋书》言刘琨年二十七为太子掾。按，此指琨本传所记赵王伦篡位后，伦子（司马）荂为皇太子，琨作荂詹事。此事发生在永宁元年（301）。据此以推，则刘琨当生于咸宁元年（275）。不过，此说与下列第三说有矛盾之处。

（三）273—318说。汤球辑王隐《晋书》卷七《刘琨传》："年二十九为太子掾。"则刘琨生于泰始九年（273）。按，此说与《世说·言语》注引王隐《晋书》“年三十五，出为并州刺史”不合。据琨传，其任并州刺史在永嘉元年（307）。不过，中华书局《晋书·校勘记》云：“《通鉴》八六载于光熙元年（306），以《怀纪》永嘉元年四月琨保晋阳及下文琨表‘九月末得发’推之，琨受任当在永嘉元年之前，《通鉴》较确。”若以刘琨生于273年，则为并州刺史时，当为三十四岁。

以上据王隐《晋书》考出之刘琨生年之两说，似不可信。《晋书·王隐传》云：“隐虽好著述，而文词鄙拙，芜舛不伦。其书次第可观者，皆其父撰；文体混漫，义不可解者，隐之作也。”且其享年，一作四四，一作四六，与本传作“四八”者不合。

（四）270—317说。文研所《中国文学史》、游国恩《中国文学史》即持此说。

一一、晋中郎卢谌

卢谌，见《诗品中》。于其生卒年，《萧译》《吕校》《向释》及稍后的曹旭《集注》、陈元胜《辨读》皆作284—350。

按，《晋书·卢钦传》附《卢谌传》云：

> 冉闵诛石氏，谌随闽军，于襄国遇害。时年六十七，是岁永和六年也。

《三国志·卢毓传》裴松之注引《卢谌别传》亦云：

> 洛阳倾覆，北投刘琨，琨以为司空从事中郎。琨败，谌归段末波。元帝之初累召为散骑、中书侍郎，不得南赴，永和六年，卒于胡。

永和六年即350年。此为旧注所本，但此说可商。

按，《晋书·石季龙载记》将卢谌之死置于永和六年（350）至八年之间来叙述的：

> 闵师大败……中书监卢谌……及诸将死者十余万人。

明言卢谌等因闵师大败而死。闵师大败于何年？《晋书·穆帝纪》云：

永和六年冬十一月，冉闵围襄国。

《资治通鉴》卷九十八亦云：

永和六年十一月，魏主（冉）闵帅步骑十万攻襄国。

显然此时始攻襄国，闵师未败，卢谌亦未死。又，《晋书·穆帝纪》云：

永和七年二月戊寅，石祗大败冉闵于襄国。

《通鉴》卷九十九亦云：

永和七年二月，魏主闵攻襄国百余日……三月，魏兵大败，闵与十余骑走还邺……中书监卢谌等并将士死者凡十余万人。

此皆明言闵师之败和卢谌之死是在永和七年（351）。曹道衡在叙及卢谌卒年时亦云：

卢谌卒年据清汤球《十六国春秋辑补》卷二十考证，当为永和七年。[①]

故卢谌卒年，当从《通鉴》及汤球之说，定于永和七年（351）。旧注据《晋书》等作永和六年，误。严可均《全上古三代秦汉三国六朝文·晋文》、逯钦立《先秦汉魏晋南北朝诗·晋诗》于卢谌卒年之说亦误同《晋书》。

依《卢谌传》谓卢谌享年六十七推之，则其当生于太康六年，即公元285年。旧注作284年，亦误。

总上考证，卢谌生卒之年当作285—351。陆侃如《中古文学系年》亦作此，甚是。

[补正]

按，卢谌生卒年，王叔岷《笺证稿》作285—351，与余说同。曹旭《笺注》《集注（增订本）》改从余说，是。张连第《诗品》则仍作284—350，非。

---

① 曹道衡：《十六国文学家考略》，载氏著《中古文学史论文集》，中华书局2002年版。

一二、晋常侍顾恺之

顾恺之，见《诗品中》。于其生卒年，《吕校》和稍后的曹旭《集注》、陈元胜《辨读》皆作345？—406；《向释》作345—411。萧华荣《诗品注译》无考，而其所辑《魏晋南北朝诗话》则说同《吕校》。

按，《晋书·文苑·顾恺之传》云："义熙初，为散骑常侍……年六十二，卒于官。"

义熙（405—418）凡十四年。《吕校》和萧华荣认为，"义熙初"与"年六十二，卒于官"时间相衔接，并以义熙初为406年，故《吕校》等有顾恺之生于345年、卒于406年之说。不过，也有以义熙初当作407年的，如《辞源》（修订本），即定其生卒年为346—407。《向释》的理解则有不同："义熙初"与"卒于官"不相连接，且不以享年六十二之说为是，把顾恺之的生卒考为345—411年，享年六十有七。逯钦立《晋诗》则云："恺之……初为桓温大司马参军，后为殷仲堪参军，年六十二，卒于官。"此当是逯氏删削《晋书·顾恺之传》不当所致，尤不可为据。

上述数种意见，皆有不可通之处。顾恺之生卒之年当另考索。

《晋书·文苑·顾恺之传》云：

> 义熙初，为散骑常侍，与谢瞻连省，夜于月下长咏，瞻每遥赞之，恺之弥自力忘倦。瞻将眠，令人代己，恺之不觉有异，遂申旦而止。……年六十二，卒于官。

此传谓顾恺之为散骑常侍时与谢瞻连省，考谢瞻晋时曾担任桓伟安西参军，楚台秘书郎，刘柳建威长史，高祖镇军参军，琅琊王大司马参军、主簿，安成相，中书侍郎，宋国中书、黄门侍郎，相国从事中郎等职（《宋书·谢瞻传》），其能与散骑常侍连省者当为中书侍郎。《晋书·职官志》即云：自魏至晋，散骑常侍、侍郎与侍中、黄门侍郎共平尚书奏事；而黄门侍郎已署之事，又过中书侍郎乃署名；已署，奏以入，为帝省读，书可。而谢瞻任中书侍郎的时间又当在为琅琊王大司马参军及安成相后。《晋书·安帝纪》云：义熙元年三月庚子，以琅琊王德文为大司马；义熙二年冬十月，封右将军何无忌安成郡公；义熙六年三月壬申，镇南将军、江州刺史何无忌及（卢）循战于豫章，王师败绩，无忌死之。据此。则谢瞻任安成相当在义熙二年十月至义熙六年三月间；而任中书侍郎也当在义熙六年三月以后不久。故顾恺之与谢瞻连省，于月下长咏亦必在义熙六年三月以后。准此，则《向释》以义熙七年（411）为顾恺之卒年，不为无据。

顾恺之享年，当从《晋书》本传“六十二”之说，则其生年与当约在永和六年（350）。

总之，顾恺之的生卒年当作 350？—411？，享年六十有二。

［补正］

按，顾恺之生卒年还有数说：

王叔岷《笺证稿》作 341—402。

顾毓琇云：“按王献之生卒年为 344—385。生年与画圣顾恺之（长康，344—405）同年。恺之有《神情诗》曰：‘春水满四泽，夏云多奇峰。秋月扬明辉。冬岭秀孤松。’无锡幸而有顾虎头，犹会稽有幸而得王右军。”[①]

马采《顾恺之年谱》作 344—405。马采在《年谱·补充说明》第 7 条驳《辞源》谓顾恺之为刘裕出兵灭南燕作《祭牙文》事时说：“疑误。查裕裕（按，当作刘裕）出兵灭南燕系义熙六年（410），即顾恺之逝世五年后的事，显然是不可能的。”[②] 按，此说正为顾恺之逝世于义熙七年（411 年）助阵。逝世于 411 年的顾恺之，正好可为刘裕北伐南燕作《祭牙文》。

① 顾毓琇：《王谢堂前》，《中国文哲研究通讯》1996 年 6 月第 2 期，第 119 页。

② 马采：《中国美学美术史年表简编》，载氏著《艺术学与艺术史文集》，中山大学出版社 1997 年版。

一三、宋豫章太守谢瞻

谢瞻，见《诗品中》。于其生年，注者皆作387年。后出的王叔岷《笺证稿》、陈元胜《辨读》、曹旭《诗品笺注》也作此。

按，《宋书》本传云：

瞻善于文章，辞采之美，与族叔混、族弟灵运相抗。

谢瞻既然是谢灵运的族兄，则其生年当早于谢灵运。考谢灵运生于太元十年（385），而各注于谢瞻生年均作387年，显然有误。严可均、逯钦立等均有过疑惑。逯钦立《先秦汉魏晋南北朝诗·宋诗》云：

瞻文章与族叔混、族弟灵运相抗。永初二年卒，年三十九。

又说：

《宋书》及《南史》本传俱言卒年三十五岁。严可均《全宋文》云："考瞻卒于永初二年，年三十五。灵运诛于元嘉十年，年四十九。则灵运长于瞻二岁，疑有一误。逯按，灵运生卒无误。瞻年三十五，当为三十九之讹。瞻永初（二）年卒，时如为三十九，则长于灵运二岁，元兴元年任桓伟参军为十九岁（按，当为二十岁，逯说误）；如为三十五岁，则元兴元年仅十五岁，以常例衡之，不应是时即为参军也。

逯氏为解此兄小于弟二岁之疑而径改《宋书》《南史》本传之"年三十五"为"年三十九"，其虽想当然而理有或然。如其信然，则谢瞻当生于太元八年（383），比灵运年长两岁。谢瞻卒年不变，仍定为永初二年（421）。

谢瞻仕履，《宋书》《南史》均不著年。今以生年为太元八年（383），对其仕履行述的年代略作考索。《宋书》本传云：

初为桓伟安西参军，楚台秘书郎……解职……为（刘）柳建威长史，寻为高祖镇军、琅琊王大司马参军，转主簿，安成相，中书侍郎，宋国中书、黄门侍郎，相国从事中郎……豫章太守……永初二年，在郡遇疾，不肯自治……遂卒，时年三十九（按，原作三十五，依逯钦立说改）。

这些任职的系年为：

元兴元年（402），瞻二十岁，为桓伟安西参军（见上逯钦立说）；

元兴二年（403）秋八月，桓玄自号相国、楚王（《晋书·安帝纪》），桓伟卒（《晋书·桓玄传》），瞻二十一岁，任楚台秘书郎；不久，瞻叔母刘氏弟建威将军刘柳为吴郡太守，瞻任刘柳建威长史（《宋书》本传）；

元兴三年（404）三月，刘裕行镇军将军（《晋书·安帝纪》），瞻二十二岁，任刘裕镇军参军；

义熙元年（405）三月，琅琊王司马德文为大司马（同上），瞻二十三岁，为大司马参军后转主簿；

义熙二年（406）冬十月，右将军何无忌为安成郡公（同上），瞻二十四岁，为安成相；

义熙六年（410）三月，何无忌死（同上），瞻二十八岁，任中书侍郎，与顾恺之连省任职；

义熙十二年（416），晋为刘裕置宋国侍中、黄门侍郎（《宋书·武帝纪》），瞻三十四岁，任宋国中书侍郎，后又任黄门侍郎，相国从事中郎；

元熙元年（419），瞻三十七岁，乃为豫章太守；

永初二年（421），病，卒于郡，年三十九。

一四、宋仆射谢混

谢混，见《诗品中》。于其生卒年，《萧译》作？—421，《吕校》《向释》及王叔岷《笺证稿》、曹旭《集注》作？—412。

按，谢混，《晋书》有传，但未记生卒之年，因此当另作考索。

谢混卒年，当以《吕校》《向释》之说为是。《晋书·安帝纪》云：

义熙八年九月己卯，太尉刘裕害右将军兖州刺史刘藩、尚书左仆射谢混。

《宋书·天文志三》云：

（义熙八年）九月诛刘藩、谢混，灭刘毅。

可知谢混卒于义熙八年（412）九月。

谢混既卒于刘裕元熙二年（420）受禅之前，则当为晋人，其所居之官，亦当为晋左仆射。《诗品》作“宋仆射”，误。《晋书·安帝纪》云：义熙六年（410）五月，“卫将军刘毅及卢循战于桑落洲，王师败绩。尚书左仆射孟昶惧，自杀。”据此，谢混之任尚书左仆射，当在义熙六年五月孟昶之后。

谢混生年，旧注无考，今略考之。

《晋书》本传云：

初，孝武帝为晋陵公主求婿……（王）珣对曰：“谢混虽不及真长，不减子敬。”帝曰：“如此便足。”未几，帝崩，袁山松欲以女妻之，珣曰：“卿莫近禁脔。”……混竟尚主。

由此可知，晋孝武帝崩时，谢混尚未婚配，但已到议婚之龄，此时当不少于十八九岁或竟至二十岁也。考孝武帝崩于太元二十一年（396），则定谢混之生在太元初，当无大错。

总上考索可知，谢混生卒之年当作377？—412，享年三十五六。

［补正］

按，谢混生卒年，曹旭《笺注》《集注（增订本）》改作：377？—412；陈元胜《辨读》、杨明《译注》则只作？—412。

一五、宋征君王微

王微，见《诗品中》。于其生卒年，旧注有两说：《萧译》、《吕校》、陈元胜《辨读》及杨明《译注》、曹旭诸作皆作415—453；《向释》及王叔岷《笺证稿》作415—443。

按,《宋书》本传云:

元嘉三十年卒,时年三十九。

中华书局《校勘记》云:

三十年,各本并作二十年;三十九,各本并作二十九。……《宋书考论》云:"以江湛为尚书及下文何偃称长史参勘之,盖元嘉三十年卒也。王僧绰(元嘉)二十八年为侍中,年二十九;亦三十年卒,年三十一。微为其兄,年二十九当作三十九。"按孙说是。今改正。

元嘉三十年(453),是为王微卒年。此为萧、吕之注所本。

又,《宋书·谢庄传》云:

元嘉二十七年,索虏寇彭城,虏遣尚书李孝伯来使,与镇军长史张畅共语,孝伯访问庄及王微,其名声远布如此。

中华书局《校勘记》云:"按王微卒于元嘉三十年,故孝伯问讯及之。"与《王微传》说合。

王微生年,则当由元嘉三十年上溯三十九年,得义熙十一年(415)。因此,王微生卒之年,当以萧、吕之说为是,作415—453,享年三十有九。

考《向释》于王微卒年误作443(元嘉二十年)的原因,当是不参中华书局《校勘记》,而信《宋书》各本并作"元嘉二十年卒,时年二十九"之故。严可均《上古三代秦汉三国六朝文·宋文》、逯钦立《先秦汉魏晋南北朝诗·宋诗》亦误。

一六、宋法曹参军谢惠连

谢惠连,见《诗品中》。于其生卒和享年,旧注亦有数说:《陈注》《萧译》《吕校》作407—433,享年二十七;《古笺》《许疏》《叶释》《向释》《徐译》及汪中《诗品》作397—433,享年三十七。

按，《宋书·谢惠连传》云：

> （元嘉）十年卒，时年二十七。既早亡，且轻薄多尤累，故官位不显。无子。

中华书局《校勘记》云：

> 十年卒，年二十七。二十七，各本并作三十七。据《文选·雪赋》注引《宋书》改。按惠连父谢方明任会稽郡在景平（423—424）末，以元嘉三年（426）卒官。又《谢灵运传》载：元嘉初，何长瑜在会稽教惠连读书，则惠连是时当不出二十岁。至元嘉十年，惠连卒，时年当二十七岁，故称“早亡”。

此说极是。元嘉十年（433）惠连卒，享年二十七，上溯二十七年，得义熙三年（407），故惠连之生卒年当以《陈注》《吕校》《萧译》之说为是。

谢惠连不生于397年还有一证。《宋书·谢方明传》云：

> 元兴元年，桓玄克京邑，丹阳尹卞范之势倾朝野，欲以女嫁方明，使尚书吏部郎王腾譬说备至，方明终不回。

《传》言惠连父方明元兴元年（402）尚在议婚，其子惠连何能生于前此六年隆安元年（397）呢？

《古笺》以及王世贞《艺苑卮言》、殷孟伦《汉魏六朝百三家集题辞注》、逯钦立《先秦汉魏晋南北朝诗·宋诗》、杨生枝《乐府诗史》、曹道衡《从雪赋、月赋看南朝文风之流变》（《文学遗产》1985年2期）等，误判谢惠连生年，当是信从《宋书》各本并作“年三十七”之故。

［补正］

按，陈庆《谢庄年谱》：“宋武帝永初二年（421年）谢庄生年”谓：“谢惠连十五岁”，并引《宋书·谢惠连传》：“元嘉十年卒，时年三十七。”也是误信《宋书》所致。

又按，王叔岷《笺证稿》先引古直云：“《宋书》曰：‘谢惠连十岁能属文，为司徒彭城王（义康）法曹参军，卒。’”后作按语引《文选》

谢惠连《雪赋》注引沈约《宋书》云“年二十七，卒”，并说：“《宋书》本传称‘年三十七，卒’。仲伟谓‘兰玉夙凋’，疑作‘二十七’较确。”似未读《校勘记》。又引古直说时，在“彭城王”下注“义唐”二字，实当为“义康”之误。更应改正的是《笺证稿·诗选》“谢惠连”下注其生卒年为：406—433。如此，则惠连卒时，当是二十八岁，与“年二十七，卒”之说不合。

一七、宋参军鲍照

鲍照，见《诗品中》。其生卒年，《诗品》注（含稍后的曹旭《集注》及修订本、《笺注》，杨明《译注》）及近期出版物多作 414？—466，而《向释》作公元 405—466 年，王叔岷《笺证稿》作 412—466，陈元胜《辨读》作？—466，余冠英先生《汉魏六朝诗选》作 415—470，刘大杰《中国文学发展史》（上海古典文学出版社 1957 年版）无考。

按，《宋书·刘义庆传》所附《鲍照传》云：“临海王子项为荆州，（鲍）照为前军参军，掌书记之任。子项败，为乱兵所杀。”

荆州刘子项等之叛乱，发生在泰始元年十二月，次年八月被平定，“晋安王子勋、安陆王子绥、临海王子项、邵陵王子元并赐死，同党皆伏诛。”（《宋书·明帝纪》）则鲍照为乱兵所杀，亦当在泰始二年（466）八月。注鲍照卒年为 466 年，当为有据。

鲍照泰始二年为乱兵所杀，还可在其它记载中得到证实。《宋书·邓琬传》云：

> 荆州闻浓湖（指刘子勋军牙）平……更议奉子项奔益州……典签阮道预、邵宰不同……道预、邵宰即与刘道宪解遣白丁，遣使归罪。荆州治中宗景、土人姚俭等勒兵入城，杀道宪、预、记室参军鲍照，劫掠府库，无复孑遗，执子项以降。

虞炎《鲍照集序》亦云：

宋明帝初，江外拒命，及义嘉败，荆土震扰，江陵人宋景（按，《邓琬传》宋作宗）因乱掠城，为景所杀，时年五十余。

这两条材料所载鲍照之卒不仅比《刘义庆传》更为详明，而且还可根据其所提供的鲍照被杀时“年五十余”之说，考证出鲍照出生的大致年代为414年前后。故鲍照生卒之年当作414？—466，而其享年也应如虞炎之说作五十余。

[补正]

按，孙猛《郡斋读书志校证》卷十七：“《鲍照集》十卷。”“卷内有齐虞炎《序》云：为宋景所害。”《校证》：“袁录何校本何焯批语曰：‘虞炎去照未远。宋景掠城事，史文略耳。’”其害鲍照者，似当从虞炎《序》作宋景。“宋”“宗”，形近易混，《三国志·蜀书·邓芝传》之“宋玮”，《先主传》、《华阳国志》卷六、《资治通鉴》卷六九作“宗玮”，是其证。

一八、汉上计赵壹

赵壹，见《诗品下》。于其生卒年，旧注多无考，《向释》作？—178年前后。

按，《后汉书·文苑·赵壹传》云：

光和元年，举郡上计到京师。是时司徒袁逢受计，计吏数百人皆拜伏庭中，莫敢仰视，壹独长揖而已。逢望而异之，令左右往让之曰：“下郡计吏而揖三公，何也？”对曰：“昔郦食其长揖汉王，今揖三公，何遽怪哉？”逢则敛衽下堂执其手延至上坐，因问西方事，大悦，顾谓坐中曰：“此人汉阳赵元叔也……”既出，造河南尹羊陟……陟乃与袁逢共称荐之，名动京师，士大夫想望其风采。及西还，道经弘农，过候太守皇甫规，门者不即通，壹遂遁去，门吏惧，以白之，规闻壹名，大惊，乃追书谢曰：……

光和元年即178年，《向释》谓赵壹卒于178年前后，本此。但是，此说不确。因为《传》并未言赵壹于光和元年从京师归家后即逝。相反，《传》于赵壹归家后还有“州郡争致礼命，十辟公府，并不就”等记载，可知赵壹卒于光和元年之后。陆侃如《中古文学系年》谓赵壹“卒年无考，大约在一八五年左右”。

又按，上引《赵壹传》有两事颇可怀疑。

其一，《传》谓：“光和元年，举郡上计到京师。是时司徒袁逢受计。”考《后汉书·灵帝纪》，光和元年为司徒者乃袁滂而非袁逢。《灵帝纪》云，熹平六年（177）十二月庚辰，司徒杨赐免。光和元年（178）二月癸丑，光禄勋陈国袁滂为司徒。九月，司空来艳薨。冬十月，屯骑校尉袁逢为司空。光和二年（179）三月，司徒袁滂免，大鸿胪刘郃为司徒。司空袁逢罢，太常张济为司空。可见在光和元年二年间，袁逢所任之职是屯骑校尉和司空，而非司徒。证袁逢于光和元年不任司徒而任司空的记载还有：《后汉书·袁安传》所附之《袁逢传》云：“后为司空，卒。”《三国志·袁绍传》“高祖父安为汉司徒，自安以下四世居三公位，由是势倾天下”，卢弼《三国志集解》引胡三省曰：“袁安为司空、司徒，子敞为司空；孙汤为司空、司徒、太尉；汤子逢为司空，少子隗亦为三公。”

既然光和元年任司徒者为袁滂而非袁逢，则受计者、与羊陟共荐赵壹者，当为司空袁滂。《赵壹传》作司徒袁逢，误。

其二，《传》谓赵壹“西还，道经弘农过候太守皇甫规”。此事似言之凿凿，不容置疑。夷考其实，亦大谬不然。《后汉书·皇甫规传》云：

> 永康元年（167）征为尚书，其夏日食，诏公卿举贤良方正，下问得失。……对奏不省，迁规弘农太守，封寿成亭侯，邑二百户，让封不受，再转为护羌校尉。熹平三年（174）以疾召还，未至，卒于谷城，年七十一。

据此可见，皇甫规任弘农太守在永康元年（167），不久即转为护羌校尉，熹平三年（174）即病卒于奉召归还途中。《赵壹传》之误，显而易见。若真有皇甫规与赵壹书信往还事，则不当在光和元年（178），而应于永康元年（167）皇甫规为弘农太守之时。

[补正]

按，李白《上安州李长史书》云："虽将军息恨于长孺（一作孙）之前，此无惭德；司空受揖于元淑之际，彼未为贤。"王琦注引《后汉书·文苑·赵壹传》后按云："司空受揖，事未详。司空当是司徒、元淑当是元叔之误，未可知也。"其实，李白不误。司空才管上计事，司徒只管教化事，故李白对《后汉书》有纠误之功。又，"叔"与"淑"通。《诗·东门之池》："彼美淑姬。"《释文》云："本亦作叔。"可证。

一九、魏明帝曹叡

曹叡，见《诗品下》。按，曹叡卒年无歧说，而其生年则有数说。

（一）建安九年（204）说。《三国志·魏书·明帝纪》云："景初……三年（239）正月丁亥……即日帝崩于嘉福殿，时年三十六。"据此而推，当生于建安九年（204）。《吕校》及王叔岷《笺证稿》、曹旭《集注》《笺注》《集注（增订本）》、杨明《译注》等于曹叡生卒作204—239，即本此。但曹叡为甄后之子。甄后归曹丕在建安九年八月。《三国志·魏书·后妃传》即云："建安中，袁绍为中子（袁）熙纳之，熙出为幽州，后留养姑。及冀州平，文帝纳后于邺，有宠，生明帝及东乡公主。"故曹叡不可能生于此年。

（二）建安十年（205）说。《明帝纪》裴松之注云："明帝应以十年生。计至此年（239）正月，整三十四年耳。时改正朔，以故年十二月为今年正月，可强名三十五年，不得三十六也。"侯康《三国志补注续》因裴说云："明帝实生于建安十年，至建安二十四年年十五。"《萧译》《向释》于曹叡生卒作205—239，即本此。然潘眉《三国志考证》卷一驳此说云："按裴松之以明帝应以十年生，此臆断语，全无依据。"周婴《卮林》卷一《难裴》也说："然以十年生，又不得言十五封武德。陈、裴皆为舛也。"

（三）建安十一年（206）说。周婴又云："按《志》称叡封武德侯年十五，时为延康元年（220），则叡盖以建安十一年（206）生。"潘眉亦云："考《水经注》，延康元年（220）以武德封曹叡为国，《本纪》载年十五封武德侯。延康元年即建安二十五年，帝即年十五，则生于建安十一年也。"此说，杨生枝《乐府诗史》从之，陆侃如《中古文学系年》亦与此同。

二〇、魏白马王曹彪

曹彪，见《诗品下》。于其生卒年，《萧译》作195—251，《吕校》作？—249，《向释》无考，稍后的王叔岷《笺证稿》、曹旭《集注》同《吕校》，陈元胜《辨读》作？—251，张连第作？—249。

按，曹彪卒于嘉平三年（251），向无疑问。《三国志·魏书·少帝纪》云：

> 嘉平三年……六月，（曹）彪赐死。

又，同书《王凌传》云：

> 嘉平三年……（司马）宣王遂至寿春，张式等皆自首。乃穷治其事，彪赐死，诸相连者悉夷三族。

又，《晋书·宣帝纪》云：

> 嘉平三年……收其（按指王凌）余党，皆夷三族，并杀彪。

又，同书《天文志下》云：

> （嘉平）三年……五月甲寅……王凌、楚王彪等诛。

又，《宋书·天文志一》云：

> （嘉平）三年，诛楚王彪。

又，《资治通鉴》卷七十五云：

> 嘉平三年五月甲寅，（王）凌行至项，遂饮药死……六月赐楚王彪死。

曹彪享年，史亦有载。《三国志·方使·朱建平传》云：

> 朱建平……谓（曹）彪曰："君据蕃国至五十七，当厄于兵，宜善防之。"……曹彪封楚王，年五十七，坐与王凌通谋，赐死。

而卢弼《三国志集解·曹彪传》亦云：

> 彪死年五十七。

根据曹彪卒年和享年，便可考得其生年为东汉兴平二年（195）。

故曹彪生卒之年当以《萧译》之注为是，当作195—251，享年五十有七。《吕校》注曹彪之卒为249年，是误信了《三国志·魏书·曹彪传》之载。钱大昭曰："彪有罪赐死，《本纪》在嘉平三年，此（按，指《曹彪传》）作元年，误。"（引自卢弼《三国志集解·曹彪传》）

《诗品》旧注，在介绍曹彪仕履时，绝大多数都据《三国志·曹彪传》七年徙封白马王之说，谓曹彪于黄初七年（226）封白马王。按，此与《文选》所载曹植《赠白马王彪诗序》"黄初四年（223）五月，白马王、任城王与余俱朝京师"之说不合。前人对曹彪于黄初四年是否为白马王，看法颇有分歧。

一种意见认为，曹彪于黄初三年已封白马，只是史有疑文。如胡三省、赵一清、黄节等都持这种看法。胡三省《通鉴注》："楚王彪……黄初三年徙封白马。白马县属东郡。"赵一清云："杭世骏曰：'史称七年徙封白马，而序称四年白马王朝京师，则当时未有此封，宜称吴王。'一清案：诗序既有白马之文，疑史之误。"黄节曰："植是时以鄄城王应诏至京师，东归后始徙封雍丘，则与白马王同路东归者归鄄城也。鄄城在今濮州东二十里，白马在今滑县东二十里，魏时同属兖州东郡，故能同路东归。若吴，则当南下，不能同东矣。又《初学记》载曹彪《答东阿王诗》曰：'盘径难怀抱，停驾与君诀。即车登北路，永叹寻先辙。'盖由洛阳东归，则鄄城、白马皆在东北，而鄄城又在白马之东，故诗云：'怨彼东路长。'地理方向明白如此，是彪于黄初四年曾徙白马，可无疑矣。杭世骏谓当时未有此封，宜称吴王。盖未深考耳。"（皆引自卢弼《三国志集解》）这种看法，受到了另一种意见的反驳。

卢弼云："按《楚王彪传》黄初七年徙封白马，胡（三省）注言黄初三年，误。"又云："黄说诚辩，然本传言（曹植）四年徙雍丘，其年朝京都。雍丘今为杞县，亦在洛阳之东。黄氏引曹彪《答东阿王诗》，植封东阿在太和三年，此时不应称东阿。要之佳什轶事辗转传抄，白马、东阿遂至歧异，诗题为后人所加，《集》序出注家之语。史文具在，年月可稽，似不必信彼而疑此，宋本《子建集》即无此序言也。"（皆引自《三国志集解》）

其实，卢弼之说亦有不周。卢既以为黄初四年曹植朝京师后即归雍丘，那么为何在注植诗"逝将归旧疆"句时又说"旧疆，鄄城也"？可见卢氏自己也持说不坚。其持说不坚，缘于所言不确。考《文选》李善注云：此诗本集作《于圈城作》。圈城，即鄄城。若依卢说，曹植是回雍丘，则诗题当作《于雍丘作》。今集言"圈城"而不言"雍丘"，则曹植之归圈城，必矣。又卢氏云："诗题为后人所加，集序出注家之语。"此说诚然。但是，仍不能证曹彪黄初三年不曾封白马王。据裴松之引《魏氏春秋》"是时待遇诸国法峻，任城王暴薨，诸王既怀友于之痛，植及白马王彪还国"等语看，言黄初四年时的曹彪已为白马王不始于萧统文选楼诸学士而起于《魏氏春秋》的作者孙盛。《晋书·孙盛传》称盛"著《魏氏春秋》《晋阳秋》……词直而理正，咸称良史焉"，则他对曹植、曹彪的记述，当是可信的。同时，因《曹彪传》文有疑阙，裴注引孙盛之述，也不能说没有拾遗补阙之意。

[补正]

按，曹彪生卒年，曹旭《笺注》引《考索》作：195—251年。但其《集注（增订本）》则云："据王发国《考索》，生卒年约为公元195—251年。""约"字衍。

二一、魏文学徐干

徐干，见《诗品下》。于其生卒之年，旧注及它书，说法甚多。主要有：（一）170—217说，卢弼《三国志集解》、逯钦立《先秦汉魏晋南北朝诗·汉诗》、刘大杰《中国文学发展史》、陆侃如《中古文学系年》、朱东润《中国历代文学作品选》、刘永濂《魂牵梦萦眷眷深情》、余嘉锡《疑年录稽疑》、《辞源（修订本）》，以及《萧译》《吕校》等主之；（二）171—218说，钱大昕《疑年录》、《辞海》及《向释》主之；（三）171—217说；游国恩等主编的《中国文学史》主之；（四）171—214说，余冠英《汉魏六朝诗选》、北大中国文学史教研室《魏晋南北朝文学史参考资料》等主之。

按，徐干生卒之年，当以第二说为是，应作171—218，享年四十有八。和徐干同时而稍后的人写的《中论序》述徐干之卒即云：

> 著《中论》之书二十篇……文义未究，年四十八，建安二十三年春二月遭厉疾，大命殒颓，岂不痛哉！

徐干建安二十三年（218）卒，享年四十八；上溯四十八年，则可知徐干汉灵帝建宁四年（171）生。此即为主第二说者所本。

但是，第二说为持第一说者所反驳。卢弼《三国志集解》云：

> 《序》言干"年四十八，建安二十三年春二月遭厉疾，大命殒颓"。按《献帝纪》"建安二十二年大疫"，又按裴注引《魏略》云"建安二十三年，《太子与吴质书》曰：'昔年疾疫，亲故多离其灾，徐、陈、应、刘一时俱逝"云云，昔年当指二十二年言，《序》称二十三年者，传写误二为三也。

除卢氏外，也还有人引《三国志·王粲传》"干、琳、玚、桢二十二年卒"之记以证成己见。

其实，要弄清其间的是非正误，只要能考出当年疾疫发生的具体时间，便功过半矣。关于当年疾疫发生的具体时间，《后汉书·献帝纪》云：

（建安）二十二年冬，有星孛于东北，是岁大疫。

可见建安二十二年的大疫，是发生在是年冬天。卢弼《三国志集解》“建安二十二年冬十月”引赵一清曰：“《后汉书·献帝纪》‘二十二年冬，有星孛于东北，是岁大疫。’……一清案：二十三年注：疫疠在冬，操是以有廪贷复家之令。”此文为疫疾在冬之说提出了新证。

赵一清所云曹操之“廪贷复家之令”，见于《三国志·武帝纪》建安二十三年四月裴注引《魏书》：

王令曰：去冬，天降疫疠，民有凋伤，军兴于外，垦土损少，吾甚忧之。其令吏民男女：女年七十以上无夫，子若年十二以下无父母兄弟及目无所见、手不能作、足不能行而无妻子父兄产业者，廪食终身，幼者至十二止，贫穷不能自赡者随口给贷，老耄须待养者年九十以上复不事，家一人。

此令所指的“去冬”，即建安二十二年冬。

可证疫疾在冬之说还有：

其一，《三国志·武帝纪》建安二十三年，曹操六月令曰：

古之葬者，必居瘠薄之地，其规西门豹祠西原上为寿陵……其公卿大臣列将有功者宜陪寿陵。其广为兆域，使足相容。

按，此“六月令”紧接“四月令”而来，其背景当和“四月令”一样，都是因“去冬，天降疫疠，民有凋伤”而发，只是一为养生，一为送终。盖在建安二十三年之夏，由于去冬疫疾延至今春，官民死者之安葬已成了一个严重的社会问题。当时官僚之家纷纷占田为墓，至使大片良田，顿成丘墟。于是曹操发了“葬者必居瘠薄之地”的命令。试想，如果疫疾是在二十二年春，则死者的安葬问题，当出现在是年夏季，曹操就不会待到二十三年六月才发布解决这一问题的命令了。所以，这道《六月令》亦可作疫疾在冬之证。

其二，《三国志·文帝纪》黄初七年裴注引《魏书》曰：

帝初在东宫，疫疠大起，时人凋伤，帝深感叹。

按“帝初在东宫”云云，指曹丕被立为太子不久即逢疫疾发生。考《三国志·武帝纪》建二十二年云：“冬十月……以五官中郎将丕为魏太子。”可见疫疠之起，确在建安二十二年冬十月。此正与《后汉书·献帝纪》之说相合。

其三，《三国志·司马朗传》云：

> 建安二十二年，与夏侯惇、臧霸等征吴，到居巢。军士大疫，朗躬巡视，致医药，遇疾，卒，时年四十七（按，当作四十三）。

此传虽未言军士大疫的时间，但是，通过考索可知，此大疫当发生在建安二十二年三月以后。《三国志·武帝纪》云：“二十二年春……三月，王引军还，留夏侯惇、曹仁、张辽等屯居巢。”据此，则三月，曹操引军还时疫疾尚未发生，故疫疾之生和司马朗之卒当在建安二十二年三月之后。

既然疫疾是发生在建安二十二年冬十月，则当年之二月，徐干不会染疾而死。相反，倒是可能在冬天疾疫发生时感疾，拖至次年二月而殁。因此，《中论序》说徐干卒于建安二十三年二月，比《三国志·王粲传》说徐干卒于建安二十二年更有说服力。

那么，曹丕《与吴质书》之说，又当如何解释呢？《文选》所载曹丕《与吴质书》有“二月三日丕白”字样，而吴质《答魏太子笺》亦有“二月八日庚寅”等语，此足证丕书写作时间在二月初。若据《中论序》说徐干逝于二月，则丕于此月此日为书则根本不可能。因《书》中有云：“何图数年之间，零落略尽，言之伤心。顷撰其遗文，都为一集，观其名姓，已为鬼录。”其人刚死，何能将其遗文“都为一集”？因此，曹丕为书时间与《中论序》之记徐干卒年，二者必有一误。而前已证徐干卒于建安二十三年二月之说有据，则曹丕作书的年代当可怀疑。陈垣《二十史朔闰表》云，建安二十三年二月己丑朔，则己丑后的庚寅当是二月二日，而不是八日，可见吴质《答笺》所言的“二月八日庚寅”不属建安二十三年，建安二十三年之二月八日应是丙申。因此，吴质《答笺》不当作于建安二十三年二月八日。又，据陈《表》，建安二十四年二月朔在癸未，则八日为庚寅。据此，则吴质《答笺》中的“二月八日庚寅”，当属建安二十四年。《文选》李善注吴质《答笺》引《魏略》曰：“魏郡大疫，故太子与质书，质报之。”则曹丕《与吴质书》中的“二月三日丕白”，亦属建安二十四年而非二十三年。如此，则曹丕《与吴质书》“昔年疾疫，亲故多离其灾，徐、陈、应、刘一时俱逝”之“昔年”就应指建安二十三年了，而卢弼等人所持以证徐干卒于建安二十二年之据，则变成了证实《中论序》之说的有力论据之一。

证徐干卒于建安二十三年，还有一据。《中论序》云：

> （徐干）未至弱冠，学五经悉载于口，博览传记，言则成章，操翰成文矣。此时灵帝之末年也。

考灵帝最末一年为中平六年（189），此时徐干还不到“弱冠”（二十岁）之年。《中论序》说徐干享年四十八。如果按其卒于建安二十二年之说，则中平六年已二十岁，显然与“未至弱冠”之说不合。但如果按其卒于建安二十三年之说，则中平六年为十九岁，恰是“未至弱冠”之年。

徐干卒年及享年既定，则其生年也可考知。据徐干卒于建安二十三年二月，享年四十八，可知徐于当生于汉灵帝建宁四年（171）。

总之，徐干生卒之年当以《中论序》之说为是，应作171—218。

［补正］

按，徐干生卒年，王叔岷《笺证稿》作：171—218，是。曹旭《集注》亦作171—218。但后出之《笺注》和《集注（增订本）》却误改作“171—217”了。

二二、魏文学应玚附刘桢、陈琳、吴质

应玚，见《诗品下》。于其生卒年，旧注多作？—217。

按，《三国志·魏书·王粲传》云：“干、琳、玚、桢二十二年

卒。”曹丕《与吴质书》(一般认为作于建安二十三年二月)云:“昔年疫疾,亲故多离其灾,徐、陈、应、刘一时俱逝。”旧注多据此认定应玚卒于建安二十二年(217),本为有据。但,考曹丕《与吴质书》的写作时间,当在建安二十四年二月三日,则丕书中的“昔年”当指安建安二十三年(见上“魏文学徐干”条),因此,应玚卒年亦当作建安二十三年(218)。又,《文选》卷二十曹植《上责躬应诏诗表》李翰周注云:“植尝与杨修、应玚等饮酒醉,走马于司马禁门。”而《三国志·陈思王传》置此事于建安二十二年。可见,在建安二十二年时,应玚犹在,故旧注实误,应予订正。

也由于曹丕《与吴质书》写作时间的重新考定,还使我们有可能对刘桢(《诗品上》)和陈琳的卒年、吴质的生卒年作如下订正。

刘桢、陈琳的卒年与应玚同,为建安二十三年(218)。吴质生卒,卢弼《三国志集解》曰:“质《答太子笺》云:‘今质也四十二矣’,时为建安二十三年。至魏太和四年(230)卒,年五十四。”此说可订正者有二:其一,吴质四十二岁,时应为建安二十四年(218),至魏太和四年(230)卒,享年当为五十三。其二;吴质生年原作汉灵帝熹平六年(177),今当改为熹平七年(178)。

[补正]

按,应玚、刘桢卒年,王叔岷《笺证稿》、曹旭《集注》《笺注》《集注(增订本)》、杨明《译注》、陈元胜《辨读》,均作217年,非是,当作218年。

二三、晋黄门枣据

枣据,见《诗品下》。于其生卒之年,《向释》作?—285年左右。按,《晋书·文苑·枣据传》云:

弱冠,辟大将军府,出为山阳令,有政绩。迁尚书郎,转右丞。贾充伐吴，请为从事中郎。军还，徙黄门侍郎、冀州刺史、太子中庶子。太康中卒，时年五十余。

考索枣据生卒年等，当以此为据。

《传》谓“弱冠，辟大将军府”，则枣据二十岁辟大将军府。大将军指司马师，《晋书·景帝纪》曰：

魏嘉平四年春正月，迁大将军……命百官举贤才，明少长，恤穷独，理废滞。诸葛诞、毌丘俭、王昶、陈泰、胡遵都督四方，王基、州泰、邓艾、石苞典州郡，卢毓、李丰掌选举，傅嘏、虞松参计谋，钟会、夏侯玄、王肃、陈本、孟康、赵酆、张缉预朝议，四海倾注，朝野肃然。

枣据当是被选贤才之一。嘉平四年（252），枣据二十岁，则其生年当在魏明帝青龙元年（233）。

《传》又谓“太康中卒，时年五十余”，晋武帝太康年（280—289）凡十年。若把这十年分为初、中、末，则太康中当为283—286年。但从生年236年至283、284、285、286年，皆与“年五十余”之说合。故枣据之卒，当在公元283—286年，即太康四年至七年之间。

又，《诗品》谓“晋黄门枣据”，按“黄门”即《传》所言“黄门侍郎”之省称。枣据任此职的时间，亦大致可考。《传》云“贾充伐吴，请为从事中郎，军还，徙为黄门侍郎”，明载枣据任黄门侍郎在平吴以后。考《晋书·武帝纪》云：咸宁五年（279）十一月，大举伐吴，以太尉贾充为大都督，总统众军，太康元年（280）灭吴，五月，论功行封功臣。如此，则据之为从事中郎当在咸宁五年（279）十一月；而任黄门侍郎也必在太康元年（280）五月，很有可能，黄门侍郎抑即枣据从征吴逆有功所得的封赏呢！

又，《传》谓枣据曾任冀州刺史，这可在其它记载中得到证实。《宋书·百官志下》载枣据《追远诗序》云：“先君为巨鹿太守，迄经三纪。忝私为冀州刺史，班诏次于郡传。”此《序》虽有阙文，然叙事可信。

［补正］

按，枣据生卒年，《诗品注》多未著录，如王叔岷《笺证稿》、曹旭《集注》、杨明《译注》、陈元胜《辩证》等，皆言“不详”。而后出之曹旭《笺注》《集注（增订本）》则从《考索》，作 233？—285 年。

二四、晋中书张载

张载，见《诗品下》。其生活年代，《向释》作 289 年前后。

按，《晋书》本传曰：

> 父收，蜀郡太守……太康初，至蜀省父，道经剑阁，载以蜀人恃险好乱，因著铭以作诫……载又为《濛汜赋》，司隶校尉傅玄见而嗟叹，以车迎之，言谈尽日，为之延誉，遂知名。起家佐著作郎，出补肥乡令。复为著作郎。转太子中舍人，迁乐安相、弘农太守，长沙王乂请为记室督。拜中书侍郎，复领著作。载见世方乱，无复进仕意，遂称疾笃告归，卒于家。

此传所记，有两事可疑。其一，“太康初，至蜀省父”，与《晋书·文苑·左思传》“欲赋《三都》，会妹芬入宫，移家京师，乃诣著作郎张载访岷邛之事”不合。《晋书·左芬传》云：“泰始八年拜修仪”，则左思移家京师，即当在泰始八年（272）前，距张载“至蜀省父”的太康（280—289）初，至少还有七八年之久。张载泰始八年还未到过蜀地，他又怎能于此时作左思的顾问呢？其二，“又为《濛汜赋》，司隶校尉傅玄见而嗟叹，以车迎之”，此更令人有疑。从《传》中可知，《濛汜赋》作于《剑阁铭》之后，而《剑阁铭》至早也只能作于太康元年（280），《濛汜赋》则更在太康元年之后。据《晋书·傅玄传》，傅玄卒于咸宁四年（278），傅玄怎能见《濛汜赋》而嗟叹之呢？

笔者以为，《左思传》和《张传载》中有误字，即《左思传》“乃诣著作郎张载记岷邛之事”之“乃”当作“后”；《张载传》“又为《濛汜赋》，司隶校尉傅玄见而嗟叹”之“傅玄”当作“傅咸”。据《晋书·傅咸传》载，傅咸于元康四年（294）卒，亦兼司隶校尉。

张载本传之事，有些可考索其大致年代。如“长沙王乂请为记室督”事，《晋书·武帝纪》载，太康十年十一月甲午，立皇子乂为长沙王；则张载始为长沙王乂记室督当在太康十年（289）十一月或以后不久。陆侃如作太安元年（302），似误。又如“拜中书侍郎”事当在为长沙王乂记室督后。《晋书·惠帝纪》云，元康元年（291）八月，徙长沙王为常山王；而张华此时因诛楚王玮有功拜中书监（《晋书·张华传》），于是张载便任中书侍郎，至张华元康六年（296）升任司空时（《晋书·惠帝纪》）。再如“复领著作”事，此当继中书侍郎后。《晋书·张华传》言，张华为司空，后又兼领著作，此即因张载去职之故。张载去“领著作”一职之缘由，本传谓“载见世方乱，无复进仕意，遂称疾笃告归”。考张载之能“见世方乱”，殆亦和张华有关。《晋书·张华传》云：“惠帝中，人有得鸟毛，长三丈，以示华。华见，惨然曰：‘此谓海凫毛也，出则天下乱矣。’”张华的这些言论，盖更促成张载无意仕进，称疾告归。

通过以上杂考，虽不能确知张载生卒之年，但至少可见《向释》所注其卒于289年前后之非，因为张载在晋惠帝元康六年（296）还在任职为官。

二五、晋骠骑王济

王济，见《诗品下》。其生卒年，《向释》作？—290。

按，《晋书》本传云：

> 寻使白衣领太仆，年四十六，先浑卒。

王浑为王济父，《晋书·王浑传》云：

> 元康七年薨，时年七十五。

则王济之卒，当在元康七年（297）前。又据《世说新语·伤逝》云：

> 武子（按，王济字）丧时，名士无不至者。子荆后来，临尸恸

哭，宾客莫不垂涕。

孙楚字子荆，《晋书》本传云：

元康三年卒……与同郡王济友善。

则王济之卒，又当先于孙楚——元康三年（293）前。又《世说新语·赏誉》云：

王汝南（按，即王湛，王济叔父）既除所生（按，指母）服，遂停墓所。兄子济每来拜墓，略不过叔，叔亦不候济。脱时过，止寒温而已。后聊试问近事，答对甚有音辞，出济意外，济极惋愕。仍与语，转造精微。济先略无子侄之敬，既闻其言，不觉懔然，心形俱肃。遂留共语，弥日累夜。济虽俊爽，自视缺然，乃喟然叹曰："家有名士，三十年而不知……"武帝每见济，辄以湛调之曰："卿家痴叔死未？"济常无以答。既而得叔后，武帝又问如前，济曰："臣叔不痴。"称其实美。帝曰："谁比？"济曰："山涛以下，魏舒以上。"于是显名。年二十八始宦。

这段文字所载之事（除武帝调济外）当发生在王济三十岁、王湛二十八岁时。余嘉锡《世说新语笺疏》引程炎震曰："《晋书》：'湛年四十九（今本《晋书》作四十七，当从），元康五年卒。'则二十八是咸宁二年丙申。"据此，则王济亦当在咸宁二年（276）为三十岁，由此上溯三十年为魏齐王曹芳正始八年（247），是为王济生年。又，王济享年四十有六，则王济卒年当为元康二年（292）。此正与先孙楚、王浑而卒的记载相合。

《向释》言王济卒于太熙元年（290），虽然也与先孙楚、王浑而卒之说相合，但却与《晋书》所载的另一事实相违。《晋书·刘聪载记》：

（聪）迁（怀）帝及惠帝羊后、传国玉玺于平阳。……聪假怀帝仪同三司，封会稽郡公……聪引帝入宴，谓帝曰："卿为豫章王时，朕尝与王武子相造，武子示朕于卿，卿言闻其名久矣。以卿所制乐府歌示朕，谓朕曰：'闻君善为辞赋，试为看之。'朕时与武子俱为《盛德颂》，卿称善者久之。又引朕射于皇堂，朕得十二筹，卿与王武子俱得九筹，卿赠朕柘弓、银研，卿颇忆否？”

考怀帝司马炽为豫章王在太熙元年（见《怀帝纪》，而《武帝纪》作太康十年十一月，误），此时王济还能作赋，何言已死？

又，据《向释》说而推出，王济生于正始六年（245）。但是《晋书》本传云：“年二十起家拜中书郎。”按《向释》所注生年推之，王济拜中书郎当在魏元帝曹奂咸熙元年（264）。然而，王济之拜中书郎是在魏晋易代之后。《北堂书钞》卷五十七载有晋武帝《以王济为中书郎诏》可证。严可均《全晋文》亦云：“案本传言‘年二十拜中书郎’……则此诏当在泰始中。”因此，《向释》显然与此不合。若据余说推考，则王济“年二十起家拜中书郎”正是晋武帝代魏后之第二年——泰始二年（266）。故王济卒年，不当依《向释》作290年而应为292年，生年也不当为245年而应作247年；“年二十起家为拜中书郎”亦不应为264年而应在266年。

当然，《向释》之说，亦有所本。陆侃如《中古史学系年》云：“济生年无考，以行事推之，似当生于正始中（245年左右）”；又谓：“卒年亦无考，大约在武、惠之间，290年左右。”向释本此，显而易见。另外，陆氏系年还遗漏了王济于太熙元年（290）作《盛德颂》事。

［补正］

按，王济生卒年，王叔岷《笺证稿》、陈元胜《辨读》、杨明《译注》等皆言不详。只曹旭《笺注》《集注（增订本）》从王发国《考索》作：247？—292。

二六、晋廷尉孙绰

孙绰，见《诗品下》。于其生卒年，前人有三种说法：其一，314—371，《萧译》《吕校》和朱东润《中国历代文学作品选》、曹道衡《晋代作家六考》等主之；其二，301—380，《向释》主之；其三，约生活于320—380左右，石峻《中国佛教思想资料选编》主之。

按，孙绰生卒年，《建康实录》卷八有明确记载："（咸安元年）是岁，散骑常侍领著作孙绰卒……时年五十八。"咸安元年为371年，又孙绰享年五十有八，由此上溯五十八年，可知孙绰生于建兴二年（314）。故孙绰生卒年当作314—371。

又，孙绰与孙楚的关系，《古笺》《许疏》《叶释》引《晋书》曰："孙楚子绰，字兴公，仕至廷尉卿，领著作，卒。"按，《晋书·孙楚传》云：

> （孙楚）三子：众、洵、纂。众及洵俱未仕而早终（按，洵官至颍川太守，见《孙盛传》），惟纂子统、绰并知名。

此明言孙绰为孙纂之子、孙楚之孙。《古笺》《许疏》《叶释》显误。

曹道衡《晋代作家六考》曰：

> 《建康实录》述孙绰家世云："绰字兴公，太原郡人，冯翊太守楚之子。永嘉丧乱，绰，与兄统相携渡江。"此说不确。考《晋书·孙楚传》，孙绰乃孙楚的孙子而非儿子。且孙楚卒于惠帝元康三年（293），距孙绰之生有二十年之久，因此，孙绰不可能是孙楚之子，而只能从《晋书·孙楚传》之说，他是孙楚子纂的儿子。

曹说至确，当从。

［补正］

按，孙绰生卒年，王叔岷《笺证稿》作317—371。曹旭《集注》《笺注》《集注（增订本）》、杨明《译注》、陈元胜《辩证》及马采《年表简编》皆作314—371。

二七、晋征士许询

许询，见《诗品下》。其生卒年，《向释》作约345年前后。

按，《晋书》无许询传，因此，正如曹道衡所说：

关于他的生平，我们知道得很少。现存史料中最可据的当推《世说新语·言语》刘注引《续晋阳秋》："许询……魏中领军允玄孙。总角秀惠，众称神童，长而风情简素，司徒掾辟，不就，蚤卒。"可是……《建康实录》卷八的记载却与此有出入："……询幼冲灵，好泉石，清风朗月，举酒永怀。中宗闻而征为议郎，辞不受职……肃宗连征司徒掾，不就……孝宗诏曰……"这里所称中宗指晋元帝，肃宗指明帝，孝宗指穆帝。所载许询生平最可怀疑的是说晋元帝征他为议郎。因为许询如果在晋元帝时征为议郎，当已成人，年龄至少为二十左右。这样在穆帝时，他年纪已达四十岁以上，甚至可能已达五十左右，与《续晋阳秋》所谓"早卒"不合。古书中说人"早卒"，一般都指二十几岁就死云……许询的年辈当比他的友人刘惔、孙绰等人小。孙绰有《答许询诗》，其第五章有"孔父有言，后生可畏，灼灼许子，挺奇拔萃"诸语，说明许询确比孙绰年幼。……许询被辟为司徒掾的时间是大致可考知的。据《文选》江文通《杂体诗三十首》李善注引《晋中兴书》载许询事迹，谓"司徒谟辟，不起"……许询之被辟为司徒掾，应在康帝、穆帝时代，而非明帝时代，《建康实录》的话，误差有二十年左右。①

曹先生的某些考证，是我们进一步考索许询生卒年所当遵循的一些原则。

《世说新语·文学》云：

许掾年少时，人以比王苟子，许大不平。时诸人士及林法师并在会稽西寺讲，王亦在焉。许意甚忿，便往西寺与王论理，共决优劣。苦相折挫，王遂大屈。许复执王理，王执许理，更相覆疏，王复屈。许谓支法师曰："弟子向语何似？"支从容曰："君语

① 曹道衡：《晋代作家六考》，《文史》1984年第20期。

佳则佳矣，何至相苦邪？岂是求理中之谈哉？”

余嘉锡《世说新语笺疏》引程炎震曰：

《法书要录》载张怀瓘《书断》云：“王修（小字苟子），以升平元年卒，年二十四。”则生于咸和九年甲午。许询或年相若耶？

据程氏之意，人以许询比王修者，乃是他们二人年岁相若。如此，则许询亦当和王修一样，生于咸和九年甲午（334）。按，此说差可。许与孙绰相较，年龄相差二十岁。正与孙绰《答许询》称其为“后生”相合。

又，知其生年，则许询被辟为蔡谟司徒掾和受刘惔礼遇之年也大致可考。笔者认为，许询被蔡谟辟为司徒掾当在穆帝永和二三年（346—347）间，而不在康帝时代（343—344）。《晋书·穆帝纪》云：“永和二年二月癸丑，以左光禄大夫蔡谟领司徒……六年十二月，免司徒蔡谟为庶人。”（《宋书·天文志》作永和二年废，误）而同书《蔡谟传》则云：“康帝即位，征拜左光禄大夫，开府仪同三司，领司徒。”与《穆帝纪》不合。对此，中华书局《晋书·蔡谟传校勘记》云：“李慈铭《晋书札记》云：‘康帝当作穆帝。’按据《穆纪》及《殷浩传》，李说是。”曹先生不参《校勘记》之说而信《蔡谟传》所言，定许询被辟之年在康帝时代，似误。又《蔡谟传》云：“初，谟冲让不辟僚佐，诏屡敦逼之。始取掾属。”据此，则许询被辟当在蔡谟为朝廷屡次敦逼之后，最早亦当在永和二年，而最迟则不过在永和三年或四年。《蔡谟传》云：“迁侍中、司徒，上疏让曰‘……’皇太后诏报不许。谟犹固让……皇太后遣使谕意，自四年冬至五年末，诏书屡下，谟固守所执，六年复上疏，以疾病乞骸骨，上左光禄大夫、领司徒印绶，章表十余上……皇太后诏曰：‘……可依旧制免为庶人。’”就常情言，在永和四年以后因一再固辞司徒之职的蔡谟是不会再辟掾属的。因此，许询之辟为蔡谟司徒掾的最大可能是在永和三年（347），其时许询十四岁。

至于许询出都（诣都之意）至丹阳尹刘惔处留宿的时间，则是在被辟为司徒掾不就之后。释道宣《三宝感通录》一引夏侯曾先《会稽地志》云：

诸暨西北百里有许公岩；晋时高阳许询，字玄度，与沙门支遁为友，每相从历览山水，至此栖焉。晋辟玄度为司徒椽，征不就。后诣建业，见者倾都。刘恢（按，当作惔）为丹阳尹，有名当世，日数造之。叹曰："今见许公，使我遂为轻薄京尹。"于郡立斋以处之。至于梁代，此屋犹存。许掾既反，刘尹尝至其斋，曰："清风朗月，何尝不思玄度矣。"

此即言许询先辟司徒掾而后诣建业的。

许询至都之由，《世说·赏誉》注说是为了迎姐或母。其时，至早当在永和四年一月。因为刘真长为丹阳尹在永和三年十二月（说详"刘惔"条），而许询又停都一月（《世说新语·宠礼》）。这时的许询，盖已十五岁矣。

也许有人要问，十四五岁被辟为官属或受名士礼遇，年纪太小了吧？就"中人"而言，其年岁是小了些，但许询是"神童"，则不当以常人目之，且十三四岁受名士礼遇之事，在晋代也不是没有他例。《晋书·王羲之传》云."羲之幼讷于言，人未之奇。年十三，尝谒周顗，顗察而异之。时重牛心炙，坐客未啖，顗先割啖羲之，于是知名。""人未之奇"之王羲之，犹被周顗如此礼遇，何论号为"神童"的许询？又《世说新语·文学》云："王敬仁年十三，作《贤人论》。长史送示真长，真长答云：'见敬仁所作论，便足参微言。"此十三作《贤人论》而为刘惔所称的王敬仁不是别人，正是苟子王修，亦即人们以之与许询相比者。王修十三之被刘真长称道，犹许询十四五之受刘尹礼遇也。

许询卒年，曹道衡先生说："很可能卒于永和年间。"按，此说亦似可商。《世说新语·规箴》云：

王右军与王敬仁、许玄度并善。二人亡后，右军为论议更克。孔岩诫之曰："明府昔与王、许周旋有情，及逝没之后，无慎终之好，民所不取。"右军甚愧。

余嘉锡《世说新语笺疏》引程炎震曰："观此，知许询先右军卒。"考王羲之卒于升平五年（361），则许询必卒于升平五年以前。今拟许询卒于升平四年（360），则时为二十七岁，与《续晋阳秋》“早卒”之说相合。《宋书·谢惠连传》云：“（元嘉）十年卒，时年二十七。既早亡……”是其证。当然，合于许询“早卒”之年，除升平四年（360）外，还有升平三年（359）、二年（358）、元年（357）、永和十二年（356）、十一年（355）、十年（354）等。故许询之卒，似当定为永和十年至升平四年之间，或即与王修同卒于升平元年（357），亦是可能的。

综上考证可知，许询生年与王修同，当为334年，卒年在354—360年之间，并与卒于升平元年（357）的王修，相去不远。则《诗品》向释作约卒于345年前后，太早，而严可均《全晋文》、逯钦立《晋诗》谓许询为咸安（371—372）中征士，太迟。

［补正］

按，许询生卒年，王叔岷《笺证稿》、陈元胜《辨读》、曹旭《集注》、杨明《译注》皆言不详。而后出的曹旭《笺注》《集注（增订本）》则谓：“许询：生卒年不详。据王发国《诗品考索》生于公元三三四？，卒于公元三五七？年。”

二八、王濛

王濛，见《诗品下》。于其生卒年，各注皆未著录。

按，王濛生卒之年，《晋书》本传无载而它书有云。

《世说新语·伤逝》刘注引《王濛别传》云：“以永和初卒，年三十九。”张彦远《历代名画记》卷五亦云：“卒时年三十九。”遗憾的是，都未著具体之年。因此争其具体之年，当须它考。

余嘉锡《世说新语笺疏》之《方正》和《伤逝》并引程炎震云：“《法书要录》卷九引张怀瓘《书断》称‘濛以永和三年卒，年三十九’。”程氏所引颇可补证《王濛别传》之说。永和三年（347）

为王濛卒年，而王濛生年，则由卒年上溯三十九年，是为永嘉三年（309），故王濛生卒之年当作309—347年，享年三十有九。

［补正］

按，王濛生卒年，多本《诗品注》未注，只杨明《译注》、曹旭《笺注》《集注（增订本）》作309—347。而曹氏两书，皆云见王发国《考索》。

二九、刘惔

刘惔，见《诗品下》。于其生卒年，各注亦皆未著录。

今按，刘惔生卒之年，《晋书》本传无载而只言："累迁丹阳尹……年三十六卒官。"据此可知，刘惔卒于丹阳尹任上。考刘惔迁丹阳尹在永和三年（347）十二月。《建康实录》卷八云：

> （永和三年）十二月，以侍中刘惔为丹阳尹。

则刘惔之卒必在永和三年（347）十二月以后。

又，《世说新语·轻诋》云：

> 褚太傅南下，孙长乐（按，即孙绰）于船中视之，言次，及刘真长（按，即刘惔）死，孙流涕，因讽咏曰："人之云亡，邦国殄瘁。"褚大怒曰："真长平生，何尝相比数，而卿今日作此面向人！"孙回泣向褚曰："卿当念我。"

余嘉锡《世说新语笺疏》引程炎震曰："此盖褚裒彭城败后还镇京口时，故云南下。永和五年也，其冬裒卒矣。"据此可知，褚裒还领镇京口时，刘惔已故，考褚裒还镇京口的具体时间，《晋书·穆帝纪》和《资治通鉴》定在永和五年八月，是刘惔之卒必当在此前。就常情言，孙绰与褚言及刘惔之死而至于流涕，当在刘惔死后不久，若其人死已历年，则不当如此。又《晋书·刘惔传》记惔于丹阳尹任上"为政清整，门无杂宾"，深受爱戴，以至"疾笃，百姓欲为祈祷"，则刘惔于丹阳尹任上的时间，当不少于一年，否则，亦不致如此。故今定刘惔之卒在永和五年（349）初，由此上溯三十六年，为建兴二年（314），此为刘惔生年。故刘惔生卒之年当作314—349，享年三十有六。曹道衡先生《晋代作家六考》定刘惔为313—348年左右，与余小差。余嘉锡《世说新语笺疏·赏誉》引程炎震云："刘惔卒时，谢玄才六七岁，故不见也。"按，谢玄生于晋康帝建元元年（343），若以刘惔卒于349年计，则谢玄为七岁。可见程炎震亦以刘惔之卒为348年或349年。

又，《世说新语·品藻》云："桓大司马下都，问刘真长曰：'闻会稽王语奇进，尔耶？'"注引《桓温别传》："兴宁九年，以温克复旧京，肃静华夏，进都督中外诸军事、侍中、大司马，加黄钺，使入朝参政。"据此，刘惔似活至兴宁（363—365）中。其实，刘峻之注误。余嘉锡《笺疏》引程炎震云："九年当作元年。兴宁无九年，检《晋纪》是元年事。各本皆误。"又云："兴宁元年，刘惔死久矣。此当是桓温自徐移京时，永和元年（345）也。"故不能依此谓刘惔卒于兴宁中。

曹道衡先生还在《晋代作家六考》的注释中批驳了关于刘惔生卒年的另一说法。他说：

> 据清《四库全书总目提要》论到《搜神记》时说，刘惔卒于晋明帝太宁中。此说大误，不可不辨。考太宁仅三年（323—325），姑且把"太宁中"算作二年（324）的话，那么说刘惔该生于晋武帝太康十年（289）了。……然而事实上这是不可能的。首先，他如果死于太宁间，那么到永和初年如何还在？其次《晋书·刘惔传》说他"尚明帝女庐陵公主"。考《明帝纪》，晋明帝卒于太宁三年，年二十七；而刘惔卒于太宁年间，年三十六。世上岂有女婿反而比岳父大十岁左右之理？此其一。再说《晋书·谢安传》云："安妻，刘惔妹也。"谢安卒于晋孝武帝太元十年（385），年六十六。那么，谢安的生年当为晋元帝大兴三年（320）。他的妻子年龄也该与之相仿。如果刘惔真的卒于太宁年

间，那么刘氏兄妹的年龄几乎相差有三十七八年左右。这也有点不大尽情理。此其二。《四库全书总目提要》之说实不足据。

按，此说甚辨，颇可信从。

［补正］

按，刘惔生卒年，杨明《译注》作约314—约349。而曹旭《笺注》《集注（增订本）》则据王发国《考索》作313—348。

三〇、晋征士戴逵

戴逵，见《诗品下》。于其生卒年，《萧译》《吕校》作？—395，《向释》作？—396。

按，《晋书·隐逸·戴逵传》云：

> 太元二十年（395），皇太子始出东宫。太子太傅会稽王道子、少傅王雅、詹事王珣又上疏曰："逵执操贞厉，含味独游，年在耆老，清风弥劭。东宫虚德，式延事外，宜加旌命，以参僚侍。逵既重幽居之操，必以难进为美，宜下所在备礼发遣。"会病卒。

此为《萧译》《吕校》所本。但是，此说实误。《晋书·安帝纪》云：

> 太元二十一年九月庚申，孝武帝崩，辛酉，太子即位，大赦。癸亥，以司徒、会稽王道子为太傅，摄政。

而王雅为少傅，也在此时。《晋书·王雅传》云：

> 会稽王道子领太子太傅，以雅为太子少傅。

故据《晋书》本传作太元二十年者误，戴逵之卒当在太元二十一年（396）。此即为《向释》所本。又张彦远《历代名画记》卷三云："戴逵……前后征拜不起，太元二十一年也。"此亦与《向释》说合。

另外，据《宋书·隐逸·戴颙传》"颙年十六遭父（逵）忧"及颙"元嘉十八年卒，时年六十四"的记载，还可推考出戴逵卒年的第三种说法，即太元十八年（393）。不过，这一说法与《晋书》所载不同，似不可信。

戴逵生年，亦可略考。《晋书》本传云：

> 孝武帝时，以散骑常侍、国子博士累征，辞父疾不就。郡县敦逼不已，乃逃于吴。吴国内史王珣有别馆在武丘山，逵潜诣之，与珣游处积旬。会稽内史谢玄虑逵远遁不反，乃上疏曰："伏见谯国戴逵希心俗表，不嬰世务，栖迟衡门，与琴书为友。虽策命屡加，幽操不回，超然绝迹，自求其志。且年垂耳顺，常抱羸疾，时或失适，转至委笃。令王命来回，将离风霜之患。陛下既已爱而器之，亦宜使其身名并存，请绝其召命。"疏奏，帝许之，逵复还剡。

谢玄上疏所言"年垂耳顺"，指戴逵当时年龄已至五十九而还未到六十岁。清鲁一同《右军年谱》："《十七帖》乃逸少与周益州（名抚，字道和，永和三年，桓温攻下成都后，周为益州刺史，有惠政）。中一贴云：'足下今年政七十耶？吾年垂耳顺……'"，"年垂耳顺，正五十九岁。"戴逵五十九岁，正是在王珣任吴国内史、谢玄任会稽内史时。《晋书·王珣传》云："（谢）安卒后，迁侍中……转辅国将军、吴国内史，在郡为士庶所悦，征为尚书右仆射。"谢安卒于太元十年（《晋书·孝武帝纪》），而王珣征为尚书右仆射在太元十五年九月丁未（同上），则王珣为吴国内史当在太元十年至十五年九月间。又考《晋书·谢玄传》云："（玄）转授散骑常侍、左将军、会稽内史……玄既疾之郡，十三年，卒于官。"则谢玄上疏的时间当在太元十年至十三年间。又考《晋书·孝武帝纪》："太元十二年六月癸卯束帛聘处士戴逵、龚玄之。"（孝武帝诏书见《晋书·隐逸·龚玄之传》）则谢玄之上疏必在此年。故可认定，戴逵"年垂耳顺"之年为太元十二年（387）。据此而推，则戴逵当生于咸和四年（329）。

综上可知，载逵生卒之当作329—396，享年六十有八。

[补正]

按，《资治通鉴》卷一百七《晋纪》"孝武帝太元十二年"条亦载

“诏征会稽处士戴逵”事。而《建康实录》卷九所载，亦与此同。

又按，戴逵生卒年，陈元胜《辨读》、曹旭《集注》、张连第《诗品》作？—395，马采作326—396，杨明《译注》、曹旭《笺注》《集注（增订本）》作329—396。

又按，后来，笔者在《宋诗话》的相关考索中，又补充了“竹马岁”（七岁）、“同天节”（同当朝天子岁）等，以考证生卒年。

三一、戴颙

戴颙，见《诗品下》，戴逵子。于其生卒年，《吕校》作380—441。

按，戴颙生卒，《宋书·隐逸·戴颙传》有载云：“（元嘉）十八年卒，时年六十四。”据此，则戴颙当生于太元三年（378），卒于元嘉十八年（441）。张彦远《历代名画记》卷五亦谓戴颙“年六十四”。

《吕校》作“380—441”，当然也不是想当然之说。他是据《宋书》本传的另一段话来推考的。《宋书》本传开首云：

> 戴颙字仲若……父逵，兄勃，并隐遁，有高名。颙年十六遭父忧，几于毁灭。

由于《吕校》定戴逵卒于395年（见上条），因而据此推定戴颙生于380年。戴颙卒年，他则取元嘉十八年（441）之说。《吕校》虽然注意到了“年十六遭父忧”之记载，却与享年六十四之说不合，有顾此而失彼之嫌。

又按，戴颙生卒之年还可有二说：其一为381—443，这是据《宋书》本传“年十六遭父忧”以及定戴逵卒于396年、戴颙享年六十四等条件推出的；其二为381—441，这是据戴颙“年十六遭父忧”及“元嘉十八年卒”和戴逵卒于396年等条件推出的。

以上关于戴颙生卒之年的四种意见，应该说都有根据。但是，其中却只能有一个说法正确。不误者为何，笔者则很难认定了。

［补正］

按，戴颙生卒年，曹旭《集注》、张连第《诗品》作 380—441，而《笺注》《集注（增订本）》则作 378—441。

三二、宋记室何长瑜

何长瑜，见《诗品下》。于其生卒年，《萧译》《吕校》《徐译》作？—443，《向释》作？—445。

按，《南史·谢灵运传》云：

> 临川王（刘）义庆招集文士，长瑜自国侍郎至平西记室参军。尝于江陵寄书与宗人何勖，以韵语序义庆州府僚佐云："陆展染白发，欲以媚侧室。青青不解久，星星行复出。"如此者五六句，而轻薄少年遂演之，凡人士并为题目，皆加剧言苦句，其文流行。义庆大怒，白文帝，除广州所统曾城令。及义庆薨，朝士并诣第叙哀。何勖谓袁淑曰："长瑜便可还也。"淑曰："国新丧宗英，未宜以流人为念。"庐陵王（刘）绍镇寻阳，以长瑜为南中郎行参军掌书记之任，行到板桥，遇暴风溺死。(《宋书·谢灵运传》叙事与此全同，仅个别字句有异)。

据此，则何长瑜当卒于刘义庆卒后。《宋书·文帝纪》云："(元嘉）二十一年春正月戊午，卫将军临川王（刘）义庆薨。"《宋书·刘义庆传》亦云："(元嘉）二十一年，薨于京邑，时年四十二。"可知何长瑜卒于元嘉二十一年（444）之后。《萧译》《吕校》《徐译》作 443 年，显误。又《宋书·庐陵王传》云："(元嘉）二十年，(刘）绍出为南中郎将、江州刺史……二十二年，入朝，加祭戟，进都督江州、豫州之西阳、晋熙、新蔡三郡诸军事。"刘绍之任用何长瑜不当在刘义庆薨前之元嘉二十年（443），也不能在刘义庆新卒之元嘉二十一年（444），而宜在刘绍入朝前不久，即元嘉二十二年（445）；史又称何长瑜在从京城至江州上任途中行到板桥（今南京市西南）遇暴雨溺亡；则何长瑜之卒当在元嘉二十二年（445）无疑。《疑年录》即著此年为何长瑜卒年，可信;《向释》本此，不误。而逯钦立《宋诗》之谓“元嘉二十年，庐陵王绍镇寻阳，请为南中郎行参军，行至板桥溺死”，则与《萧译》《吕校》《徐译》误同。

［补正］

按，何长瑜生卒年，王叔岷《笺证稿》作？—445？；陈元胜《辨读》、曹旭《集注》《笺注》、杨明《译注》、张连第《诗品》作？—443。而曹旭《集注（增订本）》又据拙说改作？—445。

三三、道猷上人

道猷上人，见《诗品下》。于其生卒年，《向释》作？—502 年。

今按，道猷上人所居之时代，计有四说。

其一，《古笺》云：“释慧皎《高僧传》曰：‘宋京师新安寺释道猷，吴人，初为生公弟子。文帝尝问慧观：顿悟之义，谁复习之？答云：有生公弟子道猷。即敕临川郡发遣到京。既至，延入宫内，大集义僧，令猷伸述顿悟。帝抚几称快，因语诸人曰：生公孤情绝照，猷公直辔独上，可谓克明师匠，无忝徽音。宋元徽中卒，春秋七十有一。’按诸书列道猷于晋，仲伟则列于齐，均非也。宜正曰：宋道猷上人。”《陈注》《叶释》《吕校》《徐译》同此。

其二，《许疏》云：“《诗纪》晋十七《帛道猷小传》：‘本姓冯，山阴人，居若邪山，少以篇牍著称，性率素，好丘壑，一吟一咏，有濠上之风。’其《陵峰采药触兴为诗》一篇，《诗记》录注云：‘释氏古诗题云：寄道壹有相招之意。’《高僧传》曰：猷与道壹，经有讲延之遇，后与一书，因赠诗曰：‘连峰数千里……故有上皇民。’此诗亦殊有清句。”《诗纪》与《许疏》都以道猷为晋人。《萧译》同此。

其三，《诗品》云：“齐道猷上人。”《向释》同此，认定道猷卒于齐亡之年（502）前。

其四，吴曾《能改斋漫录》卷九《地理》“天姥山”条云：“会稽剡县，自晋宋以来，入始称传。故沃州、天姥，号称山水奇绝处。自吴僧帛道猷来自西天竺，赋诗云：‘连峰数十里，修竹带平津。茅茨隐不见，鸡鸣知有人。’其后，支道林之徒相继而居，凡十八僧。而名流如戴逵、王羲之者，又十八人。大概白乐天记之为详。盖道经云：‘两火一刀可以逃。’以其名山之多，可以避世。”以为道猷是吴人，在支道林之前。

在以上四说中，作吴人、齐人者，可能性极小。吴曾之谓道猷为吴人，大概是把《高僧传》所说的吴郡人误为（孙）吴人了。而《诗品》所云之“齐道猷上人”，道猷很有可能是东晋、刘宋间人。此说还有《述异记》之说可参：“章安县西有赤城，周三十里，一峰特高，高三百余丈。晋泰元中，有外国人白道猷居于此北，山神屡遣狼怪形异声，往恐怖之，道猷自若。”晋泰元为东晋孝武帝年号，计21年（376—396）。从泰元中至宋文帝元嘉（424—453，计30年）初，不到50年，他完全可以活至宋文帝和孝武帝时。但要说他能活到齐亡前不久，则不可。因为从泰元中至齐亡之502年，则至少有120年，而仅至齐建之年（479）也至少有100年之久。故帛道猷之卒年当在刘宋而非如《向释》所谓之502年前不久。但其如《高僧传》所云：“宋元徽中卒，春秋七十有一。”似亦不可能。元徽为宋后废帝年号，计五年（473—477）。今以元徽中为475年，则从泰元的最后一年（396）至475年，已八十年之久了。

帛道猷的国籍，《诗品》说是胡人，《述异记》说是外国人，白居易《沃州山禅院记》说是“西天竺人”，唐徐灵府《天台山记》说是“西国高僧”。根据这些记述可知，帛道猷当和区惠恭（《诗品下》）、康宝月一样，都不是中国人而是外国人。

三四、齐浔阳太守丘灵鞠

丘灵鞠，见《诗品下》。于其生卒年，《向释》作？—484。

今按，《南齐书·文学传·丘灵鞠传》云：

> （建元二年）出为镇南长史、寻阳相，迁尚书左丞……永明二年，领骁骑将军……改正员常侍……迁长沙王车骑长史、太中大夫，卒。

“寻阳相”，即《诗品》之“寻阳太守”。《晋书·武帝纪》云：“太康十年十一月，改诸王国相为内史”，内史治民事，“若郡之太守”（详见第一章“王赞”条），故相、内史、太守三者可互称。又此《传》言丘灵鞠之卒与《南史》不同。《南史·文学·丘灵鞠传》只云：“位长沙王车骑长史，卒。”而无“太中大夫”的记载。

考《南史》于丘灵鞠事迹，多有漏记，如《南齐书》所载“出为镇南长史、寻阳相”等事，就不见于《南史》。但证诸《诗品》，丘灵鞠确实作过寻阳相。以彼证此，《南史》无“太中大夫”，当是漏记。因此考丘灵鞠卒年，当以《南齐书》为据。

《南齐书》本传谓丘灵鞠最后所任二职为长沙车骑长史、太中大夫。按此任职的时间亦大致可考。考《传》中之“长沙车骑”，指长沙威王车骑将军萧晃。《南齐书·长沙威王传》记萧晃任职云：“寻加晃镇军将军，转丹阳尹，常侍、将军如故。又为侍中、护军将军，镇军如故。寻进号车骑将军，侍中如故。（永明）八年薨，年三十一。”据此可知，丘灵鞠任萧晃之长史必在永明八年（490）萧晃卒前，而任太中大夫及卒即必在此年萧晃卒后，则丘灵鞠之卒，必在此年稍后。因此，《向释》言其卒于484年，太早。那时，丘灵鞠正领骁骑将军。

丘灵鞠生年，已不可详考。仅据《南齐书》本传“州辟从事，诣领军沈演之”之载，略作考索。《传》谓“领军沈演之”，当指演之所任的右卫将军。《宋书·沈演之传》云：“（元嘉）十七年……以演之为右卫将军……二十年，迁侍中，右卫将军如故。”据此可知，丘灵鞠为“州从事，诣领军沈演之”的时间，当在元嘉十七年至二十年之间，其时丘灵鞠至少已有二十岁。按此而推，则丘灵鞠当生于宋武帝永初（420—422）年间或稍后。

综上考索，丘灵鞠生卒年当作 422？—490？，享年七十岁左右。

［补正］

按，丘灵鞠生卒年，《诗品》注家多言未详，如王叔岷《笺证稿》、曹旭《集注》、陈元胜《辨读》、杨明《译注》、张连第《诗品》，惟曹旭《笺注》《集注（增订本）》从《考索》作 422？—490。

三五、齐给事中郎刘祥

刘祥，见《诗品下》。于其生卒年，《向释》作？—484 年。

按，《南齐书》本传云：

祥，宋世解褐为巴陵王征西行参军，历骠骑、中军二府，太祖太尉东阁祭酒，骠骑主簿。建元中，为冠军征虏功曹，为府主武陵王晔所遇。除正员外。……永明初，迁长沙王镇军，板咨议参军，撰《宋书》，讥斥禅代，尚书令王俭密以启闻，上衔而不问。历鄱阳王征虏、豫章王大司马咨议、临川王骠骑从事中郎。……著《连珠》十五首以寄其怀。……有以祥《连珠》启上者，上令御史中丞任遐奏曰：“……请免官付廷尉。”上别遣敕祥曰：“……近见卿影《连珠》，寄意悖慢，弥不可长。卿不见谢超宗，其才地二三，故在卿前，事殆是百分不一。我当原卿性命，令卿万里思譽。卿若能改革，当令卿得还。”狱鞫祥辞。祥对曰：“……囚出身入官，二十余年……皇运初基，便蒙抽擢，祭酒主簿，并皆先朝相府。圣明御宇，荣渥弥隆，谘议、中郎，一年再泽。……囚历府以来，伏事四王：武陵功曹，凡涉二载；长沙咨议，故经少时；奉隶大司马，并被恩拂，骠骑中郎，亲职少日；临川殿下不遗虫蚁，赐参辞华。……私之疑事，卫将军臣俭，宰辅圣朝，令望当世，囚自断才短，密以咨俭，俭为折衷，纸迹犹存。……”其余事事自申。乃徙广州。祥至广州，不得意，终日纵酒，少时病卒，年三十九。

据此可以推知：其一，刘祥免官付廷尉时，王俭已死，他与王俭之交“只存纸迹”；“历贬朝望”、“轻议乘舆”，已无证人，故能振振有辞，据理以驳其不实之诬。考王俭之卒在永明七年（489），则刘祥之徙广州至病卒亦当在王俭卒后，或即在永明八年（490），也未可知。其二，《传》谓刘祥卒时年三十九，如其卒于永明八年不误，则其生年当在元嘉二十九年（452）。其三，《传》谓刘祥释褐作巴陵王征西参军，考此巴陵王指刘休若，《南史·巴陵王传》云，泰始六年，刘休若始为荆州刺史加都督，征西大将军、开府仪同三司，次年被赐死，则刘祥释褐为其征西行参军，必当在泰始六年（470）。若以刘祥生于元嘉二十九年（452）不误，则泰始六年，刘祥十九岁，正是可解褐之年，而且从此年到刘祥之卒，又为二十一年，恰与刘祥“出身入官二十余年”之说相合。其四，《向释》以刘祥之卒为永明二年（484），则其生年当为泰始二年（446）；释褐之年为25岁，而从释褐之泰始六年至其卒之永明二年，则仅16年，与“出身入官二十余年”之说不合。同时，据《南齐书·武帝纪》载：“永明五年春正月戊子，以太尉豫州王嶷为大司马”，据此，《刘祥传》谓刘祥任“豫章王大司马咨议”，必在永明五年（487）正月或稍后。此更可证《向释》谓刘祥卒于永明二年（484）之误。

综上考证，刘祥生卒年当作452？—490？，享年三十有九。

又，《资治通鉴》卷一百三十五“高帝建元二年”云：

十二月戊戌，以司空褚渊为司徒。渊入朝，以腰扇障日，征虏功曹刘祥从侧过，曰：“作如此举止，羞面见人，扇障何益？”渊曰：“寒士不逊！”祥曰：“不能杀袁、刘，安得免寒士。”祥，穆之之孙也。祥好文学，而性韵刚疏，撰《宋书》，讥斥禅代；王俭密以闻，坐徙广州而卒。

按，《通鉴》有以刘祥卒于建元二年（480）之意。不过，此说与《南齐书》本传所载其生平事迹之系年多有不合，故不可从。

又，严可均《全齐文》崔慰祖《临卒与从弟纬书》云：

> 常欲更注迁固二史，采《史》《汉》所漏二百余事，在厨簏，可检写之，以存大意。《海岱志》良未周悉，可写数本，付护军诸从事人一通，及友人任昉、徐寅、刘祥、裴揆。

考崔慰祖卒于永元元年萧遥光之难，若据此，则刘祥在永元元年（499）还活着。按，严氏所录崔慰祖《临卒与从弟纬书》源于《南齐书·文学·崔慰祖传》及《南史》。此二史于刘祥皆作刘洋，且无异文。可以肯定，严氏《全齐文》之刘祥，是二史刘洋之误，与刘祥无关。因此，亦不能据严可均《全齐文》所录之崔慰祖此文以驳吾说。

［补正］

按，刘祥生卒年，各注皆言不详，惟曹旭《笺注》《集注（增订本）》从王发国《考索》作452—490。

三六、齐朝请吴迈远

吴迈远，见《诗品下》，于其生卒年，《萧译》《吕校》《徐译》作？—474，《向释》作约471年前后；杨生枝《乐府诗史》云："据《南史·檀超传》说，吴迈远曾被宋明帝召见，钟嵘《诗品》称为'齐朝请'，品评中列入齐，想是由宋入齐之人。"

按，逯钦立《宋诗》云："宋元徽二年，坐桂阳之乱诛死。"元徽二年即474年，《萧译》《吕校》《徐译》本此，不误。因此，吴迈远当是宋人而不是齐人，《诗品》之"齐朝请吴迈远"当作"宋朝请吴迈远"。杨生枝谓吴迈远是"由宋入齐之人"，亦是想当然之说，尤不可从。

不过，吴迈远虽是宋人，但其死事，却见于《南齐书·文学·丘巨源传》：

> 元徽初，桂阳王（刘）休范在寻阳，以巨源有笔翰，遣船迎之，饷以钱物。巨源因太祖自启，敕板起巨源使留京师，桂阳事起，使于中书省撰符檄，事平除奉朝请，巨源望有封赏，既而不获，乃与尚书令袁粲书曰："……窃见桂阳贼赏不赦之条凡二十五人，而李恒、钟爽同在此例，战败后出，罪并释然，而吴迈远族诛之。罚则操笔大祸而操戈无害，论以赏科，则武人超越而文人埋没……且迈远置辞，无乃侵慢；民作符檄，肆言詈辱，放笔出手，即就齑粉。若使桂阳得志，民若不轘裂军门，则应腰斩都市，婴孩脯脍，伊可熟念……"

丘巨源谓吴迈远被族诛是因为他曾为叛贼桂阳王刘休范作符檄。考桂阳王之叛，起、灭于元徽二年。《宋书·后废帝纪》即云：

> 元徽二年五月壬午，太尉、江州刺史、桂阳王休范举兵反……壬辰，越骑校尉张敬儿斩休范……丙申，张敬儿等破贼于宣阳门、庄严寺、小市，进军东府城，赏赐封爵各有差。丁酉，大赦天下，文武赐位一等。

则吴迈远之被族诛及丘巨源之为书与袁粲皆当在元徽二年（474）五月。

又，《古笺》曰："案史不言迈远为朝请，而《隋志》则云'宋江州从事《吴迈远集》'，与《诗品》异。"按，从上引丘巨源《与袁粲书》看，吴迈远确是作过桂阳王休范为江州刺史时的从事史。《宋书·桂阳王休范传》云：

> （泰始六年）出为使持节、都督江郢司广交五州、豫州之西阳新蔡晋熙、湘州之始兴四郡诸军事、征南大将军、江州刺史。

则吴迈远之任刘休范州从事史，当在泰始六年（470）或之后不久。

又，《南史·文学·檀超传》云："又有吴迈远者，好为篇章，宋明帝闻而召之。及见，曰：'此人连绝之外，无所复有。'"此事或当在吴迈远任奉朝请时，年代比任江州从事史更早。

综上考索可知。吴迈远大约于宋明帝（465—472 年在位）泰始中任奉朝请，泰始六年（470）以后为桂阳王刘休范江州刺史之从事史，元徽二年（474）参与刘休范的叛乱，为乱军作符檄，乱平后被族诛。其生年和籍里皆不可考。

［补正］

按，吴迈远生卒年，王叔岷《笺证稿》未著录，陈元胜《辨读》、曹旭《集注》《笺注》《集注（增订本）》、杨明《译注》皆作？—474。

三七、齐韩兰英

韩兰英，见《诗品下》。于其生卒年，《向释》作 460 年前后。

按，《向释》注韩兰英生平云："刘宋时，《献中兴赋》被召入宫。齐时充博士，教六宫书学。"可见，韩兰英是齐人，则其卒年不当在萧道成称帝（479）之前。

韩兰英在齐郁林王时代犹健在。萧绎《金楼子·箴戒篇》云：

> 齐郁林王时，有颜氏女，夫嗜酒，父母夺之，入宫为例职。帝以春夜命后宫司仪韩兰英为颜氏赋诗："丝竹犹在御，愁人独向隅。弃置将已矣，谁怜微薄区。"帝乃还之。

按，郁林王萧昭业永明十一年（493）即位，次年被弑，则韩兰英之卒最早也当在 493 年之后。《向释》将其卒年提前了三十多年。

韩兰英生年，已不可详考，今据《南齐书·武穆裴皇后传》所载韩兰英事迹作一个大致的考索。《南齐书》云：

> 吴郡韩兰英，妇人有文辞。宋孝武世，献《中兴赋》，被赏入宫。宋明帝世，用为宫中职僚。世祖以为博士，教六宫书学，以其年老多识，呼为"韩公"。

《传》谓"宋孝武世，献《中兴赋》，被赏入宫"，当在宋孝武帝孝建元年（454）。《宋书·孝武帝纪》云：

（元嘉）三十年正月，上出次西阳之五洲。会元凶弑逆，以上为征南将军，加散骑常侍。上率众入讨。……四月……戊辰，上至于新亭。己巳，即皇帝位。……壬申……改新亭为中兴亭。

韩兰英之献《中兴赋》，盖为此起。但此时尚未改元，《中兴赋》当不得献。至到孝武即皇帝位之明年——“孝建元年春正月己亥朔车驾亲祠南郊，改元，大赦天下”后，韩兰英才有献《中兴赋》以贺改元的可能。因此，《中兴赋》殆作于元嘉三十年而献于孝建元年（454）。而当时韩兰英也至多不超过十七岁或只有十五六岁亦未可知也。如果年岁已过十七，她是不会“被赏入宫”的，因为其时孝武也才25岁，他是断断不让一个年过十七的女子入充后宫的（说见下“左芬”条）。依此推算，若韩兰英此时不过十五六岁，则其生年当在元嘉十六年（439）或以后不久。

这一考索，当无大错，它正与《南齐书》“世祖……以其年老多识”之载相合。若韩兰英生于元嘉十六年后不久，到齐武帝永明二年（484），已近五十；而至永明十一年（493），则已近花甲，不可谓不老矣。

从以上考证可见，韩兰英的生卒已不能详知，但其大致年代则可作439？—497？，享年当在六十岁左右。

［补正］

按，韩兰英生卒年，王叔岷《笺证稿》、陈元胜《辩证》、曹旭《集注》、杨明《译注》等，皆言不详或无考，惟曹旭《笺注》《集注（增订本）》从《考索》说作439？—494？。

三八、左芬

左芬，见《诗品下》评鲍令晖、韩兰英条。于其生卒年，旧注未详。

按，1930年洛阳偃师出土的《左芬墓志》云：

> 永康元年三月十八日薨，四月二十五日葬峻阳陵西徽道内。

可知左芬卒于永康元年（300）。

左芬生年，只能作大致推考。《晋书·后妃·左贵嫔传》云：

> 左贵嫔名芬。兄思，别有传。芬少好学，善缀文，名亚于思，武帝闻而纳之。泰始八年拜修仪……后为贵嫔……及元杨皇后崩，芬献诔曰："惟泰始十年秋七月丙寅，晋元皇后杨氏崩……"

泰始八年为公元272年。以常情言之，左芬此时当不超过十七岁，或即十五六岁亦未可知。因《晋书·武帝纪》云："泰始九年冬十月辛巳制：女年十七父母不嫁者，使长吏配之。"故充后宫之女必在十七以下也。如此，则其生年当在正元四年（257）以后不久。此与今人所著录的其兄左思的生年在250年前后不相矛盾。

又据上引本传之叙，左芬为贵嫔之年当泰始九年。《晋书·后妃·武元杨皇后传》云：

> 泰始中，帝博选良家女以充后宫……司徒李胤、镇军大将军胡奋、廷尉诸葛冲、太仆臧权、侍中冯荪、秘书郎左思及世族子女亦充三夫人九嫔之列。

《资治通鉴》卷八十即置此事于泰始九年（273）。

［补正］

按，左芬生卒年，曹旭《集注》、杨明《译注》作？—300。后曹旭《笺注》、《集注（增订本）》则依《考索》改作257？—300。

三九、齐中庶子刘绘

刘绘，见《诗品下》。于其生卒年，旧注据《南齐书·刘绘传》"中兴二年卒，年四十五"之说，著录为458—502。

按，旧注不误。但《梁书》和《南史》之《刘孝绰传》却说："范云年长（刘）绘十余岁。”若据此而推，则与旧注不合。考范云生于元嘉二十八年（451），与生于大明二年（458）之刘绘仅相差七岁。因此，《梁书》和《南史》之《刘孝绰传》所载，不可信。中华书局标点本对此不出校记，亦误。

四〇、齐端溪令卞录

卞录，见《诗品下》。《叶释》云：“《隋书·经籍志》：‘齐前参军《虞羲集》下注《卞录集》（按，当作铄，《叶释》误引）十六卷。’录、铄形近，疑误。”《吕校》同此，并云：“吟窗本、格致本作铄。”又引《南史·丘巨源传》云：“初，（袁）仲明与刘融、卞铄俱为袁粲所赏，恒在坐席。粲为丹阳尹，取铄为主簿。好诗赋，多讽刺世人，坐徙巴州。”《向释》仍作卞录，于其生卒年代则著录为约518年前后。

按，《向释》于卞录（当作卞铄）卒年作梁武帝天监十七年（518），太晚。卞铄是齐人，不会卒于梁代。

又按，卞录当从《叶释》《吕校》之说作卞铄，是由宋入齐之人。《南史·丘巨源传》谓“粲为丹阳尹，取铄为主簿”，考《宋书·袁粲传》，袁粲于泰始五年（469）加中书令，领丹阳尹，则袁粲取卡铄为主簿，也当在泰始五年。至于《诗品》所说的“端溪令”，已不可考，可能是卞铄入齐之后所任之职。

又，《文选》卷三十九任彦升《为卞彬谢修卞忠贞墓启》李善注云：

济阴卞录曰：（卞）壸字望之，永嘉中除著作郎。苏峻称兵，为尚书令、右将军领右卫。峻至东陵口，六军败绩，壸乘马被甲赴贼，二子眕、旴见父去，随从，俱为贼所害。赠侍中、开府，谥忠贞公。

按此卞录不是人名，当是书名。钱大昕《十驾斋养新余录》卷中“何法盛书”条即云：

何法盛《晋中兴书》名目与诸史异。本纪曰典，表曰注，志曰说，列传曰录，论曰叙，并见刘氏《史通》。李善注《文选》引何法盛《琅琊王录》《陈郡谢录》《济阴卞录》，此类甚多，即《中兴书》中之一篇也。李延寿《南》《北》史，以祖孙父子族属合为一篇，盖取法盛例矣。

故不当以“济阴卞录”作《诗品》“下录”之证。

四一、齐雍州刺史张欣泰

张欣泰，见《诗品下》。于其生卒年，旧注作456—501。

按，旧注本不误。但是，《南齐书·张欣泰传》“年四十六”下中华书局《校勘记》却说：“《御览》七百三十引及《南史》并作三十六。”这就出现一个问题：张欣泰在501年被杀时是46岁还是36岁？若据《南史》作36岁，则其生年当为466年，比旧注晚10年，因此，张欣泰之享年还须考索。

《南齐书·张欣泰传》载：

（欣泰）年十余，诣吏部尚书褚渊，渊问之曰：“张郎弓马多少？”权泰答曰：“性怯畏马，无力牵弓。”渊甚异之。

此数语亦见《南史》。考褚渊泰始二年（466）始任吏部尚书（见《南齐书》本传），若501年张欣泰卒时为36岁，则此时可能还不会说话呢；但若卒时为46岁，则此时11岁，便不仅能与褚渊对答，且正与本传“年十余”之说相合。可见，张欣泰46岁卒，《南史》本传作36岁，误。

四二、梁中书令范缜

范缜，见《诗品下》。于其生卒年，《吕校》作450？—510？，《向释》作450—502。

按，《梁书·儒林·范缜传》云：

缜仕齐时，与（王）亮同台为郎，旧相友，至是亮被摈弃在家。缜自迎王师，志在权轴，既而所怀未满，亦常怏怏，故私相亲结，以矫时云。后竟坐徙广州，语在《亮传》。

《王亮传》云：

（天监）四年夏，高祖宴于华光殿，谓群臣曰："朕日昃听政，思闻得失，卿等可谓多士，宜各尽献替。"尚书左丞范缜起曰："司徒谢朏本有虚名，陛下擢之如此，前尚书令王亮颇有治实，陛下弃之如彼；是愚臣所不知。"高祖变色曰："卿可更余言。"缜固执不已，高祖不悦，御史中丞任昉因奏曰："……缜言不逊，妄陈褒贬……请以见事免缜所居官，辄勒外收付廷尉法狱治罪。……"诏闻可。

合此两传而观之，则范缜之因王亮事免官徙广州，是在天监四年（505）；而《向释》却说范缜竟早在三年以前的502年即已去世，其误是显而易见的。

《梁书·儒林·范缜传》又记其徙广州后的经历云：

缜在南累年，追还京。既至，以为中书郎、国子博士，卒官。

按，范缜始为国子博士的时间可考。《梁书·裴子野传》所载范缜《以国子博士让裴子野表》云：

伏见前冠军府录事参军河东裴子野，年四十，字几原。

考裴子野生于泰始五年（469），其不惑之年当在天监七年（508）。如此，则范缜任国子博士当在此年，而其卒年，亦必在此年之后。《吕校》以范缜卒于510年前后，大体不差。孙叔平以范缜卒于天监十四年（515），似太晚①。

范缜生年，旧注作450？，亦为有据。《梁书》本传云：

缜少孤贫，事母孝谨。年来弱冠，闻沛国刘瓛聚众讲说，始往从之，卓越不群而勤学，瓛甚奇之，亲为之冠。在瓛门下积年，去来归家，恒芒屩布衣，徒行于路。

---

① 孙叔平：《中国哲学史稿》，上海人民出版社1980年版。

《传》谓范缜“年未弱冠”云云，当指范缜在十九岁时即从师刘瓛，而刘瓛“聚徒授学”又在袁粲为丹阳尹之泰始五年（469）前后（《南齐书·刘瓛传》）。据此推论，则范缜当约生于宋文帝元嘉二十七年（450）。这一推断，还与范缜从弟范云生于元嘉二十八年的记载不相矛盾。

［补正］

按，范缜生卒年，陈元胜《辨读》作450—？；曹旭《集注》《笺注》《集注（增订本）》作约450—510；杨明《译注》则谓“生卒年未详”。

四三、梁常侍虞羲

虞羲，见《诗品下》。于其生卒年，《向释》作？—510。

按，《南史·王僧孺传》言虞羲卒于晋安王侍郎任上。据《梁书·简文帝纪》，萧纲天监五年至中大通三年（506—531）间为晋安王，而虞羲之卒必在此期间。又，《诗品》所评梁代诗人中年代可确考者以沈约为最晚（见本书第一章“梁晋陵令孙察”条），《诗品》又作于沈约卒后不久，则虞羲之卒，至迟也当和沈约差不多。沈约卒于天监十二年（513），故虞羲之卒亦当在天监五年至十二年间（506—513）。此亦与《文选》虞子阳《咏霍将军北伐诗》李善注引《虞羲集序》“天监中卒”之说相合。

虞羲生年，仅可约考。《南史·王融传》云：

> 先是太学生会稽魏准以才学为融所赏，既欲奉子良，而准鼓成其事。太学生虞羲、丘国宾窃相谓曰：“竟陵才弱，王中书无断，败在眼中矣。”

据此，则王融被杀时，虞羲还是太学生。又据《南齐书·礼志》所载齐高帝建元四年（482）之《立学诏》规定，太学生年龄在“十五以上二十以下”，则虞羲在王融被杀之永明十一年（493），当在二十岁左右。依此而推，则虞羲之生年当在宋后废帝在位之元徽（473—477）初或宋明帝在位之最末一年即泰豫元年（472）。

［补正］

按，虞羲生卒年，曹旭《集注》《笺注》《集注（增订本）》、杨明《译注》、陈元胜《辨读》皆言未详。

四四、梁步兵鲍行卿

鲍行卿，见《诗品下》。于其生卒年，《向释》作约518年以前。

今按，《南史·鲍泉传》所附《鲍行卿传》云：

> 鲍行卿以博学大才称，位后将军临川王录事兼中书舍人，迁步兵校尉。上《玉璧铭》，武帝发诏褒赏。好韵语，及拜步兵，面谢帝曰：“作舍人，不免贫；得五校，实大校。”例皆如此。有《集》二十卷。撰《皇室仪》十三卷、《乘舆龙飞记》二卷。

此传所记鲍行卿行事，有颇可系年者。

其一，《传》谓为“后将军临川王录事兼中书舍人”。《梁书·临川王宏传》云：

> 天监元年封临川郡王，邑二千户。寻为使持节，散骑常侍，都督扬、南徐州诸军事，后将军，扬州刺史……三年，加侍中，进号中军将军。

据此，则鲍行卿为后军临州王录事当在天监元年或二年（502、503），其时与他同事的还有袁昂等（《梁书·袁昂传》）。

其二，《传》还谓“撰《皇室仪》十三卷、《乘舆龙飞记》二卷”。刘知几《史通·古今正史篇》云：“梁武帝时，沈约与给事中周兴嗣、步兵校尉鲍行卿、秘书监谢昊相承撰录，已有百篇。”据此可见，鲍行卿还承接沈约、周兴嗣撰写梁史，传中所举《皇室仪》《乘舆龙飞记》便是当时所撰。考沈约撰史在天监二年至天监九年（503—510）间（《梁书·沈约传》）；继沈约之后的周兴嗣，则在天监九年以后。《梁书·周兴嗣传》即云：

> （天监）九年，除新安郡丞，秩满，复为员外散骑侍郎，佐撰国史。十二年，迁给事中，撰史如故。兴嗣两手先患风疽，是年又染疠疾，左目盲，高祖抚其手，嗟曰："斯人也而有斯疾也！"手疏治疽方以赐之。其见惜如此。任昉又爱其才，常言曰："周兴嗣若无疾，旬日当至御史中丞。"十四年，除临川郡丞。

但周兴嗣早在任昉去世（天监七年，508）之前两手已患风疽，后又染疠疾，左目失明，虽先有瞽史盲丘之例，其于修史仍有诸多不便，故鲍行卿撰史盖在其时。

鲍行卿卒年，史无记载，今以其撰史时间和《诗品》体例推之，至迟当和沈约差不多。此时，他可能还不至"而立"之年，故钟嵘有"行卿少年"之称。

［补正］

按，鲍行卿著作，除上列《集》二十卷、《乘舆飞龙记》二卷、《皇室书仪》十三卷之外，还有《宋春秋》二十卷。但两《唐志》在列这些著作的作者时，除《旧唐书》的《皇室书仪》作"鲍行卿"外，其余皆作"鲍衡卿"。其实，此"鲍衡卿"，即彼"鲍行卿"。考其原由，乃史书作者为避五代杨行密之讳而改的。《旧五代史·杨行密传》载，杨行密逝世后，其子渥袭伪位，自称吴王，追尊杨行密为太祖武皇帝。详见拙著《用避讳学常识注释〈诗品〉人物》（《许昌学院学报》2020年第1期）。

第三章 《诗品》人物籍里考

一、李充

李充，见《诗品序》。于其籍里，《晋书》本传作江夏，后人亦多从此，如《徐译》即作东晋初江夏，而《吕校》则作江夏（今湖北安陆）。

按，李充籍里，尚有数说。

《世说新语·言语》刘孝标注引《中兴书》云：

> 李充，字弘度，江夏郢人也。祖康（按，余嘉锡《世说新语笺疏》引程炎震曰：康当作秉）、父矩皆有美名。

郢，即今之湖北省江陵县。此一说也。

又，《世说新语·品藻》注引《晋诸公赞》云：

> 李重字茂曾，江夏钟武人。少以清尚见称，历吏部郎、平阳太守。

《晋书·李重传》云：

> 李重字茂曾，江夏钟武人也。父景（按中华书局《校勘记》云：本名秉，盖唐人避嫌名唐高祖之父名昞改）。

又，《世说新语·栖逸》注引《文字志》云：

> （李）廞字宗子，江夏钟武人，祖康（按，当作秉，见上），秦州刺史；父重，平阳太守。

又同书《品藻》注引《晋百官名》云：

> （李）志，字温祖，江夏钟武人。

李重是李充伯父，李廞、李志是李充之族兄弟，他们是江夏钟武人，则李充亦当是江夏钟武人。江夏郡之钟武县，今不属湖北省，而在今河南省信阳县境。此二说也。

又，严可均《全上古三代秦汉三国六朝文·晋文》据《三国志·魏书·李通传》“李通，字文达，江夏平春人也”及注引王隐《晋书》“通子绪”“绪子秉”“秉子重”和上言“充，重弟矩之子”等记载推定，李充籍里为江夏平春。此三说也。

考此数说（含《吕校》以江夏为今湖北安陆之说），当以作江夏平春为是。《吕校》所录之江夏，只是郡望，不是县籍，凭此还不能准确注出今属何县，若要勉强著录，则可能会差之毫厘，谬以千里（说详后）。又江夏郡晋时无郢县（《晋书·地理志》），故《中兴书》作“江夏郢”之说，有误。钟武，汉县名，属江夏郡（《汉书·地理志》），后汉废，为平春（《后汉书·郡国志》），晋因之（《晋书·地理志》），故后汉及晋之江夏郡所领之县只有平春而无钟武。但是，后汉、两晋之平春，即是西汉之钟武，二者实为一地。撰述李氏籍里者，如用旧名，则作江夏钟武；若用新称，即为平春。《新唐书》即言江夏李氏居平春。《宰相世袭表上》云：

> 江夏李氏，汉酒泉太守护次子昭；昭少子就，后汉会稽太守、高阳侯，徙居江夏平春。六世孙式字景则，东晋侍中；生嶷；嶷生尚，字茂仲，生短（按当为矩）字茂约，江州刺史；生充，字弘度，中书侍郎；生颀，举孝廉。

不过，晋人李充的籍里；当以晋时之地名言之作江夏郡平春县。平春，卢弼《三国志集解·李通传》云：“《一统志》：故城今河南省汝宁府信阳州西北。”以今地言之，则在今河南省信阳县境。因此，李充不是今之湖北人，而是今之河南人。《吕校》以郡代县以注今名，又不只在县籍之谬也。近年出版的蔡钟翔、黄保真、成复旺编著的《中国文学理论史》于李充籍里亦作湖北安陆，误与吕同。

又按，上引《中兴书》“江夏郢人也”当有误字。据《晋书·地理志》，江夏郡有鄳县而无郢县，疑郢是鄳字之误。王运熙、杨明《魏晋南北朝文学批评史》引《世说新语》注即作“鄳”字。晋时鄳县与平春相邻，在春秋时期叫冥隘。《史记·苏秦列传》附《苏代传》“塞冥隘”《正义》云：“（唐）申州罗山县，本汉鄳县。申州有平清关，盖古鄳县隘塞。”据此，则鄳县故城，当在今河南省罗山县境。此似与将李充籍里作江夏平春即今河南省信阳之说不合，其实，并非如此。考为鄳县之隘塞的平清关，今名曰平靖关，其地正在罗山与信阳之交界地。故李充籍里之“江夏鄳”，当指“鄳县之隘塞”，其地所属仍与作“江夏钟武”“江夏平春”者同。

由于江夏郢为江夏鄳之误，则关于李充籍里的几种旧说，皆可得统一。江夏是其郡望，而钟武、平春、鄳则是其县邑；以具体地邑言，谓之鄳塞；以西汉之地言，谓之钟武；以两晋之地言，谓之平春，以今属之地言，谓之信阳。

李充所处时代，各书皆谓晋，惟梅运生《钟嵘和诗品》作“南朝宋”。按，梅说显误。李充事，见《晋书·文苑传》，传虽未载其生卒年，但据曹道衡先生考证，李充生于西晋后期，而可能活至东晋隆和、兴宁年间（362—365）。其卒离刘裕代晋之永初元年（420）至少当有五十多年[1]。

［补正］

按，李充籍里，曹旭《集注》作江夏鄳县（今河南信阳）；《笺注》《集注（增订本）》作江夏平春（今河南信阳）；杨明《译注》未注籍里。

二、汉婕妤班姬

《汉书·自叙》云：“始皇之末，班壹避地于楼烦……壹生孺……孺生长……长生回……回生况……成帝之初，女为倢伃。”各注皆据此定班姬籍里为“楼烦（今山西朔县）”。《世说新语·贤媛》注引《汉

---

① 曹道衡：《晋代作家六考》，《文史》1984年第20期。

书·外戚·班婕好传》却云："班婕好者，雁门人。"

按，陈汉章《列女传校注》曰："今本《汉书》无'雁门人'三字。"那么，谓班婕好为雁门人是否就是无根杜撰呢？则又不然。颜师古注《汉书·自叙》之"楼烦"云："雁门之县。"据此，则雁门指郡望，楼烦是县籍，故两作皆可。不过，若以修史笔法绳之，班姬籍里当作"雁门楼烦（今山西朔县）"。

［补正］

按，班姬籍里，陈元胜《辨读》、杨明《译注》、曹旭《集注（增订本）》作娄烦（今山西宁武附近）；曹旭《集注》《笺注》作娄烦（今山西朔县）。

三、魏文学刘桢

刘桢籍里，旧说有五。

（一）曹丕《典论·论文》、《三国志·魏书·王粲传》、《文选》李善注、《辞源（修订本）》及《向释》《徐译》作东平。

（二）卢弼《三国志集解·王粲传》、逯钦立《先秦汉魏晋南北朝诗·魏诗》作东平宁阳，缪钺先生《三国志选注》及《萧译》据此而云："东平宁阳（今山东省宁阳县）。"

（三）余冠英《汉魏六朝诗选》、北京大学中国文学史教研室《魏晋南北朝文学史参考资料》、林庚《中国历代诗歌选》及《吕校》作山东省东平县。

（四）朱东润《中国历代文学作品选》、林俊荣《魏晋南北朝文学作品选》作今山东阴平县。

（五）陆侃如、冯沅君《中国诗史》，刘大杰《中国文学发展史》作山东泰安。

按，当以第二说（宁阳）为是。

裴松之《三国志注·王粲传》引《文士传》曰："桢父名梁。"范晔《后汉书·文苑传·刘梁传》曰："刘梁……东平宁阳人……孙桢以文学知名。"卢弼《三国志集解》曰："范晔书（按，指《后汉书》）《刘梁传》：'桢为梁孙'；《文士传》：'桢父名梁'……未知孰是？"但据此总可肯定：刘梁既是东平宁阳人，则其子或孙也必是东平宁阳人。卢弼、逯钦立等即是因此而定刘桢籍里的，严可均《全上古三代秦汉三国晋南北朝文·后汉文》置刘桢于刘梁后，即有由刘梁以定刘桢籍里的意思。

当然，古籍中也有直接说刘桢是东平宁阳人的。《世说新语·言语》注引《典略》云："刘桢，字公干，东平宁阳人。"《典略》作者鱼豢，《隋书·经籍志》说是魏郎中；刘知几《史通·古今正史》又说是魏时京兆，曾"私撰《魏书》，事止明帝"（按，张鹏一《魏略》辑本则谓，迄于陈留王奂时，《史通》说非）。可见，鱼豢的生活年代仅稍后于刘桢，《典略》所记当可采信。东平，在东汉时为东平国，属兖州，所辖七城中正有宁阳县（《后汉书·郡国志》）。东汉东平国宁阳县，在今之山东省宁阳县，故刘桢籍里当在东汉东平国宁阳县，亦即今之山东省宁阳县。

［补正］

按，刘桢籍里，曹旭《集注》《笺注》《集注（增订本）》、杨明《译注》、陈元胜《辨读》等，皆作东平宁阳（今山东宁阳县）。

四、魏文学徐干

徐干籍里，旧说有四。

其一，曹丕《典论·论文》云："北海徐干伟长。"《三国志·王粲传》、严可均《全后汉文》、逯钦立《全魏诗》及《向释》《徐译》等采用此说。

其二，余冠英先生《汉魏六朝诗选》、北大《魏晋南北朝文学史参考资料》及《萧译》《吕校》等又作北海（今山东省寿光县）。

其三，缪钺先生《三国志选注》、李文初《汉魏六朝诗歌赏析》则作北海剧（今山东昌乐县）。

其四，刘永谦《魂牵梦萦，眷眷深情——读徐干〈室思〉》(《汉魏六朝诗歌鉴赏集》，人民文学出版社 1985 年版）作北海（今山东省境内）。

按，《隋书·经籍志》载，徐干著有《中论》六卷。无名氏《中论序》云："世有雅达君子者，姓徐名干字伟长，北海剧人也。"正与第三说合。

考《中论序》作者，虽未具名，但《序》文云：

> 余数侍坐，观君之言常怖，笃意自勉而心自薄也，何则？自顾才志不如之远矣耳。然宗之仰之，以为师表。自君之亡，有子贡山梁之行，故追述其事，粗举其显露易知之数，沉冥幽微深奥广远者，遗之精通君子将自赞明之也。

他当和徐干同时而稍后，并与其十分接近，有同师生。《四库全书总目》亦云：

> 书前有原序一篇，不题名字。陈振孙以为干同时人所作。今验其文，颇类汉人体格，知振孙所言不诬。

因此，《中论序》说徐干为"北海剧人"，是可信的。《四库全书总目提要》、卢弼《三国志集解》及缪先生《三国志选注》也都据此以定徐干之籍里为北海剧县。北海，东汉时为北海国，属青州，下辖十八县，其中正有剧县（《后汉书·郡国志》）。东汉青州北海国剧县，以今地言之，则在山东省昌乐县（据《辞源（修订本）》）。故徐干籍里当以第三说为是，第一说和第四说，虽然不误，但不确切。

[补正]

按，徐干籍里，陈元胜《辨读》作北海（郡治山东省昌乐县西）。此未考出县邑，盖未读《中论序》也。当如拙考作北海剧（今山东昌乐县）。杨明《译注》、曹旭《集注》《笺注》《集注（增订本）》即作北海剧县（今山东昌乐）。

五、魏文学应玚

应玚（《诗品下》）、应璩（《诗品中》）是亲兄弟，其籍里当同。对于应氏兄弟籍里，旧说有三。

曹丕《典论·论文》、《三国志·王粲传》、逯钦立《全魏诗》、余冠英《汉魏六朝诗选》及《向释》《徐译》作汝南。此其一也。

北大《魏晋南北朝文学史参考资料》及《吕校》作汝南（今河南汝南）。此其二也。

卢弼《三国志集解·王粲传》作汝南南顿，缪钺先生《三国志选注》及《萧译》据此而云：汝南南顿（今河南项城县）。此其三也。

按，范晔《后汉书·应奉传》曰：

> 应奉字世叔，汝南南顿人也……子（应）劭……劭弟（珣）子玚、璩，亦以文才称。

又，《三国志集解·王粲传》引惠栋曰：

> 刘宽碑阴有故吏南顿应劭仲瑗。

据此，则作为应奉之孙、应劭之侄的应玚、应璩兄弟的籍里，也当是汝南南顿。《后汉书·郡国志·豫州》云：“汝南郡三十七城。”其中正有南顿县。《汉书·地理志》注引应劭曰：“顿，迫于陈，其后南徙，故号南顿。”南顿故城，在今河南省项城县西，故应玚、应璩籍里，当以第三说为是。

上考之刘桢、徐干、应玚等三人，皆属“建安七子”。在“建安七子”中，除刘、徐、应之籍里有歧说外，还有陈琳的籍里也有歧说。今亦附此三人之后，略作考索。

陈琳籍里，旧说有四。

（一）曹丕《典论·论文》、陈寿《三国志·王粲传》、裴松之《三国志注》、《文选》李善注、严可均《全后汉文》、卢弼《三国志集解》、逯钦立《全魏诗》等皆云广陵。

（二）朱东润《中国历代文学作品选》、余冠英《汉魏六朝诗选》、北大《魏晋南北朝文学史参考资料》、林庚《中国历代诗歌选》、李文初《汉魏六朝诗歌赏析》、缪钺先生《三国志选注》又以为是广陵（今江苏省江都县）。

（三）陆侃如、冯沅君《中国诗史》，张建业《中国诗歌发展史》，杨生枝《乐府诗史》也以为是广陵（今江苏省扬州市）。

（四）《中国大百科全书·中国文学》“刘桢”条（曹道衡先生撰）则以为是广陵射阳（今江苏省淮安县东南）。

按，第二、三两说皆误，第一说笼统，第四说是。《三国志·魏书·臧洪传》云：

> 臧洪，字子源，广陵射阳人也……太祖围张超于雍丘，超言唯恃臧洪当来救吾……洪闻之……从（袁）绍请兵马，求欲救超，而绍终不听许，超遂族灭。洪由是怨绍，绝不与通。绍兴兵围之，历年不下。绍令洪邑人陈琳书与洪，喻以祸福，责以恩义。

《后汉书·臧洪传》亦云：

> （袁绍）使臧洪邑人陈琳以书譬洪，示其祸福，责以恩义。

而《资治通鉴》卷六十一亦云：

> （袁）绍令臧洪邑人陈琳以书喻之。

据此，则陈琳与臧洪俱为广陵射阳人。广陵，东汉属徐州，下统十一县，其中就有射阳（《后汉书·郡国志》）。卢弼《三国志集解·臧洪传》引《通鉴》胡三省注曰：“射阳，前汉属临淮郡，后汉属广陵郡”（《后汉书·郡国志》也有此说）。又引顾祖禹《读史方舆记要》曰：“射阳，汉县，三国时废，晋复置。在淮安府盐城县西九十里。”又引《一统志》曰：“射阳故城，在今江苏淮安府山阳县东南。”据卢弼提供的材料可知，后汉广陵射阳当在今江苏省淮安县境内。《辞源》（修订本）注“山阳”云：“今江苏淮安县。秦淮阴县地。汉置射阳县，因在射水之阳，故名。”今淮安县东南之射阳镇，盖即射阳县故地也。第一说虽然不错，只是不确切。

臧洪邑人还有陈容。《三国志·臧洪传》云：

> 洪邑人陈容，少为书生，亲慕洪，随洪，为东郡丞。城未败，洪遣出，（袁）绍令在座，见（臧）洪当死，起谓绍曰："将军举大事，欲为天下除暴，而专先诛忠义，岂合天意。臧洪发举为郡将，奈何杀之？"绍惭，左右使人牵出，谓曰："汝非臧洪俦，空复尔为？"容顾曰："夫仁义岂有常所，蹈之则君子，背之则小人。今日宁与臧洪同日死，不与将军同日生也。"遂复见杀。

袁绍令陈容在坐，是为了用其同邑和亲洪的关系以劝降臧洪，也许陈容即陈琳族人亦未可知也。

释"邑人"为"同一县籍"之义，这在《三国志》中还可找到例证。《三国志·魏书·毌丘俭传》曰："扬州刺史、前将军文钦，曹爽之邑人也。"即指文钦与曹爽同为沛国谯人。《三国志集解》释《注》引《魏末传》："文钦……又天子乡里"即云："文钦，谯人，故云。"此一证也。又，《三国志·蜀书·伊籍传》曰："伊籍字机伯，山阳人也。"卢弼《三国志集解》引潘眉曰："山阳，郡名，其邑未详，下云'少依邑人刘表'，然则籍山阳高平人也。"亦即指伊籍与刘表俱为山阳郡高平县人。此二证也。可见《臧洪传》中谓陈琳为臧洪邑人，当指陈琳和臧洪俱是广陵郡射阳县人。

《三国志·吴书·张昭传》云："张昭，字子布，彭城人也……与琅琊赵昱、东海王朗，俱发名友善。弱冠察孝廉，与朗共论旧君讳事，州里才士陈琳等称善之。"也许细心的读者会引以驳上说云：彭城、广陵犹可称作同一州里，那么陈琳与臧洪同邑，可否解释成同一郡里呢？卢弼《三国志集解》释此"州里"云："彭城（张昭郡望）、广陵（指陈琳郡望）均属徐州，故曰州里。"可见"州里"一词义同州籍，仅指同州，不指同郡，更不指同县。又《邓艾传》云："邓艾字士载，义阳棘阳人也……艾州里时辈南阳州泰亦好立功名，善用兵。"此"州里"亦指义阳和南阳都同属荆州。又《周瑜传》注引《江表传》云：

“（蒋）干曰：吾与足下（指周瑜）州里，中间隔别，遥闻芳烈。”《三国志集解》释此“州里”亦云：“九江（蒋干郡望）、庐江（周瑜郡望）同属扬州，故曰州里。”又《吕布传》云：“司徒王允以布州里，快健，厚接纳之。”《三国志集解》云：“范书《王允传》‘允字子师，太原祁人。’章怀注，‘祁，今并州县也。’弼案：州里者，谓同为并州之人。如韩遂谓樊稠曰：‘与足下州里，虽小有违，要当大同。’胡三省注曰：‘韩遂，金城人，与樊稠皆凉州人也。’又如布谓张扬曰：‘布，卿州里也。’扬为并州人，同属并州也。”这些均可证《三国志》中“邑人”与“州里”的含义，是很不相同的。

又，《三国志·吴书·张纮传》“纮字子纲，广陵人也”注云：“《吴书》曰：纮见柟榴枕，爱其文，为作赋，陈琳在北见之，以示人曰：此吾乡里张子纲所作也。”也许会有人用以驳吾成说云：陈琳与臧洪同邑当和陈琳此说之意相同，都是指同一郡里。按，《三国志·吴书·孙策传》注引《吴历》曰：“初，（孙）策在江都，时张纮有母丧，策数诣张纮，咨以世务。”据此，则张纮当是广陵郡江都县人（《后汉书·郡国志》云：广陵郡下统十一县中正有江都县）。因此，陈琳所说的“乡里”，只如说的“郡里”，与“邑人”之义不同。又，《晋书·华谭传》云：“谭，广陵人也……同郡刘颂时为廷尉，见之叹息曰：‘不悟乡里乃有如此才也。’”此“乡里”更明指华谭、刘颂俱为广陵郡人（《晋书·刘颂传》即云“刘颂，广陵人也”）。又，《三国志·魏书·刘放传》注引“《孙氏谱》曰：‘（孙）宏……子楚，字子荆。’《晋阳秋》曰：‘（孙）楚乡人王济豪俊公子。’”考孙楚为太原中都人（《晋书·孙楚传》），而王济则是太原晋阳人（《晋书·王浑传》附），故《晋阳秋》所说的“乡人”亦仅指同郡而不指同邑，也与“邑人”含义不同。

也许，更会有人说，既然张纮是广陵江都人，陈琳又说张纮是自己的“乡里”，那么，陈琳也应是广陵江都人，这难道不正与第二说相同吗？按，即便如此，也与第二说有别。第二说是言广陵即今之江都。其实，江都只是广陵所辖十一县中之一县，二者岂能等同？退一步说，江都虽然曾是广陵的郡治，但郡望不等于郡治，二者又岂能相代？更何况陈琳与张纮仅是同郡里而不同邑里呢？其与第二说相同者，仅是偶合而已。

总之，说陈琳与张昭同州里（徐州），与张纮同郡里（广陵），与臧洪同邑里（射阳），当是不错的。

这里，似乎还须谈谈陈琳及徐干、刘桢、应玚等人的籍里出现歧说、误注的原因。其主要原因之一是史籍对某些人物的籍里记述甚简，或只记州里，不述郡国；或虽记郡望，不述县邑；而后人又不加深考，就只凭州里郡望之载以定其今日所属之地，这往往就会差之毫厘，谬以千里。古代的州、郡所辖范围很大，如陈琳、臧洪、张昭、张纮所在的东汉徐州，就辖有东海、琅琊、彭城、广陵、下邳等郡国；刘桢、王粲、阮瑀所在的兖州所辖的郡国则更多，有陈留、东郡、东平、任城、泰山、济北、山阳、济阴等八郡国。而各郡国所辖的县邑亦不少。如陈琳所在的广陵郡辖有十一县，刘桢所在的东平国辖有七县，徐干所在的北海国辖有十八县，应玚兄弟所在的汝南郡辖有三十七县。在这种情况下，如果只凭州里、郡望以定今名，自然就会各执一词。总之，东平郡所辖之七县皆有被取用的可能，而在这诸多说法中，只有一说正确，其余皆是谬误。因此，考证古人籍里，仅知其人之州里郡望还是不够的，还须尽可能考索出其县邑所在。我们只有将其县邑也考证清楚了，才有可能较为准确地注出某人是今某省、市、县的人。陈琳及刘桢、徐干、应氏兄弟籍里之所以有歧说、有误注，就是人们只凭所知的广陵、东平、北海、汝南等郡国之名而定其今地所在的结果。

这种只凭郡望以定今名而引起歧说、误注的现象，在古代文献的整理研究中，是比较常见的，它影响了古籍整理和研究的质量。为了减少这种现象的发生，笔者认为，对那些只知郡望不知县邑的古人，宁可将其籍里所在的今名暂付阙如而仍用当时旧名。

［补正］

按，应玚、应璩籍里，陈元胜《辨读》、杨明《译注》作汝南南顿（今河南项城县西）；曹旭《集注》《笺注》《集注（增订本）》作汝南南顿（今河南项城县）。只是《辨读》引《后汉书·应奉传》时把卷七十八误作卷四十八。

六、晋平原相陆机　晋清河守陆云

陆机（《诗品上》）、陆云（《诗品中》）二人系兄弟。对于陆氏兄弟籍里，《萧译》作吴郡吴县（今江苏省苏州市），《吕校》作吴郡吴县华亭（今上海市松江县），其余则多只作吴郡吴县。

按，《太平御览》卷一百二十七引《舆地志》云：

> 吴大帝（按，指孙权）以陆逊为华亭侯，以其所居为封也。

又，《元和郡国图志》云：

> 华亭县：华亭谷在县西三十五里，陆逊、陆抗宅在其侧。逊封华亭侯。陆机曰"华亭鹤唳"，此地是也。

据此可知，陆逊、陆抗所居之地当在吴郡之华亭。而陆机、陆云为陆逊之孙、陆抗之子，其籍里也当在吴郡之华亭。华亭，在吴、晋时代只是亭而不是县，吴属由拳县（《世说·尤悔》注引《八王故事》），晋属吴郡嘉兴县（《通鉴》卷八十五胡注），至唐始分嘉兴县为华亭县。华亭虽晋属吴郡嘉兴县，但若以今地名之，则属上海市之松江县。故陆氏兄弟籍里当作吴郡嘉兴华亭（今上海市松江县）。

［补正］

按，拙作《钟嵘诗品陆士衡条疏证商兑（一）》对陆机、陆云籍里有更详细的考索，可参。（《许昌学院学报》2007年第6期）

又按，陈元胜《辨读》作吴郡华亭（今上海松江县西）；曹旭

《集注》《笺注》《集注(增订本)》、杨明《译注》作吴郡吴县(今江苏苏州)。

七、晋中书张载 晋黄门郎张协

张载、张协亦系兄弟,二人籍里,旧说颇多。《晋书》本传作安平;《文选》张孟阳《七哀诗》二首李善注引臧荣绪《晋书》作武邑;严可均《全晋文》、逯钦立《晋诗》作安平观津;余冠英《汉魏六朝诗选》、北大《魏晋南北朝文学史参考资料》、胡国瑞《魏晋南北朝文学史》及《萧译》《吕校》作安平(今河北省安平县);朱东润《中国历代文学作品选》作安平(今河北深县)。

按,据《晋书·地理志》,冀州统郡国十三,其中有安平国;而同州博陵郡又有安平县。那么,《晋书·张载传》中的安平是指安平国还是指安平县?笔者认为,《张载传》中的安平当是郡国名而不是县邑名。张氏兄弟当是冀州安平国人,而不是博陵郡之安平县人。博陵郡之安平县,以今地言之,属河北省深县。此为朱先生深县说所本。而安平国则统县八,观津是其八县之一,以今地言之,属河北省武邑县(说详后)。

为什么说《晋书·张载传》之安平是郡国名呢?《晋书·慕容俊载记》附《韩恒传》云:

> 韩恒字景山,灌津人也。父默,以学行显名。恒少能属文,师事同郡张载,载奇之曰:"王佐才也。"

这里的灌津即观津。据下言韩恒与张载"同郡",则其"郡"绝不是指博陵郡,而是指辖有观津县之安平国。由此可见,安平当是张氏兄弟的郡望,而观津是其县籍。

又,安平观津,有时又作武邑观津。《三国志·魏书·牵招传》云:

> 牵招字子经,安平观津人也……拜右中郎将,出为雁门太守。

而《晋书·牵秀传》云:

牵秀，字成叔，武邑观津人也。祖招，魏雁门太守。

牵招、牵秀乃祖孙关系，其籍里当同，史籍却一作安平观津，一作武邑观津。此亦犹今本《晋书》于张载郡望作安平，臧荣绪《晋书》作武邑一样。

安平观津，《三国志集解》引《一统志》云："故城，在今直隶冀州武邑县东南。"以此推之，当在今之河北省武邑县。

据此可知，张载、张协兄弟籍里当作晋安平国观津（今河北省武邑县）。

［补正］

按，张载、张协籍里，陈元胜《辨读·诗品诗人籍贯古今地名辨考》作安平武邑（今河北武邑），曹旭《集注》作安平（今属河北），杨明《译注》作安平武邑（今属河北），曹旭《笺注》作安平观津（今河北武邑）；《集注（增订本）》作安平武邑（今河北武邑县）。

八、宋太尉袁淑

袁淑见《诗品中》。于其籍里，《萧译》《向释》《徐译》作陈郡阳夏，《吕校》作陈郡阳夏（今河南太康）。

按，《南史·袁湛传》云：

袁湛，陈郡阳夏人也。祖耽。

《世说新语·任诞》注引《袁氏家传》云：

耽……陈郡阳夏人，魏郎中令涣曾孙。

据此可知，袁耽、袁湛是袁涣后代。《南史》又云：

湛弟豹……（豹）子淑……（淑）伯父湛。

据此又知，袁淑亦是袁涣后代。而《三国志·魏书·袁涣传》云：

袁涣，陈郡扶乐人。

则袁淑籍里也当作陈郡扶乐。据考，此陈郡扶乐，今不属河南太康而属河南扶沟。于是由此推出的袁淑籍里便与《宋书·袁淑传》作“陈郡阳夏”（今河南太康）者不同了。对此，卢弼《三国志集解》曾作过解释：

阳夏，今为太康县治。晋时扶乐并于阳夏，故袁氏（晋时）又为阳夏人也。

但是，袁氏籍里所在之地并未因行政区划的变动而有所迁移，仍在今扶沟县。

[补正]

按，袁淑籍里，陈元胜《辨读》、曹旭《集注》《笺注》、杨明《译注》作陈郡阳夏（今河南太康）；曹旭《集注（增订本）》从拙说，作陈郡扶乐（今河南扶沟）。

九、宋参军鲍照 宋妇人鲍令晖

鲍照、鲍令晖系兄妹。

鲍氏兄妹籍里，史称东海，《萧译》《吕校》据此作东海（今江苏涟水县）。不过，东海是郡名，历代统县甚多，如西汉统县三十八（《汉书·地理志》），东汉统城十三（《后汉书·郡国志》），晋时统城十二（《晋书·地理志》），因此，只知郡望，还不能据以确指今属何县。仅就东海而言，有指江苏省涟水县者，如朱东润《中国历代文学作品选》、游国恩《中国文学史》、杨生枝《乐府诗史》及《萧译》《吕校》等；有指山东郯城者，如余冠英《汉魏六朝诗选》、张志岳《鲍照及其诗新探》（《文学评论》1979年第1期）等；有指江苏徐州者，如电大教材《中国文学史纲要》（第二册）；有指江苏灌云者，如文研所《中国文学史》、刘大杰《中国文学发展史》；有指江苏常熟者，如《辞源》（修订本）。

另外，对虞炎《鲍照集序》“本上党人”之说也有不同意见。陈振孙《直斋书录解题》及张志岳皆以为此说实误。袁行霈先生云：上党，今江苏省宿迁县[①]。曹道衡先生则认为，上党指汉上党郡，鲍氏之先鲍宣始徙上党，家于上党郡之长子县，鲍宣之子鲍永居上党郡之屯留[②]。

按，鲍氏之先原居渤海，后徙上党。《汉书·鲍宣传》即云：

> 鲍宣字子都，渤海高城人也……宣既被刑，乃徙之上党，以为其地宜田牧，又少豪俊，易长雄，遂家于长子。

可见，正如曹先生所说，鲍氏之族，始徙上党者为鲍宣。鲍宣子鲍永亦居上党。《后汉书·鲍永传》云：

> 鲍永字君长，上党屯留人，父宣，司隶校尉，为王莽所杀。

鲍永子昱亦居上党。《后汉书·鲍永传》附《鲍昱传》云：

> 昱字文泉，少传父学……建武初，太行山中有剧贼，太守戴涉闻昱鲍永子，有智略，乃就谒请署守高都长。

按，李贤注云："高都县属上党郡。"鲍昱即在自家门口做官。不过，此后鲍氏家族就有由上党徙居东海郯县者。《元和姓纂》卷七云：

> 鲍，东海郯县。汉太尉昱子德始居东海。

考鲍德卒于汉章帝建初（76—84）末，则其从上党徙居东海郯的时间当在建初九年（84）前。又《晋书·鲍靓传》云："鲍靓，字太玄，东海人也。"此鲍靓，当是鲍德之后。他在王机为广州刺史时曾任南海太守。考王机为广州刺史在晋愍帝建兴三年（315），则鲍靓任南海太守，亦当在建兴年间（313—316）。又据《元和姓纂》：鲍德之族，"永嘉乱，过江居丹阳。"但是鲍德之族，不管以后如何徙居，都可说自己是从上党而后徙居东海的。

除鲍德徙居东海者外，鲍宣之后也有从上党徙居泰山者。《三国志·魏书·鲍勋传》即云：

> 鲍勋字叔业，泰山平阳人也。汉司隶校尉鲍宣九世孙。宣后嗣有从上党徙泰山者，遂家焉。

---

① 袁行霈：《中国文学史纲要》第二卷，高等教育出版社 2014 年版。

② 曹道衡：《关于鲍照的家世和籍贯》，载氏著《中古文学史论集》，中华书局 1986 年版。

这一支族，虽亦在永嘉之乱时徙入今之镇江一带（《晋书·地理志》），但他们的籍里只能作先上党人而徙居泰山，与鲍德一族显然有别。

当然，鲍宣之后也有仍居上党者。《晋书·艺术·淳于智传》云：“上党鲍瑗家多丧病贫苦。”此鲍瑗是太康末（289）、永平初人。其籍里就只能作上党，与徙居东海郯、泰山平阳者亦完全不能混同。

鲍照兄妹属于上述鲍宣后代的哪一支族呢？笔者认为，不管鲍照当时家居何处（丹阳、镇江、淮阳，如曹先生所考索出的几种情况），既然虞炎《鲍照集序》说他“本上党人”，《宋书·宗室·刘义庆传》又说郡望为“东海”，则鲍照必属鲍德支族的后代而无疑，其籍里亦当为东海郯。东海郯，正属今山东省郯城县。故于东海诸说中，当以余冠英先生之说为是。鲍氏兄妹籍里亦当作东海郯（今山东省郯城县）。即便鲍照家住镇江，也与鲍照籍里为东海郯不相矛盾。

袁行霈先生言虞炎《鲍照集序》“本上党人”之上党为江苏宿迁县，此说虽然有据，但不确切。鲍照《春羁》诗云“佳期每无从，淮阳非尺咫”，黄节《鲍参军诗注》认为淮阳即鲍照的故乡。《通鉴》卷一百三十二云：“明帝泰始三年（467）……八月……孔伯恭进攻宿豫，宿豫戍将鲁僧遵亦弃城走。魏将孔大恒等将千骑南攻淮阳，淮阳太守崔武仲焚城走。”胡三省注曰：“淮阳太守治角城，角城在唐泗州宿迁县界。宿迁，即宿豫，唐避讳改焉。”可见淮阳在今宿迁县一带。又据《宋书·州郡志一》，徐州淮阳郡有宿豫令和上党令，但此上党令“本流寓郡，并省来配”，其地亦即在淮阳宿迁县一带。袁先生之说，当本于此。不过，徐州淮阳郡的流民聚居地上党县和并州的上党郡相距甚远，二者不当混为一地。

［补正］

按，鲍照籍里，曹旭《集注》作东海（治所在今山东苍山县）人；《笺注》作东海郯（今山东郯城），一说上党（今属山西）人；《集注（增订本）》作东海（今山东郯城县北）人，一说上党（今属山西）人。

鲍照的青少年时代，大概是在京口（今江苏镇江）一带度过的；陈元胜《辨读》作东海（郡治在今山东郯城县北）；杨明《译注》作东海郡（治郯县，今江苏郯城北）人。按，杨说误。郯城在今山东南部，虽接近江苏，但它仍属山东。

一〇、梁太常任昉

任昉见《诗品中》。于其籍里，《萧译》《吕校》作乐安博昌（今山东寿光县）。

按，《三国志·魏书·王昶传》云："乐安任昭先。"裴松之《注》曰："昭先名嘏。《别传》曰：'嘏，乐安博昌人，世为著姓。'"卢弼《三国志集解》引《一统志》云："博昌故城今山东青州府博兴县南二十里。"据此推之，乐安博昌当在今之山东省博兴县南，则任昉之籍里乐安博昌亦当在山东博兴县南。《辞源》（修订本）作此，不误。

［补正］

按，任昉籍里，陈元胜《辨读》、杨明《译注》、曹旭《集注》作乐安博昌（今山东寿光）；而《笺注》《集注（增订本）》作乐安博昌（今山东博兴县南）。按，寿光在博兴东南，中间还隔着一个广饶县，二地相距不近。

一一、梁左光禄沈约

沈约，见《诗品中》。于其籍里，史传作吴兴武康，朱东润《历代文学作品选》、《萧译》据此作今浙江德清县，余冠英《汉魏六朝诗选》、杨生枝《乐府诗史》、《吕校》作今浙江武康县。

按，考吴兴武康，原属浙江省武康县，但武康已于1958年并入德清县。据此，则沈约籍里，如果其著述出版于1958年前，即当著录为浙江省武康县；如果出版于1958年后，又当录为浙江省德清县。准此，出版于1958年后的《萧译》《吕校》，于沈约籍里之注当以《萧译》为是。余先生《汉魏六朝诗选》正出版于1958年，撰稿时武康之名犹存，作浙江武康，似不可非。

［补正］

按，沈约籍里，陈元胜《辨读》、曹旭《集注》《笺注》《集注（增订本）》、杨明《译注》等皆作吴兴武康（今属浙江德清县）。

一二、晋顿丘太守欧阳建

欧阳建，见《诗品下》。于其籍里，《晋书》本传无载，《世说新语·仇隙》注引《晋阳秋》作“渤海”，李善《文选》卷二三注引王隐《晋书》亦作“渤海”，《诗品》旧注亦多作“渤海”，惟《萧译》《吕校》作“渤海南皮（今河北南皮县东北）”。

按，《寰宇记》六十五云：“欧阳建，渤海重合人，石崇之甥，为郡豪杰也。”又，《晋书·地理志》谓“冀州渤海郡”统县十，中有重合县。据此可知，欧阳建是晋时渤海郡重合县人。作“渤海南皮”，误。渤海重合县，汉置，后魏省，寻复置，北齐省，故城在今山东省乐陵县西。据此又可知，《萧译》《吕校》作“渤海南皮（河北南皮）”，其又不只在县籍之误也。又《陈注》云：“《晋书》曰：‘欧阳建……渤海人’。”按，今本《晋书》无此，此当是据王隐《晋书》也。

［补正］

按，欧阳建籍里，陈氏《辨读》、曹旭《集注》作渤海南皮（今河北南皮）；而曹旭《笺注》《集注（增订本）》据《考索》改作渤海重合（今山东乐陵县西）；杨明《译注》则作渤海郡（治南皮，今属河北）。

一三、晋司隶傅玄　晋太仆傅咸

傅玄、傅咸父子，见《诗品下》。于其籍里，《晋书》本传作北地泥阳；《萧译》《吕校》据此作今陕西耀县东南；余冠英《汉魏六朝诗选》作甘肃省宁县东南；朱东润《中国历代文学作品选》作陕西省铜川市东南；杨生枝《乐府诗史》，作陕西耀阳泥阳。

按，考傅玄、傅咸，其先为汉傅介子。《汉书·傅介子传》云："介子，北地人。"颜师古注曰："介子，北地义渠人。"王先谦《汉书补注》曰："义渠，后汉省。《一统志》：'故城在宁州西北。'"而东汉傅燮则是傅介子之后。《后汉书·傅燮传》云："傅燮，字南容，北地灵州人也。"李贤注曰："灵州，县也。"按，此灵州当即《汉书·地理志下》北地郡属县灵州。彼注云："此地在河之州，随水高下，未尝沦没，故号灵州，又曰河奇也。"又按，此灵州县，亦即宁州县也。又，三国魏时的傅嘏又是傅燮之后。《三国志·魏书·傅嘏传》云："傅嘏字兰石，北地泥阳人，傅介子之后也。……嘏以功进封阳乡侯。……子祗嗣。"

傅氏家族如何由北地郡灵州县人变为北地郡泥阳县人的呢？《宋书·傅弘之传》云：

> 傅弘之字仲度，北地泥阳人。傅氏旧属灵州（县），汉末郡境为虏所侵，失土寄寓冯翊，置泥阳、富平二县，灵州（县）废不立，故傅氏悉属泥阳。晋武帝太康三年（282），复立灵州县，傅氏还属灵州。弘之高祖晋司徒祗，后封灵州公，不欲封本县，故祗一门还复泥阳。

这一段话还说明傅嘏籍里北地泥阳，在冯翊境内。而傅玄、傅咸又和傅燮、傅嘏同族。《晋书·傅玄传》云："傅玄字休奕，北地泥阳人也。祖燮，汉汉阳太守；父干，魏扶风太守。"又，《晋书·傅玄传》

云:"子咸，咸从父弟祗。"

从上考索可知，傅氏家族的籍里，先为北地郡义渠县，即宁州县，在今之甘肃省宁县西北；后为北地郡灵州县，亦即宁州，其地亦在甘肃宁县；后又为北地泥阳，寄寓于冯翊境内。《方舆纪要》云:"泥阳故城，在今陕西西安府耀县东北一里。"这些便是傅玄、傅咸父子籍里产生歧说的原因。

又，考傅玄卒于咸宁四年（278），距复立灵州县的太康三年（282）还有四年时间，这时的傅氏家族当仍寄寓冯翊之泥阳，即今陕西省耀县，故傅玄父子籍里为北地泥阳（今陕西省耀县）。杨生枝作耀阳，阳字为县字之笔误。

［补正］

按，傅玄、傅咸父子籍里，《辨读》作北地灵州（今宁夏灵武），曹旭《集注（增订本）》同此；又曹旭《集注》《笺注》、杨明《译注》作北地泥阳（今陕西耀县东南）。

一四、晋侍中缪袭

缪袭，见《诗品下》。于其籍里，《萧译》《吕校》作东海兰陵（今山东苍山县兰陵镇）；杨生枝《乐府诗史》作今山东峄县附近。

按，缪袭籍里，《三国志·魏书·刘劭传》只作东海而未具县名："劭同时东海缪袭亦有才学。"《世说新语·言语》注引《文章叙录》作"东海兰陵"，则郡县皆备。但是，卢弼《三国志集解》先引《寰宇记》卷四十二云:"缪斐（按，缪袭父）东海朐人"，后引《太平御览》卷四百十一宋躬《孝子传》及萧绎《孝德传》作"东海兰陵人"，认为缪袭之父缪斐之籍里有"朐"和"兰陵"二说。对此，卢弼又云：

> 缪斐，一作东海朐人，一作东海兰陵人。朐县在今江苏海州（按，今属江苏省连云港市），兰陵在今山东兖州府峄县东五十里。当

是先居朐县，后徙兰陵。《晋书·缪播传》："播为兰陵人。"播即袭孙也。

卢弼之说，正误参半。定缪斐、缪袭于东海兰陵人为是，而以《晋书·缪播传》之兰陵与东海兰陵同则非。因为缪播是晋惠帝时之兰陵人，其时单言兰陵不再是县名而是郡名。《晋书·地理志》云："元康元年（291）分东海置兰陵郡。"《缪播传》所说之兰陵，当是元康元年之后的兰陵郡。兰陵其地，晋元康以前之县，当在今山东省苍山县兰陵镇；元康以后之郡，当在今山东省枣庄市峄城镇；而南朝之南兰陵，则又当在江苏省常州市西北。如此，则缪袭籍里之东海郡兰陵县，当以《萧译》《吕校》之说为是。缪袭卒于魏正始六年（254），是魏人而不是晋人，其卒时，兰陵是东海郡的属县，故杨生枝以兰陵郡之地释兰陵县之地亦误。

［补正］

按，缪袭籍里，《辨读》作东海兰陵（今山东苍山兰陵镇）人；杨明《译注》作东海兰陵（今山东苍山西南）人；曹旭《集注》《笺注》《集注（增订本）》作东海兰陵（今属山东苍山）人。

一五、晋征士许询

许询籍里，《萧译》作高阳北新城（今河北省徐水县西南），《吕校》作高阳（今河北省保定市北），余多作高阳。

按，文献多称"高阳许询"（《世说新语·言语》注引《续晋阳秋》、《晋书·孙绰传》、唐释道宣《三宝感通录》引《志地》等）。高阳，只是许询郡望。《三国志·魏书·夏侯玄传》"中领军高阳许允"，卢弼《三国志集解》云："承祚（陈寿字）于里贯皆书郡望，如南阳、沛国之例。下文言'允友人同郡崔赞'，则高阳必为郡。"可证。但是，只知郡望，还不能据此以定今名，故《吕校》可商。

《南史·许懋传》云：

许懋，字昭哲，高阳新城人，魏镇北军允九世孙也；五世祖询，晋征士。

据此，则许询亦必是高阳新城人。严可均《全晋文》、逯钦立《晋诗》于许询籍里即作此。新城，晋作北新城。《宋书·州郡志二》云：

高阳太守领县五……领新城令……《晋太康地理志》属高阳，并曰北新城。

而《晋书·地理志》即作北新城：

冀州……高阳国（原注：泰始元年置，统县四，户七千。）……北新城（原注：侯相）。

许询东晋人，生于334年，卒于354—360年之间（本书第二章“晋征士许询”），其籍里当作高阳北新城。晋时北新城，以今地言之，属河北省徐水县。因此，许询籍里，当以《萧译》为是；《吕校》仅凭郡望以定今名，误；严可均、逯钦立以宋地名晋地，亦不确。

又按，高阳北新城，仅是许氏家族的祖籍（如许允、许询、许迈、许懋、许瑶之等），至许询时已徙居会稽郡了。《建康实录》卷八云：

询字玄度，高阳人，父归，以琅琊太守随中宗过江，迁会稽内史，因家于山阴……询幼冲灵……中宗闻而征为议郎，辞不受职；遂托迹，居永兴。

此记对许询仕履虽有不实之词（详本书第二章），但对其所居之地的记载，则有它书为证。《世说新语·栖逸》云：

许玄度隐在永兴南幽穴中，每致四方诸侯之遗。

此一证也。又，《宋书·孝义·郭原平传》云：

高阳许瑶之居在永兴。

许瑶之是许询之族（详本书第一章“齐朝请许瑶之”），他之居于永兴，乃由许询居于永兴之故。此二证也。又，《文选》江文通《许征君〈自序〉诗》李善注引《晋中兴书》云：

高阳许询，字玄度，寓居会稽。

此三证也。又，《隐录》云：

（许）询总角奇秀，众谓神童，隐在会稽幽究山，与谢安、支遁游处，以弋钓啸咏为事。

此四证也。

这些记载，足证《建康实录》所载许询所居之地之不误。可见，至东晋许询之时，其家已从北方的高阳北新城迁至会稽（先居山阴，后徙永兴）。

［补正］

按，许询籍里，《辨读》作高阳（今河北高阳县东）人；《吕校》2000年再版本改从《辨读》说；曹旭《集注》作高阳（今河北蠡县）人；《笺注》作高阳（今河北徐水县）人；杨明《译注》作高阳北新城（今河北徐水西）人；《集注（增订本）》作高阳（今河北阳县东）人。按，当作今河北高阳县东。

一六、晋东阳太守殷仲文

殷仲文，见《诗品下》。于其籍里，史籍多作陈郡，而《萧译》作陈郡长平（今河南西华县东北），《吕校》作陈郡（今河南淮阳）。

按，《世说新语·言语》注引《续晋阳秋》云："仲文，陈郡人，祖融。"又，《世说新语·文学》注引《中兴书》云："殷融，陈郡人，兄子浩，亦能清言。"据此可知，殷浩乃殷仲文之叔父，二人籍里当同。而《晋书·殷浩传》则云："殷浩，陈郡长平人。"如此，作为殷浩之侄的殷仲文的籍里也应是陈郡长平。严可均《全晋文》、逯钦立《晋诗》亦以殷融、殷仲文籍里为陈郡长平。《萧译》本此，不误。

长平，《晋书·地理志》属豫州颍川郡，然而，同州梁国下又有长平。中华书局《校勘记》于"梁国长平"下云："长平，马（与龙

《晋书地理志注》）校：县已见前颍川郡，此误复出。”按，《晋书·地理志》云：

> 先是分颍川立淮阳郡，后汉章帝改淮阳曰陈郡……及武帝受命……又合陈郡于梁国……惠帝分梁国立陈郡。

据此，《晋书·殷浩传》之的陈郡“长平”，当属惠帝分梁国而建的陈郡之内。其地，在今河南省西华县东北。故殷仲文的籍里，当从《萧译》之说作陈郡长平（今河南省西华县）。《吕校》作陈郡（今河南淮阳），误。

［补正］

按，殷仲文籍里，《辨读》作陈郡长平（今河南西华县东北）；《吕校》2000年再版本改从《辨读》说；杨明《译注》作陈郡（治陈县，今河南淮阳）；曹旭《集注》作陈郡（今河南淮阳）；《笺注》《集注（增订本）》作陈郡长平（今河南西华县东北）。

一七、宋尚书令傅亮

傅亮，见《诗品下》。于其籍里，《萧译》《吕校》等皆作北地灵州（今宁夏灵武县）。

按，《宋书》本传云：“傅亮字季友，北地灵州人也。高祖咸，司隶校尉。”足证萧、吕于傅亮籍里作北地灵州为有据。但仍有两个问题，需考索。

其一，傅亮高祖为傅咸，傅咸籍里为北地泥阳，此为何与傅亮不同？按，据本章“傅玄、傅咸籍里”条云，傅玄、傅咸父子籍里作北地泥阳是因为傅咸之父卒于咸宁四年（278），距复立灵州县的太康三年（282）还有四年之久，此时傅氏籍里当均为泥阳；而在太康三年（282）以后，傅氏家族的籍里除傅祗一门外，又复为灵州；傅亮非傅祗一门，故其籍里当属北地灵州。

其二，北地灵州，今属何县？按，据“傅玄、傅咸籍里”条云，灵州是县名，其地盖在今甘肃宁县之境。

［补正］

按，傅亮籍里，《辨读》、曹旭《集注》作北地灵州（今宁夏宁武县）人；又曹旭《笺注》《集注（增订本）》作北地灵州（今甘肃永宁）人。

一八、宋记室何长瑜

何长瑜籍里，《宋书》《南史》的《谢灵运传》只称东海，《萧译》《吕校》据此而作东海（今江苏涟水县北）。

按，东海，郡名，下统县甚多，仅知郡望，还不能据以确定其今属何县。故《萧译》《吕校》说东海为“今江苏涟水县北”，可商。

何长瑜既是东海人，当居于东海郯县何氏聚居地。《南史·谢灵运传》云：

> 长瑜……尝于江陵寄书与宗人何勖，以韵语序义庆州府僚佐。

据此可知，何长瑜与何勖同族。又《宋书·徐湛之传》云：

> 安成侯何勖，（何）无忌之子也。

《晋书·何无忌传》云：

> 何无忌，东海郯人也。

据此，则何无忌之子何勖的籍里也当为东海郯县（严可均《全晋文》即作此），与何勖同宗的何长瑜亦应居于东海郯县。东海郯，即今山东省郯城县。萧、吕仅凭郡望以定今名，又不只在县籍之误也。逯钦立《宋诗》仅言何长瑜为东海人，亦失考。可怪的是，严可均既以何勖为东海郯人，却仍只言何长瑜为东海人，殆不知何长瑜与何勖同族之故。

史传言东海何氏与陈郡谢氏历来关系密切。《宋书·谢瞻传》云，谢瞻曾为安成相，此“安成”，即指安成郡公何无忌；又《晋书·谢玄传》云，始从谢玄征戍者有东海何谦。此何谦既是东海人，想必亦是何无忌之族人。又，《宋书·何承天传》云，承天，东海郯人，谢晦镇江陵，领记室；又，《宋书·谢灵运传》云，何长瑜为谢惠连的老师，与谢灵运等三人常在一起游山玩水、吟诗作文，时称“四友”。这些何氏人物的籍里，都是在东海郯县（今山东省郯城县）。

[补正]

按，《辨读》作东海（郡治今山东郯城县北）人；曹旭《集注》作东海（今江苏涟水）人；《笺注》作东海郯县（今山东郯城县）人；《集注（增订本）》作东海（郡治今山东都城县北）人（按，“都城”为“郯城”之误）；杨明《译注》作东海郡（治郯县，今山东郯城）人。

一九、羊曜璠

羊曜璠，见《诗品下》。于其籍里，《萧译》《吕校》作泰山（今山东泰安）。

按，泰山，乃郡名，下辖之县甚多，仅刘宋时即辖八县（《宋书·州郡志》）。因此，仅知郡名，还不能据以确定其今属何县。

考羊曜璠既属泰山羊氏之族，则当与居于泰山郡南城之羊祜、羊欣、羊玄保同族同里。《晋书·羊祜传》云：“羊祜字叔子，泰山南城人也。”《南史·羊欣传》、《羊玄保传》亦云欣、玄保皆为泰山南城人。又，《羊欣传》载羊欣“尝诣领军谢混，混拂席改服，然后见之。时混族子灵运在坐，退告族兄瞻曰：‘望蔡见羊欣遂改席易衣！’欣由此益知名”。又，《世说新语·雅量》云：“羊绥第二子孚，少有俊才，与谢益寿相好。”同书《方正》云：“谢公闻羊绥佳，致意令来，终不肯诣。后绥为太学博士，因事见谢公，公即取以为主簿。”又，《晋书·谢安传》云：“安顾谓其甥羊昙曰：‘以墅乞汝。’安遂涉游，至夜乃还。”这些与谢氏往还的羊氏诸人都是泰山南城人。此亦可证，与谢灵运等

“以文章赏会，共为山泽之游”（《南史·谢灵运传》）的泰山羊曜璠，同上列羊氏诸人当是同宗共族，皆是泰山郡南城县人。

不过，泰山羊氏，亦有作泰山平阳人的。《世说新语·言语》注引《晋诸公赞》云：

> 羊祜字叔子，泰山平阳人也。世长吏二千石，至祜九世，以清德称。为儿时，游汶滨，有行父止而观焉，叹息曰……

《世说新语·方正》注引《文字志》曰：

> 羊忱，泰山平阳人。

而羊忱为羊祜叔父，《晋书·羊祜传》即云：

> 祜年十二丧父，孝思过礼，事叔父耽甚谨。

此羊耽即羊忱。同一羊祜为什么有的作泰山南城人，有的又作泰山平阳人呢？按，《后汉书·郡国志》兖州泰山郡统县十二，中有南城无平阳。《晋书·地理志》兖州泰山郡统县十一，中也只有南城而无平阳。《宋书·州郡志》兖州泰山郡领县八，中亦只有南城而无平阳。那么，泰山平阳之说又从何而来呢？考《晋书·羊祜传》云：

> 其后，诏以泰山之南武阳、牟、南城、梁父、平阳五县为南城郡，封祜为南城（县）侯，置相，与郡公同，祜让。

又《晋书·地理志》云泰山郡所辖十一县有新泰县，其下原注曰：“故曰平阳。”可见泰山平阳之说，并非无中生有。但是，据《元和郡县志》，平阳春秋时为鲁之平阳邑，晋武帝泰始中改为新泰县。因此，在晋代，平阳这个旧地名便很少用了。

从《羊祜传》记羊祜幼时“尝游汶水之滨”和《晋诸公赞》述羊祜“为儿时，游汶滨”看，此汶水当指大汶水，发源于新泰县境内，而新泰即原平阳县，据此，则羊耽（忱）、羊祜之时的羊氏家族尚居于泰山平阳（即今之新泰），今新泰西北之羊流店，盖即羊氏所居之旧址。故《晋诸公赞》《文字志》以羊耽（忱）、羊祜为泰山平阳人，不为无据。后平阳不复存在，羊祜又封南城（县）侯，其所居之地，自然由平阳迁至南城，故羊氏籍里又称泰山南城。羊曜璠是宋人，其籍里当作泰山南城（今山东省费县）。

［补正］

按，羊曜璠籍里，《辨读》作泰山（今山东泰安市东）人；曹旭《集注》作泰山（今山东泰安）人；杨明《译注》作泰山郡（治奉高，今山东泰安东）人；曹旭《笺注》《集注（增订本）》作泰山南城（今山东费县）人。

二〇、宋詹事范晔

范晔，见《诗品下》。于其籍里，《萧译》《吕校》作顺阳（今河南淅川），其余多只作顺阳。

按，《宋书》本传载云："范晔字蔚宗，顺阳人，车骑将军（范）泰少子也。"各注据此，当无问题，但考之众书，则有歧说。

《宋书·范泰传》云：

> 范泰字伯伦，顺阳山阴人也。祖汪，晋安北将军、徐兖二州刺史；父宁，豫章太守。……第四子晔。

对此，中华书局《宋书·校勘记》云：

> 《廿二史考异》云："按《州郡志》，顺阳无山阴县；《梁书》《范云传》《范缜传》并云南乡舞阴；南乡与顺阳本为一郡，似山阴当为舞阴之讹。而《州郡志》舞阴属南阳；未详其故。"李慈铭《宋书札记》云："山阴，字有误。《晋书·范晷传》南阳顺阳人，《南史·范泰传》但作顺阳人。"

据钱大昕说，顺阳当是郡名，山阴当作舞阴。不过，笔者认为，"山阴"是"顺阳"之讹。《晋书·地理志》谓："荆州顺阳郡，太康中置，统县八：酂、顺阳、南乡、丹水、武当、阴、筑阳、析。"可见顺阳郡有顺阳县。而范泰正是顺阳郡顺阳县人。考范泰之父范甯亦即顺阳县人。《世说新语·言语》刘注引《中兴书》即云："范甯字武子，慎阳县人。"而《世说新语·文学》注引《中兴书》亦云范甯叔辈范启籍里为慎阳，按此二慎阳，亦即顺阳。《世说新语注》之作者刘峻是梁人，梁武帝父讳顺之（《梁书·武帝纪上》），为了避讳，刘峻即改顺阳为慎阳。考顺、慎古通，可互作。如《管子·小匡》"准顺端悫"房玄龄注：顺一作慎；《荀子·强国》"为人上者不可不顺也"，杨倞注：顺当为慎；《诗·下武》"应侯顺德"，《正义》引定本顺作慎；《易·升》"君子以顺德"，《释文》：顺本又作慎；《庄子·列御寇》"有顺悁而避之者"，《释文》：顺王本作慎；《孟子》王顺，《汉书·古今人表》作王慎。皆是顺通作慎之例。又如，《荀子·富国》"将修小大强弱之义以持倞慎之"，杨倞注：慎读曰顺；《易·系辞》"慎斯术也"，《释文》：慎本作顺；《列子·杨朱》"慎耳目之视听"，《释文》：慎本作顺；《史记·孔子世家》"子慎"，《汉书·孔光传》作子顺。则是慎通作顺之证。范甯既是顺阳郡顺阳县人，则其子范泰亦当为顺阳（郡）顺阳（县）人，故《宋书》本传作"顺阳（郡）山阴（县）"，必是"顺阳（郡）顺阳（县）"之误。又既然范泰是顺阳郡顺阳县人，则其子范晔亦是顺阳郡顺阳县人。顺阳县故址，在今河南淅川县境。周一良先生《读魏晋南北朝史札记》于范晔籍里之考索，只罗列成说，不下断语，似过于审慎了。

顺阳还有作从阳者。萧子显《南齐书·刘瓛传》云：

> 瓛遇病，子良遣从瓛学者彭城刘绘、从阳范缜将厨于瓛宅营斋。

《南齐书》中华书局《校勘记》云："按从阳，即顺阳，萧子显避梁讳改。"但《中国古今地名大辞典》却说："南齐避讳改曰从阳。"此说显误。南齐不避顺字。如上所述，讳顺字者乃梁人，萧子显是梁人，且《南齐书》又作于梁时之故。

顺阳还有误作颍阳者。《世说新语·排调》注引《范汪别传》云："汪字玄平，颍阳人。左卫军略之孙。"余嘉锡《世说新语笺疏》引程炎震："《晋书·范汪传》颍阳作顺阳，略作晷。"按，程说是。《晋书·地理志》无颍阳，颍阳当是顺阳之误。

又,《晋书·范晷传》云:“范晷字彦长,南阳顺阳人也……二子广、稚……稚子汪。”据此,更可证范氏之族的范晷、范汪、范泰、范晔一门,确实居在顺阳县。因为这里的顺阳显然不是郡名而是县名。不过,这里又出现一个问题,顺阳县之郡属,究竟是南阳郡还是顺阳郡?笔者认为,据《后汉书·郡国志》,南阳郡所统三十七城中,有顺阳侯国;又据《晋书·地理志》,太康中置顺阳郡;于是顺阳县的郡属即由南阳转至顺阳。《晋书·范晷传》作“南阳顺阳”是用后汉旧名;《宋书·范泰传》作“顺阳顺阳”则是用晋地名。

[补正]

按,范晔籍里,陈元胜《辨读》、曹旭《笺注》《集注(增订本)》作顺阳(今河南淅川县南);又曹旭《集注》、张连第《诗品》作顺阳(今河南淅川县);杨明《译注》作顺阳(今河南淅川东南)。

又,拙文《用避讳学常识注释〈诗品〉人物》,(载《许昌学院学报》2020年第1期),可参。

二一、齐高帝萧道成

萧道成,见《诗品下》。于其籍里,《萧译》作东海兰陵(今山东枣庄市东南),《吕校》作南兰陵(今江苏常州市西北),《向释》作东海南溪。

按,《南史·齐高帝纪》云:

> 其先本居东海兰陵县中都乡中都里。晋元康元年,惠帝分东海为兰陵,故复为兰陵郡人。中朝丧乱,高祖淮阴令整字公齐,过江居晋陵武进之东城里。寓居江左者,皆侨置本土,加以南名,更为南兰陵也。(《南齐书·高帝纪》末句为:“于是为南兰陵兰陵人也。”)

此述萧道成家族之居里沿革甚详。《纪》所言之东海兰陵县,当在山东苍山县,此兰陵为萧道成先祖所居;从东海郡中分置出的兰陵郡在今山东省枣庄市东南峄城镇，而南兰陵之兰陵县，则在今江苏省常州市西北；其高祖寓居之晋陵武进东城里，却在江苏镇江市丹徒县。故《萧译》《吕校》于萧道成籍里之注皆为有据，而《向释》之说则误甚。考遍史籍，萧道成籍里无作东海兰溪者，因此，兰溪当是兰陵之笔误。

［补正］

按，萧道成籍里，《辨读》谓："祖先为东海兰陵（今苍山县兰陵镇），过江迁居南兰陵（今江苏常州市西北）。"曹旭《集注》《笺注》《集注（增订本）》、杨明《译注》作南兰陵（今江苏常州）。

二二、齐中庶子刘绘

刘绘籍里，《萧译》《吕校》作彭城（今江苏徐州），它注则多只作彭城，认为与刘裕之皇族同一籍里。

按，《南齐书·刘悛传》云：

> 刘悛字士操，彭城安上里人也。彭城刘同出楚元王，分为三里，以别宋氏帝族……父勔，司空。

刘绘，刘悛弟。《南齐书》本传即云：

> 刘绘字士章，彭城人，太常悛弟也，父勔。

如此，则刘绘籍里亦当为彭城（县）安上里，与刘裕帝族籍里不同。刘裕籍里彭城县绥舆里。《宋书·武帝纪》即云：

> 高祖武皇帝讳裕，字德舆，小名寄奴，彭城县绥舆里人，汉高帝弟楚元王交之后也。

又，刘绘籍里既为彭城安上里，则单言彭城须加上"县"字，以免与籍里为彭城吕县之刘氏家族在只言其郡望时相混。

［补正］

按，刘绘籍里，《诗品》注家多作彭城（今江苏徐州），与宋孝武帝同，似皆未注意到刘绘家居彭城安上里。惟曹旭《集注》《笺注》《集注（增订本）》注则作居彭城绥舆里，曹注是。但注刘绘籍里似亦当补出“安上里”字样。

二三、齐诸暨令袁嘏

袁嘏，见《诗品下》。于其籍里，《萧译》作陈郡（今河南项城东北），《吕校》作陈郡（今河南淮阳）。

按，同一陈郡，《萧译》在注袁宏籍里时作今河南淮阳县，而这里又注为河南项城县东北，不知何据？其实，袁嘏既是陈郡袁氏家族，则当与陈郡袁宏、袁淑同一籍里，即当为陈郡阳夏或陈郡扶乐。不过，若以今地言之，则当属河南扶沟县（参本书第一章“袁宏”条、本章“袁淑”条）。

［补正］

按，袁嘏籍里，陈元胜《辨读》、杨明《译注》、曹旭《集注（增订本）》作陈郡（郡治今河南淮阳县），曹旭《笺注》作陈郡阳夏（今河南扶沟）。

二四、齐雍州刺史张欣泰

张欣泰，见《诗品》下。于其籍里，《萧译》作竟陵（今湖北天门县西北），《吕校》作竟陵（今湖北钟祥）。

按，《宋书·张兴世传》云：“张兴世字文德，竟陵竟陵人也。”张欣泰乃张兴世之子。《南齐书·张欣泰传》即云：“张欣泰字义亨，竟陵人也。父兴世，宋左卫将军。”如此，则张欣泰也应是竟陵郡竟陵县人。竟陵县在今湖北省天门县西北，《萧译》之说是。严可均《全齐文》于张欣泰籍里亦作竟陵竟陵，比仅言竟陵者，更确切一些。

［补正］

按，张欣泰籍里，陈元胜《辨读》、曹旭《笺注》《集注（增订本）》作竟陵（今湖北潜江县西北），曹旭《集注》作竟陵（今湖北天门），杨明《译注》作竟陵郡竟陵（今湖北潜江西）。

二五、梁建阳令江洪

江洪，见《诗品下》，于其籍里，《梁书·吴均传》及《南史·王僧孺传》皆云济阳，《萧译》《吕校》据此而云济阳（今山东定陶县西北），杨生枝《乐府诗史》谓济阳为河南开封附近，《向释》则云洛阳。

按，江洪籍里，史传无作洛阳者，《向释》作洛阳，显误；而《萧译》《吕校》及杨氏之说亦有问题。考济阳为郡名，下属有县，仅知郡名还不能据以定其今属何地。

查江氏之籍里，《晋书》皆作陈留圉，《宋书》《南齐书》《梁书》皆作济阳考城。如《晋书》中江统、江凯、江恒、江夷、江灌、江绩、江蔚的籍里即作陈留（郡）圉（县），而《宋书》之江夷、江湛、江秉之、江徽，《南齐书》之江谧、江介、江祀、江泌，《梁书》之江淹、江革、江子一、江行敏、江从简则均作济阳考城。《世说新语》注江氏籍里又两说皆作：江统、江灌为陈留；而《方正》注引《晋安帝纪》云："江凯字仲凯，济阳人，祖正（按，当为统字，刘峻避萧统之名而改），散骑常侍。"江洪是《梁书》中唯一只著郡望而不著县邑的江氏族人，则其籍里当和同书所载的其他江氏人物一样，为济阳考城人。济阳考城，在今河南省兰考县。

又，江氏籍里晋作陈留（郡）圉（县），宋、齐、梁作济阳考城，其原因亦可考索。据《晋书·地理志》，兖州陈留国统县十，其中有济阳而无圉。可见，见于《后汉书·郡国志》的陈留郡圉县，在晋时已经废置而另立为济阳县了。又，《宋书·州郡志》云：南徐州之"济阳太守，晋惠分陈留为济阳国，领县二……考城令，前汉曰甾，属梁国，章帝更名，属陈留。《太康地志》无。”《宋书》中华书局《校勘记》曰：“按《汉书·地理志》，梁国有甾县。《续汉书·郡国志》陈留郡考城，故甾，章帝更名。”根据这些记载可知，宋之济阳考城，一部分在西汉属梁国甾县地，东汉章帝改曰考城，属陈留郡；晋惠帝分陈留为济阳国时，原属陈留的考城并入由圉改立的济阳县；宋又改济阳县为考城，属济阳郡。因此，江氏籍里如用晋以前之地名，即为陈留圉；若用宋地之名，则是济阳考城。

［补正］

按，江洪籍里，曹旭《集注》作济阳（今山东定陶），陈元胜《辨读》作济阳（今河南兰考县东北），杨明《译注》作济阳考城（今河南民权东北），曹旭《笺注》《集注（增订本）》作济阳考城（今河南兰考）。

二六、梁步兵鲍行卿

鲍行卿，见《诗品下》。于其籍里，《萧译》作东海（今江苏涟水县），余皆曰不详。

按，鲍行卿事迹，见《南史·鲍泉传》之附传。钱大昕《十驾斋养新余录》卷中“何法盛：《晋书》”条云：“李延寿《南》《北》史以祖孙父子族属合为一篇。”据此可见，李延寿是把鲍行卿视作和鲍泉同一族属的。《南史·鲍泉传》云：“鲍泉，字润岳，东海人。父几，字景玄，家贫。”则和鲍泉同族的鲍行卿，其籍里亦应为东海。不过，东海仅是鲍泉、鲍行卿的郡望，要知其县籍，还需考索。

《隋书·鲍宏传》云：

> 鲍宏字润身，东海郯人也。父机，以才学知名，事梁，官至治书侍御史。宏七岁而孤，为兄泉之所爱育。

传谓鲍泉父“机”，即《南史·鲍泉传》之“几”。“几”“机”二字，古可通作。如孔安国《尚书序》“撮其机要”，《释文》：“机本作几。”《易·系辞上》“极深而研机也”，《释文》引郑注：“机当作几。”是机通作几之证。又，《隋传》之“泉之”亦即“泉”。东晋、南朝人单名后面多加“之”字，而双名之“之”字，又可省略（详本书第一章）。据此，则鲍泉、鲍宏之父鲍几，可写作鲍机，鲍宏之兄鲍泉，亦可作鲍泉之。

既然鲍泉是鲍宏之兄，则鲍泉之县籍亦当为郯县，而鲍行卿的籍里也当定为东海郯县了，以今地言之，在山东省郯城县。

［补正］

按，鲍行卿籍里，陈元胜《辨读》谓籍贯不详；杨明《译注》、曹旭《集注》未注；曹旭《笺注》《集注（增订本）》作东海郯（今山东郯城）。

二七、附释“北第”

《诗品下》评区惠恭有云：“大将军修北第。”各注皆未言“北第”所在。

按，李善注《文选》卷六十谢惠连《祭古冢文》引沈约《宋书》曰：

元嘉七年，惠连为司徒彭城王（刘）义康法曹参军，义康修东府城，城堑中得古冢，为之改葬，使惠连为祭文，留信待成也。

谢惠连《祭古冢文》曰：

东城掘城北堑，入丈余，得古冢。

据此可知，《诗品》之“大将军修北第”，即《宋书》之“义康修东府城”，《诗品》言“北第”者，盖刘义康所造之第，在原东府城之北也。

［补正］

按，北第，曹旭《集注》未注，《笺注》《集注（增订本）》谓："在东府城之北，故称北第。"然而，杨明《译注》却云："东府在台城东南，北第则在台城北，二者并非一处。不知钟嵘是误记，还是当时两处都曾修治。"

第四章 《诗品》诗家诗作考

一、古诗

"古诗"之义，其说颇多。《萧译》云："汉代一部分五言诗，传至齐梁时，其作者、写作年代及篇题均已失考。当时便统称为古诗。"《吕校》云："《世说新语·文学》'王孝伯（王恭）在京行散，至其弟王睹户前，问古诗何句为最，睹思未答。孝伯咏"所遇无故物，焉得不速老。"此句为佳。'说明晋时已有古诗的称谓。"《向释》云："两汉并无古诗名目，晋陆机始有《拟古》。"《徐译》云："古诗，是南北朝时代的文论家对两汉以来无名氏五言诗的概称。"

按，上引诸说皆有可商榷者。

其一，称汉代无名氏五言诗为古诗，不始于东晋王恭，而始于三国韦昭。《史记正义·刺客列传·聂政》引韦昭云：

> 古者名男子为丈夫，尊妇妪为大（或作"丈"）人。《汉书·宣元六王传》"王遇大人益解"，"为大人乞骸去"。按，大人，宪王外祖母。古诗云"三日断五匹，大人故言迟"是也。

又，《史记索隐·荆轲传》亦引韦昭云：

> 古者名男子为丈夫，尊妇妪为丈（或作"大"）人。故《汉书·宣元六王传》所云丈人，谓淮阳宪王外王母，即张博母也。故古诗曰"三日断五匹，丈人故言迟"是也。

韦昭卒于吴凤凰二年（273），他释"大人"或"丈人"（按，"丈""大"二字古易混，颜之推《颜氏家训·书证》即云："丈之与大易为误耳。"）所引古诗，见于《孔雀东南飞》(即徐陵《玉台新咏》所录之《古诗为焦仲卿妻作》)。《玉台新咏》称此为“古诗”，盖即受韦昭之影响。

韦昭之后，陆机、陆云在书信往还中也有论及古诗者。严可均《全晋文》卷一百二载陆云《与兄平原书》云：

答少明诗，亦未为妙。省之如不悲苦，无恻然伤心言，今重复精之。一日见正叔，与兄读古五言诗，此生叹息欲得之。

潘正叔（尼）欲得的“与兄读古五言诗”，盖即有刘勰、钟嵘所评，《文选》《玉台》所录，陆机所拟的汉代五言古诗在也。

其二，《拟古》之作，今可考者，不起于陆机，而起自何晏。考何晏有《言志诗》一首，此即《诗品中》所说的“平叔‘鸿鹄’之篇”。冯惟讷《古诗纪》名之曰《拟古》，而今之《陈注》《许疏》《萧译》《吕校》《向释》《徐译》等亦谓之曰《拟古》。这是我们所见到的最早以《拟古》命名的诗篇。何晏是三国魏人，他被诛于嘉平元年（249），其时陆机尚未出生（陆机生于261年）。

其三，在南北朝文论家中，并非都坚持“古诗”是“人世难详”之作。刘勰就以为“古诗”中有傅毅的作品。《文心雕龙·明诗》即云：

古诗佳丽，或称枚叔，其《孤作》一篇，则傅毅之词。比采而推，两汉之作乎！

而徐陵《玉台新咏》则更把《行行重行行》《青青河畔草》《西北有高楼》《涉江采芙蓉》《庭中有奇树》《迢迢牵牛星》《东城高且长》《明月何皎皎》等八首定为枚乘之作。

此外，还有“旧疑是建安中曹王所制”的说法（《诗品上》“评古诗”）。

对于这三种“主名论”，钟嵘一个也不赞同。他在《诗品序》中说：“古诗眇邈，人世难详。”又说：“自王、杨、枚、马之徒，词赋竞爽，而吟咏靡闻。”在《诗品上》评古诗时还云：“古诗……人代冥灭。”这些同义反复之论，足证钟嵘才是“古诗”“无名论”的坚持者。比较

“无名论”和“主名论”，似乎钟嵘之说比刘勰之论，更易为人接受。现代论者多是钟嵘而非刘勰，即是一证。

钟嵘对“旧疑是建安中曹王所制”之说，其态度亦如《古笺》所云：“亦不以旧疑为然。”不过此“疑”却引起了明人的误解和争论。胡应麟《诗薮》云：“谓出曹王，非也。”而许学夷《诗源辩体》卷三则云：

或疑十九首多建安中曹王所制，其说亦似有见。班固《咏史》，质木无文，当为五言之始。盖先质木，后完美，其造诣与唐人相类。

按，胡氏之说，与钟意类；许氏之说，与《诗品》殊。两相比较可见，许氏仅以理求，虽难服人，却自有据。如《北堂书钞·乐部·筝》引曹植诗“弹筝奋逸响，新声妙入神”，即见于“古诗十九首”之《今日良宴会》中。胡应麟《诗薮》亦云：“子建《杂诗》全法十九首意象，规模酷肖而奇警绝倒弗如。”子建效法古诗而又酷肖古诗，这也许就是人们疑“古诗”为旧建安中曹王所制的主要原因。但是，旧人之疑、许氏之说，都嫌证据不足。对此，前人论之已多，兹不复道。

关于对“旧疑是建安中曹王所制”的“曹王”一语的解释，许学夷释为曹植、王粲①，梁启超亦作如是解②，而《陈注》《古笺》《许疏》《叶释》《萧译》《吕校》《向释》《徐译》等也无不作此。其实，钟嵘《诗品》虽有“在曹（植）刘（桢）间别构一体”之说，但“曹王”却并非曹植、王粲并称，而单指曹植。唐王勃《采莲赋序》云：

昔之赋芙蓉者多矣，虽复曹王、潘令之逸曲，孙、鲍、江、萧之妙韵，莫不杂陈丽美，粗举采掇。

按，曹王、潘令对举，可知曹王指曹植，潘令指潘岳。唐李谭《妒神颂序》云：

宋玉《高唐》之词，盛传于南国；曹王《洛神》之赋，永布于东园；莫不事载图画，名标史册。

---

① 许学夷撰、杜维沫校点：《诗源辩体》，人民文学出版社 1987 年。

② 梁启超：《中国之美文及其历史》，《饮冰室合集》专集第五册。

由此可见，曹王单指曹植，则更确定无疑。

[补正]

刘跃进先生对“古诗说”起源于韦昭云：“王发国《诗品考索》最早注意到这两条史料”，“还有一种可能，‘故古诗曰’云云，非韦昭原文，而是后人解说韦昭注。此说系钱志熙先生提供”。（刘著《古典文学与文献学丛稿》，学苑出版社1999年版，第40、162页）

二、汉都尉李陵诗

《吕校》云：“《汉书·苏武传》载李陵骚体歌一首，《文选》载李陵《与苏武诗》三首，又《古文苑》载李陵《录别诗》八首，均是后人拟托。”

按，《汉书·苏武传》所载李陵别苏武时所作之骚体歌（《诗纪》作《别歌》）：

> 径万里兮度沙漠，为君将兮奋匈奴，路穷绝兮矢刃摧，士众灭兮名已颓，老母已死，虽欲报恩将安归？

此实如梁章钜《文选旁证》卷二十五引翁方纲所云：“此当日真诗也。”不得与《文选》《古文苑》等所载之诗并论为伪。

又按，李陵伪作，据逯钦立《先秦汉魏晋南北朝诗·汉诗》所辑，不止《吕校》所计之十一首而是二十一首。逯钦立云：

> 《文选》《古文苑》苏李诗十七首以外，《书钞》及《文选》注尚引李诗残篇两首，《古文苑》之孔融《杂诗》二首亦原属李陵。依此计之，苏李诗今存者尚有二十一首也。……此二十一首诗，即出李陵众作也。

逯氏此论甚辩，可备一说。不过，其断孔融《杂诗》二首为李陵伪作之证，则不甚可靠。逯氏在原孔融《杂诗》二首之“伤子诗”后注云：

> 此伤子之诗，亦原属李集。《文镜秘府》引或曰云：“五言之

作，《召南·行露》，已有滥觞；汉武帝时，屡见全什，非本李少卿也。少卿以伤子为宗，文体未备，意悲辞切，若偶中音响，十九首之流也。”据此，本篇与前诗一致，实俱出李集。

按，王利器先生《文镜秘府论校注》云：“此（指《文镜秘府论》）所引或曰，皎然《诗议》之文也。”又校“少卿以伤别为宗，文体未备”云：“《诗议》无‘以伤别为宗，文体未备’二句九字。”可见逯氏所引以证孔融《杂诗》二首之“伤子”为李陵诗之“以伤子为宗，文体未备”二句九字，既可能是衍文，又可能有误字。所谓“衍文”是说，《诗议》可能根本就没有“以伤子为宗，文体未备”二句；所谓有“误字”是说，此二句即便不当衍，然其“伤子”二字亦当是“伤别”二字之讹。同时，就逯氏所录的李陵众作的内容看，萧子显《南齐书·文学传论》评曰“离辞”，卢照邻《乐府集诗序》言为“长别”，他们的概括皆不出“离”“别”二字，此亦可证逯氏引文之“伤子”，当作“伤别”。故逯氏引此以证孔融《杂诗》二首之“伤子”诗为李陵众作之一，盖与担雪填井、造塔沙滩之举同也。

三、班姬《团扇》诗

班姬《团扇》，因《汉书·外戚·班倢伃传》未载，致使后人生疑。刘勰《文心雕龙·明诗》即云：“成帝品录，三百余篇……而词人遗翰，莫见五言，所以李陵、班婕妤见疑于后代也。”严羽《沧浪诗话》亦云：“班婕妤《怨歌行》（按，即《团扇诗》），《文选》直作班婕妤之名，《乐府》以为颜延年作。”后之注《诗品》者，多引刘勰、严羽之说以证《团扇》之伪。如《萧译》云：

关于《团扇诗》。《汉书》未载，江淹有《拟班婕妤〈咏扇〉》诗，谢朓《和王主簿季哲怨情》也提到此诗。《文选》卷二十七《乐府部》选入，题为《怨歌行》，《玉台新咏》题为《怨诗》，都认为是班婕妤作。但是，当时就有人怀疑其真。现在一般认为是六朝以前的伪作。

《吕校》亦云：

（班婕妤）存《自悼赋》《捣素赋》《怨歌行》（《玉台新咏》作《怨诗》，后人多疑为伪托）。

《陈注》云：

严羽《沧浪诗话》曰："班婕妤《怨歌行》，《乐府》以为颜延年作。"颇似之。

按，考诸典籍，似在西晋初年即有人认为《团扇诗》（即《怨诗》《怨歌行》《纨扇诗》）为班婕妤所作，如陆机诗《班婕妤》云：

婕妤去辞宠，淹留终不见。
寄情在玉阶，托意惟团扇。
春苔暗阶除，秋草芜高殿。
黄昏履綦绝，愁来空雨面。

郑文先生认为："（陆诗）前四句已经肯定《怨歌行》是班婕妤的作品。"[①] 按，不仅如此，在这首诗中，陆机还把《团扇诗》与《汉书》收录的《玉阶赋》（按，即《自悼赋》，因赋中有"华殿尘兮玉阶苔，中庭萋兮绿草生"等句，故亦称为《玉阶赋》。钟嵘《诗品下》"评鲍令晖、韩兰英"，亦谓《自悼赋》为《玉阶赋》）相提并论，以为《团扇诗》和《玉阶赋》都是班婕妤失宠后抒怨写愁之作。这实际为后来徐陵《玉台新咏》"昔汉成帝班婕妤失宠，供养长信宫，乃作赋自伤，并为《怨诗》一首"（班婕妤《怨诗》序）之说张本。

又如，比陆机年代更早的傅玄、傅咸父子也有拟作《团扇诗》的诗赋流传。傅玄《怨歌行·朝时篇》云：

昭昭朝时日，皎皎晨明月。
十五入君门，一别终华发。
同心忽异离，旷如胡与越。

---

① 郑文：《论所谓班婕妤的〈怨歌行〉》，载氏著《汉诗研究》，西北师范大学中文系1981年印行。

胡越有会时，参辰辽且阔。
形影虽仿佛，音声寂无达。
纤弦感促柱，触之哀声发。
涂山有余恨，诗人咏采葛。
蜻蛚吟床下，回风起幽闼。
春荣随露落，芙蓉生木末。
自伤命不遇，良辰永乖别。
已尔可奈何，譬如纨素裂。
孤雌翔故巢，流星光景绝。
魂神驰万里，甘心要同穴。

逯钦立《汉诗别录》云：此诗“十五以下二句写班氏身世，且以纨素裂之语摹仿《怨歌行》”。又，傅玄《团扇赋》云：

何皎皎之纤素，□皓月而软贞。
晞箑筒之芳烈，随夔体而殊名。
……
朗劲节以应质，象日月之定形。
……
极名工之机变，总五方之奇妙。
……
出兹扇于怀袖，激微风而增凉。

此赋虽已残阙，但从中仍可见其摹仿《团扇诗》之痕迹。很显然，赋之一二句，即诗之首二句语意，赋之三、四、五、六、七、八句，即诗之三、四句语意；赋之末二句，更亦即诗之五、六句语意。

傅咸亦有《扇赋》，其后半部分云：

是曰众安，清暑作凉。蒙贵幸于斯时，无日夜而有忘。谓洪恩之可固，终靡弊于君旁。火星忽以西流，悲风起于金商。秋日凄凄，白露为霜。体敛然以思暖，御轻裘于温房。猥弃我其若遗，去玉手而潜藏。君背故而向新，非余身之无良。哀徒劳而靡报，独怀怨于一方。

很显然，此赋命意也是从班姬《团扇诗》而来的。

以上三人，皆晋初著名文学家，傅玄最年长（217—278），傅咸次之（239—294），陆机最小（261—303），但他们都比颜延年（严羽定其生卒年为384—456年）早很多。因此，严羽《沧浪诗话》之说和《陈注》均不成立。《团扇诗》不是颜延年的作品。

那么，《团扇诗》又是何人所作呢？余冠英认为，“当据李善《文选》注引《歌录》作无名氏乐府古辞。”[①]

逯钦立《汉诗别录》云：

《怨歌行》之产生，必距西晋不远也。……徐干《团扇赋》云：“惟合欢之奇扇，肇伊洛之纤素。仰明月以取象，规圆体之仪度”（《书钞》一百三十四）。“合欢”“明月”，俱与《怨歌行》之用字同。又魏文帝《代刘勋妻王氏杂诗》云：“翩翩床前帐，张以避光辉。昔将尔共去，今将尔共归。缄藏箧笥里，当复何时披？”“缄藏箧笥”，与《怨歌行》之“弃捐箧笥”，命意又同。又王粲《出妇赋》云：“既侥幸兮非望，逢君子兮弘仁。当隆暑兮翕赫，犹蒙眷兮见亲。更盛衰兮成败，恩弥固兮日新。竦余身兮敬事，理中馈兮恪勤。君不笃兮始终，乐枯荑兮一时”（下略，见《类聚》三十）。钦立案：“当隆暑兮翕赫，犹蒙眷兮见亲。”突出妇以扇自比之辞，盖类书删节，文义脱断，女子之见亲与否，竟以天气之寒暖而定，此不辞矣。然则王粲之命意，亦与《怨歌行》同。是惯以妇女情节纳入篇什之中，实邺下文士之特殊作风也。总上所述，合欢团扇之称咏，见弃怀怨之意境，悉可证其始于邺下文士，可知传行西晋之《怨歌》，亦必产生斯时。大抵曹魏开国，古乐新曲，一时称盛，高等伶人，投合时好，造为此歌，亦咏史之类也。追流传略久，后人遂目为班氏自作。

---

① 余冠英：《乐府诗选》，人民文学出版社1953年版。

在这里，逯氏又提出了一个新说，认为傅玄、傅咸、陆机摹仿过的《怨歌行》是魏国初建时的高等伶人所作。对逯氏这一新说，郑文先生深为赞赏："逯氏的见解，持之有故，言之成理，是很有价值的。"①

逯氏之说，虽有一定价值，但不是定谳。诚如逯氏所言，徐干《团扇赋》、曹丕《代刘勋妻王氏杂诗》的造词命意有同于《团扇诗》者，不过，仅据此还不能论定徐、曹诗赋与《团扇诗》作于同时。因为曹丕、徐干之有关诗赋还可解释为对《团扇诗》之摹拟，它们之间犹如傅氏父子和陆机的诗赋与《团扇诗》的关系一样，逯氏所举过的王粲《出妇赋》可作此说之旁证。逯氏关于王粲《出妇赋》"'当隆暑兮翕赫，犹蒙眷兮见亲'，实出妇以扇自比之辞……命意亦与《怨歌行》同"之说，实出想当然耳。其实，王粲《出妇赋》前十二句之命意，当出于班婕妤《自悼赋》之前半部分。班婕妤之《自悼赋》(即《玉阶赋》)云：

> 承祖考之遗德兮，何性命之淑灵。登薄躯于宫阙兮，充下陈于后庭。蒙圣皇之渥惠兮，当日月之盛明。扬光烈之翕赫兮，奉隆宠于增成。既过幸于非位兮，窃庶几乎嘉时。每寤寐而累息兮，申佩离以自思。陈女图以镜监兮，顾女史而问诗。悲晨妇之作戒兮，哀褒阎之为郵。美皇英之女虞兮，荣任姒之母周。虽愚陋其靡及兮，敢舍心而忘兹？历年岁而悼惧兮，闵蕃华之不滋。痛阳禄与柘馆兮，仍襁褓而离灾。岂妾人之殃咎兮，将天命之不可求。白日忽已移光兮，遂暗莫而昧幽。犹被复载之厚德兮，不废捐于罪郵。……

彼此相较，手眼多同。班《赋》"既过幸于非位兮，窃庶几乎嘉时"，与王《赋》之"既侥幸兮非望，逢君子兮弘仁"意近；"蒙圣皇之渥惠兮，当日月之盛明。扬光烈之翕赫兮，奉隆宠于增成"，与"当隆暑兮

① 郑文：《论所谓班婕妤的〈怨歌行〉》，载氏著《汉诗研究》，西北师范大学中文系1981年印行。

翕赫，犹蒙眷兮见亲”词同；“每寤寐而累息兮，申佩离以自思，陈女图以镜监兮，顾女史而问诗。……虽愚陋其靡及兮，敢舍心而忘兹？历年岁而悼惧兮，闵蕃华之不滋”，与“竦余身兮敬事，理中馈兮恪勤”，只有繁简之别，而无命意之差；“白日忽已移光兮，遂暗莫而昧幽”，与“君不笃兮终始，乐枯荑兮一时”，亦仅是表方式有异而已。可以说，王粲《出妇赋》之前十二句，是对班婕妤《自悼赋》前半部分语意的概括和摹拟。

既然王粲之《出妇赋》的命意造词，可出于班婕妤的《自悼赋》，那么，徐干之《团扇赋》又为何不可解释为对于班姬《团扇诗》的摹拟呢？答案当是肯定的。可以说，徐干、王粲之两篇赋作都应是对班婕妤作品的摹拟，只不过王粲摹拟的是《自悼赋》，徐干摹拟的是《团扇诗》罢了。又，既然王粲、徐干、曹丕都摹拟过班姬之作，则《团扇诗》在他们之前早已有之，如此，则逯氏言《团扇诗》出于魏初高等伶人之手，便不能成立。

又，曹植曾作《班婕妤画赞》，文中赞云：“有德有言，实惟班婕。”曹植这篇画赞中的“言”，当指班氏《自悼赋》和《团扇诗》等。同时，曹植之赞，还可能代表了建安文人对班婕妤的普遍看法。不然，又何以解释曹、王、徐等人同时摹拟班婕妤的诗赋呢？

郑文先生为了证成己说，还将《自悼赋》和《团扇诗》作了比较。他说：“谨慎小心，自我解脱，以免招致意外的横祸，这便是《自悼赋》用以自悼的主题。这和《怨歌行》中作‘常恐秋节至，凉飚夺炎热，弃捐箧笥中，恩情中道绝’，尚在得宠时候的思想情况不同。”按，此说亦可商。因为《自悼赋》之“历年岁而悼惧兮，闵蕃华之不滋”，与《怨歌行》之“常恐秋节至，凉飚夺炎热”所流露出来的思想感情并无不同，都表达了帝王嫔妃常恐年老色衰而被遗弃的忧伤情绪。可以说，《赋》中所“惧”，正是《诗》中所“恐”，其《赋》其《诗》，完全可以出自一人之手。

又，《团扇诗》中的一些语汇，也可在班婕妤的赋作中找到。如

《团扇诗》说制扇的“齐纨素”“皎洁如霜雪”，而班姬的《擣素赋》也有以霜形容帛的句子（按，《擣素赋》略见《艺文类聚》八十五，详见《古文苑》，二书都题为班婕妤作。然《文选》谢惠连《雪赋》李善注云：“班婕妤《擣素赋》曰：‘伫风轩而结睇，对愁云之沉浮。’然疑此赋非婕妤之文。行来已久，故兼引之。”杨升庵《丹铅录》亦云：“疑此赋乃徐、庾之极笔。”此则仍作班氏）；又《团扇诗》中有“常恐秋节至，凉飚夺炎热；弃捐箧笥中，恩情中道绝”，而《自悼赋》和《擣素赋》中也有“废捐”“风飚”“笥”等字样。这些相同当不是巧合，它正表明《团扇诗》和《自悼赋》《擣素赋》都可能同出一人之手。

总之，班婕妤的《团扇诗》，不当见疑于后代，严沧浪以为颜延年作，逯钦立、郑文以为魏初高等伶人作，都是错误的。

［补正］

按，早在汉桓帝延熹年间，徐淑《又报秦嘉书》就提到了班姬的《自悼赋》：“昔诗人有飞蓬之感，班婕妤有谁荣之叹。”班婕妤《自悼赋》中正有“君不御兮谁为荣”之句。

四、陈思王曹植诗

《萧译》云：“现存诗八十多首，其中五言六十八首（据丁福保《全汉三国晋南北朝诗》）”。《吕校》云：“诗存七十余首，以五言诗为主。”

按，逯钦立《先秦汉魏晋南北朝诗·魏诗》辑得一百三十五首，其中五言八十一首，但残句颇多，且有遗漏。如《书钞》卷九二、《初学记》卷十四所录《髑髅诗》“牢落冥漠，与道相驱。隐然长寝，乐无是逾”；《书钞》卷一百四十二所录《乐府》“口厌常珍，乃购灵凰。熊蹯豹胎，百品异方。蕙肴兰籍，五味杂香”；《文选》陆机《赴洛诗》李善注所引《杂诗》“离思一何深”；《太平广记》卷一七三所载《斗牛诗》“行至土山头，欻起相搪突”（翟灏《通俗编》卷十三引后句）等，皆未辑入。

［补正］

曹植佚诗尚有可补者，如《斗牛诗》就发现还有多句，而诗本事亦有记载。蒋一葵《尧山堂外纪》卷八云：

> 文帝尝与陈思王同辇游，见两牛在墙间斗，一牛坠井死。诏植赋诗，不得言牛，不得言斗，不得言死，走马百步，要成四十言，不成即加罪。植策马百驰，应口即成。曰：'两肉齐道行，头上戴横骨。行至土山头，崛起相唐突。二敌不俱胜，一肉成土窟。非是力不如，盛气不得泄。'赋成，步犹未尽。

另外，所补《乐府》"口厌常珍"句，"熊蹯豹胎，百品异方"句，逯钦立《曹植集》中《乐府》残句分别作"口厌常珍鹿臛，愿□百品异方"和"鲂䲢熊掌，豹胎龟肠"。

五、魏侍中王粲诗

《萧译》云，现存诗二十四首，其中五言十五首。《吕校》云：诗存二十余首。

按，逯钦立《先秦汉魏晋南北朝诗·魏诗》辑得王粲诗三十一首，其中五言二十首。《萧译》《吕校》未辑王粲《郊庙歌辞》，故其数不备。又，《文选》卷二十三阮籍《咏怀诗》注引句"白露沾衣"；《九家集注杜诗》卷五《遣兴五首》注引句"长夜何冥冥"；同书卷十五《郑典设自施州归》注引句"散策高堂上"等皆未收。

又，王粲还有一些诗作有目无词。《宋书·乐志》载云：

> 缪袭又奏："自魏国初建，故侍中王粲所作登歌《安世诗》，专以思咏神灵及说神灵鉴享之意。"……王粲所造《安世诗》，今亡。

又，《古文苑》卷八王粲《七哀诗》题下章樵注云：

> 《粲集》《七哀诗》六首，其二入《文选》，另一首《古文苑》

所录，余三首皆亡。

再如胡应麟《诗薮》云：

> 子建《七哀》《三良》《观斗鸡》《赠徐干》，仲宣、公干并赋，而优劣自见。

按，今仲宣只存《七哀诗》三首及《三良诗》（又名《咏史诗》），余《观斗鸡》《赠徐干》皆佚。刘桢则只存《赠徐干》《观斗鸡》，余《七哀》《三良》皆佚。又如曹植有《赠王粲诗》则王粲当有答诗，但是，今《王粲集》无此，可见，其诗亦必已亡佚。

六、晋步兵阮籍诗

《萧译》云：现存诗八十八首，其中五言八十二首。《吕校》云：存《咏怀诗》九十五首，其中五言八十二首，四言十三首。

按，《萧译》《吕校》皆有阙遗。据逯钦立《魏诗》所辑当存九十八首。其中《咏怀诗》九十五首（五言八十二首，四言十三首），歌二首（见《大人先生传》，其一为《采薪者歌》，五言；另一为《大人先生歌》，骚体），又《大人先生歌》一首（《杂言》）。《吕校》只计《咏怀诗》数而遗后三首，《萧译》虽计后三首而反遗《咏怀诗》四言十三首之十首，故皆不备。

又，阮籍也有有目可考而词无存者。《晋书》本传云：

> 尝登广武，观楚汉战处，叹曰："时无英雄，使竖子成名！"登武牢山，望京邑而叹，于是赋《豪杰诗》。

《豪杰诗》即已佚亡。

七、晋平原相陆机诗

按，逯钦立《晋诗》辑得一百二十二首，其中五言八十三首。不过，此数未备，尚有遗漏。《三国志·魏书·卫觊传》注引《潘尼列传》云：

尼少有清才，文辞温雅。初应州辟，后以父老归供养，居家十余年。父终，晚乃出仕。尼尝赠陆机诗，机答之，其四句曰："猗欤潘生，世笃其藻。仰仪前文，丕隆祖考。"

按此四句，逯即未辑。

又，颜之推《颜氏家训·文章篇》云：

凡诗人之作，刺箴美颂，各有源流，未尝混杂善恶同篇也。陆机为《齐讴篇》，前叙山川物产风教之盛，后章忽鄙山川之情，殊失厥体。其为《吴趋行》，何不陈子光、夫差乎？《京洛行》，胡不述赧王、灵帝乎？

按颜氏所举三首，今存《齐讴行》《吴趋行》，《京洛行》已佚。

八、晋黄门郎潘岳诗

《萧译》云：现存诗十八首，其中五言十二首。

按，潘岳存诗，逯钦立《晋诗》辑得二十五首，其中五言十五首，但仍有遗漏，如《家风诗》二句未辑。《文选》卷五十八王俭《褚渊碑文》李善注引潘岳《家风诗》"经始复图终，葺宇营丘园"可证。

九、宋临川太守谢灵运诗

《萧译》云：约九十首，其中五言约八十首。

按，谢灵运存诗，逯钦立《宋诗》辑得一百一首，其中五言八十八首。但是，仍有三首佚诗，逯氏未辑录。

《舟向仙岩寺三皇井仙迹诗》：

弭擢向南郭，浩波浸远天。拂鲦故出没，振鹭更澄鲜。迻岚疑鹫岭，近浪异鲸川。蹑屐梅潭上，冰雪冷心悬。低回轩辕氏，跨龙何处巅。仙迹不可节，活活自鸣泉。

《石帆山诗》：

轨息陆涂初，枻鼓川路使。涟漪繁波漾，参差层峰峙。萧疏野趣生，逶迤白云起。登临苦跋涉，瞬盼乐心耳。即玩玩有竭，在兴兴无已。

《于南山往北山经湖中瞻眺诗》：

日落泛澄瀛，星罗游轻桡。憩榭面曲汜，临流对回潮。辍策共联筵，并坐相招邀。哀鸿鸣沙渚，悲猿响山椒。亭亭映江月，飂飂山谷飚。斐斐气羃岫，泫泫露盈条。近瞩袪幽蕴，远视荡喧嚣。晤言不知罢，从夕至清朝。[1]

又，李白《劳劳亭歌》："我乘素舸同康乐，朗咏清川飞夜霜。"王琦《李太白全集》注云："胡震亨曰：'清川飞夜霜'，疑引谢诗。今谢集无此句，或亡之耳。"如此，则"清川飞夜霜"句，逯亦失收。

又，吴兆宜注《玉台新咏》谢灵运《东阳溪中赠答》引《括苍志》：

谢灵运入沐鹤乡，有二女浣纱，嘲以诗曰："我是谢康乐，一箭射双鹤。试问浣纱娘，箭从何处落？"二女不顾，又嘲之曰："浣纱谁氏女，香汗湿新雨。两人默无言，何事甘辛苦？"二女答曰："我是溪中鲫，暂出溪头食。食罢又还潭，云踪何处觅？"忽不见。

吴兆宜云："此事颇与东阳赠答相类，而诗似不出灵运笔，恐属附会，聊载于此。"

［补正］

晁说之《嵩山集》（四部丛刊续编本）卷七《再至直罗》"百叠荒山人迹绝，饥肠寒色自徘徊。承情只有谢康乐，美酒乐歌宁再来"，下注云："康乐诗曰：绸缪舍瑟，殷勤登台。美酒乐歌，宁可再来。"晁说之注康乐诗，逯钦立未收。

---

① 胡雪冈：《谢灵运佚诗三首辑录》，《文学遗产》1987年第4期。

一〇、魏文帝诗

《萧译》《吕校》皆云现存诗四十余首。

按,《萧译》据丁福保辑诗统计,《吕校》据逯钦立辑诗统计,但两种辑本皆有遗漏。如《文选》卷十六潘安仁《寡妇赋》李善注引魏文帝《善哉行》“自惜奇薄,少离凶殃”;同书卷二六颜延年《夏夜呈从兄散骑车长沙》李注引“喟然以惋叹,抱情不得叙”;同书卷二二谢朓《游东田》李注引《折杨柳行》四解“端居苦无悰,驾游博望山”等句,丁、逯二氏皆未辑录。

一一、晋冯翊守孙楚诗

《萧译》云:存诗六首,其中五言二首。《吕校》云:存诗八首。

按,《文馆词林》卷一百五十二有西晋孙楚《赠妇胡毋夫人别》一首,有目无词。

一二、晋司徒掾张翰诗

《萧译》云:现存诗六首,其中五言三首。《吕校》云:现存诗六首。

按,逯钦立《晋诗》亦辑得张翰诗六首。但是,张翰还有佚句“单形依孤影”(见《文选》卷三十“杂诗”谢灵运《石门新营所住四面高山回溪石濑修竹茂林》李善注引),逯氏未辑。

又,徐坚《初学记》卷二十一载:“永康之末,疾苦痿瘵,故人颇候之,常以闲静,为著诗一首,分句改纸,各有别读。”按,张翰此诗亦佚。

一三、魏侍中应璩诗

《萧译》云：现存五言诗七首。

按，据逯钦立《魏诗》所辑，应璩存诗当为三十二首，其中五言二十九首。但是，逯辑未备。《诗品中》评应璩云："至于'济济今日所'，华靡可讽味焉。"《许疏》引黄侃云："应之'济济今日所'，是其诗佚句。"据此，则"济济今日所"，逯氏当辑而未辑。

当然，也有人认为"济济今日所"不是应璩诗之佚句。如严可均《全梁文》引《诗品》此评之断句即为："至于济济，今日所华靡，可讽味焉。"学津讨源本《诗品》之断句，也与此类似。按，这样断句，错误显明，既违语源，又乖词法，不足为训。另一错误断句则出于《向释》："至于济济，今日所华靡，可讽味焉。"向氏进而释其词云："应璩诗至少有百篇以上，故钟嵘云'至于济济'。诗为钟嵘前代或同代人所称道，故云：'今日所华靡，可讽味焉。'然似有脱误。"按，《向释》之断句和注解，亦难以自圆。首先，《向释》"今日所华靡，可讽味焉"，与钟嵘《诗品》体例不合。《陈注》云：

> 按《诗品》之例，往往引诗句以证其风格，此品之以华靡证"济济今日所"，亦犹魏文品以美赡证"西北有浮云"，其例一也。

陈氏此说至确。钟嵘《诗品》摘句以证风格之例，尚有评古诗、评郭璞、评陶潜诸品。

评古诗云：

> "去者日以疏"四十五首，虽多哀怨，颇为总杂……"客从远方来"，"橘柚垂华实"，亦为惊绝矣。

评郭璞云：

> 其云"奈何虎豹姿"，又云"戢翼栖榛梗"，乃是坎廪咏怀，非列仙之趣也。

评陶潜云：

> 至如“欢言酌春酒”，“日暮天无云”，风华清靡，岂直为田家语耶。

这些评语中的“去者日以疏”，“客从远方来”，“橘柚垂华实”，“奈何虎豹姿”，“戢翼栖榛梗”，“欢言酌春酒”，“日暮天无云”，都是五言诗句。以彼证此，则“济济今日所”亦当同为五言诗句。

又，如果特别将评应璩、陶潜之文相比，更可发现二者在命意、用语、句式等方面有非常相似之处。前者谓应璩“祖袭魏文”，后者谓陶潜“其源出于应璩”，二者都有溯源流之意；前者评应璩“善为古语，指事殷勤，雅意深笃，得诗人激刺之旨”，后者也谓陶潜“笃意真古，辞兴婉惬”，与评应璩意同；前者评应璩除有“古”“笃”的特点外，还有华靡的一面：“至于‘济济今日所’，华靡可讽味焉”，而后者评陶潜亦云：“至如‘欢言酌春酒’，‘日暮天无云’，风华清靡，岂直为田家语耶”，前者之“至于”，即后者之“至如”，前者之“华靡”，即后者之“风华清靡”，前者之“济济今日所”的位置，即后者之“欢言酌春酒”“日暮天无云”之位置。如此，则“济济今日所”亦必是五言诗句而无疑。有人怀疑“济济今日所”之“所”字有讹（指黄侃之说，《许疏》曰：“闻黄季刚先生有云：‘应之“济济今日所”，是其诗佚句，刻有讹字。’”），《许疏》云：

> 今按“济济今日所”，恐系应诗首句，亦如嵇康《答二郭》开句“天下悠悠者”之比。黄氏岂疑“所”字有讹，查汉京固用之甚多，不容再疑。如《散乐·俳歌辞》“呼俳噏所”，《郑伯渠歌》“田于何所”，用法与应此句正同。

此亦可驳《向释》似有脱误之说。其次，《向释》释“济济”为“指诗至少有百篇以上”，也是对应璩《百一》诗的误解。李善注《文选》卷二一“百一门”应璩《百一诗》云：

> 张方贤《楚国先贤传》曰：“汝南应休琏作百一篇诗，讥切时事，遍以示在事者，咸皆怪愕，或以为应焚弃之。何晏独无怪

也。”然方贤之意，以有百一篇，故曰百一。李充《翰林论》曰：“应休琏五言诗百数十篇，以风规治道，盖有诗人之旨焉。”又孙盛《晋阳秋》曰：“应璩作五言诗百三十篇，言时事颇有补益，世多传之。”按此二文，不得以一百一篇而称百一也。《今书七志》曰：“《应璩集》谓之新诗，以百言为一篇，或谓之百一诗。”然以字名诗，义无所取。据《百一诗序》云：“时谓曹爽曰：‘公今闻周公巍巍之称，安知百虑有一失乎？’”百一之名，盖兴于此也。

李善认为，百一不是指诗篇之数为一百一首，也不是指诗的字数为一百一字，而是同于“千一”“万一”之旨。俗语云：“智者千虑，必有一失。”《史记·张释之传》：“今盗宗庙器而族之，有如万分之一，假令愚民取长陵一抔土，陛下何以加其法乎？”“百一”即与此等义同。梁陶弘景《肘后百一方序》云：

昔应璩为《百一诗》，以箴规心行，今予撰此，盖欲卫辅我躬。且佛经云：“人用四大成身，一大辄有一百一病。”……脱从禄外邑，将命远途；或祗直禁闱，晨宵闭隔；或羁束戎阵，城垒严阻；忽惊急仓卒，唯拱手相看，孰若便探之枕笥，则可庸竖成医。

此释“百一”亦与李善略同。陶弘景说他之医书之取名为《百一方》，乃是学应璩《百一诗》，认为在各种意想不到的情况下，万一生病（即“一大辄有一百一病”）而无医可求，则《百一方》即可救急，卫辅自身。这里陶氏以“卫躬”之《百一方》，比应璩“箴心”之《百一诗》，拟合伦类，甚得“百一”原意。因此，对应璩《百一诗》之义，不当以篇数字数求之。

钟嵘及后人评《百一诗》亦正从“风规”着眼。葛立方《韵语阳秋》卷四即谓：“所谓百一者，庶几百分有一补于（曹）爽也。”《海录碎事》卷一九《百一诗》云：“应璩休琏作，以刺在位。意者以为百分有一补于时政。”《竹林答问》云：“问：应璩《百一诗》，‘百一’作何解？‘百虑一得之解近之。盖讽谏诗之流亚也。晋李彪亦有《百一诗》二卷，不传于世。’”胡适《白话文学史》第五章亦谓：“应璩（殁于

252）作《百一诗》，大概取扬雄‘劝百而讽一’的话的意思。”[1] 再从《百一诗》于诗界的影响看，“百一”也不当作一百一篇解。《隋书·经籍志》“总集部”有应贞注《应璩百一诗》八卷；另又载蜀郡太守李彪《百一诗》二卷（按两《唐志》作李夔《百一诗》二卷”）。若《应璩百一诗》八卷为百篇以上，则李彪（或李夔）《百一诗》二卷当不到百篇之数，但仍名《百一诗》，可见百一之得名不因篇数。又，晋裴秀有《新诗》二首，所谓“新诗”亦即《百一诗》之别名（见上引《今书七志》），诗仅二首，距百篇之数远甚。又，据《晋书·李寿载记》云：“（龚）壮作诗七篇，而托言应璩以讽（李）寿。寿报曰：‘省知诗意。若今人所作，贤哲之话言也；古人所作，死鬼之常辞耳。”龚壮所作七篇而托言应璩以讽李寿者必亦名《百一诗》。七篇仍称“百一”，“百一”之旨不在篇数而在讽刺，也甚明白。又，后人甚至有一首诗而名为《百一》者，如梁何逊的《聊作百一体诗》，就只有一首。一首而称为“百一”，其“百一”之旨，则更无疑问。

总之，《向释》对“济济今日所”的断句和解释都是站不住脚的。“济济今日所”当五字连读，是应璩《百一诗》（即《新诗》）中的句子。辑《魏诗》者，不当失之。

一四、晋侍中石崇诗

《萧译》云：现存诗八首，其中五言三首。《吕校》云：现存十首。

按，逯钦立《晋诗》辑得石崇诗十首，《吕校》作十首者本此。

又，逯钦立《晋诗》有一首《懊恼歌》：“丝布涩难缝，令侬十指穿。黄牛细犊车，游戏出孟津。”此诗作者，原有二说。王灼《碧鸡漫志》卷一云：

> 石崇以《昭君曲》教其妾绿珠，曰：“我本汉家子，将适单

[1] 姜义华主编：《胡适学术文集·中国文学史（上）》，中华书局1998年版，第182页。

于庭……昔为匣中玉，今为粪上英。”绿珠亦自作《懊恼歌》，曰《丝布涩难缝》。

《乐府诗集》引《古今乐录》亦云：

《懊恼歌》者，晋石崇绿珠所作，惟《丝布涩难缝》一曲而已，后皆隆安初民间讹谣之曲。

逯钦立《晋诗》也引《古今乐录》之说，断此为绿珠所作。这是第一说。

第二说为石崇作。《初学记》十五引《古今乐录》云：“《懊恼歌》，晋石崇为绿珠作。”《太平御览》卷五七二引《古今乐录》亦云：“《懊恼歌》，石崇为绿珠作，古有《丝布涩难缝》一曲而已。”把《初学记》和《太平御览》所引《古今乐录》与《乐府诗集》所引相比较，后者所引少一“为”字。在这两种引文中，似当从《初学记》和《太平御览》，《乐府诗集》所引盖脱一“为”字。若此诗真为绿珠作，则《古今乐录》当只云“晋绿珠作”即可，而不必辞费为“晋石崇绿珠作”，因为后者不仅费辞而且又易被人理解为晋石崇、绿珠共作。《古今乐录》为文，不当如此。故以此意推之，《乐府诗集》所引亦当为“晋石崇为绿珠作”。乐史《绿珠传》云：“崇又制《懊恼曲》以赠绿珠。”其说正与《初学记》《太平御览》同。

今人杨生枝的《乐府诗史》则对石崇、绿珠二说都持否定态度：

从诗中“游戏出孟津”一句看，完全是居住洛阳的口气。但我认为不一定是石崇所作。因为作为石崇掌上明珠的爱妾绿珠，是决不会有“丝布涩难缝，令侬十指穿”之苦的。这首歌有可能是南渡的北人所作，也有可能是采入的北方之歌。

这是对《懊恼歌》为石崇作说之否定。杨氏还说：“从歌辞看，不是女子的口气。”这是对作绿珠说之否定。杨氏对传统说法的否定，其勇可嘉，其说难从。从这首《懊恼歌》的内容看，它只是写了令人“懊恼”的两件事，一是布涩难缝使十指被针刺穿，另一曰牛犊驾车致游玩难以畅快。这两件并无联系的事，却概括了人间男女之懊恼表现。因此，它并不反映某两个具体人物的实际生活，只是表现人间普遍存在的懊恼情绪。我们不能因其描写内容与石崇、绿珠的实际生活有违而轻易否定《初学记》等书之说。

一五、晋襄城太守曹摅诗

《萧译》云：现存诗八首。《吕校》据逯钦立辑本作十一首。

按，还有佚句。刘勰《文心雕龙·练字》云："诡异者，字体瑰怪者也。曹摅诗称'岂不愿斯游，偏心恶凶呶'。两字诡异，大疵美篇。况乃过此，其可观乎？"杨明照师《文心雕龙校注拾遗》云："丁福保《全晋诗》……惜漏此二句。"（第304页）逯钦立亦佚而不收。

一六、晋太尉刘琨诗

《萧》译云：现存诗三首，其中五言二首。《吕校》云：存诗四首。

按，逯钦立《晋诗》辑得刘琨诗四首，其中五言三首。

又，郭茂倩《乐府诗集·杂曲歌辞》有一篇《胡姬年十五》，署名刘琨作。按，此刘琨不是晋刘琨而是梁刘琨。许学夷《诗源辩体》卷五即云："刘越石五言，篇什不多……《诗纪》所载《胡姬年十五》一篇，乃齐梁人诗也。"《四库全书总目提要》卷一百九十二亦云：

> 《文翰类选大成》一百六十三卷……明李伯玙、冯原同编。……其书总录前代及明人诗，分体编次，每体之中，各以时代为次，采掇颇详，然爱博而无所持择，往往乖误。如以梁刘琨为晋刘琨，以班婕妤诗为《汉宫怨》，以阮籍《咏怀》为《咏歌》，以宋杨杰为不知爵里，皆疏舛之甚者。

《提要》所谓"以梁刘琨为晋刘琨"，即指《文翰类选大成》作者对《胡姬年十五》一诗作者所处时代的误断。《四库全书总目提要》同卷还云：

> 《广文选》六十卷。……旧本题明刘节编……《胡姬年十五》

一篇，本梁刘琨作，郭茂倩《乐府诗集》可考，而沿《文翰类选》之误，以为晋刘琨。

梁代刘琨的这首《胡姬年十五》，逯钦立《梁诗》未辑，其似未读及《四库》此《提要》者。

又，刘琨诗文，多所佚亡。《晋书》本传云：

> 琨少得俊朗之目，与范阳祖纳，俱以雄豪著名。年二十六为司隶从事。时征虏将军石崇，河南金谷涧中有别庐，冠绝时辈，引致宾客，日以赋诗。琨预其间，文咏颇为当时所许。

但是，其在金谷涧中所作诗文，竟无一纸存者，实在是文学史上的一件憾事。

［补正］

按，李白《宣城送刘副使入秦》云："君即刘越石，雄豪冠当时。凄清《横吹曲》，慷慨《扶风诗》。"王琦注："《横吹曲》，今逸不存。"[①]"雄豪冠当时"，即用上引《刘琨传》之词语也。

一七、晋宏农太守郭璞诗

《萧译》云：现存诗二十二首，其中五言十八首。《吕校》云：存诗三十首。

按，逯钦立《晋诗》辑得郭璞诗三十首，其中五言二十五首。不过，逯辑未备，《诗品》所举以证郭璞诗风的"奈何虎豹姿""戢翼栖榛梗"二佚句，逯氏即未入。

又，《太平御览》卷六十七引《桓彝传》云：

> 彝字茂伦，明帝世，彝与当时英彦名德庾亮、温峤、羊曼等共集清溪池上，郭璞预焉，乃援笔属诗以白四贤并自序。

① 《李太白全集》，中华书局 1977 年版，第 862 页。

据此，则郭璞曾为《清溪池诗并序》，但是，诗、序皆已不存。

一八、晋常侍顾恺之《四时诗》

《诗品中》云："长康能以二韵答四首之美。"对此语之注，有两种意见：其一，《陈注》云："按二韵之诗及四首诗。不详。"《徐译》同；其二，《古笺》云："按《艺文类聚》引顾恺之《神情诗》曰：'春水满四泽，夏云多奇峰，秋月扬明辉，冬岭秀孤松。'仲伟谓能以二韵答四首之美者，或即指此。"《叶释》《吕校》《萧译》《向释》同，如《萧译》云："二韵指有两个韵脚的四句诗。此句所指不详。古直《诗品笺证》说'……。'可以参考。"

按，《诗品》"长康能以二韵答四首之美"句中有误字："四首"，当作"四时"。"首""时"二字，古文形近，极易相混。而且，在《诗品》这句话中更易将"四旹"混为"四首"，而不为人所觉。

典籍中常把"时"写作"旹"者。如《吕氏春秋·任地》"孟夏之昔"，沈祖绵曰："昔，系时字之误，古人旹易误为昔。"《初学记》二十七引作"孟夏之山百"，"山百"，合为"旹"字。孔融《离合作郡姓名诗》"与旹进止，出行施张"，《艺文类聚》《石林诗话》旹引作时。《晋书·后妃传》"惠贾皇后……小名旹"，何超《晋书音义（中）》云："旹，古时字。"《无极山碑》"给四旹祠具"，旹亦即时。《仪礼·士冠礼》"嘉荐坛时"，《释文》："刘本作古旹字。"时写作旹，在梁代亦不乏其人，如沈麟士《沈氏述祖德碑》末云："旹大梁天监癸未春三月正旦"（见严可均《全梁文》），"旹"即"时"字。考天监癸未为天监二年（503），比钟嵘之卒只约早十五年。因此，钟嵘把"四时"写作"四旹"，也完全是可能的。故《诗品》原文本当作"长康能以二韵答四旹之美"，而后之抄《诗品》者，讹为"四首"；又句中之"二韵"与"四首"皆和言诗有关，后人也不易怀疑"首"字有误。于是便以讹传讹，延续至今了。

句中误字既正，则句意便不难解释了。《诗品》所言“以二韵答四时”，即指用有两韵脚的四句诗写四时美景。《古笺》所引见于《艺文类聚（三）》之署名顾恺之作的《神情诗》正是一首二韵（峰、松）写四时（春、夏、秋、冬）的好诗。《古笺》引为此句之注，无疑是正确的。

顾长康此诗之名，钟嵘《诗品》谓之《四时诗》。《艺文类聚（三）》谓之《神情诗》。许彦周《彦周诗话》则未加题目，只云：“‘春水满四泽，夏云多奇峰，秋月扬明辉，冬岭秀孤松。’此顾长康诗，误编入《陶彭泽集》中。”《四库全书总目提要》与《诗品》之称《四时诗》者同，其书卷一百七十四《陶诗汇注》，清吴瞻泰撰下云：“其《四时》一章，但据许颛《彦周诗语》，定为顾恺之诗，而恺之诗于古书别无所见，似尚当存疑，未可遽删也。”《四库提要》不取《神情诗》之名，甚是。但以许彦周说为可疑，《陶集》未可遽删，则非。《四库提要》之作者，殆未深考《诗品》《类聚》之说欤！

［补正］

按，《礼记·孔子闲居》：“天有四时：春夏秋冬。”

又，江淹《四时赋》有“至若炎云峰起”句，似出“夏云多奇峰”句。

又，“首”写作“眘”，“时”写作“旹”，在六朝时期多有出现。严可均《全魏晋南北朝文》所收录的有关文章中皆有其例。如释智静《戏魔文》之“顿首顿首”“扬彪首路”（《全宋文》卷六十四）。“首”字皆作“眘”。而最集中的是《庾信集》中的《哀江南赋》。《赋》中有“时”字四个，皆写作“旹”；有“首”字一个，作“眘”；还有八个“道”字，皆作“衟”。（《全北周文》卷八）

又，北宋郭祥正以为此《四时诗》为陶渊明作。《青山集》卷二五《广陶渊明四时》云：“春水满四泽，原田高下耕。熙熙随老农，志匪搴芳英。夏云多奇峰，高低千万重。巫山何处是，神女竟难逢。秋月扬明辉，太空碧无滓。鸿鹄正翱翔，燕雀方栖止。冬岭秀孤松，雪霜任融泊。悲含太古风，清立九霄鹤。”他把“四时”推衍成了“四首”。

又，张端义《贵耳集》卷上云：“‘春水满四泽，夏云多奇峰；秋月扬明辉，冬岭秀孤松。’渊明诗。绝句之祖。一句一绝也。”

又，《王直方诗话》云：“‘夏云多奇峰’乃长康句。谓不能诗，可乎？”

又，谭浚《说诗》卷下云：“春夏秋冬为四首。如晋顾恺之之摘句也。”

又，徐泰《诗谈》云：“昔梁钟嵘有《诗品》，元刘会孟有《诗评》。我明不以诗取士，作者不下盛唐。闲居辄于知者人笔一二语，非敢肆品评也，用写吾向慕耳。既成编，名《诗谈》云。”其第八条云：“吉安刘崧诗工，自奔窜岩谷中来。冬岭之松，老而愈秀。”其“冬岭之松，老而愈秀”，即从“冬岭秀孤松”句来。

又，吴桂森《吴素衣集》云：“‘秋月扬明辉，冬岭秀孤松’。士大夫不可无此风味。”

又，汪中《诗品注》云：“长康二韵答四首之美，意不能明。”

又，徐公持云：“此诗原是答诗，此前当有人赠顾恺之四首诗，而顾以四首答之。”①

又，杨明《译注》云：“王发国《诗品考索》赞同古说，且云下文‘四首’当为‘四时’之误。‘时’，古写作‘旹’，与‘首’形近致误。今从其说。”曹旭《笺注》《集注（增订本）》同。

一九、宋豫章太守谢瞻诗

《萧译》云：现存五言诗五首。《吕校》云：存诗六首。

按，逯钦立《宋诗》辑得谢瞻诗六首，全是五言。

又，《南史》本传云：

> 瞻字宣远……六岁能属文，为《紫石英赞》《果然诗》，为当

① 徐公持：《魏晋文学史》，人民文学出版社 1999 年版。

时才士叹异。与从叔混、族弟灵运俱有盛名。尝作《喜霁诗》，灵运写之，混咏之，王弘在坐，以为三绝。

据此，则谢瞻曾作《果然诗》《喜霁诗》。但是，均已佚。

二〇、宋太尉袁淑诗

《萧译》云：现存五言诗五首。《吕校》云：存诗七首。

按，逯钦立《宋诗》辑得袁淑诗七首，全为五言。

又，《太平御览》卷三百五十八载袁淑《游新亭曲水诗序》："离榭修幕，陵隧坡阜，镳容旆采，裛野丽云。"可知袁淑还有《游新亭曲水诗》，今佚。

二一、宋征君王微诗

《陈注》注"王微《风月》"云："王微今止传杂诗一首，无言风月者。"《古笺》云："按，王微诗今存五首，无风月句。"《许疏》云："按，江文通《杂体诗》有王征君微《养疾》一首，中云'清阴往来远，月华散前墀'，写风月也。原诗自有此。"《萧译》云："现存五言诗四首"；又云，风月，所指不明。《吕校》云："诗存五首……王微当原有咏风月的诗篇，已亡佚。"

按，"风月"，指清风明月，四时美景。王微今存五首五言诗中有《四气诗》云：

蘅若首春华，梧楸当夏翳。
鸣笙起秋风，置酒飞冬雪。

这首诗写了春华、夏云、秋风、冬雪四季（即"四气"）最有代表性的景色，与顾恺之《四时诗》一样为钟嵘所称赏。因此，王微"风月"当指这首《四气诗》。

又，《诗品序》谓："王微《鸿宝》，密而无裁。"《诗品》各注均未著王微《鸿宝》之性质，惟彭铎指出："盖微兄弟论文之书。"①

按，彭说太泛。刘善经《四声指归》载齐太子舍人李季节《音谱决疑·序》云：

> 吕静之撰《韵集》，分取无方；王微之制《鸿宝》，咏歌少验。

《魏书·江式传》云：

> 晋世任城吕忱表上《字林》六卷，忱弟静别仿魏左校令李登《声类》之法作《韵集》五卷，依宫、商、角、徵、羽各为一篇。

潘徽《韵纂序》云：

> 《三苍》《急就》之流，微存章句；《说文》《字林》之作，惟别体形。至于寻声推韵，良为疑混；酌古会今，未臻功要。又有李登《声类》、吕静《韵集》，始判清浊，才分宫羽。

《颜氏家训·音辞》云：

> 《韵集》以成、仍、宏、登，合成两韵；为、奇、益、石，分作四章。李登《声类》，以"系"音"羿"。

陆云《与兄平原书》云：

> 李氏云：以"雪"与"列"韵。

由此可知，《韵集》乃"因文字类其声音"（钱大昕《十驾斋养新录》语）之书，那么与吕静《韵集》对举的王微《鸿宝》也不当无有讲声韵的内容。只是山东人王微《鸿宝》这部有"因字类声"内容之书所列声韵与当时帝王都的标准语音，颇有距离，故被李季节视为与"咏歌少验"。

又，《宋书》本传云，王微"解音律"。王微《告弟僧谦书》亦称：微与僧谦"一字之书，必共咏读；一句之文，无不研赏"。所谓"音律"，一般指宫、商、角、徵、羽五律；而此五律又代表着平、上、去、入四声。故解音律的王微，亦能懂声韵也。这些当是王微能写出有论"声韵"内容的《鸿宝》的主观条件。客观上，"古人音书……

---

① 彭铎：《诗品注补》，《甘肃师范大学学报》1964年第1期。

魏朝以降渐繁”（陆德明《经典释文》），因此，“妙达此旨，始可言文”（沈约《宋书·谢灵运传论》）。王微在这种时风影响下，又怎能免俗，仅论文义而不讲声韵呢？因此，我们可以说，王微《鸿宝》之书，除论诗文之意外，当有论声韵的内容，而其所论，虽然细致（即“一句之文，无不研赏”之意）却无裁断，故被钟嵘评价为“密而无裁”。

又据《南史》，王微为王弘之侄，而永明年间声律说的倡导者王融（即王元长）则是王弘的曾孙。据此而推，王融的声律学当来自其从祖王微也。

[补正]

按，“风月”，指清风朗月，四时美景。《宋书·始平孝敬王传》载《拟汉武李夫人赋》云：“徙倚云日，裴回风月。”《梁书·徐勉传》云：“今夕止可谈风月，不宜及公事。”葛天民《寄杨诚斋》云：“才名万古付公论，风月四时输好怀。”《外史梼杌·学沈谢嘲风咏月》云：“郑奕尝以《文选》教其子。其兄曰：‘何不教他读《孝经》《论语》，免他学沈谢嘲风咏月，污人行止。’”皆是。

又，“四气”，指四时气候，亦即春夏秋冬。陆机《思归赋》：“节运代序，四气相推。”扶南王《遣天竺道人释那伽仙表》：“四气调适，道俗济济。”皆是。

又，曹旭《集注（增订本）》云：“王法（当作发）国诸人以为，王微今存《四气诗》一首，写四时美景。”“王微《风月》诗，当指此。”杨明《译注》则云：“其描绘风月之作已佚。”盖不知风月之义也。

二二、晋处士郭泰机诗

各注皆言存诗一首，这就是《文选》卷二十五所载的郭泰机《答傅咸诗》。

按，对《昭明文选》所载郭泰机《答傅咸诗》，《许疏》引张玉谷曰："按傅诗及序，则此乃赠傅非答傅也。题误。"张说见《古诗赏析》，其说良是。何焯《义门读书记》第四十六卷《文选·诗》亦云："诗乃赠傅，非答也。"

又，《向释》注云："《昭明文选》载何义门评郭泰机《答傅咸》：'按诗乃赠傅咸，非答也。'"按，此注有语病，当改为："何义门评《昭明文选》载郭泰机《答傅咸》。"

二三、宋光禄大夫颜延之诗

《萧译》云：现存诗二十八首，其中五言二十四首。《吕校》云：存诗三十余首。

按，逯钦立《宋诗》辑得颜延之诗三十四首，其中五言二十五首。

又，《宋书》本传云：

> 义熙十二年，高祖北伐，有宋公之授，府遣一使庆殊命，参起居。延之与同府王参军俱奉使至洛阳，道中作诗二首，文辞藻丽，为谢晦、傅亮所赏。

按，逯氏《宋诗》注颜延之《北使洛》引沈约《宋书》作"作诗一首"，误。《宋书》各本均如上所引作"道中作诗二首"。今仅存一首，另一首则已亡佚。

二四、宋法曹参军谢惠连诗

《萧译》云：现存诗三十余首，其中五言诗二十余首。

按，逯钦立《宋诗》辑得谢惠连诗三十六首，其中五言二十五首。但对其中一些诗提出了异议。如《宋诗》所辑谢惠连《秋怀诗》原文后云：

> 案此诗当为灵运所作。盖误入惠连集中。诗发端谓"少小离忧患"，指亲丧大故。据《宋书》，惠连父方明元嘉三年卒，年

四十七。惠连元嘉十年卒，年三十七，则方明卒时惠连年已三十。不得言“少小离忧患”。据《晋书·谢玄传》《宋书·谢灵运传》，晋太元十三年，祖玄卒，灵运年四岁。灵运父奂又早玄卒，是灵运孩提丧父，与此“少小离忧患”相合也。又诗言“夷险难预谋，倚伏昧前算。颇悦郑生偃，无取白衣宦”，与灵运出处合；“虽好相如达，不同长卿慢”，与灵运性格合；而皆与惠连不侔。然《文选》归之惠连，《诗品》亦称“惠连《秋怀》”，讹乱已久，故仍编此。

又云，惠连“元嘉元年为彭城王义康法曹参军，十年卒，年三十七”。逯氏《汉魏六朝文学论集·〈古诗纪〉补正叙例》说与此同。

按，逯说非是。

第一，谢惠连享年当为二十七（见本书第二章“宋法曹参军谢惠连”条），则元嘉三年其父方明卒时，仅为弱冠之年，逯氏作三十，误。诗之“少小离忧患”即“弱冠离忧患”而稍加夸饰也。

第二，诗之“夷险难预谋，倚伏昧前算。颇悦郑生偃，无取白衣宦。虽好相如达，不同长卿慢”，亦与惠连出处、性格相合。《宋书》本传云：

本州辟主簿，不就。惠连先爱会稽郡吏杜德灵，及居父忧，赠五言诗十余首，文行于世。坐被徙废塞，不豫荣伍……元嘉七年，方为司徒彭城王义康法曹参军……十年，卒，时年二十七。既早亡，且轻薄，多尤累，故官位不显，无子。

有如此遭际的人，写出《秋怀》中的某些句子，是完全可能的。从本传中还可知，惠连之佻达、轻薄，有过于灵运者。如居父忧赠诗与杜德灵，即是其“薄行”之尤者。《孝经·丧亲》云：“子曰：孝子之丧亲也，言不文”，更不能作诗。何焯批点《文选》潘岳《悼亡》云：“古人未有丧而赋诗者”，即为此。服丧时期赋诗则被视为“违礼”，故袁枚《小仓山房文集》卷一八《与某刺史书》云：

足下在服中，不得为诗，纵为诗，不得哭父。古惟傅咸、孙绰有服中哭母诗。是时东晋清谈，礼教凌迟，不可为训。不文不可以为诗，文则不可以为子。背乎礼以累名。

丧中为诗是违礼行为，故凡丧中为诗者皆受讥斥。孙绰《表哀诗序》：

自丁荼毒，载离寒暑。不胜哀号，作诗一首，敢冒谅谙之讥，以申罔极之痛。

祝穆《事文类聚》前集卷五二引《江邻几杂录》云：

梅圣俞至宁陵寄诗云："独护慈母丧，泪与河水流。河水终有竭，泪泉常在眸。"彦猷、持国讥作诗早。

如此，则谢惠连居父忧而作赠杜德灵诗，亦必被目为违礼的轻薄行为，以至于因此而"被徙废塞，不豫荣伍"。

第三，谢惠连为义康法曹参军，当在元嘉七年，时年二十四，其遭际与诗之"颇悦郑生偃，无取白衣宦"意合。

第四，考灵运与惠连诸诗，确实有互混者。如《代古诗》，《玉台新咏》三、《诗纪》四七九、《白帖》二、《太平御览》四二八作惠连，而《合璧事类外集》六十四引句作灵运；又如《燕歌行》，《广文选》十四、《诗纪》四九、《类聚》四二作惠连，而《乐府诗集》三三作灵运；再如《相逢行》，《乐府诗集》三四作惠连，《艺文类聚》四一、《诗纪》四七作灵运。但此诗则无一本作灵运者，也就是说，判此为谢灵运作亦无版本上的依据。

综上所述，仍当依《诗品》和《文选》之说，定《秋怀诗》为谢惠连之作。

又，《宋书·宗室传·刘义宗》云："（杜）德灵雅有姿色，为义宗所爱宠，本会稽郡吏。谢方明为郡，方明子惠连爱幸之，为之赋诗十余首，《乘流遵归渚》篇是也。"按，诗已不存。这里，附带说一个问题：萧华荣《魏晋南北朝诗话》注此条云："刘义融字义宗，宋宗室，封新渝县侯。"按，《宋书·宗室传》云："义庆弟义融，永初元年，封桂阳县侯……义融弟义宗……字曰伯奴，赐爵新渝县男，永安无年，进爵为侯。"据此，则萧误。又，《太平御览》卷六十七《地部·池溪》

引《郡国志》云:“欧冶子铸剑处，下有孤潭，深而清，有孤石耸出，潭上有大栎树。谢客儿与弟惠连作诗连句，刻于树上。”按，灵运和惠连刻树之诗皆佚。

又，谢惠连《雪赋》中有《积雪之歌》和《白雪之歌》各一首，亦当视为诗作辑入《宋诗》。

二五、宋参军鲍照诗

《萧译》云:诗存约二百首。

按，逯钦立辑得二〇四首。但:“竖儒守一经，未足识行藏”佚句，虽见于《南史·吉士瞻传》，却又是江淹《杂体诗》三十首之拟鲍照《戎行》诗之末二句，似不当辑入鲍照诗中。此犹江淹拟休上人《怨别》中的名句“日暮碧云合，佳人殊未来”，被目为汤惠休诗一样。《观林诗话》云:

江文通学李陵等《杂体》三十首，内学休上人《怨别》一首，有“日暮碧云合，佳人殊未来”之句，后人例以为休上人语。其末又有“桂水日千里，因之平生怀”之句，唐《东观记》又以为太子家令沈约诗。所谓文通锦，割截殆尽矣。

二六、齐吏部谢朓诗

《萧译》云:现存诗约一百四十首，其中五言一百三十多首。

按，皮日休《郢州孟亭记》:

乐府美王融“日霁沙屿明，风动甘泉浊”;先生则有“气蒸云梦泽，波撼岳阳城”。谢朓之诗句精者有“露湿寒塘草，月映清淮流”;先生则有“荷风送香气，竹露滴清响”。此与古争胜于厘毫间也。

考皮氏此说谢朓诗云云，有误。黄伯思《东观余论·跋何水曹集后》云:

古人论诗，但爱（何）逊“露湿寒塘草，月映清淮流”及“夜雨满空阶，晓灯暗离室”为佳。殊不知逊秀句若此者殊多。

可见皮文所标谢朓之诗当是何逊之作，故胡应麟《诗薮》外编卷四云：

皮日休云谢朓诗句精者，“露湿寒塘草，月映清淮流”二语，乃何逊诗非谢朓也。

王士禛《带经堂诗话》卷十二亦云：

康乐“池塘生春草”，玄晖“澄江静如练”，仲言“露湿寒塘草，月映清淮流”，并资艺苑谈助。

今查，此二句正见于何逊《与胡兴安夜别》诗，故不得依皮日休言补入谢朓集中。

二七、梁光禄江淹诗

《萧译》云：现存五言诗一〇三首。

按，逯钦立辑得一百二十七首，其中五言诗一〇九首。但逯氏之辑未备，至少漏录两首。

其一，《诗式》卷四引江淹《咏古》：

昔与三端竞，能回百万兵。今日如桃李，翻悲荆棘生。

其二，《永乐大典》卷一三〇七载江淹《江门诗》：

神功不可限，未见常疑无。扪天倒明玉，蔽地泻随珠。袭耸犹马奔，孰视如虹趋。丹壁似绣被，翠蹬类罗襦。前瞻真刻削，旁观复盘纡。斑驳生虎纹，参差出龙须。金灯照石洞，木兰润仙衢。琴君入钓鲤，叶令去飞凫。客心胜奔电，为此总踟蹰。依依明古道，望望白云隅。岁寒方负戴，筑室请子居。

二八、梁卫将军范云诗

《萧译》云：现存五言诗约四十首。《吕校》云：存诗四十余首。

按，逯钦立《梁诗》辑得范云诗四十二首，全为五言。

《梁书》本传云：

年八岁，遇宋豫州刺史殷琰于途，琰异之，要就席。云风姿应对，傍若无人。琰令赋诗，操笔便就，坐者叹焉。

按，其诗不存。

二九、梁中书郎丘迟诗

《萧译》云：现存五言诗十首。

按，逯钦立《梁诗》辑得十一首，其中五言十首。

又，《南史·文学·丘迟传》云：

（梁武帝）践祚，迁中书郎，待诏文德殿。时帝著《连珠》，诏群臣继作者数十人，迟文最美。坐事免，乃献《责躬诗》，上优辞答之。

按，《责躬诗》不存。

三〇、梁太常任昉诗

《萧译》云：现存诗二十三首，其中五言二十首。逯钦立《梁诗》辑得任昉诗数量与《萧译》同。

又，《梁书·谢举传》云：

举年十四，尝赠沈约五言诗，为约称赏……起家秘书郎，迁太子舍人……深为昭明太子赏接。秘书监任昉出为新安郡，别举诗云："讵念耋嗟人，方深老夫托。"其属意如此。

按，上引任昉《赠谢举诗》之句又见于任昉《答刘孝绰诗》中。此二句当是重见，任昉既写入别谢举诗内，又用以答刘孝绰。逯氏只将诗句列入《答刘孝绰诗》而不录《别谢举诗》，似有不备。

又按，谢举赠沈约诗，今亦不存。

三一、梁左光禄沈约诗

《萧译》云：现存诗一百七十多首，其中五言一百四十多首。《吕校》云：主要是五言。

按，逯钦立《梁诗》辑得沈约诗二百四十首。其中辑入“沈约”名下者一百八十五首，另五十五首分别辑入《梁诗》之《郊庙歌辞》《燕射歌辞》《相和歌辞》《鼓吹曲辞》《舞曲歌辞》中。计沈约诗数者，往往忘计后五十五首“经纶诗”。

三二、汉令史班固诗

《萧译》云：现存五言诗一首。《徐译》云：今存诗八首，散句若干，其中五言诗两首。

按，逯钦立《汉诗》辑得班固诗十首，其中四言三首、骚体四首、五言三首。《萧译》所说其现存五言诗一首当指《咏史·咏缇萦》，但是班固《咏史》除存《咏缇萦》这首完璧外，还有《咏霍将军北伐》《咏延陵季子》二首之残句（《北堂书钞》卷一百二十二、《太平御览》卷三百四十四、八百十五）留存。这些残句已为逯氏所辑，计在班固十首之内。

逯氏《汉诗》所未辑入者为见于《艺文类聚·饰部上·扇》之《竹扇诗》：

供时有度量，异好有圆方。
来风堪避暑，静夜致清凉。

不过，此四句诗，可能是依班固《竹扇赋》“托御君王供有时，度量异好有圆方，来风避暑致清凉”等句改写。逯氏不收，亦不为无因。

［补正］

按，王叔岷《笺证稿》云：

孟坚《咏史》，不仅《咏缇萦》一首，尚有《咏秋胡妻》诗，惜已失传。

又云：

《艺文类聚》六九引班固尚有《竹扇诗》。诗云："……。"（亦见张溥所辑东汉诗）吉川幸次郎云："这四句的语言，颇有后来流行的《团扇诗》之气息，其是否确系班固之作，似犹有疑义。"按此四句，俨然初唐五言绝句。梁庾肩吾《团扇铭》云："班生赡博，《白绮》仍传。"《初学记》二五云："《班孟坚集》有《白绮扇》之赋。"张溥《汉魏六朝百三名家集》有云："……。"然则所谓《竹扇诗》，明是后人化孟坚《竹扇赋》语而成，非孟坚原有是诗也。特附于此。

三三、魏明帝诗

《萧译》云：现存诗十三首。《吕校》云：诗存十余首。

按，逯钦立辑得十八首，其中五言九首，不过仍有遗漏。《文选》卷五十八颜延年《宋文皇帝元后哀策》注引《苦寒行》"修德乎紫闱，八月自怀柔"；《北堂书钞》卷一百三十八录《清调歌诗》"楫人荷轻櫂，腾飞过彼庭"等佚句，即未辑录。

三四、晋中书令嵇含诗

《萧译》云：现存五言诗二首。《吕校》云：现存诗四首。

按，逯钦立《晋诗》辑得嵇含诗四首，其中五言三首。又，《北堂书钞》卷一百三十二载嵇含《诗序》曰：

李方治为抚军长史，余为从事中郎，当随抚军俱发。诏兄前太仆将与别，进一饮之尽欢。天热露坐，有顷雨降，遂不张油幔，以绛分令夕也。

按，《晋书·嵇含传》载，“怀帝为抚军将军，以含为从事中郎。惠帝北征，转中书侍郎。”考惠帝北征在永兴元年（304），则此《诗序》当作于是年，但其《别兄诗》今已不存。

三五、晋黄门枣据诗

《萧译》云：现存诗四首，其中五言三首。《吕校》云：存诗九首。

按，逯钦立《晋诗》辑得枣据诗九首，其中五言八首。

又《宋书·百官志》载枣据《追远诗序》云：

先君为钜鹿太守，迄今三纪。忝私为冀州刺史，班诏次于郡传。

按，《追远诗序》有阙，《追远诗》则不存。

三六、晋中书张载诗

《萧译》云，现存诗十五首，其中五言九首。

按，逯钦立辑得二十一首，其中五言十四首，但辑录未备。刘勰《文心雕龙·丽辞》：“孟阳《七哀》云：‘汉祖想粉揄，光武思白水。’此正对之类也。”范文澜注云：“张载《七哀诗》二首，载《文选》二十三，无此二句，盖别有一首用‘水’字韵，昭明不采，故亡逸也。”逯氏于此二句，即未辑录。

三七、晋司隶傅玄诗　晋太仆傅咸诗

《萧译》云：玄现存诗六十多首，其中五言诗约四十首；咸现存诗十七首，其中五言四首。

按，逯钦立辑得傅玄诗一百三十六首，其中五言诗六十首；傅咸诗二十一首；然此数亦未备。

《艺文类聚》卷一《三光篇》：

三光垂象表，天地有晷度。声和音响应，形立影自附。素日抱玄鸟，明月怀灵兔。

《太平御览》卷九六五《歌辞》：

黄叶离高柯，丹枣坐自零。不惜枣自零，念我少弟兄。

《北堂书钞》卷一百五十五、《初学记》卷四、《御览》卷八《拟天问》：

七月七日，牵牛织女，时会天河。

《御览》卷四《拟天问》：

月中何有？白兔捣药。

《北堂书钞》卷一百三十二《拟招魂》：

雕楹文桷结修梁，增堂列榭别有望。设画屏风文绣斑，上纪开阙图自然。

屏风四合，铭邓错班，兰膏明发，相年所藻。

这些傅玄之诗，即未辑入。傅咸诗之佚者则有《初学记》卷五之《诗》：

奕奕恒山，作镇冀方。伊赵建国，在岳之阳。

三八、魏侍中缪袭诗

《萧译》云：现存《鼓吹曲》十二首，五言诗一首。《吕校》说同。

按，《萧译》《吕校》皆言缪袭只有五言诗一首，即《文选》所载之《挽歌诗》。其实，缪袭的《挽歌诗》除这首完璧外还有见于《北堂书钞》卷九二之“令月简吉日，启殡将祖行。祖行将所之，登天近上皇”、“寿堂何冥冥，长夜永无期。欲呼舌无声，欲语口无辞”及见于《文选》陆机《叹逝赋》李善注引之“大暮安可晨”等佚句。

又，逯钦立《魏诗》未列缪袭之目。因此，对其《挽歌诗》全璧和另三首之佚句皆未辑录，而只在《魏鼓吹曲辞》下著录了缪袭所造《魏鼓吹曲辞》十二曲。

三九、晋散骑常侍夏侯湛诗

《萧译》云：现存诗十首，无五言。《吕校》说同。

按，逯钦立《晋诗》辑得夏侯湛诗十首，全为杂言和四言。其九首杂言又见于严可均《全晋文》，余一首为四言之《周诗》。《周诗序》云：

> 周诗者，《南陔》《白华》《华黍》《由庚》《崇丘》《由仪》六篇，有其义（当作目）而亡其辞。湛续其亡，故云《周诗》也。

据此，则《周诗》当是六首，今仅存其一而亡其五。

又，《晋书》本传载其《昆弟诰》：

> 乃歌曰："明德复哉！百禄周哉！"又作歌曰："讯德躬哉！训翼从哉！内外康哉！皆拜曰钦哉！"

这两首歌，显然是对《尚书·皋陶谟》所载《股肱》《元首》等的摹拟。《尚书》所载，逯氏已辑（《先秦诗·歌上》），则夏侯湛的拟作亦当录入。

[补正]

按，宋梅尧臣《依韵答吴安最太祝》云："其锋虽锐我敢犯，新语能如夏侯湛。"

四〇、晋骠骑王济诗　晋廷尉孙绰诗

王济，《萧译》云：现存四言诗一首。

按，逯钦立《晋诗》辑得四首（含佚句），但所辑不备，尚有佚句。《观林诗话》云："王武子多四言诗，间有五字句。余最爱'抱瓮拙胜'。"

孙绰，《萧译》云：现存诗十首，其中五言三首。

按，逯钦立《晋诗》辑得孙绰诗十三首，其中五言五首。但是，此辑未备，还有《答许询诗》残句“倒影沦东溟”未收。此诗佚句见《文选》卷二二《游览》所录颜延年《车驾幸京口侍游蒜山》李善注引。

四一、宋尚书傅亮诗

《萧译》云：现存诗四首，其中五言二首。

按，逯钦立《宋诗》所辑傅亮诗数与萧说同。

又，《宋书》本传云：

> 初，（傅亮）奉迎大驾，道路赋诗三首，其一篇有悔惧之辞，曰“……。”

据此，则傅亮《奉迎大驾道路赋诗》当有三首，今仅存《宋书》本传所载一首，余二首亡。

四二、宋詹事范晔诗

《萧译》《吕校》皆云存诗二首，逯钦立《宋诗》亦只辑得范晔诗二首：《乐游应诏诗》，原载《文选》；《临终诗》，原载《宋书》本传。

按，《艺文类聚》卷九十范晔《双鹤诗序》云：

> 客有寄余双鹤者，其一扬翰皎洁，响逸九皋；其一折翅志衰，自视缺然。余因叹玩之，遂为之诗。

据此可知，范晔曾作过《双鹤诗》，但是，诗已亡佚。

又，《太平御览》卷九百七十引《荆州记》载有陆凯《赠范晔诗》一首：

> 折花逢驿使，寄与陇头人。江南无所有，聊赠一枝春。

余冠英先生《汉魏六朝诗选》引唐汝谔《古诗解》云：

> 晔为江南人，陆凯代北人，当是范寄陆耳。

对于唐汝谔所说此诗是“范（晔）寄陆（凯）”等问题，曹道衡先生指出：

> 这确实一首清新可喜的好诗。但它的来源及作诗本末，却颇可怀疑。因为照《太平御览》引《荆州记》所载，范晔和陆凯是好朋友，范晔在长安，陆凯在江南，折花以赠。但考《宋书·范晔传》，范晔根本不可能到长安去。因为范晔出仕时，任“高祖（宋武帝刘裕）相国掾”。刘裕做相国是晋安帝义熙十四年（418）六月的事，同年十月，长安已被赫连勃勃攻占，从此以后，刘宋的军队再也没有打到长安。《宋书》中也看不见一点点关于范晔在义熙十四年六至十月间曾去长安的影子。可见，范晔并未在长安居住。所以，《荆州记》所载陆凯赠诗之事，本属可疑。至于诗的作者陆凯是谁？更无从查考。有人以北魏陆俟的孙子陆凯当之。清唐汝谔《古诗解》觉得这个陆凯如果在江南折梅送范晔，未免太不近情理，所以倒了过来，说是范晔折花、作诗赠陆……其实，这也不对。考《魏书·陆俟传》，陆俟卒于北魏文成帝太安四年（458），卒年六十七，当生于……北魏道武帝登国八年（392）。范晔的卒年……是元嘉二十二年（445），年四十八，可见范晔生年为晋安帝隆安二年（398），比陆凯之祖陆俟仅小六岁，而他又比陆俟早死十三年……至于陆凯之父陆馥，比范晔要小十几岁，范晔怎么能和陆凯为友呢？……何况《魏书·陆俟传附陆凯传》载，陆凯“年十五为中书学生，拜侍御中散”。……陆凯出仕之年，当为范晔的卒年或前一年……所以陆范友善之说，不可能成立。

又云：

> 《荆州记》中所说陆凯，也非指北魏陆凯。因为陆氏是江南大族，南朝史书虽未见陆凯之名，也未必说明南朝不会有这个人物。至于北朝的陆凯，那是鲜卑人。……唐以前人颇重谱牒之学……把鲜卑人……误为南方的陆姓，恐怕未必如此荒唐。所以，唐汝

谬的解释，貌似有理，而实际上也不足据。[①]

曹道衡先生之考证，有些意见很有说服力，如认为陆凯不可能是北魏陆俟之孙，而当是江南另一陆凯等，就言之凿凿，不可辩驳。钱大昕亦云：

陆有吴郡、河南地望。河南之陆出自鲜卑，本步陆孤氏，魏孝文时，改为陆氏。（《十驾斋养新录》卷二二）

但有些看法我则不敢苟同。

第一，曹先生说范晔在义熙年间“根本不可能到长安去”，所以《荆州记》所载陆凯赠范晔诗之事可疑。按，考《宋书·武帝纪》，刘裕于义熙十二年（416）十月攻占洛阳后，就被晋安帝进位为相国，赐封为宋公。《纪》云，义熙十二年十月，天子《诏》曰：

其进位相国，总百揆，扬州牧，封十郡为宋公，备九锡之礼，加玺绶、远游冠，位在诸侯王上，加相国绿綟绶。

又《策》曰：

今进授相国……封公为宋公……今命使持节，兼太尉、尚书左仆射、晋宁县五等男（袁）谌授相国印绶、宋公玺绂；使持节，兼司空、散骑常侍、尚书、阳遂乡侯（范）泰授宋公茅土、金虎符第一至第五左、竹使符第一至第十左。相国位无不总，礼绝朝班，居常之名，宜与事革。其以相国总百揆，去“录尚书”之号……宋国置丞相以下，一遵旧仪。

刘裕对此进位进爵虽“辞不受”（《宋书·袁湛传》、《通鉴》卷一百十七），但是，朝廷还是为相国府配备了官属，并随大使袁湛、范泰前往洛阳颁诏策、赐爵位，因此《宋书·武帝纪》在天子《诏》《策》之后紧接着写道：“置宋国侍中、黄门侍郎、尚书左丞、相，随大使奉迎。”因此，范泰之子范晔很有可能在义熙十二年十月被署为相国掾而随其他相国官属同至洛阳。又，《武帝纪》载，义熙十三年（417）

① 曹道衡：《陆凯赠范晔诗志疑》，载氏著《中古文学史论集》，中华书局1986年版。

九月“公至长安”，此公即刘裕。既然刘裕至长安，其相国掾属也应理所当然的随同刘裕往长安，而范晔作为相国掾的一个成员亦当随刘裕进长安。

另，《晋书·安帝纪》和《宋书·武帝纪》均有“义熙十四年六月，受相国、宋公、九锡之命”之记载，这似乎与义熙十二年进位相国、进爵宋公之说相矛盾。其实，这正如《通鉴》卷一一八胡三省注云：“义熙十二年命下，至是乃受。”所以，范晔有可能于义熙十三年九月作为刘裕官属陪刘裕至长安。

范晔在长安住了多久？据《宋书·武帝纪中》载，刘裕于义熙十三年九月进入长安后，“欲息驾长安，经略赵、魏，会（刘）穆之卒，乃归。十二月庚子，发自长安，以桂阳公义真为安西将军、雍州刺史，留腹心将佐以辅之。闰月，公自洛入河，开汴渠以归。”如此，则范晔在长安至少有三个月的时间，即九月至十二月。而十二月，正是南梅盛开时节。《太平御览》卷九百七十引《岭南异物志》云：“南方梅繁如北杏，十二月开。”所以，陆凯摘梅寄范晔也不是不可能的事，更何况“折梅寄江北”（见《西州曲》），在当时已成风气了呢！

第二，疑此诗为范晔所作，不始于唐汝谔。按，当出于吴曾《能改斋漫录》。《漫录》载《苕溪渔隐丛话后集》所引《逸文》云：

> 范蔚宗与陆抗相善，自江南折梅一枝，诣长安与蔚宗，并诗曰：“……。”余见《说苑》记越使诸发，执一枝梅遗梁王，梁王之臣韩子谓左右曰：“恶有以一枝梅以遗列国之君者乎？”则不知遣使折梅，已具刘向《说苑》矣。范诗出《荆州记》。（卷二十一引）

按，这段引文，似有脱文，而其标点亦有不当，当作：

> 范蔚宗与陆抗（当作凯）相善，自江南折梅一枝，诣长安与（之，此字脱，当补，指陆凯）。蔚宗并诗曰：“……。”……范诗出《荆州记》。

其后，明杨慎在《升庵诗话》卷二中进一步对陆凯寄梅赠诗事提出了怀疑：

寄梅事，始见于《说苑》："越使诸发云：岂有一枝梅可寄国君乎？"又，《诗话》载南北朝范晔与陆凯相善，凯在江南寄梅花一枝诣长安与晔，并赠诗云云。按，晔为江南人，陆凯字智君，北人，当是范寄陆耳。凯在长安，安得梅花寄晔乎？

王仲镛先生《升庵诗话笺证》云："文中所引《诗话》指《苕溪渔隐丛话》后集二十一。"不过，如前所述，《丛话》又引自《漫录》。在上列三书中，《升庵诗话》之说，更为唐汝谔所本。

又，据《四库全书总目提要》卷一九二评《梅花鼓吹》二卷（明王化醇撰）云："其书采摭颇博，而传写未免讹误。如陆凯《寄梅》一诗，讹凯为开，又混入唐人诗中，列柳宗元后，殊未详校也。"按，《梅花鼓吹》之说，比杨慎说陆凯是北魏陆俟之孙，更为离谱。

第三，曹先生还有一些说法可商。

其一，唐汝谔应是明人。《四库全书总目》卷一七"《诗经微言合考》"条云："明唐汝谔撰。汝谔字士雅，华亭人，天启中以岁贡生官常熟县教谕。"据此可知，唐汝谔是明朝天启（1621—1627）年间人，天启的最后一年（1627）离明亡（1644）还有十七八年之久，故《四库》之说可信。又，《四库全书总目》卷一九一"《古诗解》"条亦云："明唐汝谔撰。"

其二，关于陆俟生年，曹先生说"生于北魏道武帝登国八年（393）"，此亦有误。按，陆俟卒于北魏文帝太安四年（458），享年六十七（《魏书》本传），则其当生于登国七年（392）。可知，八年乃七年之误。

其三，曹先生据《魏书·陆俟传附陆凯传》，说陆凯"年十五为中书学生"云云。按，考《魏书》作"年十七"而非"年十五"，"五"字当是"七"字之误。

其四，明周婴《卮林》卷七"陆凯"条云：

陆凯字敬风，吴郡人，为孙皓左丞相。而《御览》十九卷引《荆州记》作凯与路晔为友，寄梅赠诗。其诗作"折花奉秦使"。

所谓路晔者，史未有见；而所称陆凯亦未晓是敬风否也。

据此查《御览》十九卷《时序部·春中》之载云：

《荆州记》曰：陆凯与路晔为友，在江南寄梅花一枝诣长安与晔，并赠诗曰："折花逢秦使，寄与陇头人。江南无所得，聊赠一枝春。"

此又与《御览》卷九百七十所载者不同，认为是三国吴之陆凯寄诗与路晔。按此也并非没有可能。果真这样，则陆凯赠诗范晔之说当为误传。而其对有关事宜的考证，就不需词费了。但胡应麟《诗薮》外编卷二云："吴有丞相《陆凯集》一卷，非折梅之陆凯也。然有《集》传于隋，则诗文固非所短矣。"

虽然如此，曹先生对陆凯非魏陆俟之孙的考证仍甚有价值，不仅能纠杨慎、唐汝谔之谬，且还能正今人之失也。

总之，盛弘之《荆州记》所载陆凯寄梅赠诗与路晔（《御览》卷十九）或范晔（《御览》卷九百七十）似皆有可能，姑两说均列，以待明哲。

又，唐张祜《穆护砂》"玉管朝朝弄，清歌日日新。折花与驿路，寄与陇头人"，后二句即仿陆凯赠诗也。

四三、宋孝武帝刘骏诗

《萧译》云：现存诗二十五首，其中五言二十三首。《吕校》云：诗存二十余首。

按，逯钦立辑得刘骏诗二十七首，其中五言二十四首，但亦未备。如《十万卷楼丛书》本释皎然《诗式》卷五引刘骏《客行乐》云："有使数寄书，无信心相忆。莫作瓶落井，一去无消息。"即未录入。

［补正］

此诗亦见《玉台新咏》卷十《近代西曲歌》五首之三，诗名《估客乐》(成都古籍书店影印本第272页)。逯钦立据《乐府诗集》卷四八编入《齐诗》释宝月名下《估客乐》二曲之二，似当从之。

四四、宋光禄谢庄诗

《萧译》云：现存诗十六首，其中五言十二首。

按，逯钦立辑得谢庄诗二十八首，其中五言十三首。

又，谢庄《月赋》载《皓月之长歌》曰：

美人迈兮音尘阙，隔千里兮共明月。临风叹兮将焉歇，川路长兮不可越。

又载《歌》曰：

月既没兮露欲晞，岁方宴兮无与归。佳期可以还，微霜沾人衣。

按，此二《歌》当作诗辑入《宋诗》中。

另外，逯氏所辑谢庄《和元日雪花应诏诗》当作《花雪诗》。《宋书·符瑞志下》云：

大明五年正月戊午元日，花雪降殿庭。时右卫将军谢庄下殿，雪集衣。还白，上以为瑞。于是公卿并作《花雪诗》。史臣按，《诗》云："先集为霰。"《韩诗》曰："霰，英也。"花叶谓之英。《离骚》云："秋菊之落英。"左思云"落英飘摇"是也。然则霰为花雪矣。草木花多五出，花雪独六出。

又，逯氏云："《古今岁时杂咏》一作谢玉。"按，此说殆非。据《符瑞志下》，作诗之事由谢庄起，他不当无诗；且"莊"另有"庄"和"庒"之写法，而与"玉"字形近易讹。故谢玉当是谢庄之误。

四五、齐黄门谢超宗诗

《萧译》《徐译》皆云诗不存。《吕校》云：存南郊乐章十三首，北郊乐歌六首，明堂乐歌十五首，太庙乐歌十六首，不见五言。

按，《南齐书》本传云：

> （超宗）有文辞，盛得名誉……有司奏撰立郊庙歌，敕司徒褚渊、侍中谢朏、散骑侍郎孔稚珪、太学博士王咺之、总明学士刘融……何昙秀十人并作，超宗辞独见用。

谢超宗所作“郊庙歌辞”，存于《南齐书·乐志》，但是其数为四十九首而不是如《吕校》所说为五十首。考《南齐书·乐志》，在《南郊乐章》十三首中，《高德宣烈乐》一首乃王俭造，不应计在谢超宗诗作中。今依《吕校》之数减去王俭所造一首，则谢超宗之作今存当是四十九首。

又按，《许疏》也有此误，当并正之。

［补正］

按，谢超宗存诗，王叔岷《笺证稿》、曹旭《集注》《笺注》、陈元胜《辨读》也以为《南齐书·乐志》所载《南郊乐章》等乐府诗五十首，皆为超宗所作；而《集注（增订本）》则从《考索》而作了改正，减去了王俭所造一首。

四六、齐雍州刺史张欣泰诗

《萧译》《吕校》《徐译》等皆云诗已不存。

按，《南齐书》本传云：

> 欣泰通涉雅俗，交结多是名素。下直辄游园池，著鹿皮冠，衲衣锡杖，挟素琴。有以启世祖者。世祖曰：“将家儿何敢作此举止！”后从车驾出新林，敕欣泰甲仗廉察，欣泰停仗，于松树下饮酒赋诗。制局监吕文度过见，启世祖。世祖大怒，遣出外，数日，意稍释，召还，谓之曰：“卿不乐为武职驱使，当徙卿以清贯。”除正员郎。

据此，则张欣泰亦能诗，可惜已佚。

又，《许疏》引《百代吟谱》云："张欣泰饮酒赋诗。"即亦当见于上引《南齐书》本传。

四七、梁中书令范缜诗

《萧译》《吕校》皆云诗不存。《徐译》云：今存诗一首，即《拟招隐士》，杂言。

按，逯钦立《梁诗》辑得范缜诗一首，即《拟招隐士》。《徐译》之说本此。

又，《南史》本传云：

> 年二十九，发白皤然，乃作《伤暮诗》《白发咏》以自嗟。

按，范缜《伤暮诗》《白发咏》已佚。

四八、梁建阳令江洪诗

《萧译》云：今存五言诗十七首。《吕校》云：存诗十八首。

按，逯钦立《梁诗》辑得江洪五言诗十八首。此即为《吕校》所本。

又，《南史·王僧孺传》云：

> 萧文琰，兰陵人；丘令楷，吴兴人；江洪，济阳人。竟陵王萧子良尝夜集学士刻烛为诗，四韵者则刻一寸，以此为率。文琰曰："顿烧一寸烛，而成四韵诗，何难之有？"乃与令楷、江洪等共打铜钵立韵，响灭则诗成，皆可观览。

按，江洪等人打铜钵所作之诗，今已不存。

第五章 《诗品》注其它瑕疵考

一、东京二百载

见《诗品序》。《萧译》《吕校》《向释》《徐译》皆谓“东京二百载”指整个东汉王朝（25—220），凡一百九十五年，曰东京二百载，取其约数。

按，彭铎云：

> 此只数建武元年（25）至兴平末（195）一百七十一年大数。其建安至汉亡二十五年，乃归之曹氏，观下节“降及建安”另起可知。[①]

彭说是。若含建安，则又何言“二百载中，唯有班固《咏史》质木无文”呢？将建安文学划入曹魏作为曹魏文学起点的观点，在当时的文论中屡见不鲜，最有代表性的是沈约和刘勰。沈约《宋书·谢灵运传论》：

> 至于建安，曹氏基命，二祖、陈王，咸蓄盛藻，甫乃以情纬文，以文被质；自汉至魏，四百余年，辞人才子，文体三变：相如巧为形似之言，班固长于情理之说，子建、仲宣以气质为体；并标能擅美，独映当时。

刘勰《文心雕龙·明诗》：

> 暨建安之初，五言腾踊，文帝、陈思，纵辔以骋节；王徐应刘，望路而争驱；……正始明道，诗杂仙心。

以建安文学为曹魏文学起点的论断，由于正确反映了文学发展的

---

① 彭铎：《诗品注补》，《甘肃师大学报》1964年第1期。

阶段性，至今还被学界认可。

[补正]

按，王叔岷《笺证稿》引《叶释》云：“自光武迄献帝，凡百九十五年。”曹旭《集注》、陈元胜《辨读》、杨明《译注》同叶说；曹旭《笺注》《集注（增订本）》则以为“彭铎说是”。

二、质木无文

见《诗品序》。《萧译》云：“像木石一样没有文饰。”

按，《汉书·尹齐传》“齐木强少文”，注：“木，质也，言如木石之为也。”《萧泽》注木为木石，本此。但是，以理推之，木不含石，何况木石也还有纹理、花叶、色彩，故《萧注》欠妥。质木，即质朴。《汉书·周勃传》“勃为人木强敦厚”，注：“木谓质朴。”故陆机《汉高祖功臣颂》称：“绛侯质木，多略寡言。”钟嵘将“质木”“无文”合二为一，指语言质朴，缺乏文饰，亦与《论语·雍也》“质胜文”之意略同。《汉书·地理志》：“（陇西）民俗质木，不耻寇盗。”也是质朴之意。

也有解质木无文为过于质直者。许学夷《诗源辩体》卷三即云：

> （班固）五言《咏史》一篇，则过于质直，钟嵘云“班固《咏史》，质木无文”是也。
>
> “班固《咏史》，质木无文。”当为五言之始。盖先质木，后完美。……晋以后五言，则文益胜矣。

王僧孺《太常敬子任府君传》云“孟坚辞不逮理”，说的也是班固《咏史》诗有“质胜文”的特色。

不过，在当时即有异议，陆厥《与沈约书》云：“孟坚精正，《咏史》无亏于东主。”言《咏史》可和其《两都赋》媲美。

三、应亨《赠四王冠诗》

《古笺》《叶释》《吕校》注《诗品序》“东京二百载中，惟有班固《咏史》质木无文”云：

> 东京五言诗有主名者，班固《咏史》之外，有张衡《同声歌》一首，秦嘉《赠妇诗》三首，徐淑《答秦嘉诗》一首，郦炎《见志诗》二首，赵壹《疾邪诗》二首，蔡邕《翠鸟》一首，蔡琰《悲愤诗》一首，孔融《杂诗》二首，《临终诗》一首，应亨《赠四王冠诗》一首，辛延年《羽林郎》一首，宋子侯《董娇娆》一首，凡十七首。（见《古笺》）

他们认为应亨为汉人，《赠四王冠诗》为汉诗。又，刘大杰也认为，“应亨的《赠四王冠诗》和班固的《咏史》，是五言诗体正式成立的重要史料。”①

按，应亨《赠四王冠诗》，徐坚的《初学记》作后汉，冯惟讷《诗纪》据《初学记》编入汉诗，丁福保《全汉三国晋南北朝诗》据《诗纪》编入后汉诗，《古笺》《叶释》《吕校》又据丁氏之说注《诗品》。其实，对应亨及《赠四王冠诗》的时代，前人多有质疑。严可均《全上古三代秦汉三国六朝文·晋文》即云：“应亨，贞从孙。”“《赠四王冠诗》，《初学记》作后汉，误。”逯钦立《先秦汉魏晋南北朝诗·晋诗》亦云：

> 曾培《初学记》校记云：“亨为贞从孙，贞见《晋书·文苑传》。又永平为晋惠帝年号。则后汉字误也。”逯按，曾说是。

逯氏还在《赠四王冠诗序》“永平年四月”后注云：

> 《初学记》作永平四年，非是……晋惠帝永平元年三月，即

① 刘大杰：《中国文学发展史（上）》，上海古籍出版社1962年版，第213页。

> 改元元康，此云“永平年四月”，仍有讹误。《通典》五十六载王堪冠礼仪云：“永平元年正月戊子冠，中外四孙设一席于东厢，引冠者以长幼次于席，南面东上，宾宗人立于西厢，东面面（按，似当作西）上。堪立于东轩陈元服于席上。”据此，王堪为冠者之一。又王堪之字曰世胄。《书钞》引《序》文有世御、世从、世申三人，世申为世胄之脱误。可证此诗为王景系、王世胄等加冠作。

陈直观点同曾、严、逯三氏[①]。

以上列二说相较，曾、严、逯、陈之论似更具说服力，应亨当是晋人而非汉人，《赠四王冠诗》当辑入晋诗而不当编入汉诗。

从《赠四王冠诗》及《序》称王景系、王堪等“四王”为外弟、令弟看，应亨当年长于王堪等人。又，从《赠四王冠诗》“济济四令弟，妙年践二九”句可知，王堪等人永平元年行冠礼时十八岁，则王堪生年当从永平元年（291）上溯十八年，即是泰始十年（274），故应亨生年当早于泰始十年。他也许与其卒于泰始五年（269）的从祖应贞未能谋面。应亨事迹可知者甚少。据严可均《全晋文》所辑录的应亨文《让著作表》《与州将笺》《又与州将笺》及《隋书·经籍志》“南中郎长史《应亨集》二卷，亡”等记载，仅可知应亨曾为著作郎和南中郎长史等职。

[补正]

按，曹旭《集注》受古直影响而仍谓应亨为东汉人，但后出之《笺注》《集注（增订本）》则以古直说为误了。误作东汉者，殆把西晋永平（惠帝司马衷的第二个年号，不到一年），当作东汉永平（明帝刘庄的唯一年号，计十八年）了。

---

① 陈直：《汉诗真伪问题·晋代应亨之诗选家误以为汉诗》，载氏著《文史考古论丛》，天津古籍出版社 1988 年版。

四、尔后陵迟衰微

见《诗品序》。《古笺》《吕校》引《史记·李将军列传》"李氏陵迟衰微矣"、《叶释》引曹大家《东征赋》"后衰微而遭患兮，遂陵迟而不与"、《向释》引《荀子·宥坐》之"陵迟"以释之。

按，均未得其正出。"尔后陵迟衰微"，见《文选》司马相如《封禅文》"而后陵迟衰微，千载无声"。《史记·司马相如传》中，《封禅文》作"陵夷衰微"，《高祖功臣年表序》亦作"陵夷衰微"。其实，陵夷即陵迟。王念孙《读书杂志》云："陵夷之为陵迟，犹逶夷之为逶迟。"

[补正]

按，王叔岷《笺证稿》先引古直说，后云："按《文选》司马相如《封禅文》'而后陵迟衰微'（《史》《汉》并作'陵夷'，义同）。《史记·平准书赞》'而稍陵迟衰微'。陵迟，义即衰微，复语也。此谓魏晋之际，诗风衰微也。"

五、稍

《诗品序》："永嘉时贵黄老，稍尚虚谈。"《萧译》注云：稍，渐。《徐译》亦云：渐渐、渐入。

按，《广雅·释诂》云："稍，尽也。"江淹《恨赋》"紫台稍远"，注云："稍，甚也，颇也。"据此，则"永嘉时稍尚虚谈"，当释为尽尚、甚尚或颇尚虚谈，而非渐尚。因为永嘉时，清谈之风已甚。《晋书·裴頠传》曰：

> 頠深患时俗放荡，不尊儒术，何晏、阮籍素有高名于世，口

谈浮虚，不遵礼法，尸禄耽宠，仕不事事；至王衍之徒，声誉太盛，位高势重，不以物务自婴，遂相仿效，风教陵迟，乃著崇有之论以释其蔽。

所指就是永嘉以前的时代风尚。裴頠卒于永康元年（300），其离永嘉元年（307）尚有七年之久，而清谈之风已成，至永嘉前后其风更甚，故钟嵘在《诗品下》评杜预、王济、孙绰、许询的玄言诗时也说："永嘉以来，清虚在俗。"若依《萧译》《徐译》，注稍为渐，则不仅与事实不合，且会导致《序》与《品》互相矛盾。

［补正］

按，"稍尚虚谈"句，"稍"字之义，多作"逐渐"解，如《集注》《辨读》等；而王叔岷《笺证稿》、曹旭《笺注》《集注（增订本）》则谓"稍"字当衍；惟杨明《译注》谓参《考索》作"甚，尽"解。

六、平典

见《诗品序》："孙绰、许询、桓、庾诸公诗，皆平典似《道德论》。"《吕校》注平典为平淡。

按，平典似《道德论》，是钟嵘对玄言诗特色之的评。前人对此多语焉不详，今举后期玄言诗的代表作一首试作说明。支道林《咏怀诗》云：

傲兀乘尸素，日往复月旋。弱丧困风波，流浪逐物迁。中路高韵益，窈窕钦重玄。重玄在何许，采真游理间。苟简为我养，逍遥使我闲。寥亮心神莹，含虚映自然。亹亹沉情去，彩彩冲怀鲜。踟蹰观象物，未始见牛全。毛鳞有所贵，所贵在忘筌。

这首诗的大意是说，自己年少时即离家为官，但性格孤傲而不务政事，仅是尸位素餐而已！虽然如此，也还是为风波所困，不能不随时逐俗，同流合污。到了中年，高尚的气韵、风度有所增益，开始仰慕那高深幽眇、玄而又玄的老庄妙理，于是便过起采真养性、逍遥自在的生活来。久而久之，心神清净明亮，物我相映成趣，旧情全消，境界日新，遂得那妙不可言的养生真髓、玄理精华。

这样的诗，的确是以阐述柱下之旨为目的、简直就如一篇用韵语写成的宣传老庄哲学思想之妙的讲义。它和哲理诗中所包含的某些人生经验和科学真理是不可同日而语、等量齐观的。在语言上，此诗亦多是干巴巴的说教，缺乏哲理诗的形象性和机趣感，特别是大量运用“三玄”(《易》《老子》《庄子》)中典故，更令人生厌，如本诗所用的《老》《庄》典故，至少就有十数个。

弱丧 见《庄子·齐物论》:“长梧子曰:‘予恶乎知说生之非惑邪？予恶乎知恶死之非弱丧而不知归者邪？”注:“少而失其故居，名为弱丧。夫弱丧者，遂安于所在而不知归于故乡也，焉知生之非乎弱丧，焉知死之非乎还归而恶之哉！”(刘文典《庄子补正·齐物论》)

风波 见《人间世》:“夫言者，风波也；行者，实丧也。风波易以动，实丧易以危。”

物迁 见《德充符》:“审乎无假，而不与物迁。”注:“审乎己之无可瑕疵，斯任物自迁，而无役于物也。”(王先谦《庄子集解·德充符》)

采真、游理、苟简、逍遥 见《天运》:“古之至人，假道于仁，托宿于义，以游逍遥之墟，食于苟简之田，立于不贷之圃。逍遥，无为也；苟简，易养也；不贷，无出也。古者谓是采真之游。”

牛全、踟蹰 见《养生主》:“始臣之解牛之时，所见无非牛者，三年之后，未尝见全牛也。”“为之四顾，为之踟蹰满志。”

忘筌 见《外物》:“筌者，所以在鱼，得鱼而忘筌。蹄者，所以在兔，得兔而忘蹄。言者，所以在意，得意而忘言。吾安得忘言之人而与之言哉！”而重玄和亹亹，又见《老子》和《易经》。

大量运用《老》《庄》典故，使诗篇极为晦涩难懂，即便是被人评为诗旨遥深的阮籍，若面此诗，也当会自叹弗如而赧颜搁笔的。总之，这样的玄言诗，仅仅是一篇既无理趣，又缺感情，也乏文采，既不能以理服人，又不能以情动人，也不能以言感人的宣传老庄思想的韵文，实际上是算不得什么诗的。刘熙载《诗概》云："钟嵘《诗品》称'孙绰、许询、桓、庾诸公诗皆平典似《道德论》'。此由乏理趣耳。"按，"乏理趣"，仅似钟嵘所说的"平"，而《诗品》所评之"典"，刘氏则未顾及。刘氏论玄言诗只言"平"而不及"典"，不合《诗品》原意。《吕校》注"平典"为平淡，亦不全面。据上之例所言，平典，当释为平淡典奥。

七、道家

《古笺》《许疏》《向释》等注《诗品序》"郭景纯用俊上之才变创其体，刘越石仗清刚之气赞成厥美"时，多引《世说新语·文学》注之檀道鸾《续晋阳秋》"至过江佛理尤盛，故郭璞五言，始会合道家之言而韵之……"等语以释。这本无可非议，但是他们又引黄侃《诗品讲疏》云："据檀道鸾之说，是东晋玄言诗，景纯实为之前导，恃其才气奇肆，遭逢险难，故能假玄言以写中情，非夫抄录文句者所可拟况。"以檀道鸾所说的景纯"始会合道家之言而韵之"的道家为老庄之道家，则大可商讨。

按，余嘉锡《世说新语笺疏》：

《诗品》(评王济)谓"王武子辈诗贵道家之言"，与此(指《续晋阳秋》)所谓道家，名同而实异。武子所贵，即是老庄。以其属于诸子九流中之道家，故《诗品》之言云尔。此之所指，则东汉以后之神仙家言托于道家者也。会合云者，取老庄玄胜之谈合之于神仙轻举之说耳。刘勰、钟嵘之徒，论诗及于景纯，必举《游仙》之篇。檀氏此言，固当不异。景纯《游仙诗》今存者十四首。除昭明所选外，见于《类聚》七十八、《初学记》三十三者，凡七首。《古诗纪》四十一汇而录之。观其所咏漆园傲吏，高蹈风尘；颍阳高人，临河洗耳。因微禽之变，而哀吾生之不化；睹杂悬之至，而惧风暖之为灾。言或出于《南华》，义实取之柱下。至于征文数典，驱策群言，若赤松、容成之伦，浮丘、洪崖之辈，非本刘向之传，即采葛洪之书，此其合庄老与神仙为一家之证也。刘勰尝言："正始明道，诗杂仙心。"则景纯此体，实滥觞于王、何而加以变化，与王济、孙楚辈，同源而异流。特其文采独高，彪炳可玩，不似平叔之浮浅，永嘉之平淡耳。若谓景纯之诗，为合佛理与道家而韵之，则不独《游仙》诸篇，无一字出于梵典，即赠温峤、潘尼诸诗（亦见《类聚》及《古诗纪》），亦无片语涉及金仙也。

余先生释郭璞"始会合道家之言而韵之"之意甚笃，可纠黄氏《诗品讲疏》之失。李丰茂亦云："檀道鸾所说'始会合道家之言而韵（按，当作咏）之。'应该不完全如黄季刚《诗品讲疏》所解的'东晋玄言诗，景纯实为前导。'"[①] 此说虽得，但不及《笺疏》贴切。

八、刘越石赞成厥美

见《诗品序》。《陈注》《古笺》《吕校》《向释》对钟嵘此论并无异议，而《许疏》则云："《诗源辩体》卷之五曰：'钟嵘云：永嘉诗贵黄老，至刘越石仗清刚之气赞成厥美'云云，此论甚详。予考永嘉以后，传者绝少，故不能备述。但刘越石前与潘陆同时，今谓永嘉而后，景纯变创，越石赞成，则失考矣。"《叶释》《萧译》《徐译》等亦同。

按，《许疏》等之说实误。考刘琨生于271年（刘琨生卒有不同说法，见本书第二章，今取第一说），卒于318年；郭璞生于276年，卒于324年。二人基本同时，刘之"赞成"郭之"变创"因而成为可能。又，刘琨虽前与潘岳（卒于300年）、陆机（卒于303年）有交往，但那是刘琨早年。刘琨《答卢谌书》：

昔在少壮，未尝检括。远慕老庄之齐物，近嘉阮生之放

① 李丰茂：《郭璞〈游仙诗〉变创说之提出及其意义》，载《古典文学》第六集，学生书局1983年12月印行。

> 旷。……自顷辀张，困于逆乱，国破家亡，亲友周残，块然独坐，则哀愤两集；负杖行吟，则百忧俱至。……然后知聃周之为虚诞，嗣宗之为妄作也。

由此可知，刘琨的生活、思想和诗文风格，前后是有很大变化的。他的这种变化与郭璞之变创，在诗史上的意义同样是巨大的。故钟嵘此论，实为有据，不当非议。

［补正］

杨明《译注》亦谓《诗源辩体》之说“未谛。刘琨、郭璞大体同时，刘之生年略早于郭”云云。

九、太元

《诗品序》云：“逮义熙中，谢益寿斐然继作。”注家多引沈约《宋书·谢灵运传论》“叔源大变太元之气”以释。《许疏》认为“太元”乃《太玄》，谓指扬雄《太玄经》。

按，《许疏》误。“太元”，当指东晋孝武帝司马曜年号，凡二十一年（376—396）。郭绍虞主编《中国历代文论选》即作此释，不误。又，邢劭《萧仁祖集序》：“昔潘陆齐轨，不袭建安之风；颜谢同声，遂革太原之气。”“太原”即“太元”。以“太元”与“建安”对举，指年号无疑。李善注《文选·宋书谢灵运传论》谓“太元，晋武帝年号”，亦误。不过胡克家《文选考异》已作订正了。

一〇、夫四言文约意广，取效《风》《骚》，便可多得，每苦文繁而意少，故世罕习焉

按，《诗品序》此论，于数行之内，或云“文约意广”，或谓“文繁意少”，语若剌背，言似乖谬。注家于此，亦异说纷纭，无适无莫，

论而难辩，颇欠圆通。今则稍作征引，以释其相反相顺、语背意向之旨。

文约意广 专论四言诗的典范《诗经》的特色。《文心雕龙·物色》:“皎日彗星，一言穷理；参差沃若，两字穷形；亦以少总多，情貌无遗矣。”李白“兴寄深微，五言不如四言”(《本事诗》)。费锡璜《汉诗总说》:“周诗敛约之至。”康有为《日本杂事诗序》:“三家诗之说，则诗篇虽简，诗说极多，一经或至百余万言。凡一章一句之所涵托，义旨无穷。”都是说的这个意思。实际也正是如此，就《诗经》十五国风一百六十篇而言，总共只有四百八十二章，二千一百八十六句，每篇平均不到十六句、六十四字，比后来的四言诗短多了。

取效《风》《骚》，便可多得 杨慎《升庵诗话》卷一引此，“《风》《骚》”作“《风》《雅》”。按，《风》《骚》连文是六朝人论诗赋体源之常语。沈约《宋书·谢灵运传论》:“自汉至魏四百余年，辞人才子文体三变……源其飚流所始，莫不同祖风骚。”《世说新语·文学》注引《续晋阳秋》:“自司马相如、王褒、扬雄诸贤，世尚赋颂，皆体则风骚。”即是显例。记室“取效《风》《骚》”之义本此，杨慎作“风雅”，误。“便可多得”，指可把四言诗写得很长。《萧译》此作“便可以写出很多作品”，《徐译》此作“便可多有所得”，都与下文“每苦文繁而意少”之意不合。

文繁而意少 指《诗经》之后四言诗的特点，如曾被誉为“四言之始”的汉代二韦之作，即是如此。韦孟的《讽谏诗》多至一百零八句，长度是“国风”的六倍以上，《在邹诗》也有五十二句，韦孟六世孙韦玄成的《自劾诗》亦有七十六句。文字之繁，前所罕有。至其兴托，评论谓如同嚼蜡。王士禛《带经堂诗话》云:“韦孟等作有何兴寄？但如嚼蜡耳。”牟愿相《小澥草堂杂论诗》亦云:“四言始于韦孟作，始，可耳，必尊而奉之，过矣。先辈如徐昌谷、王贻上皆不满韦孟作，比之嚼蜡，最为特见。”而王闿运《诗法一首示黄生》则认为:“汉人四言，乃是箴铭一类，有韵之文耳，非诗也。”诸家所评，正可作钟嵘“文繁而意少”的注脚。再如，建安时期的王粲，是大家公认的著名的四言诗作者，但他的《赠蔡子笃诗》四十二句，《赠士孙文始诗》五十八句，《赠文叔良诗》四十六句，《为潘文则作思亲诗》五十六句。这四首四言共二百零二句，每首平均在五十句、二百字以上，比“国风”长三倍还多。许学夷《诗源辩体》卷三云：

> 韦孟四言《讽谏》、韦玄成四言《自劾》等诗，其体全出《大雅》。然《大雅》虽布置联络，实不必首尾道尽，故从容自如，而义实宽广。韦孟、韦玄成，先后布置，事事不遗，则矜持太甚，而义亦窘迫矣（下流至曹子建、王仲宣四言）。

按，伯清亦谓曹、王四言有二韦等“事事不遗”之失。比《诗源辩体》早出的胡应麟《诗薮》亦谓：“临淄《矫志》，大类铭箴；邯郸答赠，无殊简牍。”至如晋代之四言，更是“文繁意少”的典型之作。胡应麟《诗薮》内编卷一云：

> 晋诸作者，浮慕《三百》，欲去文存质，而繁靡板垛，无论古调，并工语失之。今观二陆（机、云）、潘（岳）、郑（丰）诸集，连篇累牍，绝无省发，虽多奚为？

又云：

> 士龙兄弟，泛滥靡冗，动辄千言，读之数行，掩卷思睡。说者谓五言之变，昉于潘陆，不知四言之亡，亦晋诸子为之也。宋齐颜谢，递相祖述，遂成有韵之文。梁、陈、隋氏弃而不讲。风雅湮没，匪朝夕矣。

许学夷《诗源辩体》卷三谓“潘陆四言，联比牵合，荡然无情”。这些评语虽激烈，却不过分。陆机今存四言诗六首，共四百五十句，每首平均七十五句、三百字。陆云“四言偏多”（张溥《汉魏六朝百三名家集题辞》），包括失题和残篇凡二十五首，一千五百一十二句，每首平均在六十句、二百四十字以上。郑丰有《答陆士龙诗》四首，计二百二十六句，每首平均五十四句半、二百二十六字。潘岳有四言诗三首：《关中诗》一百四十八句，《为贾谧作赠陆机诗》八十八句，

《北芒送别王世胄诗》四十句，凡二百七十六句，每首平均九十二句、三百六十八字。《诗源辩体》卷四谓：二陆与安仁四言“多以碑铭为诗”。何焯《义门读书记》卷二评潘岳《为贾谧作赠陆机诗》“发端太远”。叶矫然《龙性堂诗话初集》云：

> 潘安仁《代贾谧赠士衡诗》，前辈有谓其发端四韵源流太远者，殆非也。潘意铺扬晋得天统，历叙皇王，以诋吴国之僭耳。然溯羲、轩迄周、汉，反遗却唐、虞，立言殊不知务。且发端二十余句，如二仪、八象、九有、六国、四隅、三雄等语，堆叠满纸可厌，远不及陆之报章，典缛多风，琅琅可诵也。

看来，潘岳殆与颜之推所讥之买驴博士差不多：“博士买驴，书卷三纸未有驴字。”（《颜氏家训·勉学篇》）又，厉志《白华山人诗说》云：“六朝专事铺陈，每妨于词繁意寡。”可见，不止晋代四言如此，宋齐梁陈也绳继不改矣。

为什么《诗经》以后的四言诗，会出现“文繁意少”呢？钟嵘未加深论。《文心雕龙·情采》则云：“为情者要约而写真，为文者淫丽而烦滥。”刘勰此论，甚中肯綮。后之持是论者亦代不乏人。王世懋《艺圃撷余》：“潘陆而后，虽为四言诗，联比牵合，荡然无情。”庞恺《诗义固说》卷上云：“晋诗不取达意而徒骛文辞，堆砌排比，虽多奚为？”又，卷下云：“晋人去魏不远，乃不以达意为诗，而以修辞为诗，意不中出，而辞由外来，诗遂亡。”牟愿相《小澥草堂杂论诗》：“潘陆直是无情，最为下劣。”乔亿《剑溪说诗》卷下：“迨陆士衡以赡博称，效尤者递降而下，以多为贵，而诗旨微矣。”他们都指出了潘陆四言使人掩卷思睡、味同嚼蜡的症结所在。

一一、五言居文辞之要，是众作之有滋味者也，故云会于流俗

语见《诗品序》。《萧译》云：要，枢要，重要地位。《向译》云：

要，主要。《徐译》云：要，关键，主宰。

按，要，《说文》云："身中也。"扬雄《太玄·达》"不要止洫作否"，注："要，中也。"故要有中义。五言居文辞之要，即说五言居文辞之中，指五言和一二三四六七八九言相比，在字数上不多不少，正在中间。胡应麟《诗薮》内编卷二云：

> 四言简质，句短而调未舒；七言浮靡，文繁而声易杂。折繁简之衷，居文质之要，盖莫尚于五言。故三代而下两汉以还，文人艺士，平生精力，咸萃斯道。至有一篇之善，半简之工，名流华绾，誉彻古今者。

刘大白《中诗外形律详说》亦云：一停（一句）中所含的音数（字数）太少，便嫌太短，过多则嫌太长。这是因为一停的长短——就是一停中所含音数的多少，和人的呼吸很有关系。如果音数太少而成一个较简单的停，读起来便觉停顿过骤，呼吸迫促，所以四音停已经觉得较短，三音停更嫌其短了。反过来，要是音数太多而成为一个较长的停，读起来又觉得停顿过稀，呼吸迟缓。因此，八音以上的停，音节繁而且弛，有太长的弊病。……因此，咱们可以知道，中国诗篇中所以多用五音调、七音调，而且只有五、七言的律诗和排律，是一种自然淘汰的结果，是合乎适者生存的原则的。四音停和六音停不能在诗篇中占得五音停、七音停的同等地位，只好用诗篇的支流（四六赋和四六文）方面以连合着参差相间的形式去发展。胡、刘二氏之论比钟嵘更进一步说明了五言体有滋味、合流俗的主要原因。

一二、李仲蒙论赋比兴

《诗品序》"文已尽而意有余兴也"，《许疏》注引丁福保刊《升庵诗话》卷十二《赋比兴》条李仲蒙曰云云。

按，李仲蒙论赋比兴语，见胡寅《斐然集》卷十八《致李叔易书》。王应麟《困学纪闻》卷二、王世贞《艺苑卮言》卷一等亦引之。

李仲蒙（1020—1069），名育，河南人，进士甲科第四名及第。事迹见苏轼《李仲蒙哀词》(《苏轼文集》卷六十三)、叶梦德《避暑录话》等。《许疏》当引比《升庵诗话》早出的胡寅所录李仲蒙语。

一三、味之者无极

语见《诗品序》。逯钦立云:“韩氏群书考索本，味作咏，于义较长，可从。”①

按，味，一本作咏，《吕校》失之，当补。但是，逯氏之说可商。“味之者无极”与《诗品上》评张协之“使人味之，亹亹不倦”，意正相同，作味字是。

一四、嬉成流移

语见《诗品序》。《吕校》云：成，萃编本误作戏。《萧译》云：嬉成，不严肃认真，草率从事。

按，成，当从萃编本作戏。成、戏形近易混。嬉、戏二字同义。许慎《说文》云:“娭，戏也。”朱骏声《说文通训定声》云:“亦作嬉。《方言》十一：沅江之间，‘戏’谓之‘嬉’。《仓颉篇》:‘嬉，戏笑也’。”二字连文，古籍屡见。如《史记·律书》:“自年六七十翁，亦未尝至市井，游遨嬉戏，如小儿状。”刘向《别录》:“蹴鞠者……皆因嬉戏而讲习之。”《古诗为焦仲卿妻所作》:“初七及下九，嬉戏莫相忘。”王僧虔《诫子书》:“汝辈窃议，亦当云阿越不学，在天地之间可嬉戏，何忽自课谪。”其义皆作玩乐解。流移，见《后汉书·桓帝纪》“建和三年”诏:“民有不能自振及流移者，禀谷如科。”指流亡迁移。钟嵘借此二词比喻诗人所写诗篇如人之到处玩乐、四方流浪而

① 逯钦立:《钟嵘诗品丛考》,《现代学报》第一卷第九、十合刊，1949年。

无所依归。

一五、嘉会寄诗　离群托诗　杀气雄边　陈诗展义

嘉会寄诗　六朝习俗。王元长《三月三日曲水诗序》即云："有诏曰：'今日嘉会，咸可赋诗。'""寄诗"之"寄"，如《战国策·东周策》"寄径"之"寄"，作"借"字解。

离群托诗以怨　《叶释》云：未详。按，谢灵运《登池上楼》："索居易永久，离群难处心。"言独居易感时日长久，离群难使自己安心。人逢此境，当赋诗以抒怨情。如挚虞《答杜育诗》即云："老夫灌灌，离群索居。怀恋结好，心焉怅如！"潘尼《赠汲郡太守李茂彦诗》亦云："离索何惆怅，后会未可希。河朔贵相忘，歧路安足悲。"皆是"离群托诗以怨"之证。

杀气雄边　《萧译》云：形容边塞上雄壮的格斗气氛。按，雄边，语出《汉书·序传》："（班壹）以财雄边。"颜师古注："班氏以多财而为边地之雄豪。"准此，则"负戈外戍，杀气雄边"当译为负戈戍边者以高昂的士气、旺盛的斗志称雄于边塞之上。

陈诗展义　《萧译》引《礼记·王命》"命太师陈诗以观民风"以释。按，此陈诗即赋诗、作诗，与《礼记》之作献诗者不同。陈诗与展义连用，系六朝常语。谢朓《齐敬皇后哀策文》："顾史弘式，陈诗展义。"裴子野《雕虫论序》："宋明帝博好文章……每国有祯祥及行幸宴集，辄陈诗展义，且以命朝臣。其戎士武夫，则托请不暇，困于课限，或买以应诏焉。"又，颜延之《三月三日曲水诗序》："展诗发志，则夫诵美有章，陈言无愧者欤。"据此可见，陈诗又作展诗。展陈二字有时义同，故可互易。

又，嘉会寄诗以亲、离群托诗以怨云云，是在论述诗人作诗之由，涉及创作动机问题。现代人们把文学艺术的创作动机分为缺乏性动机和丰富性动机。一般说来，缺乏性动机占多数。缺乏性动机往往表现

为一种忧患意识。钟嵘这里把创作之由分为两种情况，而在具体论述时又以“离群托诗以怨”为重点，其与现代文论有不谋而合之处。

[补正]

按，韩国李徽教亦引谢灵运《登池上楼》“索居易永久，离群难处心”二句以释“离群托诗以怨”，而王叔岷《笺证稿》则又增引江淹《别赋》“有别必怨”云云。

一六、才能胜衣，甫就小学，必甘心而驰骛焉。于是庸者杂体，人各为容

驰骛 语见《离骚》：“忽驰骛以追逐兮，非余心之所急。”各注未笺。

又，旧注多引裴子野《雕虫论》“闾阎年少，贵游总角，罔不摈落六艺，吟咏情性”（《文苑英华》卷七百四十二）以证钟嵘此论之实。其实，宋齐梁三代名流多如此：谢庄七岁能著文，谢贞八岁即有《春日闲居》五言诗，谢几卿时号神童，谢惠连十岁能著文，谢朏亦十岁能著文，谢举十四岁即有《赠沈约诗》；王筠七岁能著文，王规少时被称为千里驹；刘显六岁，张融称之为神童，刘孝绰七岁能属文，号为神童，刘孺七岁能著文，刘歊亦被谓为神童，刘之遴八岁能属文；陆云公之子陆琼六岁为五言诗颇有辞彩，号为神童，陆从典八岁读《沈约集》见回文，拟之便有佳致；江淹六岁能诗，江革六岁能属文；范云六岁读《毛诗》，日诵九纸；徐勉六岁能属文；何逊八岁能赋诗；庾肩吾八岁能赋诗；顾野王九岁能属文；裴邃十岁能属文；张率十二岁能属文，常日限为诗一篇；梁简文帝七岁有诗癖，长而不倦。

杂体 《萧译》释为“杂乱的体式”。按，杂体，在六朝隋唐专指回文、离合、双声叠韵等以游戏为目的的诗体（皮日休《杂体诗序》）。胡应麟、毛先舒、刘师培也持这种看法。胡应麟《诗薮》外编卷二云：

> 诗文不朽大业，学者雕心刻肾，穷昼极夜，犹惧弗窥奥妙，

而以游戏废日，可乎？孔融《离合》、鲍照《建除》、温峤《回文》、傅咸《集句》，无补于诗而反为诗病。自兹已降，摹仿实繁，字谜、人名、鸟兽、花木，六朝才士集中不可胜数。诗道之下流，学人之大戒也。

毛先舒《诗辩坻》云：

大言、小言，故属诗派，了无危语，亦归韵文。纤纤、杂组，诗谜肇端，离合、姓名，拆白缘起。又有五平、五仄、叠数、回文、药名、集句，连类莫殚。近世复有牙签凑字，八音限韵，正复巧同楮叶，戏类棘门。文章儇习，雅道所戒。

刘师培《中古文学史讲义·宋齐梁陈文学概论》云：

观齐梁人所存之诗，自离合诗、回文诗、建除诗以外，还有四色诗、八音诗、数名诗、州郡名诗、药名诗、姓名诗、鸟兽名诗、树名诗、草名诗、宫殿名诗各体。

但三人所列，远非全备。属杂体诗者，齐梁之间尚有门诗、星名诗、五杂俎诗、十喻诗、五字叠韵诗、细言诗、六忆诗、八咏诗、大垂手诗、小垂手诗、十空诗、卦名诗、将军名诗、屋名诗、车名诗、船名诗、歌曲名诗、针穴名诗、龟兆名诗、相名诗等。至陈又有六府诗、六甲诗、十二属诗、星名从军诗、山卦名诗等。据粗略统计，这类杂体共有四十余种之多。

又按，当时不仅诗体丛杂，就是书体也极为繁乱，有所谓百体之号。庾元威《论书》云：

齐末，王融图古今杂体，有六十四书，少年崇仿，家藏纸贵……湘东王遣沮阳令韦仲定为九十一种，次功曹谢善勋增其九法，合成百体。……今所不取。余经为正阶侯书十牒屏风作百体，间以采、墨……其百体者：悬针书、垂露书、秦望汲家书、金鹊书、玉文书、鹄头书、虎爪书、倒薤书、偃波书、幡信书、飞白篆古顽书、籀文书、奇字、谬篆、制书、列书、日书、月书、风书、云书、星隶、填隶、虫食叶书、科斗书、署书、胡书、蓬书、相书、天竺书、转宿书、一笔篆飞白书、一笔隶飞白草、古文隶横书、楷书、小科书，此五十种皆纯墨。玺文书、节文书、真文书、符文书、芝英隶、花草隶、幡信隶、钟鼓隶、龙虎篆、凤鱼篆、骐麟篆、仙人篆、科斗虫篆、云篆、虫篆、鱼篆、鸟篆、龙篆、龟篆、虎篆、鸾篆、龙虎隶、凤鱼隶、麟凤隶、仙人隶、科斗隶、云隶、虫隶、鱼隶、鸟隶、龙隶、龟隶、鸾隶、蛇龙文隶书、龟文书、鼠书、牛书、虎书、兔书、龙草书、蛇草书、马书、羊书、猴书、鸡书、犬书、豕书，此十二时书。已上五十种，皆采色。其外复有大篆、小篆、铭鼎摹印、刻符石经、象形篇章、震书、倒书、反左书等。及宋中庶宗炳出九体书，所谓缣素书、简奏书、笺表书、吊记书、行押书、揖书、藁书、半草书、全草书，此九法极真草书之次第焉。删舍之外，所存犹一百二十体。

相比之下，诗犹小巫。

又按，当时不仅诗、书体杂，就是绘画也杂体丛出。《论书》即云：

宗炳又造画瑞应图，千古卓绝。王元长颇加增定，乃有虞舜獬豸、周穆狻猊、汉武神凤、卫君舞鹤、五城、九井、螺杯、鱼砚、……玉英、玄圭、朱草等，凡二百一十物。余经取其善草、嘉禾、灵禽、瑞兽、楼台、器服可为玩对者，盈缩其形状，参详其动植，制一部焉……杂体既资于画，所以附于书末。

以前论《诗品》者仅言诗有杂体而致钟嵘作《诗品》，不知其时之《书品》《画品》之作亦与书、画杂体之出有关，故不惜旁稽博考以详论之。

人各为容 容，这里作法则解。《老子》："孔德之容。"《释文》引钟（会）注云："容，法也。"《梁书》及《南史》《钟嵘传》和"全梁文本"、"集成本"，此句作"各为家法"，即是对"容"字之释。彭铎云："或姚氏（《梁书》作者姚思廉）以意改之。"[①] 苏彦《苏子》云："哀王道，伤时政，莫过乎《诗》……载百王，纪治乱，莫过于《史》《汉》。孟轲之徒，溷淆其间。世人见其才易登，其意易过，于是家著一

① 彭铎：《诗品注补》，《甘肃师范大学学报》1964 年第 1 期。

书，人书一法。”（严可均《全晋文》）“人书一法”即“人各为容”之意。

一七、谓鲍照羲皇上人……师鲍照，终不及“日中市朝满”；学谢朓，劣得“黄鸟度青枝”

《陈注》云：“此盖讥鲍诗之古直也。”

按，《陈注》误。《中国历代文论选》注此云：“谓时人推崇鲍照，将他比作羲皇上人，以表示他在诗坛有崇高地位。”[①] 此说极是。《许疏》《萧译》《吕校》《向释》《徐译》同此，不误。

师鲍照，终不及“日中市朝满”《四库全书总目提要》卷一四八“《鲍参军集》”条：“钟嵘《诗品》云：‘学鲍照，才能日中市朝满；学谢朓，劣得黄鸟度青枝。’今集中无此一句。”

按，“日中市朝满”，语见鲍照《结客少年场行》。全诗出《文选》卷二八《乐府下》。《诗纪别集注》早已指出。

学谢朓，劣得“黄鸟度青枝”　陈师道曰：“谢朓云：‘黄鸟度青枝’，语巧而弱。”（仇兆鳌《杜诗详注》引）吴骞曰：“黄鸟句未见谢集，不知出何诗也。”（《拜经楼诗话》卷三）

按，《诗纪别集注》云：黄鸟句，见“虞炎《玉阶怨》”。谢朓也有《玉阶怨》，故旧注多以为“黄鸟”句是虞炎学谢朓《玉阶怨》。惟逯钦立《钟嵘诗品丛考》曰：“虞炎《有所思》云：‘黄鸟度青枝。’仿谢之《侍宴华光殿诗》‘叶依黄鸟’句。”按，逯氏《先秦汉魏晋南北朝诗·虞炎集》无《有所思》而有《玉阶怨》，“黄鸟”句正属《玉阶怨》。今作《有所思》，是用《玉台新咏》之名也。

一八、伯牙

《诗品序》“淄渑并泛”，《萧译》注云：“传说淄渑二水味道不同，

---

① 郭绍虞主编：《中国历代文论选》，上海古籍出版社1979年版，第一册，第314页。

汇合后一般人难于分辨，只有伯牙能够辨别其不同滋味。”

按，伯牙当作易牙。伯牙是春秋时期著名琴师，和钟子期是一对知音，事见《吕氏春秋·本味》《说苑·尊贤》《文选·报任少卿书》等；易牙才是辨味专家，《淮南子·氾论》：“臾儿、易牙，淄渑之水合者，尝一哈水，而甘苦自知矣。”《道应》：“孔子曰：‘淄渑之水合，易牙尝而知之。”易牙又可作狄牙。《大戴礼记·保傅篇》《法言·问神篇》《文选·琴赋》《北齐书·颜之推传》，并作狄牙。狄、易古通，如简狄，《诗纬》即作简易。故易牙改作狄牙也可，却不可作伯牙。

［补正］

按，王叔岷《笺证稿》注此条云：

古直云：“《列子·仲尼篇》：‘口将爽者先辨淄渑。’张湛注：‘淄水出鲁郡莱芜县，渑水西自北海郡千乘县界流至寿光县，二水相合。’殷敬顺《释文》：‘淄渑水异味，既合，则难知。’……古氏所引《列子》晋张湛注，乃唐殷敬顺《释文》。所引《释文》乃张注。盖失检。”

王叔岷先生此稿撰于耄耋之年，竟能如此仔细负责，真值得吾辈永远学习。

一九、八纮既奄，风靡云蒸

见《诗品序》。各注多言奄为覆盖之意。

八纮既奄 《诗经·大雅·皇矣》：“奄有四方。”马瑞辰《毛诗传笺通释》云：“奄，同也。”《尚书·大禹谟》：“奄有四海。”孔安国《传》云：“奄，同也。”故八纮既奄，即八方既同之意。

云蒸 言人才云集，见班固《典引》：“海内云蒸。”《后汉书》李贤注云：“如云之蒸，言天下英杰为汉者多矣。”

[补正]

按,《北史 · 文苑传》:“开四门以宾之，顿八纮以掩之。邺都上下，烟霏雾集。”亦是此意。

二〇、仆少小所著辞赋一通相与夫街谈巷说

《诗品序》“农歌辕议”,《向释》注引曹植《与杨德祖书》:“仆少小所著辞赋一通，相与夫街谈巷说。”

按,《向释》所引曹植《与杨德祖书》的文字和标点当作:“今往仆少小所著辞赋一通相与。夫街谈巷说，必有可采……”《向释》引文的标点亦有所本[①]，但早已有人指出其误[②]，不知《向释》何以不从?

[补正]

按，柳宗元《与友人论为文书》:“今往仆所著赋颂碑碣文记议论书序之文凡四十八篇合为一通，想令治书仓头吟辨之也。击辕拊缶，必有所择，顾鉴视其何如耳，还以一字示褒贬焉。”即袭曹植《与杨德祖书》句义。其标点则可在“一通”处点断。“一通”，一本、一编、一份也。《世说新语 · 文学》(第九十条)云:“裴郎作《语林》，始出，大为远近所传。时流少年，无不传写，各有一通。”亦“一本”之义也。

又，王叔岷《笺证稿》引《叶释》云:“曹子建《与杨德祖书》曰:‘今往，仆少小所著辞赋一通，相与夫街谈巷议，必有可采。’”王氏也不当在“往”字和“通”字下点断，而当在“相与”下断句。杨明照师《文心雕龙校注拾遗》(第 333 页)亦在“一通”处点断，也似不妥。范文澜《文心雕龙注 · 明诗》引此则不误。不过，郭锡良释“一通”为“一篇”，若参以柳宗元之文，则不妥。

---

① 《文选》，中华书局 1977 年版。

② 郭锡良等编:《古代汉语》(中册)之《古书的标点问题》，商务印书馆 1999 年版。

又，各家注“抱玉者联肩，握珠者踵武”时，除引曹植《与杨德祖书》、萧纲《与湘东王书》等外，还当引庾信《赵国公集序》：“昔者，屈原、宋玉始于哀怨之深；苏武、李陵生于离别之世。自魏建安之末，晋太康以来，雕虫篆刻，其体三变。人人自谓握灵蛇之珠，抱荆山之玉矣。”（《全北周文》卷十）

二一、清晨登陇首

语见《诗品序》。《陈注》《古笺》《许疏》《叶释》等皆未注其出处。《许疏》云：“案吴均《答柳恽》首句云：‘清晨发陇首’，沈约《有所思》起句云：‘西征登陇首’，仲伟殆误合二句为一句耶？”

按，逯钦立《古诗纪补正叙例》云：

> 《诗品》总序云：“‘清晨登陇首’，羌无故实。”向来笺注《诗品》者，视为疑窦，或曰未详，如古直《钟记室诗品笺》之类是也。今案《北堂书钞》百五十七引张华诗曰：“清晨登陇首，坎廪行山难。岭阪峻阻曲，羊肠独盘桓。”知《诗品》所引，乃茂先诗也。笺注者皆失考。[①]

逯先生此文写于1942年，后之注《诗品》者，多从此。

二二、大明　泰始

《陈注》云：“大明，宋武帝年号。”“泰始，宋废帝年号。”误。

大明　宋孝武帝刘骏年号大明，凡八年（457—464）；宋武帝刘裕年号仅有永初，计三年（420—422）。宋武帝和宋孝武帝，不可混为一谭。

泰始　宋明帝刘彧年号，计七年（465—471）。宋之废帝有二：前废帝刘子业，在位仅一年，年号为永光、景和，是465年；后废帝

① 逯钦立：《汉魏六朝文学论集》，陕西人民出版社1984年版。

刘昱，在位不到五年，年号为元徽（473—477）。

［补正］

按，王叔岷《笺证稿》引陈延杰误说后云：“叶长青说同。”叶长青之误，笔者亦未发现。王氏还引李徽教云：“大明，宋孝武帝第二年号（457—464）；泰始，宋明帝第一年号（465—471）”后云：“按，李说是。”

二三、疏而不切

见《诗品序》。《萧译》《向释》及曹旭《集注》谓疏为褒语，如《萧译》云：“疏，指文理疏通。”《吕校》则以为贬词：批评《翰林论》粗略不切实。

按，《诗品序》评各家文论：

> 陆机《文赋》，通而无贬；李充《翰林》，疏而不切；王微《鸿宝》，密而无裁；颜延论文，精而难晓。

通、疏、密、精，当是褒词；无贬、不切、无裁、难晓，才是贬语。故对疏字之释当以萧、向之说为是。疏，《广雅·释诂》云：“通也。”而《说文》亦云：“通也。”据此，则疏而不切之疏，与通而无贬之通，当是意同而字殊；和下文密而无裁之密，也不是一对反义词。

二四、三祖

《陈注》云：“《魏志》曰：明帝青龙四年，有司奏武皇帝为魏太祖，文皇帝为魏高祖，明皇帝为烈祖也。”

按，《三国志·魏书·明帝纪》“景初元年（237）”载：六月丁未（按，《晋书·礼志上》《宋书·礼志三》亦皆作景初元年六月）“有司奏武皇帝拨乱反正，为魏太祖，乐用武始之舞；文皇帝应天受命，为魏高祖，乐用咸熙之舞；帝制作兴治，为魏烈祖，乐用章武（按，武当作斌）之舞。三祖之庙，万世不毁。”据此，则《陈注》作青龙四年（236），误。裴注引《魏书》曰：“甲子诏曰：‘其改青龙五年（237）三月为景初元年四月。”因此，即便以青龙计年，“三祖”之建庙，亦当在青龙五年。又按，《陈注》所引《魏志》云云，出于《文选》沈约《宋书·谢灵运传论》之李善注。故《陈注》之误，本自李善。胡克家《文选考异》无校，亦误。

二五、沈林之

《诗品序》“三贤或贵公子孙”，《吕校》注云：“沈约的祖父沈林之为宋征虏将军。”

按，沈约《宋书·自序》及《南史·沈约传》皆云沈约的祖父为沈林子。

二六、惊绝

见《诗品上》。《萧译》云：六朝人习用语，绝妙之意。如王僧虔《论书》：“唯见其笔力惊绝耳。”

按，惊绝一词，历代乐用。鲍照《芙蓉赋》：“禀若华之惊绝”；《文镜秘府·论文意》：“宣城公情致萧散，词泽义精，至于雅句殊章，往往惊绝”；方孝孺《张彦辉文集序》：“子瞻……其文常惊绝一世，不为婉昵细语”；许学夷《诗源辩体》，“宋玉《招魂》，语语惊绝，唐勒《大招》，虽仿其体制而文采不及”；沈德潜《说诗晬语》：“起手贵突兀，王右丞‘风劲角弓鸣’、杜工部‘莽莽万重山’、‘带甲满天地’、岑嘉州‘送客飞鸟外’等篇，直疑高山坠石，不知其来，令人惊绝。”这五个惊绝，当与僧虔、记室所用之义相类，皆是惊异之极之谓。

（一）鲍照《芙蓉赋》写荷花。骤见“出水芙蓉”者，是会感到极度惊异即惊绝的，故鲍照用此。又，鲍照此赋还有“访群英之艳绝”一语，“艳绝”和“惊绝”，词法相同。艳绝，艳丽之极，则惊绝，即当为惊异之极。

（二）《文镜秘府》评谢宣城诗“往往惊绝”，与《诗品中》评其诗“奇章秀句，往往警遒，足使叔源失步，明远变色”极似。《诗品》“警遒”之警即同于惊。殷璠《河岳英灵集》评常建诗“思既邈古，词又警绝”，“警绝”亦即“惊绝”。考“叔源失步，明远变色”，正是谢混、鲍照受惊的结果。所以，李白说宣城诗有惊人句（见冯贽《云仙杂记》引《搔首集》）；而《围炉诗话》卷二亦引冯班语云：“或问如何是谢朓惊人句，答之曰：‘叔源失步，明远变色。’”因此，《文镜秘府》评谢朓之“惊绝”，也是“惊异之极”之意。

（三）方孝孺评子瞻之文惊绝一世，其惊绝也不能作绝妙解。因为按孝孺文意，和惊绝之文相对的是婉昵细语，难道子瞻的一些确属婉昵细语之文中，就无绝妙好辞了吗？显然不能这样理解。

（四）《招魂》之前部，描写天地四方的恐怖，使人惊骇之极；后部叙述故乡之美好，令人惊喜之至。故许学夷以惊绝评之。

（五）沈德潜《说诗晬语》中的惊绝，更不宜作绝妙解。因为高山坠石只能使人感到极度惊异和害怕。

（六）王僧虔《论书》中的惊绝，《南齐书·王僧虔传》引作惊异。可见萧子显至少也认为惊绝和惊异词义相近或相同。惊异，显无绝妙意，则惊绝亦不当作绝妙解。应该说，作绝妙解者，当是妙绝而非惊艳——曹丕《与吴质书》之“其五言诗之善者，妙绝时人”。

［补正］

按，此评的结构层次是总评、分评、总评。其中：“其体源出于《国风》”，是总评。分评有两部分：一是“陆机所拟诗十四首”；二是“旧疑是建安中曹王所制”的四十五首，“客从远方来”、“橘柚垂华实”二首，则包含在四十五首之中。“人代冥灭，而清音独远，悲夫”数句，又是总评。在注译《诗品》者中，《萧译》《徐译》、杨明《译注》就是这样理解的，故在“客从远方来”前加了“其中”二字；而陈元胜《辨读》则否。

二七、李陵诗源出于《楚辞》

《诗品上》李陵诗，“其源出于楚辞。文多凄怆，怨者之流”，《萧译》注云：钟嵘认为李陵诗源出于楚辞，是从内容的怨着眼的，即他是怨者之流。怨者，指忧国忧民的人。

按，王充《论衡·变动》：“《离骚》《楚辞》凄怆。”而李陵亦“文多凄怆”。所以钟嵘才说李陵出于楚辞。若是从二者之忧国忧民着眼，李陵又何尝忧国忧民呢？诚然，李陵亦有怨，但与屈原《离骚》之怨是不可同语等观的。又，《诗品上》评王粲“其源出于李陵”，也是因为王粲的“发愀怆之词”与李陵的“文多凄怆”略同。而王李之“愀怆”“凄怆”又皆源于楚辞的“凄怆”。谓李陵之源于楚辞、王粲之源于李陵，皆以诗的风格言，而不是从忧国忧民的思想内容着眼。

[补正]

王叔岷《笺证稿》注“文多凄怆”语源引车柱环、李徽教之说后，又补充了《礼记·祭义》、秦嘉《赠妇》（四言）、曹植《情诗》、王粲《从军诗》、阮籍《咏怀诗》、《乐论》等用“凄怆”一词之例，却未举最重要的王充《论衡·变动》“《离骚》《楚辞》凄怆”一则。直到曹旭《笺注》《集注（增订本）》才参《考索》而引及此。《集注（增订本）》云：旭按，“王充《论衡·变动》曰：‘《离骚》《楚辞》凄怆。’仲伟谓李陵源出《楚辞》，故‘文多凄怆’，意或本此。”

又，庾信《赵国公集序》云：“昔者，屈原宋玉，始于哀怨之深；李陵苏武，生于别离之世。”（《全北后周文》卷十）也以屈原、李陵连文共论。

又，陈元胜《辨读》从《吕校》，作“文多凄怨者流”。今证以李白《泽畔吟诗序》“忠愤义烈形于清词……其‘怨者之流’乎”，则当作“文多凄怆，怨者之流”。[①] 又，《许疏》云：“《文心雕龙·宗经》篇亦分析《易》《书》《诗》《礼》《春秋》为各种文体之源，与本书论诗源意相似。”此说是也。《诗品》论诗亦宗诗之经。在钟嵘眼里，诗体之经，即《诗三百》之《国风》《小雅》，《楚辞》之《离骚》。《国风》《小雅》是“经”，毋庸置疑；而《离骚》在汉时，即早被王逸尊为《离骚经》了。所以，《诗品上》第一条言《古诗》“其源出于《国风》”；第二条言《李陵诗》“其源出于楚辞”，皆是“宗经”的实证，这与刘勰只宗五经不同。刘勰以为《离骚》既有同于《风》《雅》者，也有异乎经典者，而《魏陈思王曹植》条，则就是“尊圣”了。至于“原道”问题，记室《诗品》开宗明义则言“文原于气”，比“文原于道”说更顺畅。

二八、向释引挚虞《文章流别志》“李陵众作，总杂不类”

《向释》云：“对李陵诗很早就有人提出真伪问题。挚虞《文章流别志》：‘李陵众作，总杂不类，原是假托，非尽陵制。至其善篇，有足悲者。’”又，《诗品序》“逮汉李陵始著五言之目矣”，《向释》也以“李陵众作”等语为挚虞所云。

按，《向释》所引挚虞之语，见《太平御览》卷五百八十六。但是，该书所标此数语之作者，不是挚虞而是颜延之，书名亦不是《文章流别志》而是《庭诰》。历代论李陵诗之真伪者引此亦多作出于颜延之《庭诰》，惟杨慎、许学夷之说有异。杨慎《升庵诗话》卷一《苏李五言诗》云：

---

① 可参拙作《结构层次：校注释译诗品的新视角（上）》，《许昌学院学报》2005年第1期。

挚虞，晋初人也，其《文章流别志》云："李陵众作，总杂不类，殆是假托，非尽陵制。至其善篇，有足悲者。"

许学夷《诗源辩体》卷三亦云：

又挚虞云："李陵众作，总杂不类，殆是假托，非尽陵制，至其善篇，有足悲者。"总杂不类，盖指《录别》；善篇足悲，乃谓《文选》所录耳。

同卷又云：

然挚虞论李陵而不及苏武，刘勰、钟嵘与昭明同时而亦不及武者，盖亦有未见耳。

杨、许二氏之说，当为《向释》所本。对于杨慎、许学夷之误，前人亦颇有拨正。北大中国文学史教研室《两汉文学史参考资料》评杨慎之说云：

杨慎所引实误。此是颜延之《庭诰》文，见《太平御览》卷五百八十六。

郑文《汉诗研究·论李陵〈与苏武〉三首诗的假托》亦云：

杨氏把颜延之《庭诰》的话，误会为挚虞《文章流别志》的话。

可惜的是，王仲镛先生《升庵诗话笺证》对杨慎此误却不予勘正，不知何故。杨慎著述疏失往往而有，胡应麟《少室山房笔丛·丹铅新录·引》即云：

杨子早岁戍滇，罕携载籍，紬诸腹笥，千虑而一，势则宜然。

此亦即杨慎千虑之一失也。

[补正]

按，王叔岷《笺证稿》(第五三页)曰："《御览》五八六引颜延之《庭诰》云：'逮李陵众作，总杂不类，元是假托，非尽陵制。至其善篇，有足悲者。挚虞《文论》，足称优洽。'据末二句，则延之之言，乃本于挚虞《文章流别论》。明杨慎《丹铅总录·诗话类》，引《文章流别论》正有此文。挚氏既言李诗'非尽陵制'，颜氏从之。则其中当有陵制者，而非全伪矣。"王氏认为此数语乃颜延之《庭诰》引挚虞语。此可备一说。但严可均《全晋文》之《挚虞集》未辑录之，盖亦以为是《庭诰》语也。

二九、刘桢诗源出于古诗

《萧译》注云：说刘桢诗源出“古诗”，不明所指。

按，钟嵘认为古诗“惊绝”，而刘桢诗亦“动多振绝”，二者都有使人极感惊异的特色（风格），故有刘桢诗“源于古诗”之说。

三〇、振绝

《萧译》释振绝为绝妙，《向释》注为振奋称绝。

按，振绝，与“评古诗”所用之“惊绝”义近。振与震通，《尚书·尧典》“震惊朕师”，《史记·五帝本纪》作“振惊朕众”；《夏本纪》“震泽致定”，司马贞《索隐》云：“震，一作振。”《荀子·正论》“莫不振动以服”，杨倞注：“振，震也。”震有惊义，见《易·系辞》陆德明《释文》引司马注、《汉书·宣帝纪》注引服虔说、《文选·东京赋》李善取薛综注等。如此，则振绝即震绝，二者皆有惊绝之义。

［补正］

按，王叔岷《笺证稿》云：“《御览》五六八引‘振绝’作‘震绝’。震、振古通，犹‘惊绝’也。”

又按，杨明《译注》云：“振绝，即震绝，意近于‘惊绝，使人惊异之极’（参王发国《诗品考索》）。”

三一、颜延年注阮籍《咏怀诗》语

“颜延年注解，怯言其志。”《萧译》云：颜延之“曾注释过《咏怀诗》，见《文选》卷二十三。他说：‘嗣宗身仕乱朝，常恐罗谤遇祸，因兹发咏，故每有忧生之嗟。虽志在刺讥，而文多隐避，百代之下，难以情测。故粗明大意，略其幽旨也。”《陈注》《古笺》《叶释》《徐译》同。如《徐译》云：“颜云‘粗明大意，略其幽志’（按，志当作旨），即钟嵘所谓‘颜延年注解，怯言其志。’”

按，《萧译》等注解所引“嗣宗身仕乱朝”数语，不是颜延年之注而是李善之言。从李善注《文选》卷二十三阮籍《咏怀诗》十七首的体例看，李善说他确实引用了颜延年、沈约等人的注解，这从《文选》注中用的“颜延年、沈约等注”字样可知。至于哪些是颜延年注、哪些是沈约注，哪些又是李善自注，这也不难分清，因为李善对此各项都作了标明。

在诗中，凡引用颜延年注者，都冠以“颜延年曰”字样。如《咏怀诗十七首》下注：“五言。颜延年曰：‘说者阮籍在晋文代，常虑祸患，故发此咏耳。’”注中的“五言”二字，是李善自注，而冠有“颜延年曰”以下之文字，则是李善所引颜注。十七首《咏怀诗》注中，引颜注者仅四条，其中一条作“颜延之曰”，与其它三条作“颜延年曰”者不同。对此，胡克家《文选考异》卷四云：“何（屺瞻焯）校：‘之’改‘年’。案：以前后例之，是也。各本皆讹。”这说明李善所标颜注所用之体例是统一的。

诗中凡引沈约注者，也皆冠以“沈约曰”字样。如“二妃游江滨”一首的最末二句“如何金石交，一旦更离伤”注：“沈约曰：‘婉娈则千载不忘，金石之交一旦轻绝，未见好德如好色。’善曰：‘《汉书》曰：楚王使武涉说韩信曰：足下虽自以为与汉王为金石交，然今为汉王所禽矣。’”注中“沈约曰”以下，“善曰”以上，即是李善所引沈约注。十七首《咏怀诗》注中，引沈约注者凡十七条，无一例外。全为李善自注者，则不冠某曰，径出注语。如“夜中不能寐”一首之三四句，“薄帷鉴明月，清风吹我衿”注：“《广雅》曰：‘鉴，照也。’”注文之“《广雅》”云云，即是李善自注。

李善有补颜延年注、沈约注者，则在颜注、沈注后用“善曰”字样领起。如上例中，“善曰”以下文字，即为李善补沈约注者。补颜延年注之例，则如“嘉树下成蹊，东园桃与李”下注：“颜延年曰：《左传》：‘季孙氏有嘉树。’善曰：‘班固《汉书·李广赞》曰：谚曰：桃李不言，下自成蹊。’”“善曰”云云，即为李善补颜延年注者。十七首注中，李善补颜注者二条，无一例外；李善补沈注者十五条，亦无一例外。在十七首之注中，只有一条与上述体例不合：“昔日繁华子”一首末二句“丹青著明誓，永世不相忘”之注云：“以财助人者，财尽则交绝……故以方誓。善曰：《东观汉纪》：光武诏曰：明设丹青之信，广开束手之路。”此注之“善曰”以下文字，似是补颜延年、沈约之注者，但是，在“善曰”以前之注既未标“颜延年曰”字样，也未标“沈约曰”，故与李善补颜延年注、补沈约注之体例不合。对此，胡克家《文选考异》卷四云：“（吴郡）袁（氏翻刻六臣）本、茶陵（陈氏刻增补六臣）本，无‘善曰’二字。陈（少章景云校）云：‘二字衍。’何（屺瞻焯）校：‘于此节注首添“沈约曰”三字。’今按，‘陈据别本盖是也。何以意添，非。’”胡氏《考异》有据，可从。如此，则又与李善自注的体例相合了。

《诗品》各注所引的“嗣宗身仕乱朝”数语，见阮籍《咏怀诗》第一首“夜中不能寐”之末句“悠悠独伤心”之后。从体例看，这段注文之前，既无冠有“颜延年曰”字样，也未标明是“沈约曰”。这就是说，它和全为李善自注的体例（不冠某曰，径出注语）相同。因此，这段话是李善自注，不当作为颜延年注语来引用。颜延年评阮籍《咏怀诗》之语而为李善引入《文选》注者，只有“阮籍在晋文代，常虑祸患，故发此咏耳”这几句。

把李善注语作为颜延年评语采引用，不始于《诗品》注。据笔者所知，早在明清时代就已发生。明许学夷《诗源辩体》卷四即云：“阮公五言《咏怀》八十二首……钟嵘谓其‘言在耳目之内，情寄八荒之表’是也。颜延年云：‘阮公身仕乱朝，常恐遇祸，因兹咏怀，虽志在刺讥，而文多隐避，百代之下，难以情测也。’”清毛先舒《诗辩坻》卷二亦云：“嗣宗运际鼎革，故《咏怀》词近放荡，指实悲愤，与叹铜驼、悲麦秀亦连类之文也……颜公谓其‘身仕乱朝，文多隐避’，尚隔一解”。方东树《昭昧詹言》卷三也说：“颜延年曰：‘阮在晋文代，常虑祸患，故发此咏。’又曰：‘身仕乱朝……略其幽旨。’延年之说当矣。”这些殆是较早出现这个错误的著作。今人卢弼《三国志集解·王粲传》、刘大杰《中国文学发展史》、社科院文研所《中国文学史》、殷孟伦《汉魏六朝百三家集题辞注》、余冠英《汉魏六朝诗选·前言》、梅运生《钟嵘和〈诗品〉》、曹道衡《论江淹诗歌的几个问题》等也有此误。

当然，对此数语作正确引述的著作也有一些，如北大中国文学史教研室《魏晋南北朝文学史参考资料》、袁行霈《中国文学史纲要（二）》、周勋初《文史探微》、郭维森《读阮籍〈咏怀诗〉（其十九）》、《吕校》，以及《汉魏六朝诗歌鉴赏集》等。

［补正］

按，王叔岷《笺证稿》亦有混淆而云：“延年谓注嗣宗诗‘粗明大意，略其幽旨’。”汪中《诗品注》、曹旭《集注》《笺注》《集注（增订本）》，也作如是观。

又，宋王谠《唐语林》卷二谓李善《文选注》的体例云：

> 李氏不欲窃人之功，有旧注者，必逐每篇存之，仍题原注之人姓字，或迂阔乖谬，犹不削去之。苟旧注未备，或兴新意，必于旧注中称“臣善”以分别。既存旧注，例皆引据，李氏续之，雅谊殷勤也。

《考索》此段之写出，即参考王谠所论李善注《文选》时所用之体例。

三二、气少于公干　文劣于仲宣

旧注多言此二语是贬义。如《向释》引安磐《颐山诗话》即云：

“若以风骨气格言之，是诚在曹刘二张左阮之下。”

按，钟嵘评刘桢“气过其文”，评王粲“文秀而质羸”，则陆机“气少于公干，文劣于仲宣”当是褒义。《陈注》谓“此言兼刘王之长”，其说殆是。

［补正］

按，陈元胜《辨读》则以为是贬义，引《三国志·吴书·陆凯传》：“智慧浅劣。”误。曹旭《集注（增订本）》谓：“陆机兼有刘王二人之美。”是。

又，王叔岷《笺证稿》注此二句引《世说新语·排调》“子敬举体无饶”（曹旭《集注》《笺注》《集注（增订本）》也作如是引）、《文心雕龙》“采弱于正始”，皆不确。按，第一句当作“子敬举体无饶纵”，第二句当作“采缛于正始”。王先生还谓仲宣诗“秀拔”，似亦不当，因仲宣只“秀”而不“拔”。

三三、尚规矩

旧注于钟嵘谓陆机“尚规矩”之评均未笺注出处。

按，《北堂书钞》卷一百、《太平御览》卷六百二引云：

> 嵇君道（指嵇含）问二陆之优劣。抱朴子曰：“吾见二陆之文百许卷，似未尽也。朱淮南尝曰：二陆重规沓矩，无多少也。”

钟嵘“尚规矩”之评即本于此。故张溥《汉魏六朝百三家集题辞》亦云：

> 二陆用心，先质后文，重规沓矩。

又，《书钞》卷一百、《御览》卷五百五十九：

> 抱朴子曰：秦时不觉无鼻之丑，阳翟憎无瘿之人。陆君深疾文士放荡流遁，遂往不为虚诞之言，非不能也。

此进一步指出了陆机“尚规矩”的实质。参照葛洪及后人的解说，陆机之“尚规矩”，当包含二义：一是内容方面，不为放荡流遁虚妄之说，即便谈老庄，也如宋长白《柳亭诗话》卷十所云“陆平原拟古诸作如方袍幅巾而谈庄老，矜贵有余，疏通绝少”；二是指陆机写诗注重模拟古诗的体式。陈祚明《采菽堂古诗评选》卷十云：“士衡诗，束身奉古，亦步亦趋，在法必安，选言亦雅，思无越畔，语无溢幅。”陆机之“尚规矩”，使他成为与阮籍、张协、潘岳、谢灵运、鲍照、汤惠休等相对立的诗派的著名诗人之一。

三四、直致

《萧译》云：殷璠《河岳英灵集序》：“至如曹刘，诗多直致，语少切对。”朱熹《楚辞集注·九章序》：“余考其词，大抵多直致，无润色。”综观这些评语，“直致”大体上是直抒其情、率直自然之意。

按，司空图《与李生论诗书》：“直致所得，以格自奇。”《中国历代文论选》（第二册）注云：“直致所得，谓自然写出，即境会心，不劳拟议，相当于作者（司空图）在《诗品》中所说的‘妙造自然’，‘俯拾即是，不取诸邻’。”钟嵘之“直致”，正是此意。由于陆机“有伤直致之奇”，故为喜用古事的颜延之等所祖袭。

［补正］

车柱环谓评陆机诗条当作“尚规矩，贵绮错，有伤直致之奇”，甚至说：“不贵绮错”之“不”字，盖浅人所妄加。其实，车氏是不理解“绮错”乃“变化”之义，故“尚规矩”与“贵绮错”是相反的。“尚规矩”，就是“不贵变化”，就会“伤直致之奇。”另外，他还说：评颜延之条有“错彩镂金”语，“倘陆机‘不贵绮错’，则颜之诗体其源尚得出于陆机耶。据中品评鲍照语有云：‘贵尚巧似，不避危仄，颇伤清雅之调。’与此句法相似。此文之有‘不’字，或浅人据彼文所加也。”[①] 这些说法，皆不知“绮错”与“错彩镂金”之义有不同也。且所引评鲍照之语，正可证“贵绮错”上有“不”字也。[②]

三五、叶释引《梁书·萧悫传》

《诗品上》陆机诗“其源出于陈思”，《叶释》注云：“《文心雕龙》《金楼子》各书皆曹陆连举，足证渊源。惟《梁书·萧悫传》曰：‘昔潘陆齐轨，不袭建安之风。’”

按，叶长青氏引书有误。《梁书》无《萧悫传》。萧悫事迹，略见颜之推的《颜氏家训·文章篇》和《北齐书·文苑传》。《颜氏家训》云：

> 兰陵萧悫，梁室上黄侯之子，工于篇什。尝有《秋诗》云：“芙蓉露下落，杨柳月中疏。”时人未之赏也，吾爱其萧散宛然在目。

《北齐书·文苑传》云：

> 萧悫，字仁祖，梁上黄侯晔之子。天保中入国，武平中太子洗马。

此外《文苑传序》还说萧悫曾任齐州录事参军，后与赵州功曹参军颜之推同入撰馆。在此两处记载萧悫事迹的文字中，均不见《叶释》所引之文。

事实上，《叶释》所引文字，见邢劭《萧仁祖集序》。严可均《全上古三代秦汉三国六朝文·全北齐文》云：

> 萧仁祖之文，可谓雕章间出。昔潘陆齐轨，不袭建安之风，颜谢同声，遂革太原（按，当作“太元”，宋孝武帝年号）之气。自汉逮晋，情赏犹自不谐；江北江南，意制本应相诡。

---

① 车柱环：《钟嵘诗品校注导言》，载曹旭选评编：《中日韩〈诗品〉论文选评》，上海古籍出版社2003年版。

② 王发国：《钟嵘诗品陆士衡条疏证商兑》，《许昌学院学报》2007年第6期，2008年第1期、第3期、第4期。

此《序》虽非全璧，但可证实《叶释》引文出处之误。又，《御览》卷五百八十六载萧悫事，亦有此文字，但不说是邢劭《萧仁祖集序》之言。

附带说一下：郭绍虞主编《中国历代文论选（上册）》注颜之推《颜氏家训·文章篇》“萧悫字仁德”，“仁德”当是“仁祖”之误。

［补正］

按，严可均《全北齐文》未注所辑出处。又，邢劭《萧仁祖集序》这段文字，还为唐人丘悦《三国典略》所载（见《太平御览》文部二《诗》）。丘悦《三国典略》著录于《新唐书》卷五十八《艺文志》。胡应麟《诗薮》杂编卷三《遗逸下》云：

> 晋陈寿以魏、蜀、吴为三国，唐丘悦以江南、邺下、关中为三国，咸总南北名之。余所称三国，则皆北朝也，盖拓跋魏、高齐、宇文周氏云。

杜甫《寄刘峡州伯华使君四十韵》“雕章五色笔”，仇兆鳌《杜诗详注》、杨伦《杜诗镜铨》皆引《三国典略》所录邢子才《序》文以注之。

又，《李昉诗话》录丘悦《三国典略》数条。其中除录所引邢劭《萧仁祖集序》外，还有一条录《三国典略》曰：“周文州，氐酋，反”云云。按，此标点误。当作：“周，文州氐酋反。”《周书》卷二十九《高琳传》：“二年，文州氐酋反，诏琳率兵讨平之。”可证也。

又，曹道衡、沈玉成云：“庾信有《为梁上黄侯世子与妇书》，世子即萧悫，曾有过‘芙蓉露下落，杨柳月中疏’这样的好诗，但写寄内的骈文却要请人代笔，可能是仅仅工于诗而不工于文之故。”[①]

三六、益寿轻华

《萧译》注《诗品上》评潘岳条云：“《梁书·简文帝纪》：‘（萧纲）文则时以轻华为累，君子所不取焉。’‘轻华’与‘骨气’相对……”

① 曹道衡、沈玉成：《南北朝文学史》，人民文学出版社 1991 年版，第 29 页。

按，此说虽是，而引文欠佳。证“轻华”与“骨气”相对者当引《梁书·武陵王纪传》：“（纪）字世询，高祖第八子也。少勤学，有文才，属词不好轻华，甚有骨气。”“轻华”犹“轻艳”，即“轻浮华艳”之意。钟嵘后来评益寿等人之诗云：“其源出于张华，才力苦弱，故务其清浅，殊得风流媚趣。”又云：“义熙中，以谢益寿、殷仲文为华绮之冠。”皆与“益寿轻华”意同。

又《许疏》注云：“按张华尝誉陆机为文，患其才多。谢混抑陆扬潘，实反张华之说，故姚振宗《隋志考证》云：‘轻华谓张华也。’”《吕校》亦云：“或以为‘华’指张华。姚振宗《隋志考证》”云云。

按，此说非是。《诗品中》既谓张华诗是谢益寿诗之源出，则不当于此又说益寿轻视张华。姚氏之理解，绝非记室原意。

三七、《许疏》引江淹《杂体诗序》

《诗品上》评张协“文体华净，少病累”，《许疏》注云：“江淹《杂体诗序》曰：‘仲宣文多兼善，辞少瑕累。’与此品协诗少病累同。”

按，《许疏》所引，不见于江淹《杂体诗序》，而见于刘勰《文心雕龙·才略》：“仲宣溢才，捷而能密，文多兼善，辞少瑕累。摘其诗赋，则七子之冠冕乎？”

［补正］

按，王叔岷《笺证稿》即引录《文心雕龙·才略》以注。但曹旭《集注》却未改。不过，其后出之《笺注》《集注（增订本）》则作了改正。

三八、雄于潘岳，靡于太冲

《徐译》注此云：“诗之气骨强于潘岳，词采绮靡弱于左思。”而其译文则云：“诗风比潘岳雄放，词采绮靡又超过左思。”

按，徐之注译有矛盾之处。刘熙载《艺概·诗概》云：“王仲宣、潘安仁悲而不壮。”不壮即不雄之谓。而左太冲诗，钟嵘评其“野于陆机”。野即不靡丽。景阳无二人之失。

三九、调达 逸荡 諔诡

按，调达，联绵词，与俶傥、倜傥、佚荡、逸荡、跌荡、諔诡等词义近，有奇特不凡或洒脱不拘之意。《晋书·桓伊传》云：

（孝武）帝命伊吹笛，伊神色无迕，即吹为一弄，乃放笛云：“臣于筝分乃不及笛，然自足以韵合歌管，请以筝歌，并请一吹笛人。”帝善其调达，乃敕御妓奏笛。伊又云：“御府人于臣必自不合，臣有一奴，善相便串。”帝弥赏其放率，乃许召之。

“帝善其调达”与“帝弥赏其放率”意正相同，故调达即有放率（放荡直率而无拘束）之意。其表现当与《世说新语》之《任诞》《排（俳）调》《简傲》诸篇所记之事略同。可以说，调即“俳调”之调，达亦即《简傲》注引邓粲《晋纪》所云：“（王）澄放荡不拘时谓之达”之达。不同的是，调达是联绵词，不宜分释。《诗品上》评谢灵运“杂有景阳之体，故尚巧似，而逸荡过之”，此逸荡，亦即调达（放纵）之意。

《列子·杨朱篇》：

桀藉累世之资，居南面之尊，智足以拒群下，威足以震海内，恣耳目之所娱，穷意虑之所为，熙熙然以至于死；此天民之逸荡者也。纣亦藉累世之资，居南面之尊，威无不行，志无不从，肆情于倾宫，纵欲于长夜，不以礼义自苦，熙熙然以至于诛；此天民之放纵者也。

这里的逸荡即与放纵同。钟嵘言灵运比张协逸荡，即说比张协更放纵。而灵运之逸荡（放纵），即源于张协之调达（放率）。故调达与逸荡同义，当毋庸置疑。

又，逸荡同于佚荡，因为逸、佚通作（阮元《经籍纂诂》）。钱大昕《十驾斋养新录》卷十九“佚荡”条云：

《汉书·扬雄传》：为人简易佚荡。张晏曰：佚音铁，荡音说。晋灼曰：佚荡，缓也。宋祁校本云：萧该《音义》：荡亦作傷。韦（昭）佚为替，傷、荡为党。晋（灼）音铁说。《司马迁传》：倜傥（一作俶傥或诶傥）非常之人，与晋（灼）音亦相近。《说文》：跌，踢也。亦佚荡之异文。

据此，则调达、逸荡又与倜傥（或俶傥、诶傥）音义相同。故有人谓扬雄“为人简易佚荡”为“简易倜傥”[①]。既然调达义同倜傥，则记室所言的“风流调达”即“风流倜傥”之谓。又，《诗品中》评鲍照云：“其源出于二张（按，即张景阳、张茂先），善制形状写物之词，得景阳之諔诡，含茂先之靡嫚。”《许疏》引刘盼遂释此云：“諔诡即吊诡，亦作吊傥，亦作倜傥，亦作佚荡。”据此，则调达、逸荡又与諔诡义同了。

很显然，钟嵘谓鲍照之諔诡、灵运之逸荡，皆源于张协之调达之意。又调达、逸荡、諔诡，与阮籍之渊放也有些相似。《文心雕龙·体性》即云：“嗣宗倜傥，故响逸而调远。”

四〇、使人味之亹亹不倦

旧注只注亹亹之义而不知此语是套用前人。

按，范晔《后汉书·班彪传论》：“使读之者，亹亹而不厌。”厌有倦义，《后汉书·献帝纪论》“天厌汉德”，注：“厌，倦。”同书《刘盆子传》“疲敝厌兵”，注：“厌，倦。”故范晔“亹亹而不厌”即钟嵘“亹亹不倦”之意。

四一、文典以怨

《萧译》《吕校》《徐译》谓典或作典雅，或作典正，如萧云：典即

① 庄星华：《历代少数民族诗词曲选》，内蒙古人民出版社 1985 年版，第 390 页。

典雅。

按，典，当作用典解，这里指用史事，句谓左太冲善隐括史事抒发怨情。社科院文学所《中国文学史》即云：左思“诗中征引古事，语有来历，所以钟嵘说它‘典’；诗中发泄了作者的牢骚不平之气，所以说它‘怨’”；袁行霈《中国文学史纲要》亦云：“多引史实，故曰典。借古讽今，发泄了对社会的不满，故曰怨。”

四二、野于陆机

按，后人对野有三种理解。其一，谓左思诗“太不雕琢”（王世贞《艺苑卮言》卷二），“语多讦直”（许学夷《诗源辩体》卷五），质胜于文，不及陆机之文词富赡，举体华美；其二，沈德潜《说诗晬语》卷上云：“诗不学古谓之野体。”据此，则左思之野即表现为不似陆机那样好摹拟，尚规矩，而是如黄子云《野鸿诗的》所云：“全不沿袭古人一字，落落写来”；其三，陈知柔《休斋诗话》云：“人之为诗，要有野意”，“风人以来得野意者，惟渊明耳。”（引自《诗人玉屑》卷六）把休斋所言与钟嵘评陶渊明“又协左思风力”之说联系起来看，则左思之野又指其具有豪迈高亢的情调和劲挺矫健的笔力。故吕本中《童蒙诗训》云：“初学作诗，宁失之野，不可失之靡丽；失之野不害气质。”刘熙载《艺概·诗概》也说：“野者，诗之美也。故表圣《诗品》中有‘疏野’一品。若钟仲伟谓左太冲‘野于陆机，‘野’乃不美之词。然太冲是豪放，非野也，观《咏史》可见。”这三种理解，一指诗语之质朴，一指诗体之独创，一指诗风之豪放，虽说法不同，但都道出了左思《咏史诗》的某一方面的特色。

［补正］

按，王叔岷《笺证稿》云：“太冲之‘野’，多针对陆机之‘尚规矩’而言。‘野’则不尚规矩。”

四三、三谢

《吕校》注谢灵运诗之源时引宋濂《答章秀才论诗书》“三谢亦本子建，而杂参于郭景纯”云：“三谢指谢灵运、谢瞻、谢惠连。”

按，三谢当指谢灵运、谢惠连、谢朓。唐庚《唐子西文录》：

> 江左诸谢，诗文见《文选》者六人，希逸无诗，宣远、叔源有诗不工。今取灵运、惠连、玄晖诗合六十四篇，为三谢诗。是三人者，诗至玄晖，语益工，然萧散自得之趣，亦复少减，渐有唐风矣。于此可以观世变也。

又云：

> 三谢诗，灵运为胜，当就《文选》中写出熟读，自见其优劣也。

三谢之说本此。又，何汶《竹庄诗话》卷四《六代下·三谢》亦据《唐子西语录》定三谢为灵运、惠连、玄晖：

> 子西取灵运、惠连、玄晖时，合六十四篇为三谢诗。今止录《丽泽集诗》所选及诸集评论所及者。

又，陈绎曾《诗谱》云：

> 郭璞构思险怪，而造语精圆，三谢皆本于此。……谢灵运，以险为主，以自然为工……谢惠连，酌取险怪自然之中，而句句为之……谢朓，藏险怪于意外，发自然于句中。

唐庚、何汶、陈绎曾之说，即为宋濂所本，可证《吕校》所注三谢为灵运、宣远、惠连之不确。

四四、馆　杜治

《萧译》释馆为“住所”，《徐译》注馆为“房间”。《徐译》还在注

"送灵运于杜治养之"句时云：杜，指杜明师。治养，护养。

按，《吕校》云："各本'客儿'后有小字注：'治，音稚。奉道之家靖室也。"《诗品》旧注多据此以释杜治之治为名词，惟《徐译》以"治养"连文，作动词解。考此二说，当以"治"作名词者为是。唐释明概《决对傅奕废佛法僧事并表》云：

> 李老事周之日，未有玄坛；张陵谋汉之晨，方兴观舍。故后汉顺帝中有沛人张陵客游蜀土，闻古老相传云：昔汉高祖应二十四气，祭二十四山，遂王有天下。陵不度德，遂构此谋。杀牛祭祀二十四所，置以土坛，戴以草屋，称二十四治。治馆之兴，始于此也。（《广弘明记》卷十二）

《诗品》之"治"，即与此同。它是道教徒在道教创始阶段进行祀神和其它宗教活动的场所，又称靖、靖室、庐、静室。《宴修科仪戒律钞》卷十引《玄都律》云：

> 民家曰靖，师家曰治。

又，《三国志·魏书·张鲁传》裴松之注引《典略》云：

> （张）修法略与（张）角同，加施静室，使病者处其中思过。

葛洪《抱朴子·内篇·道意》云：

> （李）宽所奉道室，名之为庐。宽亦得瘟病，托言入庐斋戒，遂死于庐中。

《晋书·王凝之传》云：

> 王氏世事张氏五斗米道，凝之弥笃。孙恩之攻会稽，僚佐请为之备，凝之不从，方入靖室请祷。

皆是其证。不过，"治"和"靖"也有不同，法师之地称"治"，道徒所在曰"靖"；"靖"的建造规模和内部结构，也不及"治"宏大、复杂。随着道教的发展，法师与道徒分居的"治""靖"建制已不符合其需要，于是出现了师徒共住的道观宫馆。《诗品》所谓"杜明师"之"馆"，即此类道馆，而非一般的"住所"或"房间"。

四五、其源出于李陵

见《诗品中》评曹丕。旧注于钟嵘说曹丕诗源出于李陵之因，理解不同。《萧译》云：这是因为曹丕诗大部分“鄙质”，李陵诗也较为质朴。《吕校》则云：钟嵘评李陵“文多凄怨者之流”，王粲“发愀怆之词”。曹丕五言诗的一部分代表作，和二人诗的风格有相近之处。

按，萧说近是。冯班《钝吟杂录·正俗》云：“李都尉诗皆直叙无作用，尤为古朴。”曹丕之“鄙质”与李陵之“古朴”正同。而曹丕的“美赡可玩”的杂诗，才颇有仲宣之体则。《吕校》混“鄙质”和“美赡”为一而论，不妥。

［补正］

按，曹旭《集注（增订本）》注“其源出于李陵”引陈衍《评议》云：“‘漫漫秋夜长’，‘候雁叫云中’，汉武之落叶哀蝉也;《燕歌行》‘飞燕之归风送远也。’”按，所引数句的标点当作：“‘漫漫秋夜长’（《杂诗》二首之一的首句）、‘候雁叫云中’（《寡妇诗》第三句，原作：“候雁叫兮云中”），汉武之《落叶哀蝉》也;《燕歌行》，飞燕之《归风送远》也。”且其文接着所引之“卑枝拂羽盖，修条摩苍天。丹霞夹明月，华星出云间”，又当作：“卑枝拂羽盖，修条摩苍天……丹霞夹明月，华星出云间”。“卑枝”四句分别见《芙蓉池作诗》之五、六句、九、十句。又为什么“落叶哀蝉”和“归风送远”要着书名标呢？因为逯钦立《汉诗别录·辨伪第一》云：“两汉诗歌，不可据信者颇多，如武帝《落叶哀蝉曲》……（见王子年《拾遗记》）、赵飞燕《归风送远操》（见《西京杂记》）……等，皆属此类。”[①]

---

① 逯钦立:《汉魏六朝文学论集》，陕西人民出版社 1984 年版，第 2 页。

又，《落叶哀蝉曲》之伪，毛先舒《诗辩坻》卷一亦有云："《落叶哀蝉曲》，轻弱纤荡，决非武帝笔。大抵子年《拾遗》诸古歌诗家伪拟。"

又，此条品文的结构层次是双起双承。前二句是双起。"新歌"二句承"出于李陵"；以下全是承"颇有仲宣之体则"[①]。

又，此条断句，多从"体"字处断，而最早作"体则"连文者是范文澜《文心雕龙注·明诗篇》。日本高木正一《钟嵘诗品》与拙作《考索》等，则从"体"字下断，非是。

四六、新奇

《诗品中》评曹丕云："新奇百许篇，率皆鄙质如偶语；唯'西北有浮云'十余首，殊美赡可玩。"旧注其中的"新奇"，校订多有不同，有作"所计百许篇"者，如《陈注》《叶释》；有作"所制百许篇"者，如《古笺》；有作"新制百许篇"者，如范文澜《文心雕龙注》；有作"则新奇百许篇"者，如《许疏》；有作"则所计百许篇"者，如《萧译》《徐译》；此外，《吕校》遍引异字而不作论断，而《向释》亦在诸说面前摇摆不定：

> 《文心雕龙·体兴》（按，当为《体性》，《向释》笔误）"若总其归途，则数穷八体。……七曰新奇，八曰轻靡。"又云："新奇者，摈古竞今，危侧趣诡者也。"据此，则"新奇"实有据。但"所计"二字系据宋人《竹庄诗话》。

按，此句当作"新歌百许篇"，指曹丕学习乐府民歌而写的用以配新乐的乐府诗，这种乐府诗所配之乐和两汉旧乐已不相同。两汉主要是"相和歌"，它"依仿周礼，自造新诗"（《晋书·乐志》），至汉末、曹魏时代，"旧京荒废，今既散亡，音韵曲折，又无识者"（同上），于

① 王发国：《结构层次：校注释译诗品的新视角（上）》，《许昌学院学报》2005年第1期。

是出现了“三调歌”这种新的歌唱形式。“三调歌”又称“清商三调”。《宋书·乐志》载王僧虔《乐表》论“三调歌”云：

> 今之“清商”，实由铜爵，魏氏三祖，风流可怀，京洛相高，江左弥重。谅以金县干戚，事绝于斯。而情变听改，稍复零落。十数年间，亡者将半。自顷家竞新哇，人尚谣俗，务在噍危，不顾律纪，流宕无涯，未知所极，排斥典正，崇长烦淫。

可见这种出自铜爵的“三调歌”很行时了一阵子，直到刘宋大明时期，才为另一种新哇侧调所取代，这时，“三调歌”又被视为古调了。《诗品序》“次有轻薄之徒，笑曹刘为古拙，谓鲍照羲皇上人，谢朓今古独步”，就有这样的意思。不过，这是后话。据《晋书·乐志》载，魏武帝平荆州后，得河南杜夔，令制雅乐四曲：一曰鹿鸣，二曰驺虞，三曰伐檀，四曰文王，皆古声词。但到了黄初年间，柴玉、左延年复以新声被宠，改驺虞、伐檀、文王三曲，更自作声节，其文虽存，而声实异，歌词所配音乐，已与从前大不相同。又据《宋书·乐志》载，魏氏之“三调歌词”是“因弦管金石，造歌以被之”的产物。这些为配新的音乐而所造的歌诗，盖即钟嵘所说的“新歌”篇什。这类诗作，有的是删改和联缀汉乐府古词而成，如《艳歌何尝行》《临高台》《上留田行》等，即是词句“鄙质如偶语”之作；而另一些完全出于自创的篇章，也多刻意模仿民歌，亦具有通俗古朴的特色。曹丕的“新歌”之不被钟嵘所推重，亦非偶然。

这类“鄙质如偶语”的“新歌”，常被称作“新诗”，如“祖袭魏文”的应璩（《诗品中》），他的《百一诗》，王俭《今书七志》即云：“《应璩集》谓之‘新诗’，以百言为一篇。”其后，《北堂书钞》《初学记》《艺文类聚》《太平御览》等引《百一》诗句时，亦往往标作“新诗”。而应璩之“新诗”，殆即对魏文“新歌”的“祖袭”，故评应璩诗即云“祖袭魏文”。

总之，此数句的文字和标点当作：

> 其源出于李陵，颇有仲宣之体则。新歌百许篇，率皆鄙质如

偶语；惟“西北有浮云”十余首，殊美赡可玩，始见其工矣。

［补正］

按，据逯钦立《魏诗》卷八《应璩集》，以下各书引录应璩《百一》诗作“新诗”者有：

《北堂书钞》：四十四引“灶下炊牛矢，甑中装豆饭”；五十八引“散骑常师友，朝夕进规献”；“侍中主喉舌，万机无不乱”；一百四引“人才不能备，各有偏短长。稽可小人中，便辟必知芒”；一百一十引“汉末桓帝时，郎有马子侯。自谓识音律，请客鸣笙竽。为作陌上桑，反言凤将雏”；一百四十三引“丰隆赐美味，受嚼方呐呐。鹿鸣吐野华，独食有何甘”；一百四十五、一百四十八引“有酒流如川，有肉积如岑”；一百五十一引“沟渎皆决溢”。

《初学记》十一引“彤管珥纳言，貂珰表武弁”。

《艺文类聚》：十八引“少壮面目泽，长大色丑粗。丑粗人所恶，拔白自洗梳”。

《御览》：三十四引“山风寒折骨，目面尽生疮”；三百六十四引“醉酒巾帻落，秃顶赤如狐”；八百五十引“灶下炊牛矢，甑中装豆饭”；五百五十六引“野田何纷纷，城郭何落落。埋葬嫁娶家，皆是商旅客。丧侧食不饱，酒肉纷狼藉”；六百二十一引“茫茫九州内，莫非帝者民。民有忠信行，莫非帝者臣”；六百九十六引“革带绳为绔，履舄穿无底”；八百二十八引“太官有余厨，大小无不卖。岂徒脯与馐，醯醢及盐豉”；八百三十四引“洛水禁罾罟，鱼鳖不为殖。空令自相啖，吏民不得食”。

另有引作“新语”“新论”者，当是“新诗”之误。又逯钦立在录《御览》二十五所载《杂诗》（一首）题下、《诗》（计八首佚句）题下皆云：“当亦是《百一》新诗。”“新诗”即记室所谓之“新歌”也，故荀爽云：“诗者，古之歌章。”（严可均《全宋文》卷三六《颜延之集·庭诰》引）

四七、峻切

《诗品中》评嵇康“过于峻切，讦直露才，伤渊雅之致”，《向释》注云：“峻切，严厉。《梁书·萧昺传》：‘监局官僚，旧多骄侈，景在职峻切，官曹肃然。’”

按，谢朓（南齐人）《与王俭书》云：“若桓谭之穷俗，冯衍之忤时，北海之凝峭，中散之峻绝。”“峻绝”即是“峻切”。“绝”“切”二字义近，皆有“断”义，见《广雅·释诂》。据此，则谢朓评中散峻绝之语，当是仲伟谓嵇康峻切之所从出。又，《文镜秘府·论体》云：“切至之失也直”，“体尚专直，文好指斥，直乃行焉。”可作仲伟对嵇康评语之注脚。的确，由于嵇康之诗过于严厉专断（过于峻切），则必有讦（好相指斥）直（言无比附）的毛病，也有损于深厚典雅（渊雅）之情致。毛先舒《诗辩坻》云：“含蓄者，诗之正也；讦露者，诗之变也。”仲伟论诗倡“文已尽而意无穷”（即重含蓄），故对“讦露”之诗少所许可。

嵇康诗之“峻切”“讦直”和其人性格之“婞直”有关。《与山巨源绝交书》自谓己之为人，“无万石之慎，有好尽之累……刚肠疾恶，轻肆直言，遇事便发”。故陈祚明《采菽堂古诗选评》卷八曰：“叔夜肆直，所触既形，集中诸篇，多抒感愤，召祸之故，乃亦缘兹。夫尽言刺讥，一览易识，在平时犹不可，况猜忌如仲达父子者哉？叔夜衷怀既然，文笔亦尔，径遂直陈，有言必尽，无复吞吐之致。故知诗诚关乎性情，婞直之人，必不能为婉转之调，审矣。”

“渊雅”，即挚虞“渊懿温雅”之谓，其《文章流别论》云：“若《解嘲》之弘缓优大，《应宾》之渊懿温雅，《达旨》之壮丽慷慨，《应间》之绸缪契阔，郁郁彬彬，靡有不长焉矣。”（引自《书钞》一百卷）嵇康之“峻切”“讦直”和“渊懿温雅”正相反。“渊懿”则能容，“温雅”有度量；嵇康无此也。

［补正］

按，刘劭《人物志·八观》云：“夫偏才之人皆有所短：故直之失也讦，刚之失也厉，和之失也懦，介之失也拘。夫直者不讦，无以成其直。既悦其直，不可非其讦。讦也者，直之征也。”可为理解嵇康之讦直作一参考。

四八、清远 鉴裁 高流

《诗品中》又评嵇康云：“然托谕清远，良有鉴裁，亦未失高流矣。”

按，前言嵇康诗有直陈言尽之病，此又谓其“托谕清远，良有鉴裁”，似前后不搭，自为抵牾。其实，“托谕”云云，是指嵇康某些佳作的特色。这正如前评曹丕虽多数“鄙质如偶语”，然亦有十余首“美赡可玩”一样，嵇康诗虽多数“峻切”“讦直”，但也有一些“托谕清远”之作。这正是钟嵘《诗品》“掎摭利病”的特色。

清远 两晋南朝之习用语。《世说新语·言语》：“会稽贺生，体识清远，言行以礼。”《晋书·王祥传》王戎叹祥“理致清远”。另外《晋书》之《王导传》《羊祜传》《杜预传》《赵寅传》《刘弥传》《孙勃传》等亦有“清远”一词，均用以评人，而钟嵘则始以评诗。后人认为诗至“清远”已十分难得。胡应麟《诗薮》外编卷二云：薛考功云：“曰清曰远，乃诗之至美者也。灵运以之‘白云抱幽石，绿筿媚清涟’，清也；‘表灵物莫赏，蕴真谁为传’，远也。（左思）‘岂必丝与竹，山水有清音’；（谢混）‘景昃鸣禽夕，水木湛清华’；清与远兼之矣。”[①] 在《嵇康集》中，如《赠秀才入军》第十九者（即《诗品序》因其首句为“双鸾匿景曜”而称为“双鸾”诗者）和《酒会诗》等，即可称为“托谕清远”者。

---

① 张文勋谓上引《诗薮》论“清远”所列的诗句作者皆为谢灵运，显误。（见《胡应麟“神韵说”述评》，《社会科学战线》1990 年第 1 期）

鉴裁 亦两晋南朝人之习用语。《世说新语·豪爽》注引《晋阳秋》即曰:“(王)敦少称高率通朗,有鉴裁。”《晋书·王羲之传》亦载,亮临薨称王羲之“清贵有鉴裁”。鉴裁,也作赏裁、识裁、鉴识等。《世说新语·轻诋》:“因陈(王)东亭《经酒垆下赋》,读毕,都不下赏裁。”《言语》注引《晋阳秋》:荀羡“清和有识裁”。《品藻》注引荀绰《兖州记》:“(闾丘)冲清平有鉴识。”皆是其证。

高流 《三国志注·傅嘏传》评“傅嘏用才达显云”曰:“臣松之以为傅嘏识量名辈,实当时高流。”钟嵘用此谓嵇康亦属上乘诗人之列。

四九、疏亮之士,犹恨其儿女情多,风云气少

疏亮 《吕校》引《庄子·应帝王》“有人于此,响疾强梁,物彻疏明,学道不倦”及袁宏《三国名臣序赞》“天骨疏朗,墙宇高嶷”,以注“疏亮”云:即疏明,疏朗。

按,《晋书·王浚传》:“晚乃变节,疏通亮达,恢廓有大志。……曰:陈胜有言,燕雀安知鸿鹄之志。……浚为人志大,奢侈不节。”此之“疏通亮达”,简言之即为“疏亮”,换言之即为“通达”。亦作“通亮”,《世说新语·品藻》注引《晋诸公赞》:“郝隆……为人通亮清识。”疏亮、通达、通亮,都指不拘礼法,其表现与《世说新语》之《任诞》《简傲》《排调》诸篇所记之事略同。

“疏亮”之士的代表人物当推阮籍诸人。王隐《晋书》云:

> 魏末阮籍,嗜酒荒放,露头散发,裸袒箕踞。其后贵游子弟阮瞻、王隆、谢鲲、胡毋辅之之徒,皆祖述于籍,谓得大道之本。故去巾帻,脱衣服,露丑恶,同禽兽,甚者名之为通,次者名之为达。(《世说新语·德行》注引)

在诗歌创作上,则表现为“渊放”(《诗品上》评阮籍)、“倜傥”(《文心雕龙·体性》谓阮籍)、“调达”(《诗品上》评张协)、“逸荡”(《诗品上》评谢灵运)、“諔诡”(《诗品中》评鲍照)。张华之为人和作诗,皆

与“疏亮之士”相反。《晋书》本传说他“少自修谨，造次必以礼度”；《世说新语·排调》载头责秦子羽评张华“淹伊多姿态”，其注引《文士传》又谓张华“为人少威仪，多姿态”;《晋书·韦忠传》亦称“茂先华而不实”。这些皆可视为不“通达”的表现。张华故作姿态以尊崇礼法的行为，必为疏通亮达不拘礼法之士所不许，无怪乎那位“通达”之士的突出代表阮籍在《咏怀诗》里，要对那些礼法之徒大加嘲讽，说他们“委曲周旋仪，姿态愁我肠”；亦无怪那位比“风流调达”的张协还要“逸荡”的谢灵运要批评张华:“张公虽复千篇，犹一体耳。”

风云气 大丈夫叱咤风云的英雄气概，既如阮籍登广武战场叹曰“世无英雄，使竖子成名”所流露的远大志向，亦王浚所引陈胜“燕雀安知鸿鹄之志”表现出的宏伟抱负。

对钟氏于张华之评，许学夷《诗源辩体》卷五云：

> 张茂先五言，得风人之致，题曰《杂诗》《情诗》，体固应尔。或疑其调弱，非也。观其《答何劭》二作，其调自别矣。但意格终少变化，故昭明不多录耳（按，《文选》只录华诗之《励志》一首、《答何劭二首》、《杂诗》一首、《情诗二首》等）。谢康乐云:“张公虽复千篇，犹一体也。”语虽或过，亦自有见。

又，何焯《义门读记·〈文选〉》评华《励志》云:“张公诗惟此一篇，余皆女郎诗也。”皆有与钟氏之评相同者。元好问《论诗绝句》则谓“风云若恨张华少，温李新声奈尔何？”似以钟氏“风云气少”“儿女情多”之评为不然。陈祚明《采菽堂古诗选评》谓“张司空范古为趋，声情秀逸；盖步趋绳墨之内者，未可以千篇一体少之。”亦有以康乐之说为非之意。黄子云《野鸿诗的》第六九条云：

> 茂先失于气馁而不健，然其雍和温雅，中规中矩，颇有儒者气象。《情诗》《杂诗》等篇，不免康乐千篇一体之讥，余若《励志》诸什，断不可一概掩之。

其所谓“儒者气象”云云，即当为“疏亮之士”所讥者。同时由黄子云及陈祚明“中规中矩”“步趋绳墨之内”之评语，还使人认识到张华与“尚规矩，不贵绮错”的陆机当是同调。

五〇、中品　下科　季孟之间

《徐译》注“今置之中品疑弱，处之下科恨少，在季孟之间”云：“钟嵘以为宜在中品、下品之间。”

按，照《论语·微子》待孔子“以季孟之间”原意，钟嵘置张华于“季孟之间”，当是谓把张华置于上品和下品之间。“季”指季孙氏，春秋时鲁国上卿，钟嵘借以喻上品；“孟”指孟孙氏，春秋时鲁国下卿，钟嵘借以喻下品。故处“季孟之间”，则非“置张华于中品和下品之间”之意甚明。

又按，“今置之中品疑弱，处之下科恨少”，文字有误。何汶《竹庄诗话》卷三引此作：“今置之甲科疑弱，抑之中品恨少。”当从。如此，则此三句之意当是：现在将他（张华）列入上品，嫌薄弱了些；压到中品，又为亏待了他而感到遗憾；最后权衡轻重，还是放在上下之间的中品为宜。在钟嵘眼里，张华是中品偏上，而不是中品偏下。旧注以误文为据，论钟嵘对张华的评价，欠妥。

在季孟之间　魏晋南北朝时期之习语。《世说新语·赏誉》注引《晋阳秋》：

> 时人谓（王）湛“上方山涛不足，下比魏舒有余”。湛闻之曰：“欲以我处季孟之间乎？”

萧子良《与王僧虔书》：

> 昔杜度杀字甚安而笔体微瘦，崔瑗笔势甚快而结字小疏；君处二者之间，亦如仲尼方于季孟也。

《南史·循吏传》：

> 丘寂之曰：“清吏不可为也，政当处季孟之间。”

《北史·元文遥传》：

> 既与赵彦深、和士开同被任遇，虽不如彦深清贞守道，又不

为士开贪淫乱政，于季孟之间。

是其证。

［补正］

按，曹旭有最早利用《竹庄诗话》和《诗人玉屑》之异文以校订张华品语之文，功莫大焉。[①]

五一、《陈注》季鹰生平引《晋书》

《陈注》季鹰生平引《晋书》曰："张翰，字季鹰，吴郡人。齐王冏辟为东曹掾，睹天下乱，东归，卒于家。"

按，此注所引文字，见于《文选》卷二十九李善注引《今书七志》而非《晋书》。

［补正］

按，王叔岷《笺证稿》不引陈之误注，而直接录《文选》张翰《杂诗》李善注"《今书七志》"，十分得体。

五二、季鹰"黄花"之什

《吕校》云：《晋书·文苑传论》："季鹰纵诞一时，不邀名爵。'黄花'之什，浚发神府。"又云："李白《金陵送张十一再游东吴》：'张翰"黄花"句，风流五百年。'唐代并曾以'黄花如散金'命题试士（参看沈德潜《古诗源》卷七）。"

按，《文心雕龙·比兴》："安仁《萤赋》云'流金在沙'，季鹰《杂诗》云'青条若总翠'，皆其义者也。"也论及张翰此诗。又，江淹

① 曹旭：《诗品评语与张华等第》，《光明日报》1986年4月8日《文学遗产》专版。

《苔赋》:“假青条兮总翠，借黄花兮舒金。”则早已祖袭其语了。钟嵘推重此诗，非一人之私见。宋长白《柳亭诗话》卷一云:

> 张季鹰诗“暮春和气应，白日照园林。青条若总翠，黄花如散金……”文旨未为高丽。而太白《送张十一再游东吴诗》“张翰黄花句，风流五百年……”以供奉仙才而倾倒至此，殊足为步兵长价也。江淹《苔赋》“假青条兮总翠，借黄花兮舒金。”醴陵已袭其语。

与钟氏意见不同。又按，沈德潜《古诗源》卷七评张翰《杂诗》云:

> 唐人以“黄花如散金”命题试士，士多以黄花为菊，合试者不满其数。

《吕校》本此。但是，沈、吕二氏之说与旧载不合。吴曾《能改斋漫录》卷五“误以黄花作菊花”条即云:

> 袁州自国初时，解额以十三人为率。仁宗时，查拱之郎中知郡日，因秋试进士以“黄花如散金”为诗题，盖取《文选》诗“青条若总翠，黄花如散金”是也。举子多以秋景赋之，惟六人不失诗意。由是只解六人，后遂为额。无名子嘲之曰:“误认黄花作菊花。”

袁枚《随园诗话》卷十五云:

> “黄花如散金”，菜花也。通首皆言春景。宋真宗（按，当从《能改斋漫录》作仁宗）出此题，举子误以为菊花，乃被放黜。

据此，则以“黄花如散金”命题试士当在宋代仁宗之朝。此与陆游《老学庵笔记》之说相合:

> 国初尚《文选》，当时文人专意此书……方其盛时，士子为之语曰:《文选》烂，秀才半。

沈德潜氏盖误宋为唐了。《吕校》于此，殆亦不免乎轻信之失。

[补正]

按，刘克庄《徐总管雨山堂诗》（《刘克庄集》卷一一一）云:“昔张步兵云:‘黄花如散金’,五字耳,而太白以为‘风流五百年’……以高妙传,不以多传也。”

五三、驳圣

旧注对“驳圣”解多不确。惟《萧译》云:

> 驳是不纯之意。东汉王符《潜夫论·实贡篇》说:“夫圣人纯贤者驳……”则驳圣意为不够纯粹完备的圣人,即贤者。

按,《萧译》得之。《汉书·梅福传》云:“一色成体谓之纯,白黑杂合谓之驳。”又,杨倞注《荀子·王霸》“驳而霸”云:“驳,杂也。”《淮南子·缪称训》:“粹者王,驳者霸。”扬雄《法言·问神篇》:“惟圣人为不杂。”据此,则“驳圣”比“纯粹之圣”当逊一筹,故“宜居中品”。“驳圣”一词,首当由王充《论衡·明雩》“世称圣人纯而贤者驳,纯则操行无非”变化而来。王充(27—91)比王符(约79—约174前)长数十岁,故《萧译》引王符《潜夫论》,虽然不误,但未得其初出。

又,《许疏》《吕校》引郑文焯手校《津逮秘书》本《诗品》云:“驳圣可对杂霸,并新语之妙论。”其对“驳圣”殆有解会。钟惺《古诗归》卷三云:《房中歌》“无雅颂之和大,亦无汉以下之肤近。质奥幻杳,自为一音,在四始为杂霸,在汉以来为正始”。此“杂霸”,亦即“驳圣”之义。

五四、激刺　谐合

《萧译》注《诗品中》评应璩“得诗人激刺之旨”云:激刺,激切地讽刺。又云:应璩诗多讽刺,也是古人普遍看法,如《三国志·魏书·王粲传》注引《文章叙录》:“曹爽秉政,多违法度,璩为诗以讽焉。其言虽颇谐合,多切时要,世共传之。”《徐译》亦谓此句之意为

“深得诗人激切怨刺之义”。

激刺 当是有激而刺之意。若释为“激切地讽刺”，则有违“温柔敦厚”“主文而谲谏”的诗旨，也背刘勰、钟嵘、徐昌谷、张溥评论之意。钟嵘云：“善为古语，指事殷勤，雅意深笃。”《文心雕龙·明诗》云：“应璩《百一》，独立不惧，辞谲义贞，亦魏之遗直也。”徐祯卿《谈艺录》云：“休琏《百一》，微能自振，然伤媚焉。”张溥《汉魏六朝百三名家集题辞》云：“休琏历事二主，喉舌可舒，而世无赏音，义存优孟，嗟乎命也。”诸家所评之“雅意深笃”“词谲义贞”“义存优孟”“伤媚”，皆和“激切地讽刺”不合，而与《文章叙录》之“言颇谐合”义近。

谐合 不谓讥刺合于事情而指其讥刺时事的方法。钱锺书释此云：“‘合’即‘同’也。‘谐合’者，‘俳谐’出以‘乱同异’，即‘滑稽’也。”（《管锥编》第一册，第316页）故“其言虽颇谐合”，即是“其言虽颇滑稽”之意。由于应璩《百一诗》的特征是以“滑稽”之语讽刺而又“多切时要”，所以才被评为“词谲义贞”“义存优孟”，而过分滑稽之处亦被视为“伤媚”了。

五五、华靡可讽味

《萧译》注华靡云：华丽。《吕校》亦云：有文采。

按，陆机《文赋》“言徒靡而弗华”以华、靡分说，可见华、靡并不同义，各有所指。逯钦立《钟嵘诗品丛考》云：

> 夫华靡二字兼言词采音节之美，华者在目，靡者入耳，与陆机所谓“诗缘情而绮靡”而兼“绮靡”二字论文章之声色者，旨趣正同。

又，陈柱《讲陆士衡〈文赋〉自记》云：“绮言其文采，靡言其声音。”（《学术世界》一卷四期）。逯、陈二氏之说甚辩，可从。钟嵘之意是：应璩之“济济今日所”等诗，文采华美，声调动听，故可诵读和玩味。

五六、颜远英篇

按，指载于《文选》的《感旧诗》。曹摅此诗亦为殷浩所重。《世说新语·黜免》注引《续晋阳秋》：

> (殷)浩虽废黜，夷神委命，雅咏不辍，虽家人不见其有流放之戚。外生韩伯始随至徙所，周年还都。浩素爱之，送至水侧，乃咏曹颜远(《感旧》)诗曰："富贵他人合，贫贱亲戚离。"因泣下。(《晋书·殷浩传》所记略同)

沈德潜《古诗源》卷七云："殷浩坐废，韩康伯咏(曹摅《感旧诗》)首二句，因而泣下。"以咏曹摅诗者为韩康伯，误。

五七、刘琨、卢谌诗之体源

钟嵘论刘琨、卢谌诗云："其源出于王粲。善为凄戾之词，自有清拔之气。"《吕校》注此谓："刘琨五言诗，由于时代和诗人本身经历的关系，形成'凄戾''清拔'的风格特点，与'发愀怆之词'的王粲诗风格有相似之处，所以被认为'其源出于王粲'。"

按，刘琨诗和卢谌诗出于王粲，仅从二人"凄戾"、王粲"愀怆"着眼，而刘、卢自有之"清拔"，则与王粲"文秀""质羸"不同，所以，钟嵘在言"其源出于王粲"之后，又补写了两句："善为凄戾之词，自有清拔之气。""善为"句是言二人出于王粲之据，后句则用"自有"二字标明刘、卢诗独具风貌。《诗品序》云："刘越石仗清刚之气。"《三国志·魏书·卢毓传》注云："(卢)谌字子谅。温峤表称谌清出有文思。""清拔"即与"清刚""清出"义近。又，刘熙载《艺概·诗概》曰："钟嵘谓越石诗出于王粲，以格言耳。"以为钟嵘仅论刘琨而不及卢谌，误。《诗品》旧注多同此，惟《萧译》不误：

“以上二句（按，指“善为凄戾之词，自有清拔之气”）是对刘、卢诗的总评，以下分评。”

［补正］

按，车柱环云：“‘自’作‘且’，且字进一层言之，于义较胜。‘自’盖‘且’字之误。”[①] 此殆不知此评之结构层次也。[②]

又，王叔岷《笺证稿》云：“按越石诗之‘凄戾’‘清拔’，与王粲之‘愀怆’‘秀拔’相似。‘清拔’者，清秀峻拔也。”此说非是，王粲“秀”而不“拔”。

五八、《陈注》引陈沆《诗比兴笺》语

《陈注》释《诗品中》“自有清拔之气”引陈沆《诗比兴笺》曰：

> 元遗山《论诗绝句》：“曹刘坐啸虎生风……不教横槊建安中。”谓刘桢浅狭阒寂之作，未能以敌三曹，惟越石气盖一世，始与曹公苍茫相敌也。又曰：“卢子谅《览古诗》，通篇直叙蔺生事，而结以张弛二字，何等笔力。疑为越石从事时，见并、幽构衅而作。”

按，《陈注》以引文中之“又曰”云云亦为陈沆《诗比兴笺》语。其实，“又曰”以下文字出自何焯《义门读书记》卷四十六，是何焯语而非陈沆言。《向释》引作何焯语，不误。

五九、宪章潘岳……

《诗品中》评郭璞云：“宪章潘岳，文体相辉，彪炳可玩，始变永嘉

① 车柱环：《钟嵘诗品校证导言》，载曹旭选评：《中日韩诗品论文选评》，第182页。
② 王发国：《结构层次：校注释译诗品的新视角（上）》，《许昌学院学报》2005年第1期。

平淡之体，故称中兴第一。”《萧译》注释云：“郭璞的诗效法潘岳，二人的风格互相辉映，文采璀灿，耐人寻味，开始改变永嘉以来淡乎寡味的玄言诗体，所以被称为东晋时期最杰出的诗人。”

按，此处译文恐有歧义，当作：“（郭璞的诗）效法潘岳，（和他的）风格交相辉映，文采璀璨，耐人寻味，开始改变永嘉以来的平淡之体，所以被称为‘中兴第一’。”

六〇、《翰林》以为诗首

《陈注》《古笺》《叶释》《吕校》《徐译》等谓：诗首之说不详。曹道衡亦谓：“《翰林论》一文久已亡佚，后人所辑的零星佚文中，亦无他论郭璞的话。”[①]

按，《太平广记》卷十三“郭璞”条引李弘范《翰林明道论》：“景纯善于遥寄，缀文之士，皆同宗之。”《翰林》“诗首”之说，殆指此欤？

[补正]

按，曹旭《笺注》云：“《翰林论》中‘以为诗首’语今佚。”是不知引录《翰林明道论》语也。

六一、乖远玄宗

旧注多以“玄宗”为道家思想，如《向释》云：玄宗，道家的玄理。

按，玄宗，指神仙家思想。“乖远玄宗”，与下文“非列仙之趣”同旨。

---

① 曹道衡：《郭璞和〈游仙诗〉》，《社会科学战线》1983年第1期。

六二、《与吴质书》

《诗品中》评袁宏“虽文体未遒”，《萧译》注引曹丕《与吴质书》：“公干有逸气，但未遒耳。”

按，《三国志》载曹丕《与吴质书》有二：一曰“太子南在孟津小城与质书曰”云云；二曰“建安二十三年（按，当作建安二十四年）太子又与质书曰”云云。《文选》于两首皆录，其目录一作《与吴质书》，一作《又与吴质书》，以示区别。注引文字恰在《又与吴质书》中，故当作《又与吴质书》。《中国历代文论选》（郭绍虞主编）亦谓“公干有逸气”数句出《与吴质书》，误与萧同。

［补正］

按，王叔岷《笺证稿》及曹旭《集注》《笺注》《集注（增订本）》引此亦作《与吴质书》，当改。

又，张万起、刘尚慈谓：“袁宏所作《咏史诗》内容不详。”[①] 按，刘孝标注《世说新语》虽未著录袁宏《咏史诗》，但余嘉锡《世说新语笺疏》却引录了。

六三、《陈注》引《世说新语》

《诗品中》“彦伯《咏史》”，《陈注》引《世说新语》曰：“袁虎少贫……虎，袁宏小字也。”

按，《陈注》引文，见《世说新语·文学》。对照原文，则“虎，袁宏小字也”，不是《世说新语》正文，是刘孝标的注文。《陈注》引

① 张万起、刘尚慈：《世说新语译注·文学》，中华书局1998年版，第88条注（3）。

此，不当正文、注文不分。

六四、《陈注》引《续晋阳秋》

《诗品中》评袁宏“去凡俗远矣”，《陈注》引《世说新语》注文《续晋阳秋》曰：“虎曾为《咏史诗》，是其风情所寄，辞文藻拔。”

按，《陈注》引文亦见《世说新语·文学》注。对照原书，引文有省略，当作：“曾为《咏史》诗，是其风情所寄。……声既清会，辞又藻拔……”引文中，“又”误为“文”。余嘉锡《世说新语笺疏》云：“文”，“景宋本及沈（宝砚）本俱作又。”《晋书·文苑·袁宏传》正作“又”字。且“声”“辞”二句为对文，若作“文”字，则“既”与“文”如何相对？《诗纪别集》四引《续晋阳秋》即误作“虎（宏字）曾为《咏史诗》，是其风情所寄，辞文藻拔。”《萧译》注引虽知其间有省略，但亦有以“又”为“文”之失。

六五、戴凯人实贫羸

《徐译》云：贫羸，家道贫寒，身体瘦弱。

按，《汉书·邹阳传》载邹阳《狱中上梁王书》：“今夫天下布衣穷居之士，身在贫羸。”师古曰：“羸，谓无威力。”《史记·邹阳传》作“贫贱”。据此，则“贫”指无钱，“羸”指无势，与身体瘦弱无关。戴凯其人，《宋书》无传，事迹仅零星散见于《宋书·邓琬传》和《南齐书》《南史》之《齐武帝纪》。从这些记载中亦仅知他是武昌人，曾任宋晋安王刘子勋参军和所署南康相，子勋叛乱失败后被朝廷诛死（详本书第一章“戴凯”条）等。至如家世，则不得而知。不过，从现存记载看，戴凯不是名门望族，则是可以肯定的。这大概是钟嵘说他“贫羸”的缘由吧。

六六、吾许其进

钟嵘评郭泰机等五人云:“观此五子，文虽不多，气调警拔。吾许其进，则鲍照、江淹未足逮止。越居中品，佥曰宜哉！”旧注对此数句之释各有不同。《萧译》云：我希望他们精进不已，那么鲍照、江淹未必能赶上他们……《徐译》云：我要是同意把他们进为上品，那么鲍照、江淹还达不到上品的程度……《向释》云：我想他们如能再进一步。

按，“吾许其进”，指郭泰机五人若能克服“文虽不多”之失，“则鲍照、江淹，未足逮止。”“吾许其进”，语见《后汉书·郭太传》所附《贾淑传》:

> 贾淑字子厚，(郭)林宗乡人也。虽世有冠冕，而性险害，邑里患之。林宗遭母忧，淑来修吊。既而钜鹿孙威直亦至。威直以林宗贤而受恶人吊，心怪之，不进而去。林宗追而谢之曰:“贾子厚诚实凶德，然洗心向善。仲尼不逆互乡，故吾许其进也。”淑闻之，改过自厉，终成善士。

何休《公羊传》注:“去恶就善曰进。”钟嵘之“吾许其进”正用此。又,《论语·述而》:“子曰：与其进也，不与其退也。”是“吾许其进”的语源。“与”释为“许”，在《论语》书中，例证颇多。于鬯《香草校书》云:“《公冶长篇》‘吾与女弗如也。’皇侃《疏》引秦道宾曰:‘《尔雅》云：与，许也。’……《述而篇》‘暴虎冯河，死而无悔者，吾不与也。’吾不与，亦谓吾不许与。”(中华书局1984年版，第1046页)

六七、《陈注》顾恺之事引《世说新语》

《陈注》引《世说新语》曰:“顾长康拜桓武墓，作诗云:‘山崩溟海竭，鱼鸟将何依。’固知其能诗也。”

按，引文见《世说新语·言语》。对照原文，引文“固知其能诗也”句，不属《世说新语》，而是陈氏自己引用《世说新语》后所加之按语。其句不当引在《世说新语》正文之内。

六八、未足逮止

《许疏》于“鲍照、江淹未足逮止……”的标点作：“鲍照江淹未足逮。止，越居中品。”[1]

按，当作“未足逮止”，否则义不可解。

六九、陶潜品第

《陈注》云：

《太平御览》《文部》诗之类曰：“钟嵘《诗评》曰：古诗、李陵、班婕妤、曹植、刘桢、王粲；阮籍、陆机、潘岳、张协、左思；谢灵运、陶潜十二人，诗皆上品。”是陶诗原属上品。迨至宋陈振孙著《直斋书录解题》则云：上品十一人，是又不数陶公也。

《古笺》亦云：

案《太平御览》五百八十六钟嵘《诗评》曰：“古诗……谢灵运、陶潜十二人，诗皆上品。”据此，则陶公本在上品，今传《诗品》列之中品，乃后人窜乱之本也。

《叶释》说同《古笺》。《许疏》驳此云：

《太平御览》刊上品末一人，虽陶潜名，显系后人添入，果属原有，何至次谢灵运下，适形其风尚陶诗，为宋人之见而已。

又，钱锺书《谈艺录》二四“陶渊明诗显晦”条亦云：

---

① 据成都古籍书店1983年5月影印本。

> 近有笺《诗品》者二人……一作笺者引《太平御览》卷五百八十六云："钟嵘《诗评》：古诗……谢灵运、陶潜十二人，诗皆上品。"又一作笺者亦引《太平御览》卷五百八十六云：钟嵘《诗评》："古诗……谢灵运、陶潜十二人，诗皆上品。"据此一条，遽谓陶公本在上品，今居中品，乃经后人窜乱，非古本也。余所见景宋本《太平御览》，引此则并无陶潜，二人所据，不知何本。

按，余所见《太平御览》[1]引此亦无陶潜，而只在列数古诗、李陵、班婕妤、曹植、刘桢、王粲、阮籍、陆机、潘岳、张协、左思、谢灵运等上品之十二人名字后，引述《诗评》评语时，将《诗品》评陶潜之语，置于阮籍之后。《御览》引述《诗品》评语的顺序是：曹植诗、刘桢文、张协（字景阳）诗、阮籍诗、陶潜诗；在陶潜评语录毕后，又隔多行另起论颜延年、谢灵运时云："钟嵘《诗品》云：灵运诗，其源出于陈思……未足以贬高才也。"陈、古二氏殆见此录，即以为《诗品》是将陶潜置于上品。其实，《御览》所录在《诗品》中属上品的评语的诗家，也只有曹植、刘桢、张协、阮籍、谢灵运五人，其余如古诗、李陵、班婕妤、王粲、陆机、潘岳、左思等诗家的评语，则一概不录。难道，能因此而将此七家排在上品之外吗？显然，《御览》所录，与《诗评》品第之高下无关。故不能据此以定钟嵘原所置陶公于上品也。

[补正]

按，钟嵘将陶潜置之中品，此由谓"其源出于应璩"，即可定矣，因为应璩也只列中品。钟嵘绝不可能谓居于中品的诗人是居于上品诗人之源出。对此，钱锺书先生早已述之。总之，南朝文论，对陶潜的地位有失公允；对晋宋之际的诗歌发展轨迹的勾勒，大有遗漏。直到章炳麟《国故论衡》才有正确总结。他说："玄言之杀，语及田舍；田舍之隆，旁及山川云雾。"这才把晋宋之际"文体三变"的命题说清楚。

---

① 上海涵芬楼影印宋本复制重印，中华书局1960年版。

又，沈曾植《与金潜庐太守论诗书》云："康乐总山水老庄之大成，开其先支道林。"后句谓支道林诗，除主要有玄言诗句外，还在诗中写了所游之地的山水景色自然环境。这是由两方面决定的：一是"因咏山水，遂杖锡而游"；二是"其为神趣，岂山水而已哉？"（庐山诸道人《游石门诗序》，逯钦立《全晋诗》卷二十）

又，李白诗涉及陶渊明者最多，计有三十五篇诗文（及鲍照者三十篇，及谢朓者二十六篇），有化陶潜诗文意境的，有袭用陶潜诗文词语的，有推重陶潜不为五斗米折腰而归田园居的，有歌颂陶潜躬耕生活的，有欣赏陶潜隐居田园的诗酒生活的，有称道陶潜为官不爱钱的清廉品格的，有向往桃花源理想境地的，有肯定其开一派新风的诗歌成就的，有以陶潜比喻朋友的，当然也有以陶潜自比的，等等。

七〇、《陈注》谢瞻生平引《宋书》

《陈注》谢瞻生平引《宋书》曰："谢瞻，字宣远，东郡人。宋黄门郎，以弟晦权贵，求为豫章太守，卒。"

按，《陈注》所引文字，见《文选》谢瞻《九日从宋公戏马台集送孔令诗》李善注。但李善之注不作"《宋书》曰"，而作"《宋书七志》曰"。胡克家《文选考异》云："注'《宋书七志》曰'，袁本'宋'作'今'，茶陵本亦作'宋'。陈云：'注引《今书七志》处甚多，又证以《王文宪集序》，宋字之误无疑。'案所说是也。"又云："注'东郡人也'，袁本、茶陵本'东'作'陈'，是也。"对照李善注文和胡氏考证，《陈注》之误显然，其中"《宋书》曰"，当作"李善注《文选》引王俭《今书七志》曰"；"东郡人"，当作"陈郡人"。

七一、《陈注》谢混生平引《宋书》

《陈注》谢混生平云："《宋书》曰：'谢混字叔源，为尚书左仆射，以党刘毅诛。’”

按，谢混晋人，卒于刘宋建代之前（412年），事见《晋书》卷七九。而《宋书》无《谢混传》。李善注《文选》卷二二谢混《游西池》引沈约《宋书》曰：“混字叔源。”则是误作。胡克家《文选考异》卷四即云：“注‘沈约《宋书》曰混字叔源’。袁本、茶陵本无此九字，臧荣绪《晋书》曰：‘谢混’下有‘字叔源’三字。”

七二、谢混被诛之因

谢混被刘裕诛杀之因，各注皆据《晋书》谓：“以党刘毅。”然日人兴膳宏却说：“为与宋武帝对抗的刘毅所憎，终至遇害。”[①]

按，二说相反，当从“以党刘毅诛”之说。《晋书》本传云“以党刘毅诛，国除”；同书《天文志》云“义熙八年九月，诛刘藩、谢混，讨灭刘毅”；《宋书·天文志》云“义熙八年九月诛刘藩、谢混，灭刘毅”；同书《谢弘微传》云，“义熙八年，混以刘毅党见诛”；《资治通鉴》卷一一六云，义熙八年九月己卯，“裕以诏书罪状毅，云与藩及谢混共谋不轨，收藩及混，赐死”；均可为证。

七三、欲度骅骝前

《萧译》注此云：“王僧虔《论书》：‘子敬（王献之）戏云：弟书如骑骡，骎骎恒欲度骅骝（指王珉）前。’”

按，严可均《全齐文》录王僧虔《论书》曰：

> 亡从祖中书令珉书，笔力过于子敬。书旧品云：有四匹素绢，自朝操笔，至暮便竟，首尾如一，又无误字。子敬戏云：弟书如骑骡，骎骎恒欲度骅骝前。

① 兴膳宏：《文心雕龙·人物传略》，载彭恩华编译：《兴膳宏〈文心雕龙〉论文集》，齐鲁书社1984年版，第184页。

据此，则“弟”当指王珉，而骅骝当指其他书法高手。《萧译》以骅骝指王珉，显误。

[补正]

按，杨明《译注》对此句有更好的解释，可参观。

七四、谢惠连诗体源

《陈注》云：“宋濂曰：‘三谢亦本子建而杂参于郭景纯。’三谢谓灵运、惠连、玄晖也。”

按，钟嵘未溯惠连诗体源。最早论惠连诗体源者当推陈绎曾《诗谱》。其云：“郭璞构思险怪而造语精圆，三谢皆本于此。”又云：“谢惠连酌取险怪自然之中，而句句为之。”宋濂《答章秀才论诗书》谓惠连“杂参郭景纯”，即源于《诗谱》。又，何焯《义门读书记》卷四十六曰：“谢惠连《西陵遇风献康乐》清便婉转。此等诗亦宪章陈王。”陈王，指曹植。其说又本于宋濂矣。崔嵩高《义门读书记》标点本“陈王”作“陈、王”，指曹植和王粲，误。又，《向释》引此作“清便婉转。……此等诗亦复宪章陈王”，其省略号当省。因何焯原文即无省略号。还有谓惠连宪章康乐者，包世臣《艺舟双楫·答张翰风书》即云：“法曹宪章康乐而发以么弦。”[①]

七五、灵运锐思

《向释》注云：锐思，构思敏锐。

按，“锐思”，犹《诗品序》之“锐精研思”、赵壹《非草书》之“研思锐精”，皆谓精心构思，与构思之迟速无关。谢灵运诗思不速，

① 《艺林名著丛刊》第一种，中国书店1983年版，第5页。

已是公论。《南史·颜延之传》云：

延之与陈郡谢灵运俱以辞采齐名，而迟速悬绝。文帝尝各敕拟《乐府·北上篇》，延之受诏便成，灵运久之乃就。

《诗品》此评亦曰："康乐……在永嘉西堂，思诗竟日不就。"葛立方《韵语阳秋》卷二亦谓：

颜延之、谢灵运各被旨拟《北上篇》，延之受诏即成，灵运久而方就。梁元帝云：诗多而能者沈约，少而能者谢朓。虽有迟速多寡之不同，不害其俱工也。

胡应麟《诗薮》外编卷二谓：

灵运诸佳句，多出深思苦索。

"久之乃就""竟日不就""深思苦索"，皆不谓"构思敏锐"，而只言"精心构思"。正由于他能精心构思，则能成就其如"芙蓉出水"之诗风。而"受诏立成"的颜延之，则差一步，只能是如"错彩镂金"。"快一步"反而"差一步"，"慢一步"可能"进一步"，这可能就是一种艺术规律。

［补正］

按，袁枚《随园诗话》卷十四《作诗快慢》条云："余因有句云：'事从知悔方征学，诗到能迟转是才。'"

又，其《箴作诗者》云："倚马休夸速藻佳，相如终竟压邹枚。物须见少方为贵，诗到能迟转是才。清角声高非易奏，优昙花好不轻开。须知极乐神仙境，修炼多从苦处来。"

七六、语有神助

钟嵘评谢惠连引《谢氏家录》云：

康乐每对惠连，辄得佳语。后在永嘉西堂，思诗竟日不就，寤寐间，忽见惠连，即成"池塘生春草"。故尝云："此语有神助，非吾语也。”

按，此数语揭示了诗歌构思（即神思）灵感的来去通滞现象：“竟日不就”，言灵感不来；“语有神助”，谓灵感突发。“神助”之说，始于论书。《唐文补》卷二十蔡节综《书法论》云：

> 陶隐居云：右军此数帖，皆笔下鲜媚，纸墨精新，不可复得，右军亦自讶焉。或它日更书，无复似者，乃叹而言曰：“此神助耳，何吾力能致！”

又，何延之《兰亭始末记》亦云，羲之书《兰亭记叙》，“是时，殆有神助。及醒后，它日更书数十本，终无及者。右军亦自爱重此书，留付子孙。”《旧唐书·贺知章传》谓：“（张）旭善草书而好酒，每醉后，号呼狂走，索笔挥洒，变化无穷，若有神助。”《谢氏家录》“语有神助”之说，殆仿羲之欤？钟嵘之后的论诗者也乐用“神助”之语。杜甫《独酌成诗》：“醉里从为客，诗成觉有神”；《寄张十二山人彪三十韵》：“草书何太古，诗兴不无神”；《薛端薛复筵间薛华醉歌》：“文章有神交有道”；《游修觉寺》：“诗应有神助”；《奉赠韦左丞丈二十二韵》：“读书破万卷，下笔如有神。”旧题白居易《金针诗格》：诗有“自然句……命题属意，如有神助，归于自然”。徐铉《成氏诗集序》：“若夫嘉言丽句，音韵天成，非徒积学所能，盖有神助者也。罗君章（罗含字，事见《晋书·文苑传》）、谢康乐、江文通、丘希范，皆有影响，发于梦寐。”吴曾《能改斋漫录》卷八“语有神助”条：“《吕氏诗事录》云：‘郭祥正有句云：明月人随度流水。王介甫爱之曰：此言若有神助。’”皆是其证。

［补正］

按，孔融《荐祢衡表》云：“性与道合，思若有神。”又，《三国志·魏书·任城陈萧王传》裴松之注引鱼豢《魏略》云：“植之华采，思若有神。”

又，曹旭《笺注》《集注（增订本）》皆从《考索》所引。但唐蔡节综《书法论》所言乃录梁陶隐居之语，似当补出。

七七、驱迈疾于颜延

《向释》此句云：驱迈，指行动，喻构思。

按，颜延之构思甚速。《南史》本传：

> 延之与陈郡谢灵运俱以辞采齐名，而迟速悬绝。文帝尝各敕拟《乐府·北上篇》，颜延之受诏便成，灵运久之乃就。

可见，言颜延之构思迟缓是无根据的，况史籍亦无言鲍照构思速于颜延者。故《向释》注驱迈为构思，实误。钟嵘称颜延“博雅”，而“博雅之失也缓”（《文镜秘府·论体》），有失亦有得，则制作节奏缓慢的朝庙体诗歌又是颜延之所长；鲍照则“不娴于朝庙之制”（《义门读书记》卷二），而善作节奏明快的乐府诗（《义门读书记》云：“乐府诗宜让明远。”）。鲍照这类乐府诗，“操调险急”（《南齐书·文学传论》）、“步骤逸荡”（许学夷《诗源辩体》），远非颜延之节奏缓慢的廊庙体可比。故钟嵘有鲍照“驱迈疾于颜延”之论。

七八、危仄　险俗

按，危仄，即危侧（仄，古侧字，见陆德明《经典释文》），奇险而不典正之意。刘勰《文心雕龙·体性》云：“新奇者，摈古竞今，危侧诡趣者也。”鲍照所好，正是这种“新奇”，但他“奇而仄”，有违刘勰“酌奇而不失其正”的纲领，也背钟嵘“奇不伤雅（正）”的主张。鲍照之“奇”，何焯论之甚详。其《义门读书记》卷二评《咏史》云：“诗至于鲍”，“奇之又奇”；卷三评《还都道中作》云：“句句奇”；评乐府云：“亦具太冲之瑰奇”；评《东武吟》云：“语极奇”；评《东门行》云：“奇之又奇。”鲍照之“奇”，颇伤“清雅”（“清正”）者有三：一是语过雕琢、华丽，夸饰，有伤清新、淡雅和自然；二是“乏精典”（虞炎《鲍照集序》），“多鄙言累句”（《宋书》《南史》本传）；三是非朝庙之体而多郑卫之音。萧子显《南齐书·文学传论》云：“发唱惊挺，操调险急，雕藻淫艳，倾炫心魂，亦犹五色之有红紫，八音之有郑卫。斯鲍照之遗烈也。”与钟氏“危仄”之论相同：“发唱惊挺”云云，谓“奇”；“五色之有红紫，八音之有郑卫”，言“俗”。

鲍照之“不避危仄”，与谢灵运之“芙蓉出水”给人的审美感受是一样的。鲍照“危仄”之能“倾炫心魂”，犹如“芙蓉出水”之能使人惊呼“夥颐”也。故休、鲍有颜、谢优劣之论。

“险俗”，即“危仄”。因“危”同“险”，而“俗”亦伤雅正也。

七九、微伤细密，颇在不伦

《萧译》此二句云：细密，即精密，指过份雕饰。……若与谢混诗相比，有许多不尽相同处。

按，细密，纤巧繁密，具体谓形象纤巧，选字严密。刘克庄《后村诗话》云：“诗至三谢，如玉人之攻玉，锦工之织锦，极天下之工巧组丽，而去建安、黄初远矣。”又云：“康乐一字百炼乃出冶，元晖尤丽密。”宋濂《答章秀才论诗书》云：“元嘉以还，或伤于刻镂，而乏雄浑之气。”郑振铎《插图本中国文学史·齐梁诗人》云：“所谓‘永明体’，实开创了齐梁诗的风格……对仗更工整了，题材更狭小了，情绪更纤柔了，音律更精细了。”兴膳宏《谢朓诗的抒情》云：“谢朓诗的显著特点就是细腻……如‘鱼戏新荷动，鸟散余花落’，表现出一种对细小对象的微妙动作的惊奇感……显现了谢朓特有的工丽纤巧……和《玉阶怨》中‘流萤飞复息’所流露的纤细的抒情在性质上是相同的。”他还说谢朓的诗所描写的时间短，空间小，事物轻，感情细，弱点是感觉的幅度比较狭。[①] 这些论述都对谢朓诗“细密”特色的内涵作了阐释。

① 兴膳宏著、彭恩华译：《六朝文学论稿》，岳麓书社 1986 年版。

“颇在不伦”之“颇”字，一般当有二义：一为很、甚，表高级的程度；二为稍微、略微，表比较的强度。《史记·袁盎晁错列传》“惟袁盎明绛侯无罪，绛侯得释，盎颇有力”，此“颇”即属第一义；同书《刘敬叔孙通传》“臣愿颇守古礼与奉仪杂献之”，《三代世表》“至于序《尚书》则无年月，或颇有然多阙”，此二“颇”字则属第二义。钟嵘“颇在不伦”之“颇”，亦属后一义。句意为：（和谢混相比）略有些不同之处。若释“颇”为很、甚，则与“其源出于谢混”之说相矛盾了。

八〇、末篇多踬

《萧译》云：谢朓诗末尾好用典，不够生动有力。

按，谢朓《暂使下都夜发新林至京邑赠西府同僚》之发端“大江流日夜，客心悲未央”，是历代有口皆碑的“工于发端”之句。而末四句之“常恐鹰隼击，时菊委严霜。寄言罻罗者，寥廓已高翔”，虽用了典故，却不是踬句。沈德潜《古诗源》曰：“时谢朓被谗而去，故有末二语。言已翔于寥廓，罗者无如何也。用长卿《难父老篇》语意。”其实，“常恐”二句亦是用典。《汉书·孙宝传》云：“今日鹰隼始击，当顺天气，取奸恶，以成严霜之诛。”诗人用此以达恐受严霜之诛（即杀身之祸）的忧惧心情，既与末二句之强自宽慰作抑扬顿挫，又同开篇“客心悲未央”所抒之情遥相呼应。因此末尾的用典，当是成功的。可见，结尾用典，不是导致谢朓诗“末篇多踬”的原因。又《之宣城出新林浦向板桥》之末二句“虽无玄豹姿，终隐南山雾”也是用典。《列女传·陶答子妻》载：

> 答子治陶三年，名誉不兴，家富三倍，其妻数谏，不用。居五年，从车百乘归休，宗人击牛而贺之。其妻独抱儿而泣。姑怒曰：“何其不祥也？”妇曰：“……妾闻南山有玄豹，雾雨七日而不下食者，何也？欲以泽其毛而成文章也，故藏而远害。……今夫

子治陶，家富国贫，君不敬，名不戴，败亡之征见矣。愿与少子俱脱。”……处期年，答子之家果以盗诛，唯其母老以免。

从诗句的字面意义看，是借出仕外郡之机隐遁远祸；从典故的含义看，又是指以淡泊心境处理政事。这就借一个典故包罗了“既欢怀禄情，复协沧洲趣”的两重旨趣，更深一层地阐明了自己以仕为隐的处世之道和以隐为仕的治政之法。它不但扣住赴宣城为郡守之正题，而且字面形象与首句“江路西南永”照应。这种一典多用的结尾，亦相当精妙。此亦不当谓为“末篇”因用典故而“踬”。考钟嵘认为谢朓“末篇多踬”的原因，是“意锐而才弱”，与评颜延之“雅才减若人，则蹈于困踬”之说合。但是，此说亦未必。陈祚明《采菽堂古诗选》卷二十说谢诗之失在于“篇篇一旨，或病不鲜”，其说颇中准的。谢朓诗基本上承袭了大谢山水诗写景加抒情的模式，大都将抒情部分集中置于篇末，而所抒之情又往往是感激皇恩、安于荣仕和远隔嚣尘、畏祸全身这两种思想的矛盾。谢朓诗中“篇篇一旨”的结尾和发端的万千变化、笼盖乾坤的佳句相比，当然就显得龙头蛇尾。

八一、《陈注》引周应合《景定建康志》

《陈注》“冶亭”云：“周应合《景定建康志》曰：‘冶亭在冶城，宋义熙十一年，刘钟领石头戍事，屯冶亭，今即冶城楼所在之处。’”

按，注文之“宋义熙十一年”，误，当作“晋义熙十一年”，义熙为东晋安帝司马德宗年号（405—418）。《宋书·刘钟传》云：“高祖讨司马休之……冶亭群盗数百夜袭钟垒，距击破之。”又，《晋书·安帝纪》载，义熙“十一年春正月，荆州刺史司马休之……举兵贰于刘裕，裕帅师讨之”。据此，则刘钟之屯冶亭在晋义熙十一年。又，《宋书·刘钟传》说刘钟“元熙元年卒”，元熙为东晋恭帝司马德文年号，次年才是刘裕受禅建宋之时。可见刘钟并未活到刘宋时代。

八二、江淹与钟嵘

梅运生云:“和钟嵘同时代的江淹,曾经写过两篇有名的赋——《别赋》和《恨赋》。两赋都抒发了怨别之情,这和《诗品序》‘嘉会寄诗以亲’一节的观点,是完全一致的。钱锺书说:‘说也奇怪,这一节差不多是钟嵘同时人江淹那两篇名文——《别赋》和《恨赋》——的提纲。’江赋也写于齐梁时代,在当时就享有盛名。如果说这不是受钟嵘观点的影响,至少可以说他们是所见略同。”[①]

按,曹道衡先生云:

> 江淹所流传的作品,大抵都作于永明元年以前。所以清人纪昀在《四库全书总目提要》卷一四八中说:“淹《自序传》称:自少及长,未尝著书,惟集十卷。考传中所序官阶,止于中书侍郎。校以史传,正当建元之初,则永明以后所作,尚不在其内。”这个说法,虽不全对,但基本上符合今本《江文通集》的情况。[②]

据此,则《别赋》《恨赋》亦属江淹永明元年(483)以前的作品。若以钟嵘生于宋明帝泰始四年(468)[③]计,则永明元年,钟嵘仅十五岁。又据考证,钟嵘《诗品》大概写于梁天监十三年(514)之后,其时,离江淹去世之天监四年(505)已有九年。故江淹《别赋》《恨赋》与钟嵘《诗品》,既不能说写于同时,更不能说是江淹受钟嵘的影响,而应该说是江淹影响钟嵘。其实,江淹影响钟嵘者,远不止《别赋》《恨赋》。叶梦德《石林诗话》卷下云:

> 魏晋间人诗,大抵专工一格,如侍宴、从军之类,故后来相与祖袭者,亦但因其所长取之耳。谢灵运《拟邺中七子》与江淹

① 梅运生:《钟嵘和〈诗品〉》,上海古籍出版社1982年版。

② 曹道衡:《论江淹诗歌的几个问题》,载氏著《中古文学史论集》,中华书局2002年版。

③ 王达津:《钟嵘生卒年代考》,《光明日报》1957年8月18日《文学遗产》专版。

《杂拟》是也。梁钟嵘作《诗品》，皆云某人诗出于某人，亦以此。叶氏此论甚是。甚至可以说，江淹《杂体诗三十首》为《诗品》的内容搭起了一个初步框架，提出了宋以前的主要诗家和诗作。在江淹所拟的三十家中，无一不被钟嵘列入《诗品》:《诗品上》收录的十二诗家——古诗、李陵、班姬、曹植、刘桢、王粲、阮籍、陆机、潘岳、张协、左思、谢灵运，尽在江淹拟仿之中；而居中品者魏文帝、嵇康、张华、刘琨、卢谌、郭璞、谢混、陶潜、颜延年、谢惠连、王微、袁淑、鲍照等十三家诗，亦在江淹摹拟之列；其余五家——孙绰、许询、殷仲文、谢庄、休上人，则出现在《诗品下》。另外，就《诗品序》之末所列的“篇章珠泽”论，与江淹所拟相合者，即有陈思《赠弟》(江作《赠友》)、仲宣《七哀》(江作《怀德》，其中檃栝有《七哀》内容)、公干《思友》(江作《感怀》)、阮籍《咏怀》(江亦作《咏怀》)、叔夜“双鸾”(江作《言志》)、景阳“苦雨”(江亦作“苦雨”)、士衡《拟古》(江作《羁宦》)、越石《感乱》(江作《伤乱》)、景纯《咏仙》(江作《游仙》)、王微“风月”(江作《养疾》)、谢客“山泉”(江作《游山》)、鲍照《戍边》(江作《戎行》)、太冲《咏史》(江亦作《咏史》)、陶公《咏贫》(江作《田居》)。又,《诗品中》谓“季鹰‘黄华’之唱……文采高丽”，也是因江淹《莕赋》有拟季鹰“青条若总翠，黄花如散金”句的缘故(见本章“季鹰‘黄花’之什”条)。

[补正]

按，曹道衡、沈玉成云:“(江淹所拟三十家中)也没有包括曹操那样重要的诗人。这样的去取标准，反映了南朝某些文人的看法。例如钟嵘《诗品》把曹操列入‘下品’，似乎也与江淹的观点相近。”[①] 此说甚是。江淹所不取者，钟嵘亦多列下品。

---

① 曹道衡、沈玉成:《南北朝文学史》，人民文学出版社 1991 年版。

八三、张载索锦

《古笺》注江淹才尽曰："张天如曰：世传文通暮年才退，张载问锦，郭璞索笔，则几妒口矣。"（《叶释》亦有此段引文。）

按，《南史》本传云：

> 淹少以文章显，晚节才思微退。云为宣城太守时罢归，始泊禅灵寺渚，夜梦一人自称张景阳，谓曰："前以一匹锦相寄，今可见还。"淹探怀中得数尺与之。此人大恚白："那得割截都尽？"顾见丘迟，谓曰："余此数尺既无所用，以遗君。"自尔，淹文章踬矣。又尝宿于冶亭，梦一丈夫自称郭璞，谓淹曰："吾有笔在卿处多年，可以见还。"淹乃探怀中得五色笔一以授之，尔后为诗，绝无美句，时人谓之才尽。

据此，则向江淹索锦者为张协（景阳）而非张载（孟阳）。《古笺》所引张天如（张溥）作"张载问锦"，误。殷孟伦《汉魏六朝百三家集题辞注·江醴陵集》不加驳正，亦有不是。

八四、匆匆不暇唱渭城

《吕校》注江淹才尽云：

> 姚鼐《惜抱轩笔记》（卷八）：江诗之佳，实在宋齐之间，仕宦未盛之时。及名位益登，尘务经心，清思旋乏，岂才尽之过哉！后世词人，受此病者，亦多有之。"匆匆不暇唱渭城"，文通、休文固皆不免尔耳。

《萧译》同此。《陈注》《向释》则引此以注"评沈约"条之"江淹才尽"。但《萧译》《向释》引述，不如《吕校》全备。

按，《吕校》引姚鼐语中之"匆匆不暇唱渭城"，事见王世贞《艺苑卮言》卷八：

文通裂锦还笔入梦以来，便无佳句；人谓才尽，殆非也。昔人夜闻歌《渭城》甚佳，质明迹之，乃一小民佣酒馆者。捐百缗，予使鬻酒，久之，不复能歌《渭城》矣。近一江右贵人，强仕之始，诗颇清淡，既涉贵显，虽篇什日繁，而恶道坌出，人怪其故。予曰：此不能歌《渭城》也。

据此，则姚氏所言《渭城》，乃指王维《送元二使安西诗》，后因谱入乐府，而其首句又作“渭城朝雨浥轻尘”。刘禹锡《与歌者》“更与殷勤唱《渭城》”（《刘梦得文集》卷五）、范成大《咏河市歌者》“岂是从容唱《渭城》”（《石湖居士诗集》卷二六）、元好问《江城子》“旗亭谁唱《渭城诗》”（《遗山乐府》卷三），即指此。故《吕校》引语中的《渭城》应作书名标。《历代诗话续编》标“渭城”为地名，亦误。

八五、醴陵侯

旧注多谓江淹曾封醴陵侯。

按，《梁书》本传“改封醴陵侯”，中华书局《校勘记》曰：

张森楷《梁书校勘记》：“上云封临沮县伯，此云为侯，当是进封，而云改封，非也。”按“侯”疑当作“伯”。江淹死后，谥曰“宪伯”，其子芗袭封，后复封芗“吴昌伯”，邑如先。凡此皆可证非改封“醴陵侯”，乃改封“醴陵伯”。

此说殆是。又，《文选·恨赋》李善注引刘璠《梁典》云“封醴泉侯”，谥曰“宪子”。与《梁书》和《校勘记》之说不同，亦误。

八六、《梁书·丘迟传》

《太平御览》卷五百八十六云：

《梁书·丘迟传》：“丘迟字希范，辞采丽逸。有钟嵘《诗品》

云：‘范云婉转清便，如流风回雪；迟诗点缀映媚，似落花依草。虽义浅文通，而秀于敬子。’其见称如此。”

梅运生亦云：“唐代，姚思廉作《梁书》，李延寿作《南史》，评及丘迟、范云等诗作，还引用了《诗品》中的话作为佐证。”[1]

按，《太平御览》之《梁书·丘迟传》当作《南史·丘迟传》。《梁书》之《丘迟传》和《范云传》皆无引有钟嵘《诗品》评丘迟、范云语，引者乃《南史·丘迟传》耳。《御览》及梅氏“姚思廉作《梁书》……评及丘迟、范云等诗作还引用了《诗品》中的话”之说皆误。

八七、清便宛转　流风回雪

《许疏》《吕校》注此云：“此评范诗之声调也。”

按，许学夷《诗源辩体》卷九云：“范云五言……前数篇亦永明体。”既然范诗属永明体，则一向对讲究声律的永明体持批评态度的钟嵘又怎会以“清便宛转”赞美其声调呢？此二句是谓范诗的风格清新流利，富于变化，有如飘风回卷着雪花。

清便　语出《世说新语·品藻》：“抚军问孙兴公……袁羊何如？曰：洮洮清便。”

宛转　见《庄子·天下》：“椎柏輐断，与物宛转，舍是与非，苟可以免。”成玄英《疏》云：“宛转，变化也。”

流风回雪　语出曹植《洛神赋》“飘飘兮如流风之回雪”。

钟嵘此评，为后人所乐道。如权德舆《右谏议大夫韦君集序》云：

彼惠休称谢永嘉为芙蓉出水，钟嵘谓范尚书如流风回雪，吾知之矣。

王世贞《艺苑卮言》卷五云：

汤惠休、谢琨（按，当作混）、沈约、钟嵘、张说、刘次庄、张芸叟、郑厚、敖陶孙、松雪斋，于诗人俱有评议……吾独爱汤

---

[1] 梅运生《钟嵘和〈诗品〉》，上海古籍出版社 1982 年版。

惠休所云“初日芙蓉”，沈约云“弹丸脱手”（按，当是谢朓语，为沈约所转述），钟嵘云“宛转清便，如流风回雪；点缀映媚，如落花依草”。

何焯《义门读书记》卷四十六评范云云：

《赠张徐州谡》“疑是徐州牧”八句：流风回雪。记室固最得其如此。

薛雪《一瓢诗话》第五二条云：

余故曰：不妨如快剑砍阵，骏马下坡；又不妨如回风舞絮，落花萦丝。

皆是也。又，杨慎《升庵诗语》、刘师培《中古文学史讲义》等亦皆引此评之语。又，陈石遗《钟嵘〈诗品〉评议》谓：“此评最当。彦龙、希范颇有佳句，而‘昔去雪如花，今来花如雪’，不可无一，不能有二。”

八八、昉深恨之

《萧译》云：“他（任昉）深以此为恨”。

按，《南史》本传：“既以文才见知，时人云：‘任笔沈诗。’昉甚以为病。”改“恨”为“病”。可见，“恨”“病”同义。《萧译》注《诗品中》评颜延年条“颜延终身病之”即云：“病，恨。”“病”有辱和羞愧之义。于鬯《香草校书·公羊传桓六年》“其诸以病桓与”条云：

病桓者辱桓也。《仪礼·冠礼》郑注云：病犹辱也。王引之《穀梁述闻》谓凡羞愧者皆曰病，历举《穀梁》诸文“病”字，皆羞愧之义，其说甚确。（中华书局1984年版，第984页）

《南史》及《诗品》之“病”和“恨”当与此同，亦作“羞愧”解。“昉深恨之”或“昉闻，甚以为病”，皆“任昉为沈诗任笔说而深感羞愧”之意。而“颜延终身病之”，亦是“颜延至死都为惠休之评而感到羞愧”。

八九、拓体渊雅

《向释》注“拓体”为“大体”，并引《广雅疏证》云：“拓，大也。”

按，拓体，指开拓的风格。渊雅，是一种诗格。唐王昌龄《诗格》云：“诗有六式，一曰渊雅。如或一览意穷，谓之浮浅。”可见，渊雅的特点是深厚典雅，与一般的一览意穷的浮浅不同。钟嵘认为任昉正开拓了深厚典雅的诗歌风格，和当时流行的永明体诗风不同。

九〇、沈约不闲于经纶

旧注多未笺释。《徐译》云：闲，作阻碍解。谓沈约无碍于博学多识。

按，李善注《文选》嵇康《琴赋》“心闲手敏”云：“闲，习也。”《南史·萧子云传》谓：

> 梁初，郊庙未革牲牷，乐辞皆沈约撰，至是承用，子云启宜改之。敕答曰：“此是主者守株，宜急改也。”仍使子云撰定。敕曰：“郊庙歌辞，应须典诰大语，不得杂用子史文章浅言。而沈约所撰，亦多舛谬。”子云作成，敕并施用。

可为“沈约不闲于经纶”之证，指沈约不善写作用于朝廷大典的诗歌。《徐译》显误。

九一、虽文不至其工丽，亦一时之选也

《萧译》《徐译》于此句的标点作：“虽文不至其工丽，亦一时之选也。”并云：“其，指鲍照。”

按，彭铎云：“此似当以‘虽文不至’为句，‘其工丽’三字下属

为句。此节本专论沈约之文，虽未臻极诣，而其工丽，亦一时之选也。如今读则不知‘其’字指谁矣。”[①] 彭说是。《许疏》《叶释》《吕校》《向释》《陈注》，皆与彭说同。又，《萧译》谓“其”为鲍照，亦误，当指沈约的诗作。

九二、永明相王爱文……江淹才尽

旧注多引《梁书·武帝纪》：“竟陵王子良开西邸，招文学，高祖与沈约、谢朓、王融、萧琛、范云、任昉、陆倕等并游焉，号曰‘八友’。”

按，“八友”不包括江淹，故引此不备。萧绎《金楼子·说蕃篇》：

> 竟陵萧子良，少有清尚，礼才好士，居不疑之地，倾意宾客，天下才学皆游集焉。居鸡笼山西邸，集学士撰五经百家，依《皇览》列为《四部要略》千卷。好文学。我高祖、王元长、谢玄晖、张思光、何宪、任昉、孔广、江淹、虞炎、何僩、周颙之俦，皆当时之杰，号士林也。

注当引此以补《梁书·武帝纪》之不备。

[补正]

杨明《译注》除引《梁书·武帝纪》外，又云：“又据《金楼子·说蕃》，江淹亦为萧子良所礼遇。”

九三、老于掌故

《诗品下》“孟坚才流，而老于掌故”，《萧译》注云：老于：熟谙于。掌故：指历史上的典章制度、故实惯例等。《向释》亦云：掌故，指关于古代人物、典章制度的故事。

---

① 彭铎《诗品注补》，《西北师范大学学报》1964年第1期。按，彭铎是针对《陈注》作补，然今《陈注》已改，只《萧译》《徐译》与原《陈注》同。

按，掌故，汉代官名。《文选》司马相如《封禅文》“宜命掌故，悉奏其仪而览焉”，李善注引《汉书音义》：“掌故，太史官属，主故事者也。”老于掌故，言老了都还在“掌故”一类的小官任上。《史记·晁错传》“以文学为太常掌故”，司马贞《索隐》引《汉旧仪》：“太常博士弟子试射策，中甲科补郎，中乙科补掌故也。”掌故比郎官职务还低，故《汉书·东方朔传》载东方朔《答客难》曰：“使苏秦、张仪与仆并生于今之世，曾不得掌故，安敢望侍郎乎？”这里，特假掌故以指小吏。而班固对自己有才无位的遭遇也十分不满。《后汉书·班固传》即云：“固自以二世才术，位不过郎，感东方朔、扬雄自论以不遭苏（秦）张（仪）范（睢）蔡（泽）之时，作《宾戏》以自通焉。”记室在此，也是在为班氏鸣不平，认为班固是一个很有才能的人，然而至老都只做“掌故”一类的小官。因此，钟嵘不是以此赞美孟坚通晓历史上的故实，而是慨叹诗人有才不售、一生沉沦下僚的不幸遭遇。

九四、观其《咏史》，有感叹之词

《吕校》注此引班固作《答宾戏》之由，以证《咏史》的感叹亦是怀才不遇、生不逢时。

按，《咏史》是组诗，今存完整者仅《咏缇萦》一首。钟嵘谓“有感叹之词”的《咏史》，当指此。此诗写缇萦救父。其故事自《史记·文帝纪》和《扁鹊仓公列传》著录以来，班固不仅在《汉书·刑法志》历述其事之本末，还以《咏史》为题赋诗歌咏。这当和班固的不幸遭遇有关。考班固一生曾两次下狱，最后一次是因诸子不遵法度得罪了洛阳令种兢而再陷囹圄的。郑文说：“即就班固《咏史》而论，大概是他晚年在洛阳狱中悲伤无人为他昭雪而写的，这时已经是和帝永元四年（公元147年）了。”[1] 是的，《咏缇萦》正是班固在狱中之作。

---

① 郑文：《汉诗研究》，甘肃民族出版社1994年版。

诗中的“百男何愦愦，不如一缇萦”等句的确抒发了他心中的深沉感慨。他深叹自己的儿子不仅不能像缇萦那样救父出狱，相反，还把无辜的老子牵连入牢。和缇萦相比，诸子又是何等“愦愦”！班固所感叹者在此，《咏缇萦》的写作动机也在此。按，汉和帝永元四年为公元92年，郑文作公元147年，误。

九五、白马与陈思答赠

胡应麟《诗薮》外编卷一云：“白马名存钟《品》，则彪当亦能诗。”《陈注》云：“曹植有《赠白马王彪》一首，彪答诗亦佚。”

按：曹彪有《答东阿王诗》四句，今存《初学记》卷十八。《古笺》评《陈注》云：“其不考亦甚矣。”胡氏亦然。

九六、大检似

《向释》云：大检似，疑有脱误；或系指大体相似。

按，《叶释》曰：

> 犹言大较一揆。《三国志·吴志·步骘传》：（颍川周昭著书称）顾豫章、诸葛使君、步丞相、严卫尉、张奋威此五君者，虽德实有差，轻重不同，至于趣舍，大检不犯四者（按，指急议论、争名势、重朋党、务欲速等“四患”），俱一揆也。

《吕校》即采此说，云：“大检似，大致相似。大检，即大抵、大略、大致，六朝用语。”叶、吕二氏之说不误。周昭是钟嵘的同郡前辈，钟嵘在此，正仿其评人之法论诗（如周评人用此“五君者……”，记室评诗则谓“元瑜、坚石七君……”；周评人谓“大检不犯四者”，钟则云“大检似”）。又，顾起纶《国雅品》评汪忠勤诗云：“词新调闲，不失唐人大检。”此大检亦即大体之意。可见“大检”可通，非有缺文。又，《陈注》云：“余藏有明钞本《诗品》，大检似作大抵相似。”

《萧译》亦云："明《吟窗杂录》本作大抵相似。"此当是以意改者，钟嵘原文不当如是。

［补正］

按，黄侃《诗品讲疏》云："《诗镜总论》：'子桓、王粲时激《风》《雅》余波。子桓逸而近《风》，王粲庄而近《雅》。'然则，文帝之与仲宣，大检似，而亦有流别矣。"亦用"大检似"一词。同时，此亦可作子桓诗"颇有仲宣之体则"之评相印证。

九七、应玚

《诗品下》之阮瑀等七君中之应氏，多数版本作应璩，而萃编本作"魏文学应玚"。

按，应璩已见《诗品中》，不应重出。即或重出，则其应比其他六人为优而不当云："二嵇微优。"故作应璩者，必误。《许疏》云："案已见中卷也。此与嵇阮连类而及。中卷因为陶潜所师承，故载之。"甚无谓也。又有谓当作应贞者，《陈注》即云："晋无应璩，恐是应贞之讹。"又，《萧译》则认为作应玚、应贞皆无不可。按，应玚任五官将文学，应贞则无"文学"头衔。同时，作应贞也无版本依据。故在应玚、应贞二说中，当从萃编本作"魏文学应玚"。

［补正］

按，胡应麟《诗薮》内编卷二："魏三应：德琏诸作颇雅驯。""雅驯"，即"平典不失古体"之意。

九八、长虞父子繁富可嘉

《古笺》云："《晋书》曰：'傅玄文集百余卷行于世。'《隋·志》：

‘《傅咸集》十七卷，梁三十卷。’可谓繁富矣。”《许疏》云：“刚侯（傅玄谥曰刚，故名之）富于乐章，长虞繁于经言。”

按，张溥《汉魏六朝百三家集题辞·傅中丞集》云：“长虞著述不富。”故《古笺》《许疏》之释不可取。《南齐书·文学传论》云：

> 今之文章，作者虽众，总而为论，略有三体：……次则缉事比类，非对不发，博物可嘉，职成拘制。或全借古语，用申今情，崎岖牵引，直为偶说，唯睹事例，顿失清采。此则傅咸五经，应璩指事，虽不全似，可以类从。

“博物可嘉”，即同于记室之“繁富可嘉”，故“繁富”不指“著述很多”（《吕校》语），而指诗中用事过多。用事繁富，即表现出长虞父子有渊博的学识。记室论诗重才能，轻学问，因此对唯表学问的傅氏父子评价不高，认为他们比远惭张协、居于下品的张载还不及，是下品之下也。

九九、孝冲 后进

《古笺》注“孝冲虽曰后进，见重安仁”云：“案《晋书》曰：‘湛弟淳字孝冲。’此误以弟字为兄字。”《吕校》《叶释》同此，但《陈注》《许疏》《萧译》《向释》等对此则无说。

按，《古笺》说是。孝冲当作孝若。《世说新语·文学》云：“夏侯湛作《周诗》成，示潘安仁。安仁曰：‘此非徒温雅，乃别见孝悌之性。’潘因此遂作《家风诗》。”此为孝若见重安仁之证。又，潘岳《夏侯常侍诔》赞之云：“英英夫子，灼灼其俊。飞辩摛藻，华繁玉振。如彼随和，发彩流润。如彼锦绘，列素点绚。人见其表，莫测其里。徒谓吾生，文胜则史。”

后进，《萧译》注为后学、后辈，《向释》解作后进之士，《徐译》译作年少新进之士。

按，同品中，张载生卒年约为250—310（陆侃如《中古文学系年》），傅玄为217—278，傅咸为239—294，缪袭为186—245，夏侯湛为243—291。可见，除傅玄、缪袭可称夏侯湛为“后进”外，余皆为同时人。至如潘岳，其生卒为247—300，其比孝若还晚生数年，更不得谓早生者为后进。故萧、向、徐之说非是，而后进之义当寻别解。

《世说新语·文学》注引《湛集·周诗叙》曰：

> 周诗者，《南陔》《白华》《华黍》《由庚》《崇丘》《由仪》六篇，有其义而无其词，湛续其亡，故云《周诗》也。

孝若学《诗经》而补《周诗》，比《诗经》之产生晚数百年。

又，《论语·先进》：“子曰，先进于礼乐，野人也；后进于礼乐，君子也。如用之，则吾从先进。”刘宝楠《论语正义》引卢辩注《大戴礼记·卫将军文子篇》云：

> 用人之法，皆令先习礼乐而后出仕。……夫以先进于礼乐为野人，野人者，凡民未有爵禄之称也。春秋时，选举之法废，卿大夫皆世爵禄，皆未尝学问，及服官之后，其贤者，则思为礼乐之事。故其时后进于礼乐者为君子。君子，卿大夫之称也。

他认为，后进并非后辈、后进之士。不过，此处记室“后进”一词，当用《论语》“后进于礼乐”一句文意，言孝若虽说是以后才学《诗经》而补周诗，仍见重于潘岳。

一〇〇、熙伯《挽歌》，惟以造哀

《吕校》云：造哀，实为告哀之误。《诗经·小雅·四月》：“君子作歌，维以告哀。”王粲《为潘文则作思亲诗》：“诗之作矣，情以告哀。”亦作告哀。

按，告同造。《诗经·大雅·公刘》“乃造其曹”，王先谦《三家义集疏》卷十二：“三家造作告。”《列子·杨朱》：“密告邓析而谋之。”《列子·释文》（殷敬顺撰、陈景元补）云：“告本作造，七到切。”故不烦改字也。《文选·挽歌》李善注引谯周《法训》（《吕校》引作《谯周法训》，误）：“挽歌者，高帝召田横至尸乡自杀，从者不敢哭，而不胜哀，故为此歌以寄哀音焉。”又，《颜氏家训·文章》云：

挽歌词者，或云古者《虞殡》之歌（见《左》哀十一年，杜注云：《送葬曲》），或云出自田横之客，皆为生者悼往告哀之意。陆平原多为死人自叹之言，诗格既无此例，又乖制作大意。

生者悼往寄哀（告哀、造哀）是《挽歌》本意。缪袭《挽歌》不属此类正体，既与陆士衡《挽歌》变体相同，也与起于汉末而延续至南朝的那种把《挽歌》用于喜宴取乐的习俗不异。钟嵘"维以造哀"和颜之推"生者悼往告哀"的意见则属正统认识。《晋书·礼志中》载，晋初，荀恺制礼，以吉凶不杂，送葬者不宜有歌，去之。挚虞驳之曰：

挽歌因倡和而为摧怆之声，衔枚所以全哀，此亦以感众。虽非经典所载，是历代故事。《诗》称"君子作歌，唯以告哀"。以歌为名，亦无所嫌。宜定新礼如旧。

挚虞之议重申了《挽歌》的作意和正用，为晋武帝所赞同。但是，尽管如此，历代写变体《挽歌》者也还是不少。如陶渊明的《挽歌》三首，就与缪袭、陆机之"多为死人自叹之言"类似，而鲍照之《代挽歌》亦属此体。

至于以挽歌为乐，可追溯至汉末。《续汉书·五行志一》引《风俗通义》："汉末时，京师宾婚嘉会，皆作魁垒（丧家之乐），酒酣之后，续以挽歌。"（亦见《御览》卷五五二、《事物纪原》九）又，《后汉书·周举传》载："（阳嘉）六年三月上巳日，（梁）商大会宾客宴于洛水……商与亲昵酣饮极欢。及酒阑倡罢，继之以《薤露》之歌，坐中闻者皆为掩涕。"李贤注引《纂文》曰："《薤露》，今之挽歌也。"汉人如此，晋宋齐梁亦然。《世说新语·任诞》："张湛好于斋前种松柏，时袁山松出游，每好令左右作挽歌。"注引《续晋阳秋》曰："袁山松善音乐，北人旧歌有《行路难》曲，辞颇疏质，山松好之，乃为文其章句，婉其节制，每因酒酣，从而歌之，听者莫不流涕。初，羊昙善唱乐，桓伊能挽歌，及山松以《行路难》继之，时人谓之'三绝'。"又引裴启《语林》曰："袁山松出游好令左右作挽歌。"《任诞》还云："张麟（按，湛小字）酒后挽歌，甚凄苦。"又，《黜免》注引《司马晞传》曰："晞未败，四五年中，喜为挽歌，自摇大铃，使左右习和之。"《南史·颜延之传》曰："（文）帝尝召延之，传诏频，不见，常日但酒店裸袒挽歌，了不应对，他日醉醒乃见。"《范晔传》曰："元嘉九年，彭城（王）太妃薨，将葬，祖夕，僚故并集东府，晔与司徒左西属王深及弟司徒祭酒广（《宋书》作广渊），夜中酣饮，开北牖听挽歌为乐。彭城王义康大怒，左迁宣城太守。"《梁书·文学·谢几卿传》曰："时左丞庾仲容亦免归，二人意志相得，并肆情诞纵，或乘露车游历郊野，既醉则执铎挽歌，不屑物议。"皆是其证。其以挽歌为乐，与仲伟所标榜的"惟以造哀"大相径庭。不过，以上各例，除范晔是真乐外，余皆是借挽歌以抒发"乐未毕也，哀又继之"（《庄子·知北游》）的"乐极生悲"之情。

一〇一、桓庾诸公

《陈注》谓指桓温、庾亮。后之注《诗品》者多从之。而郭绍虞主编之《中国历代文论选》（第一册）则谓："桓指桓伟，有《兰亭》诗；庾指庾友、庾蕴，都有《兰亭》诗，庾阐诗亦是玄言一派。"《吕校》又兼合二者之说云："桓庾指桓温（字元子）、庾亮（字元规），一说指桓伟、庾友、庾蕴、庾阐。"按，在《陈注》之前，胡适《白话文学史》第八章即有桓庾指桓温、庾亮之说。考《世说新语》，桓氏被称为"桓公"者三人：桓温、桓冲、桓玄。此三人中，惟桓温为刘惔视为同调。《世说新语·品藻》即云："桓大司马下都，问真长曰：'……第一流复是谁？'刘曰：'正是我辈耳。'"又，考《世说》，被称为庾公者亦三人，庾亮、庾冰、庾琮。此三人中，惟庾亮"善谈论，性好老庄"（《晋书》本传）。而桓伟、庾友、庾蕴、庾阐则不曾被人称桓公、庾公。因此，对桓庾诸公之释，吾从众说。只是桓温、庾亮诗已不存，无从考实其诗之特色了。

［补正］

按，《诗品序》亦有"桓、庾诸公"。《叶释》注云："疑指温、亮。”又注此云：“乃指桓温、庾亮诸人也。”王叔岷《笺证稿》注彼云：“叶长青云：‘桓温、庾亮连称，由来久矣。’”皆与笔者同。但叶长青无王叔岷所引之说。拙以为当是王氏自己所言。

一〇二、恬淡

《萧译》注云：《说文》：恬，淡也。

按，《说文》无“恬，淡也”之释，只有“恬，安也”之解。《后汉书·班彪传》注“恬淡”云：“犹清静也。”当取此义。

一〇三、陈注引《刘尹别传》

《陈注》刘惔生平引《刘尹别传》曰：“惔字真长，沛国萧人。有雅裁，虽筚门陋巷，晏如也。历司徒左长史丹阳尹。为政务镇静，信诚风尘不能移也。”

按，《陈注》引文见《世说新语·德行》注，和原注文相较，引文标点有误。其后半当作：“历司徒左长史、……丹阳尹。为政务镇静信诚，风尘不能移也。”余嘉锡《世说新语笺疏》、徐震堮《世说新语校笺》同此。

一〇四、平美

《萧译》云：平美，平庸无奇。

按，平美，当是褒语，言平正而华美。《文镜秘府·论文意》：“虽正而质。”指一般的诗，写得平正，就易失之质木。傅亮诗则不然，既平正又华美。故记室说他本不想对傅亮的诗加以品评，后来读到了沈约所选的几首，才发现这些诗“亦复平美”，故品评之。若“平美”是“平庸无奇”则仍会“忽而不察”，也就不能让其“预此宗流”了。

唐李嗣真《书后品》：

虽欲矜毫，亦复平美。

清赵执信《声调谱论例》：

乐府诗体不一，汉人承《离骚》之后，故歌谣多奇语，魏武悲凉慷慨，与诗人不同。而史志所载，亦有平美者，班婕妤《团扇》、《青青河畔草》，皆乐府也。钟伯敬承于鳞之说，遂谓奇诡聱牙者为乐府，平美者为诗……谬之极矣。

这两段文字中，"平美"亦是褒义。

一〇五、才难

旧注多谓"才难"为人才难得，如《吕校》云："才难，人才难得。"

按，此特指诗才难得，非泛指也。钟嵘认为从汉魏至齐梁六百年间，可称"才子"者仅"百二十人"。而这其中，也还有诗才不及其它文才、史才者，有"虽谢天才，且表学问"者，有"才力苦弱"者，有"意锐才弱"者，有"情过其才"者，故有"才难"之叹。"才难"，语出《论语·泰伯》："才难，不其然乎？"

［补正］

按，钟嗣成《录鬼簿》云："前辈编撰《传奇》名公，仅止于此。'才难'之云，不其然乎！"可见，不仅诗才难得，能作《传奇》之人才，亦不可多得。

一〇六、不称其才

旧注多从字面释之。

按，不称其才，六朝常语。《世说新语·容止》："王敬豫有美形，问讯王公。王公抚其肩曰：阿奴恨才不称。"此言王恬才不称貌。钟嵘于此则以为范晔诗才不称史才。此与何长瑜、羊曜璠虽有文才而"诗不足奇”相类，故同评之。范晔自视“史才”甚高，以《后汉书》为天下奇作，又说自己“常耻作文士”，他当已初识“良史之才”与“篇什之美”的区别。钟嵘在此，又进而论之，认为“史才”“诗才”并非一事，意同萧纲《与湘东王书》论裴子野“是良史之才，了无篇什之美”及颜之推《颜氏家训·文章》之言：“但成学士，自足为人；必乏天才，勿强操笔。”以后刘知几《史通》、朱弁《曲洧旧闻》、郑樵《夹漈遗稿》、严羽《沧浪诗话》、章学诚《文史通义》皆有论及，如《文史通义·问答》即云：“文人之文，与著述之文，不可同日而语也。”

一〇七、亦为鲜举矣

《萧译》释为“也不可多得了”。《向释》则云：鲜举，疑有脱误。又云：“举”训为得……此处似系指难得。

按，鲜，《陈注》本作尠（鲜的俗字）。吕氏失校。鲜，少，稍微。举，取。句意当为，亦为取入《诗品》稍加评论。

《文选》录范晔诗仅《乐游应诏》一首，也是“鲜举”（稍取）之义。

[补正]

按，于鬯《香草校书》：“《尔雅》：‘鲜’，‘善’也。‘鲜’从‘羊’故训‘善’。‘善’亦从‘羊’也。”“‘善’者，必其物之‘少’者也。下文云：‘鲜，罕也。’又云：‘鲜，寡也。’郭璞注：‘谓少，鲜少之义。’”（中华书局1984年版，第1102页）

一〇八、李善注《文选》刘休玄《拟古》引《宋书》、陈注《诗品》刘休玄引《宋书》

《文选》刘休玄《拟古》二首，李善注引沈约《宋书》曰：

南平穆王铄，字休玄，文帝第四子也。少好学，有文才。元凶弑立，以为中军将军。世祖入讨，归世祖，进侍中、司空。后以药纳食中毒杀之。

又，陈注《诗品》云："《宋书》曰：'休玄有文才，《拟古》三十余首，时人以为迹亚陆机。'"

按，李善注引"少好学，有文才"与陈注引《宋书》曰云云，皆不见沈约《宋书》，而并见《南史》卷十四《宋宗室及诸王传下》：

南平穆王铄，字休玄，文帝第四子也。元嘉十六年九岁，封南平王。少好学，有文才，未弱冠，拟古三十余首，时人以为亚迹陆机。

胡克家《文选考异》于李善注文失校，亦误。

一〇九、《许疏》引《齐书·王俭传》

《许疏》注《诗品下》评宋孝武帝诗云："《齐书·王俭传》云：'宋武帝好文章，天下悉以文采相尚。'"

按，许所引文字不见于《齐书》，而见于《南史》本传，原文作："宋孝武好文章，天下悉以文采相尚。"

一一〇、《陈注》引《宋书》

陈氏注谢庄生平引《宋书》曰："谢庄字希逸，陈郡人，仕至光禄大夫。卒年三十六。"

按，此注节录自《文选》谢庄《月赋》李善注引《宋书》。注谓谢庄卒年三十六有误。胡克家《文选考异》云："时年三十六，何（焯义门）校：'三'改'四'。陈（少章景云）云，'三'当作'四'。（胡）按，所校是也，本传可证，各本皆误。"胡氏所谓本传，指《宋书·谢庄传》。《传》云："泰始二年，卒，时年四十六。"《诗品》它注于谢庄生卒作421—466，享年四十六，与《传》相合，不误。

一一一、兴属闲长，良无鄙促

《萧译》《吕校》《向释》皆释“兴属”为“兴致”“兴味”。

按，兴属，犹“兴托”(《诗品中》评张华)、“托喻”(《诗品中》评嵇康)。属作托解，乃是常义。如《公羊传》桓十六年“属负兹”注、《荀子·荣辱》“我欲属之狂惑疾病耶”注、《吕氏春秋·贵公》“寡人将谁属国”注、《上德》“我将属托子于宋之田襄子”注，皆曰：“属，托也。”闲，同娴，《说文》云：“娴，雅也。”长，深远。鄙促，犹鄙近(《诗品上》评阮籍)。《广雅·释诂》云：“促，近也。”闲长，正与鄙促相对。此数句言：谢庄诗气韵清新，风神高雅，虽与具“清浅”特色的王微、袁淑相比，其“清”稍逊(因谢爱用典故，有损其清)，然兴托娴雅深远，毫无鄙俗、浅近之失(王、袁“清”过谢庄而“浅”是其不足；谢庄虽“清”不及王、袁，但兴托渊雅，诗不浅俗)。

一一二、任昙绪

《向释》云：“任昙绪，居里不详，仕至中书令史，诗已失传。”

按，任昙绪仕履当依《诗品》作“宋典祠令”。向作“中书令史”，殆是承上“宋中书令史陵修之”而误。

一一三、人非文才是愈有可嘉

各注对此句的文字和标点，有所不同。《陈注》《古笺》《叶释》作：“人非，文才是愈，甚可嘉焉。”《许疏》《萧译》作：“人非文才是，愈甚可嘉焉。”《吕校》作：“人非文是，愈有可嘉焉。”《向释》作：“人非文才，是愈甚可嘉焉。”

按，所评四人中，仅苏宝生、代法兴二人史书有传。《宋书·王僧达传》："苏宝者，名宝生，本寒门，有文义之美……坐知高阇反，不即启闻，与阇（于大明二年秋七月）伏诛。"又，《宋书·恩倖传》："戴法兴……家贫，父硕子，贩纻为业……法兴好学……能文章，颇行于世。"《宋书·前废帝纪》：永光元年秋八月，"越骑校尉戴法兴有罪赐死。"而其他二人陵修之、任昙绪又只任中书令史、典祠令之类的下僚，其出身亦当不是显贵之家。由于此四人出身寒微，有的竟不得善终，故钟嵘谓为"人非"；但他们皆有诗才，所作诗歌为缙绅嗟咏，故钟嵘又谓为"文是"。据此推断，"才"字衍，则二句当依《吕校》作"人非文是，愈有可嘉焉"。

［补正］

按，曹道衡、沈玉成对此条有精彩论述，可参看。[①]

一一四、给主

《诗品下》评区惠恭"后造《独乐赋》，语侵给主"，《吕校》注云：给，及也。

按，《宋书·沈演之传》：

> 先是，五省官所给干僮，不得杂役。太祖世，坐以免官者，前后百人，（沈）统轻役过差，有司奏免。世祖诏曰："自顷干僮，多不祗给主，可量听行杖。"得行干杖，自此始也。

《诗品》之"给主"与此同。区惠恭"语侵给主"，正犯了干僮"不祗（敬）给主"之过，虽未挨打，亦被主人斥退。《宋书·沈演之传》、严可均《全宋文》于此诏断句作："自顷干僮多不祗给，主可量听行杖"。盖不知"给""主"当连文也。今证以钟嵘之语，二书断句殆误。

考"给"之义，当作供给解。《晋书·潘岳传》："初，（潘）芘

---

① 曹道衡、沈玉成：《南朝文学三题》，《文学评论》1990年第1期。

（潘岳之父）为琅琊内史，孙秀为小史给岳。”给岳，即供岳驱使之意。故《世说新语·仇隙》注引王隐《晋书》叙此事时，就易“给”为“给使”了。又，《晋书·卫瓘传》：“瓘入厕，见胡烈故给使，使宣语三军，言（钟）会反。”此“给使”连文，犹言“供给使用”也。又，《资治通鉴》卷一百三十五：“若诸佐不可遣，亦可使僮干来。”胡三省注：“诸佐谓吏也；僮干，则给使令者耳。”给使令者，也就是供给使唤的人。

当然“给”“给使”，还可作“服事”解。上引《晋书·潘岳传》“孙秀为小史给岳”，即可释为“孙秀为小史服事播岳”。“给主”之意，亦可释作所服事的主人了。

［补正］

按，杨明《译注》、曹旭《笺注》《集注（增订本）》皆引同笔者。

一一五、胡应麟《诗薮》所录宋文帝诗

胡氏《诗薮》外编卷二评颜师伯诗云：

> 宋文帝：“自君之出矣，笥锦废不开。思君如清风，晓夜常徘徊。”颜师伯云：“自君之出矣，芳帷低不举，思君如回雪，流乱无端绪。”二诗语甚相类，皆佳句也。

按，二诗皆拟徐干《室思》“自君之出矣，明镜暗不治。思君如流水，何有穷已时？”不过，胡氏所引作宋文帝诗者，《艺文类聚》卷三三、《乐府诗集》卷六九、《诗纪》卷四五皆作江夏王刘义恭诗。丁福保、逯钦立亦据《类聚》等书，定为刘义恭作。胡氏殆误。

一一六、《吕校》引《古笺》语

《诗品下》评汤惠休、帛道猷、康宝月之“康、帛二胡”，《吕校》

引《古笺》云:“《高僧传》云吴人,意其(按,指帛道猷)先本胡人,生于吴,遂为吴人,其前尝有称胡者。”

按,《吕校》引文末句与《古笺》原文不同。《古笺》末数句云:“《高僧传》云吴人,意其先本胡人,生于吴,遂为吴人,如康僧渊之例也。”两相对照,可知,《吕校》将《古笺》末句“如康僧渊之例也”,换成了“其前尝有称胡者”。可是,这样一换,引文的前后文意就不相衔接了。

那么,《吕校》之“其前尝有称胡者”句,又从何而来呢?按,此句见于《许疏》。《许疏》注此条云:“二胡,犹二释子,指道猷、宝月也。盖称释自道安起,其前尝有称胡者。”《吕校》乃取《许疏》之末句以换《古笺》之末句。

一一七、出都

《萧译》释“(柴)廓子赍手本出都”云:柴廓的儿子带着手稿离开京城。《向释》云:“手本,打官司的禀帖。”

按,出都之出,当作“往”解。出都,即往京城去之意。“出”作“往”字训者,在南朝文籍中多有其例。《世说新语·言语》:“刘真长为丹阳尹、许玄度出都就刘宿,床帷新丽,饮食丰甘。”余嘉锡《笺疏》云:“玄度至建业,刘尹为于郡立斋以处之。”后又引唐释道宣《三宝感通录》所录《地志》云:“晋时高阳许询诣建业,见者倾都。刘惔为丹阳尹,有名当世……于郡立斋以处之。”释道宣、余嘉锡皆释许询出都为“至建业”或“诣建业”。此一例也。

《宋书·庾炳之传》:“炳之请急还家,吏部令史钱泰、主案令史周伯齐出炳之宅咨事。……炳之因留停宿。”按,中华书局《校勘记》:“出……《通典·职官典》作诣。按六朝人云‘出都’,意即至都。此云‘出炳之宅’,谓自省出至炳之宅。出字本不误,或杜佑恐后人不解此字义,遂改作‘诣’。”此二例也。

《宋书·隐逸·刘凝之传》:“凝之慕老莱、严子陵为人，推家财与弟及兄子，立屋于野外，非其力不食……妻亦能不慕荣华，与凝之共安俭苦。夫妻共乘薄笨车，出市买易。周用之外，辄以施人。为村里所诬……”按此文“出市买易”之“出”亦作“往”解。此三例也。

同书《隐逸·孔淳之传》:“弟默之为广州刺史，出都与别。司徒王弘要淳之集冶城，即日命驾东归，遂不顾也。”按，据《传》云，孔淳之乃隐居于会稽之剡县，从未应征任过职，因此“出都”去为弟默之作别。南朝新命重要官职，受命者需先回京而后赴任。淳之正是趁默之回京之时去京城与之作别的。此四例也。

《南齐书·高逸·明僧绍传》:“僧绍闻沙门释僧远风德，往候定林寺，太祖欲出寺见之。僧远问僧绍曰:‘天子若来，居士若为相对?’”僧远谓“天子若来”即“来定林寺”。可知此“出寺”，即是往定林寺。此五例也。

《南齐书·孝义·杜栖传》:“杜栖，字孟山，吴郡钱塘人，征士京产子也。同郡张融与京产相友，每相造言论，栖常在侧……栖出京师，从儒士刘瓛受学……以父老归养。”按，此“栖出京师”，指杜栖从钱塘往京城。《南齐书·刘瓛传》说刘瓛住在建康檀桥，学徒“呼为青溪”。《南齐书·武帝纪》谓:“世祖武皇帝讳赜，字宣远……生于建康清溪宅。”又《梁书·处士·刘孝绪传》云:“初建武末，清溪宫东门无故自崩……或以问孝绪。孝绪曰:‘清溪皇家旧宅。’”皆可证刘瓛所住清溪在京城。此六例也。

《梁书·儒林·沈峻传》:“沈峻字士嵩，吴兴武康人。家世农夫，至峻好学，与舅太史叔明师事宗人沈麟士，在门下积年，昼夜自课，时或睡寐，辄以杖自击，其笃志如此。麟士卒后，乃出都，遍游讲肆，遂通五经，尤长三《礼》。”据《南齐书·高逸·沈麟士传》载：麟士一生只在宋元嘉末应选充任撰五经学士时到过京师，不过，时隔不久，麟士即“称疾归乡，更不与人物通……隐居余不吴羌山，讲经教授，从学者数十百人，各营屋宇，依止其侧……年八十六，卒。”可见，沈峻“出都”乃“往都”之义至明。此七例也。

《梁书·处士·范元琰传》:“家贫，堆以园蔬为业……或有涉沟盗其笋者，元琰因伐木为桥以渡之……居常不出城市，独坐如对严宾。”按，此言范元琰“不出城市”亦即不往城市之义。此八例也。

《陈书·儒林·沈德威传》:“沈德威……梁太清末，遁于天目山……天嘉元年，征出都，侍太子讲《礼》《传》。”此“出都”，亦“至都”之义。此九例也。

以彼例此，则“廓子赍手本出都，欲讼此事”，当是谓柴廓子带着手稿从东阳往京城建业，想就此事打官司也。“手本”，钱锺书《管锥编》(第四册)解作“手稿”，与萧说同，可从。

又，宝月窃柴廓诗事，后人颇有反响。王世贞《艺苑卮言》卷八、叶矫然《龙性堂诗话初集》、宋长白《柳亭诗话》都曾引钟嵘之语而加以评述。但是,《历代诗话续编》本将《艺苑卮言》之“宝月盗东阳柴廓之什”的“柴廓”作诗名标点、叶矫然以宝月为“北齐释子”之说皆误，当正之。

[补正]

按，周振甫《诗品译注》(中华书局1998年)译作:“柴廓的儿子带了手稿本从京中出来。”误。陈元胜《辨读》同误。曹旭《集注》《笺注》未注“出都”，而《集注(增订本)》则谓:“出都，此为六朝人常用语，即至都、到达京城之意。”是。

一一八、《诗辩坻》引《诗品》评汤惠休语

毛先舒《诗辩坻》卷二载有《诗品》评汤惠休语,《清诗话续编》标点作:

> 《诗品》云:“惠休淫靡，情过其才；世遂匹之鲍照，恐商、周矣。”羊曜璠云:“是颜公忌照之文，故立休、鲍之论。”余谓休

公婉丽，亦复深秀，不及明远者，特奇警耳。然是伯仲，何讵商、周！故知中书非尽妒口，记室未为笃论也。[1]

按，《诗品》语，亦包括羊曜璠云二句。故此段引文的标点当作：

《诗品》云："惠休淫靡，情过其才，世遂匹之鲍照，恐商、周矣。羊曜璠云：'是颜公忌照之文，故立休、鲍之论。'"

一一九、无所云少

《诗品下》："齐高帝诗，词藻意深，无所云少。"《徐译》云：不要说诗少。

按，无所云少，犹云无所少。云，虚词。《左传》襄公八年"兆云询多"，孔颖达疏云："云是语辞。"少，《史记·曹相国世家》"惠帝怪相国不治事，以为岂少朕与"，《索隐》云："少者，不足之词。"无所云少，意即：没有不足之处。《宋书·恩倖·王道隆传》："兄道迄，涉学善书，形貌又美。吴兴太守王韶之谓人曰：'有子弟如王道迄，无所少。'"此"无所少"，与"无所云少"同。《徐译》误。

一二〇、虽谢文体

《诗品下》"张景云虽谢文体，颇有古意"，《吕校》注云：谢，差，逊。

按，此处"谢"，与后面评张融"有乖文体"之"乖"意同，作违背讲。这里说的是张永的诗与当时流行的诗体相违。《南史·王俭传》："先是宋孝武好文章，天下悉以文采相尚。"又，《南齐书·萧惠基传》："自宋大明以来，声伎所尚，多郑卫淫俗，雅乐正声，鲜有好者。"所云即是当时流行文体的特点。而张永之诗"颇有古意"，与时行之郑卫淫俗之体显然不合。

---

① 郭绍虞编选、富寿荪校点：《清诗话续编》，上海古籍出版社1983年版。

一二一、经国图远

经国图远,《萧译》注云:“为忙于治理国家的深谋远虑。”《吕校》云:“经国图远，指政治抱负。”

按，任昉《齐王文宪集序》云:

> 公自幼及长，述作不倦，固以理穷言行，事该军国，岂直雕章缛采而已哉!

又云:

> 公生自华宗，世务简隔。至于军国远图，刑政大典，既道在廊庙，则理擅民宗……公秉理照物，动必研机，当时嗟服，若有神道。

钟嵘“王师文宪，既经国图远，或忽是雕虫”之评本此。据上引任昉之言，王俭一生，述作不倦，但都是表现“经国图远”的内容，故钟嵘所谓王俭“既经国图远”当是指王俭的文章，而非如《吕校》等所云是指政治抱负、国家大业。因为文章也是“经国大业”。曹丕《典论·论文》即云:“盖文章，经国之大业，不朽之盛事。”

[补正]

按,《南史·恩倖·刘系宗传》，齐武帝萧赜云:“学士辈不堪经国，唯大读书耳。经国，一刘系宗足矣，沈约、王融数百人，于事何用?”记室似未受此说法影响，以为“寸有所长，尺有所短”。

一二二、固执不如

《吕校》云：如乃移字之误，今据吟窗本、格致本、历代本改。《萧译》云:《陈注》本作如，据《吟窗杂录》本改。

按，如字不误。如有从、随之义。《说文》云："如，从随也。"《左传》宣十二年"有律以如己也"，注："如，从也。"《列子·力命》"胥如志也"，注："如，随也。"因执不如，即固执此体不随流俗之意。

一二三、吾诗可为汝诗父

王世贞《艺苑卮言》卷八云：

吴迈远尝语人："吾诗可为汝诗父。"每于得意语，掷地呼："曹子建何足道哉？"……文人矜夸，自古而然，便是习气。

按，《卮言》引吴迈远尝语人"吾诗可为汝诗父"，见《诗品下》评吴迈远条。对照《诗品》原文，"吾诗可为汝诗父"一语，乃汤惠休谓吴迈远之语，《卮言》殆误记了。

一二四、崭绝清巧

《萧译》注评鲍令晖"崭绝清巧"，引丘迟《旦发鱼浦滩》"诡怪石异象，崭绝峰殊状"以释。

按，鲍照《登庐山望石门》有"崭绝类虎牙，巑岏象熊耳"，早于丘迟，注当引此。《辞源（修订本）》释"崭绝"引同《萧译》，亦未得其初出。清巧，《辞源（修订本）》引作"清超"，虽不知所据何本，但似比作"清巧"者为好。清超，即清拔、清上之意，与"崭绝"连文亦似更顺。《吕校》未出此校文，当补。

一二五、百愿

《许疏》释评鲍令晖"唯百愿淫矣"云：

闻黄季刚先生有云："鲍之《百愿》，系一诗题，其诗大意近淫，故云淫矣。"谨按《百愿》如系诗题，则承上句言之，定是拟古之作，亦犹宋颜峻《淫思古意》之比耳。

《叶释》《吕校》亦皆引黄氏之说，认为《百愿》是诗题。

按，“百愿”当是拟古诗中的字句，写男女为爱情而许下的誓愿。它有似于汉乐府民歌中的“上邪，我欲与君相知，长命无绝衰。山无陵，江水为竭，冬雷震震，夏雨雪，天地合，乃敢与君绝。”（《上邪》）南朝乐府民歌的“我心如松柏，君情复何似”（《子夜冬歌》）；“侬作北辰星，千年无转移”（《子夜歌》）；“我与欢相怜，约誓底言者”（《懊恼歌》）等。又，唐敦煌曲子词中有一首《菩萨蛮》云：

> 枕前发尽千般愿，要休且待青山烂，水面上，秤锤浮，直待黄河彻底枯，白日参辰现，北斗回南面，休即未能休，且待三更见日头。

诗中之“千愿”，当可和鲍令晖之“百愿”相比拟也。令晖此诗，盖由于把爱情表现得过于直露而热烈，致钟嵘有“百愿淫矣”之评。令晖诗存七首，每首皆“歌诗”体裁，无一不写男女之情。以此推之，所谓“百愿”，当不出此范围。

令晖《拟古》旧注多谓仅存《拟青青河畔草》《拟客从远方来》二首，其实，令晖《拟古》不止二首。如《代葛沙门妻郭小玉作》二首之一即拟《明月何皎皎》，《题书后寄行人诗》亦拟徐干《自君之出矣》，而《古意赠今人》则更直接标明袭用古意。

一二六、齐武谓韩云

《诗品下》评韩兰英云：

> 兰英绮密，甚有名篇，又善谈笑。齐武谓韩云：“借使二媛生于上叶，则《玉阶》之赋，‘纨素’之词，未足多也。”

旧注本文字，多作上列。唯《吕校》谓“齐武谓韩云”，当作“齐武以为韩公”。其校语云：

> 考索本原作“齐武谓”，据吟窗本、格致本改。其它各本同考索本。《南齐书》《南史》均有齐武帝（萧赜）因韩兰英“年老多

识，呼为韩公”的记载（《武穆裴皇后传》）。下文“借使二媛生于上叶”云云，当是钟嵘对鲍韩二人的评语，而非齐武帝语。

吕说极是。若是作“齐武谓韩云”，则不当称“二媛”，而只应谓“韩公”一美，因为齐武不可能将鲍令晖与韩兰英共论。

一二七、未足多也

《吕校》云：萃编本作足，而多数本子作讵。

按，作“足”是。后评王融、刘绘，亦以“未”“足”连文。又，高仲武《中兴间气集》评韩翃诗：“韩员外诗……‘芙蓉出水’，未足多也。”即仿此。又顾起纶《国雅品·闺品》评碧天道人云：“‘玉阶’之赋，‘纨扇’之词，讵足夸耶？”亦仿此。

一二八、缓诞放纵

见《诗品下》评张融诗。《吕校》云：退翁本、对雨楼本、择是居本“缓诞放纵”作“缓放诞纵”。

按，当作“缓放诞纵”。缓放，犹佚荡、逸荡、倜傥。《汉书·扬雄传》“为人简易，佚荡”，注引晋灼曰：“佚荡，缓也。”诞纵，放纵旷达，不受拘束。《梁书·文学·谢几卿传》“时左丞庾仲容亦免归，二人意志相得，并肆情诞纵，或乘露车游历郊野，既醉则执铎挽歌，不屑物议。”《晋书·文苑传论》“季鹰纵诞一时，不邀名爵。”《唐书·贺知章传》“知章性放旷，善谈笑……工部尚书陆象先……常谓人曰：‘贺兄言论倜傥，真可谓风流之士……’知章晚年犹加纵诞，无复规检，自号四明狂客。”三史的“诞纵”或“纵诞”，皆是此义。

［补正］

按，杨明《译注》：“缓诞放纵：一作‘缓放诞纵’，逸荡无规检之意（参王发国《诗品考索》）。”

一二九、捷疾丰饶，差不局促

《吕校》云：捷疾丰饶，指张融言词辩捷，著作丰富。

按，捷疾丰饶，当指张融才思敏捷而丰富。《南史·刘绘传》：

时张融以言辞辩捷。

又，《南史·张融传》：

（融）又作《海赋》，文辞诡激，独与众异。后以示镇军将军顾凯之，凯之曰：“卿此赋实超玄虚，但恨不道盐耳。”融即求笔注之曰：“漉沙构白，熬波出素。积雪中春，飞霜暑路。”

……

高帝出太极殿西室，融入问讯，弥时方登阶，及就席，上曰：“何乃迟为？”对曰：“自地升天，理不得速。”时魏主至淮而退，帝曰：“何意忽来忽去？”未有答者，融时下坐，抗声曰：“以无道而来，见有道而去。”公卿咸以为捷。

可见张融才思之敏捷是时人所公认的。“丰饶”，不指作品，乃指才思。“捷疾丰饶”，有如“才思富捷”（见《诗品中》评谢惠连），“富”即“丰饶”；“捷”即“捷疾”。

差不局促，则指才思放纵，不受拘束。差，《吕校》云：略，尚；《向释》云：比较。按，清刘淇《助字辨略》卷四：“《汉书·赵广汉传》：诚令广汉得兼治之，直差易耳。此差字犹言颇也。”张相《诗词曲语辞汇释》卷二：“差，甚辞，犹最也，颇也。”得其义。吟窗本、格致本直接作“甚”，更可证“差”字之义当训“甚”也。

一三〇、德璋生于封溪

《陈注》释此云：“按融尝为封溪令，稚珪从之学诗，故云‘德璋生于封溪’也。”《向释》亦有此语。

按，考张融为封溪令在宋孝武帝大明八年（464），《南齐书》及《南史》之《张融传》和《孔稚珪传》皆不言此时稚珪曾从张融学诗。《陈注》盖想当然耳。封溪，《南齐书·州郡志上》属交州武平郡。杨慎《升庵诗话》卷四引钟嵘此评后注云，“封溪，今之广东，出猩猩处。”《许疏》引《升庵诗话》作卷十四，误。

一三一、《陈注》引《姓氏英贤录》

陈氏注王巾生平，引《姓氏英贤录》曰：“王巾，字简栖，琅琊临沂人。有学业，起家朔州从事，征南记室……”

按，《姓氏英贤录》已佚，《陈注》所引见《文选》王简栖《头陀寺碑文》李善注。对照《文选注》原文，《陈注》“朔州”当作“郢州”。《文选注》无作“朔州”者；且“巾”当作“中”。

一三二、《辞源（修订本）》引《诗品下》评张欣泰、范缜语

《辞源》（修订本）释“鄙薄”引此评作：“齐雍州刺史张欣泰、梁中书郎范缜、欣泰子真，并希古胜文，鄙薄俗制。”

按，依《辞源》（修订本）编者之意，此品所评对象是张欣泰、范缜及欣泰之子张真等人。其实，“子真”乃范缜之字，非谓张欣泰有子名真者。《辞源》标点有误，致文辞不通，当作：“齐雍州刺史张欣泰、梁中书郎范缜：欣泰、子真，并希古胜文，鄙薄俗制。”

［补正］

2015年《辞源（第三版）》已改正此处错误。另，杜天縻《广注诗品》亦有此误。中泽希男《诗品考》云：“《广注诗品》乃是出于误

解。”（《群马大学纪要》1959 年 6 月十周年纪念号）

一三三、文纬

《萧译》注“文纬”云：

> 《太平御览》卷四百四十七《人事部·品藻下》引姚信《士纬》：“论清高之士，上可如老子、庄周，下可如君平、子贡耳。”“士纬”既论士，则“文纬”当是论文之作。陆厥有《与沈约书》，对沈约的声律论提出异议，观点与钟嵘相近。

文纬之纬，即沈约《宋书·谢灵运传论》“以情纬文”之纬，有编织义。文纬，即文制、文编、文章之义，这里则指论文之作。日人遍照金刚《文镜秘府·东卷·论对》云：

> 余览沈、陆、王、元等诗格式等，出没不同。今弃其同者，撰其异者，都有二十九种对。

王利器《校注》云：

> 沈谓沈约，王谓王昌龄，元谓元兢，陆当谓陆厥。《南史·陆厥传》载厥《与沈约书》论四声。

王氏又在《文镜秘府序》注中引“余览沈、陆、王、元”时，将“诗格式”著上了书名号，认为《诗格式》是沈约、陆厥等人的论文之作。

又按，士纬，早见于《世说新语·品藻》第一条之注。《世说注》比《御览》早出数百年，当引《世说》。姚信，三国时吴人，事见《三国志·陆逊传》。

一三四、丈夫

《萧译》云：

> 钱锺书《管锥编》第四册第二一九节说：“《品》下陆厥，称其‘具识丈夫之情状，自制未优，非言之失也’，亦谓善论诗而不

善作诗；‘丈夫’二字必误，疑‘丈’乃‘文’之讹，后世不察其讹，而又不解其意，遂增‘夫’字足之。”译文即按钱说。

按，“丈夫”二字不误。张融《门律·自序》：

丈夫当删诗书制礼乐，何至因循寄人篱下。且中代之文，道体阙变，尺寸相资，弥缝旧物。吾之文章，体亦何异，何尝颠温凉而错寒暑，综哀乐而横歌哭哉！

即以“丈夫”二字作论。《晋书·王羲之传》云：

（萧）子云近出，擅名江表，然仅得成书，无丈夫之气，行行若萦春蚓，字字如绾秋蛇，卧王濛于纸中，坐徐偃于笔下。

则以“丈夫”论书。又，扬雄《法言·吾子》：

或曰：“吾子少而好赋？”曰：“然。童子雕虫篆刻。”俄而曰：“壮夫不为也。”

扬雄之“壮夫”，亦犹《诗品》之“丈夫”。《诗品》“具知丈夫之情状”，犹言“完全知道大丈夫不为雕虫篆刻的道理”。雕虫篆刻，这里指讲究声律、对仗的“永明体”诗歌。

一三五、《陈注》引何焯《义门读书记》

《诗品》评陆厥诗，《陈注》引何焯《义门读书记》曰：“韩卿生承明、天监之时，而规模前人，略不能自出新意，岂非所谓失肉余皮者乎？”

按，据陈氏之标点，引文中的“承明、天监”当是年号。考陆厥（韩卿），生于宋明帝泰豫元年（472），卒于齐东昏侯永元元年（499），中所历年号无承明而有永明。永明元年（483）陆厥十二岁，九年释褐，故承明当为永明，《义门读书记》卷三正作“永明”。而“天监”则非是，因为至梁武帝天监元年，陆厥已故。

一三六、《陈注》引《齐书》

《陈注》释陆厥生平引《齐书》曰：“陆厥，字韩卿，吴人。州举秀才，后至行军参军。”

按，《陈注》引文节录自《文选》卷二十六陆厥《奉答内兄希叔》李善注。注文作：“萧子显《齐书》曰……。”陈氏仅云《齐书》而不书作者，易使人误解。又据《南齐书·陆厥传》载，陆厥所任为“后军行参军”，而非“后至行军参军”，《文选》有误。胡克家《文选考异》卷五即云：“陈云：‘后上脱迁字，至字衍。行军二字当乙（按，颠倒也）’是也。各本皆误。”《向释》据《文选》误字本和《陈注》作释，亦误。

一三七、江洪与吴均

《许疏》注《诗品下》评江洪云：

> 按史称吴均文体清拔有古气，好事者或学之，谓为“吴均体”。《梁书》及《南史》亦以江洪附《吴均传》，殆江洪为学吴均体者，此仲伟所以以迥拔目洪诗欤！

按，《南史·王僧孺传》：

> 江洪，济阳人，竟陵王萧子良尝夜集学士，刻烛为诗，四韵者则刻一寸，以此为率。萧文琰曰：“顿烧一寸烛，而成四韵诗，何难之有？”乃与（丘）令楷、江洪等共打铜钵立韵，响灭则诗成，皆可观览。

据《南齐书·萧子良传》载，萧子良开西邸，招文学之士，当在永明四年（486）之前。江洪与萧文琰、丘令楷等刻烛为诗，亦当在此之前。生于宋泰始五年（469）的吴均，此时年仅十八，如何能使当时已负盛名、参与盛游的江洪学其诗体？故《许疏》之说殆误。又，《梁书·吴均传》叙江洪事时，用了“先是”字样，亦而表明江洪比吴均年代为早。

一三八、幽微 至到

《诗品下》评孙察（廉）“察最幽微，而感赏至到耳。”《萧译》注云：幽微，指深远细微。《向释》云：感赏、至到，均不成句，疑有脱误。

按，《吕校》云：吟窗本，幽作孤。“孤微”，指门第寒微，与“幽微”指门第不显赫者同。从《梁书·孙谦传》所载看，孙察（即孙廉）确为出身孤贫者（详本书第一章）。日人兴膳宏《诗品解题》曰：

> 从钟嵘对寒门出身的诗人的批评，也可看出他对为高门所苦者的感情。中品鲍照评其“嗟其才秀人微，故取湮当代”，正是表现了他对寒士鲍照的强烈同情……又下品孙察评云：“察最幽微，而感赏至到耳。”旨趣与之相同。

亦以“幽微”指出身寒微。又“察最幽微”，与同品评鲍行卿“行卿少年”之“少年”相对，皆不指诗体，而是一指年龄，一指出身。

又，“感赏至到”，是说孙察（孙廉）对诗歌的感受领会极为独到。《晋书·熊远传》有“忠亮至到”一语，可见“至到”亦可成句。

一三九、陈直《诗品约注》

研究《诗品》的著作，提到陈直《诗品约注》者有四家。（一）《叶释》注《诗品下》评孙察云：“《约注》：《梁书·孙谦传》：从子廉，历御史中丞，晋陵、吴兴太守。孙廉当即孙察……”《叶释》又于同书《引用各书书目及著者姓名》曰：“陈直《诗品约注》（简称《约注》）。”此为最早言及陈直《诗品约注》的著作。（二）梅运生《钟嵘和〈诗品〉》云：“为《诗品》作注者有……陈直《诗品约注》。”（三）《萧译》云：“《诗品》的注本主要有……陈直《诗品约注》。”（四）曹旭《钟嵘诗品研究综述》云:“从1926年开始,先后出现了陈直《诗品约注》、陈柱《诗品参平》(未刊稿)。”此四家皆以为陈直有《诗品约注》在《叶释》印行以前即已出版(叶氏有松柏长青丛书印行于1931年1月)。

按,叶长青、梅运生、萧华荣、曹旭等人之说不可靠。1990年4月,西南民族学院古代文学研究生何斌赴陈直先生生前执教的西北大学搜集撰写硕士学位论文的有关资料时,曾受吾托就《诗品约注》的问题,请教过陈直先生之子。陈直先生之子肯定地说,他父亲一生中从未刊印过《诗品约注》一书,后来,笔者读到了陈直先生一篇文章才弄清了陈直先生有无《诗品约注》刊印的问题。陈直先生在文中说:

> 南齐谢赫的《画品》、梁钟嵘的《诗品》、庾肩吾的《书品》,三种同为南朝流传最可宝贵的古籍,与《文心雕龙》各有同工异曲之价值。予在三十年前,曾拟择诗画二品,加以笺释,已略具规模,屡更兵乱,稿旋散佚。曾记忆叶长青氏所撰《诗品集注》(按,当作集释),已采及鄙论。窃以为《诗品》与《画品》,凡上中两品多为史传有见之人,不难作注。下品人名,则有少数不见于文献,着手比较困难。余见陈延杰氏所撰《诗品注》,其中魏晋南北朝史无传记诸人多未注出。予回忆旧稿,陈氏所未知者,大率皆可考索。兹将现书中存在的问题,分未注出人名,及纠正原注错误,或补充重要材料者,列成两部分,略述如下。①

陈直先生还在文章之末著录了写作此文的时间和地点——“1962年10月撰于西安西大新村”。陈直先生自己写的这段文字,清楚地说明了《诗品约注》一书始终都未刊印过。叶长青氏大概只见到陈直先生散佚手稿之一部分就以为书已付梓;梅、萧、曹三氏则或仅据叶氏之说而未见原书就人云亦云了。

---

① 陈直:《陈延杰氏〈诗品注〉中存在的问题》,载氏著《文史考古论丛》,天津古籍出版社1988年版。

[补正]

按，曹旭《笺注》仍录叶长青《诗品集释》引陈直《诗品约注》云云，而不是如《集注（增订本）》的《校勘版本及主要征引书目》那样说明是“未刊稿”。

一四〇、闵文振《兰庄诗话》

梅运生《钟嵘和〈诗品〉》云：“宋人的《兰庄诗话》称‘论者称钟嵘洞悉元（玄）理，曲臻雅致，标扬极界，以示法程。自唐而上莫及也’。”

按，梅氏所引文字，见陶珽重辑《说郛》卷八十一闵文振《兰庄诗话》。《四库全书总目提要》卷一百三十八“《异物类苑》”条云：“明闵文振撰。文振字道充，浮梁人。”据此，则《兰庄诗话》的作者闵文振当是明人而非宋人。又，《四库全书总目提要》卷一百二十三“《说郛》”条云：“明陶宗仪编……郁文博所编百卷，已非宗仪之旧。此本百二卷为国朝顺治丁亥姚安陶珽所编，又非文博之旧矣。”又云：“又王逵《蠡海集》，其人早在明初，而于宗仪为后辈。自商浚《稗海》始误为宋之王逵。《汉杂事秘辛》出于杨慎伪撰，慎正德时人，又远在其后。今其书并列集中，则不出宗仪，又为显证。”据此，则清人陶珽重辑的《说郛》是有可能辑录明人著作的。罗根泽《跋陈眉公集〈古今诗话〉》[①]一文中所列《兰庄诗话》，不知与陶珽所辑本同否？

一四一、《陈注》引《晋书》

陈氏在注阮籍、陆机、张协、张华、孙楚、曹摅、王赞、何劭诸人生平时，皆引用了《晋书》。

① 原载天津《益世报·人文周刊》一九三七年第七期。

按，陈氏所引《晋书》，实有新、旧之分。钱大昕《十驾斋养新录》卷六“《新晋书》”条即云：

> 刘知几《史通》有“新晋书”之称。《尚书正义》所引《晋书》今本无之，当是臧荣绪书也。李善注《文选》，备引诸家《晋书》，而不及御撰之本。迨安史陷两京，故籍散亡，唯存贞观新撰书，后世遂不知有“新晋”之名矣。

据此可知，所谓“新晋书”，指唐初御撰、流传至今的《晋书》，“旧晋书”指李善《文选注》所引的各家《晋书》。陈延杰氏《诗品注》所引《晋书》，则有的出于“新晋书”，有的见于“旧晋书”，而陈氏却不分新、旧，统称《晋书》，致使一些人认为在“旧晋书”里有传的诗家，在“新晋书”里也有本传，遂造成所谓“无中生有”的错误。如《诗品中》的王赞，陈氏据《文选》李善注引臧荣绪《晋书》作注，但他不遵循引用逸书的规则而只作“《晋书》曰”云云；这就使《诗品注译》的作者以为陈注所引王赞事出于《新晋书·文苑传》(详见本书第一章“晋著作王赞”条)。其实，“新晋书”也就是今本《晋书》的《文苑传》里没有《王赞传》。

第六章 《诗品》词句考释

一、舞咏

按，旧注未笺语源。其实，“舞”“咏”连文，六朝习见。颜延之《三月三日曲水诗序》：“钟石毕陈，舞咏之情不一。”王僧虔《乐表》：“舞咏与日月偕湮，精灵与风云俱灭。”王俭《高帝哀册文》：“义焕金石，功昭舞咏。”皆是也。

二、照烛

按，《后汉书·蔡邕传论》：“当伯喈抱钳钮，徙幽裔，仰日月而不见照烛，临风尘而不得经过”，是“照”“烛”连文之证。又，《南齐书·皇后列传》：“世祖嗣位，运籍休平……雕金镂宝，烛照房帷。”“烛照”，与“照烛”同。

三、摇荡性情　形诸舞咏

按，旧注多引《诗大序》云云。然而，在《诗大序》之前已有类似语句了。《孟子·离娄上》：

> 仁之实，事亲是也；义之实，从兄是也；……乐之实，乐斯二者；乐则生矣，生则恶可已也？恶不已，则不知足之蹈之，手之舞之！

《礼记·檀弓下》：

人喜，则斯陶；陶斯咏；咏斯犹（摇）；犹（摇）斯舞；舞斯愠；愠斯戚；戚斯叹；叹斯辟；辟斯则踊矣。

《礼记·乐记》：

故歌之为言也，长言之也。说之，故言之；言之不足，故长言之；长言之不足，故嗟叹之；嗟叹之不足，故不知手之舞之足之蹈之也。

《淮南子·本经训》：

夫声色五味，远国珍怪，瑰异奇物，足以变心易志、摇荡精神、感动血气者，不可胜计也。……凡人之性，心和欲得则乐。乐斯动，动斯蹈，蹈斯荡，荡斯歌，歌斯舞，歌舞节，则禽兽跳矣。人之性，心有忧丧则悲；悲则哀；哀斯愤；愤斯怒；怒斯动；动则手足不静。

这些论述，皆比《诗大序》早出。

又，王士禛《带经堂诗话》卷三云：

昔人云："《楚辞》《世说》，诗中清料。"为其风操神韵去《风》《雅》未远。学者由此意而通之，摇荡性情，晖丽万有，皆是物也。

张伯伟《钟嵘诗品集评》（南京大学出版社 1993 年版），未录此条。

四、人世

按，《孟子·万章下》："颂其诗，读其书，不知其人可乎？是以，论其世也，是尚友也。"此为"人世"一词所本。多本作"人代"，是唐本为避太宗李世民讳而改。后卷上评《古诗》有"人代冥灭"一语，"人代"即"人世"也。但孟子的知人论世，"并不是说诗的方法，而是修身的方法。'颂诗''读书'与'知人论世'原来三件事平列，都是成人的道理，也就是‘尚友’的道理。”[1]因此，在先秦两汉，并未得到说诗者的重视。先秦两汉说诗者，仍多循《春秋》“断章取义”之法，韩婴《外传》之书，王式、龚遂其人，就是其例。他们说诗往往不因本事本旨，见仁见智，各有所得。此即董仲舒之所谓“诗无达诂”者也。

钟嵘论诗，主张溯源流、致流别、摭利病、显优劣、详人世、重本旨，可以说他是中国第一个把孟子“知人论世”的主张自觉运用于诗歌评论的文学理论批评家。他在具体品评某人之诗时，不仅先在作者人名之前冠以时代和官名，且在具体评述时，还结合其身世遭际，评李陵，评秦嘉、徐淑，评刘琨、卢谌，评鲍照，评班固、郦炎、赵壹，评苏宝生、陵修之、任昙绪、戴法兴，评区惠恭，评王俭，评鲍行卿、孙察等，皆是如此。盖自此以后，历代论诗者，皆重作诗者之“人世”。若人世难详，则诗亦难知。

方苞《王巽功诗集序》：

> 《易》《春秋》而外，经文之难治者，莫如《诗》。《礼》，各有所指之事；《书》之事，可知也；人，可知也；世，可知也。夫《诗》，则事之有征及词意显而可辨者无几，而得人与世者尤稀。（《望溪集》卷四）

可知方苞十分看重“知人论世”对“知诗”的重要性。

五、炎汉　衰周

炎汉　汉末魏晋南朝人称两汉的习用语。如《巴郡太守张纳碑》：“炎汉龙兴，留侯维干”；《三国志·陈思王传》曹植《疏》：“舜受禅炎汉，君临万邦”；王俭《三月三日曲水诗序》：“跨掩昌姬，蹈轶炎汉”；刘勰《文心雕龙·比兴》：“炎汉虽盛，而辞人夸毗”；萧统《文

[1] 朱自清：《诗言志辨》，古籍出版社1957年版。

选序》："自炎汉中叶，厥途渐异"等；是其证。而《张纳碑》，更为早出。

衰周 汉魏六朝人论诗、作诗时称东周的用语。如《汉书·楚元王传》载刘向《封事》："夫遵衰周之轨迹，循诗人之所刺"；陶渊明《命子》："纷纷战国，漠漠衰周"等；是其证。

六、风流无沫

按，被《诗品》置于中品的诗人江淹多用此语之意。如《知己赋》："风流未辍，盛名犹纂"；《建平王聘隐逸教》："山川遐久，流风无沫"等；是其证。

七、陈思为建安之杰，公干、仲宣为辅；陆机为太康之英，安仁、景阳为辅；谢客为元嘉之雄，颜延年为辅

按，李重华《贞一斋诗话·诗谈杂录》：

> 魏诗以陈思作主，余子辅之。
>
> 西晋诗，当以阮籍作主，潘左辈辅之。
>
> 宋以后，只当以老谢作主，其余若江鲍，若何范，若小谢，皆其羽翼。观昭明选录体裁，便自如此。

与钟嵘稍异，但不完全准确。如阮籍乃魏末正始年间诗人，不能算晋代诗人。晋太康年间，仍当如记室所言，以陆机为主，三张两潘一左为辅。大约从魏至晋，诗体三变：首为建安体，以三曹为主，七子辅之；次为正始体，以阮籍、嵇康为主，何晏、七贤之余五人辅之；次为太康体，以陆机为主，余子辅之。

又按，记室此论，除以"圣贤"为标准外，还有以合圣贤、英雄和名士、才流为标准而论诗之意。先秦时代，人们以"圣人"作为评

价人物的最高层次[①]；至汉末三国时期，英雄取代圣贤，成为人们最崇敬的人物[②]；两晋南北朝时，名士蜂起，才流辈出，风流名士和才子，又取代英雄而为人津津乐道[③]。记室《诗品》评论诗人，即将圣贤、英雄和名士、才流融为一体，作为致流别、摭利病、显优劣的标准和等次。

《诗品》以圣贤论诗者，前人亦多有涉及，兹特对少有人论及的以英雄为评诗标准的问题略论之。魏刘劭（事见《三国志》卷二一《魏书·刘劭传》）《人物志·英雄篇》云：

> 夫草之精秀者为英，兽之特群者为雄。故人之文武茂异取名于此。是故聪明秀出谓之英，胆力过人谓之雄，此其大体之别名也。若校其分数，则互相须各以二分，取彼一分，然后乃成。

刘劭认为，英雄是由"英"一分和"雄"一分合成的，其中"英"指文才，"雄"指武力。因此，英雄是英才和雄才合二为一、文治和武功兼收并蓄的全才、通才。而这种结合中的两种因素（英才和雄才）皆"无过"和"不及"，而是各占一半，达到"中和"的境界。且其相合，也不是二者简单的数量上的相加，而是互相渗透，相互融合。"英"中有"雄"，"雄"中有"英"；起的不是物理变化，而是化学反应，从而产生出一种内涵比"英"和"雄"相加丰富得多的新机制。当然，这类"英雄"带有理想色彩，非现实中所能多有，也许只有古之圣人才能达到如此境界。而在诗界，钟嵘以为只有陈思王曹植才能当此。在现实生活中，多数被目为英雄者，则多有所偏至。刘劭即认为，有的虽为"英雄"，但"英"分多于"雄"分，刘邦、张良是也；有的则相反，项羽、韩信是也。而在诗界，陆机大致属于前者，"英"分多于"雄"分，故《诗品》以"太康之英"评之；谢灵运属于后者，

---

① 如《孟子·离娄上》："孟子曰：圣人，人伦之至也。"《公孙丑上》："麒麟之于走兽，凤凰之于飞鸟，泰山之于丘垤，类也。圣人之于民，亦类也。出于其类，拔乎其萃，自生民以来，未有盛于孔子者也。"

② 《后汉书》、《人物志》、《三国志》及裴注等史籍中，这类事例颇多，不必一一列举。

③ 如《北史·文苑·温子升传》引魏庄帝曰："当世才子，不过数人，岂容为此，便相放黜？"可见北朝对"大才士"温子升的宽容。北朝如此，南朝尤甚。

“雄”分多于“英”分，故《诗品》以“元嘉之雄”评之。

比较《诗品》对陆机和谢灵运二人的评论，既可见“其源出于陈思”的共性，又可见陆机“英”分多于“雄”分、谢灵运“雄”分多于“英”分的不同个性。从诗体源出论，二人皆“出于陈思”。具体表现在：

第一,三人皆多用蝉联句法和章法。其中，曹植有十四例，陆机有二二例，谢灵运有二四例。

第二，多用排偶句。据李秀花统计，曹植诗偶句约二百对；陆机二百二十对；但二人无全篇对偶者。谢灵运不仅偶句比二人为多，且有全篇对偶者，如《登池上楼》。陈衍《钟嵘诗品评议》云：“士衡长于骈俪，故诗中偶句十居七八，早开康乐之先。”

第三，善发诗端。

第四，工于炼字。

第五，诗皆繁富。

第六，才大力雄。谢灵运云：“天下才共有一石，子建独得八斗，我得一斗，自古及今，同用一斗”（李瀚《蒙求集注》卷下），并称陆机“才为一时之冠”（《南史·谢晦传》），更被张华“叹为大才”，记室也谓“陆才如海”。

第七，诗情相类。曹植“颇有忧生之嗟”，陆机“多忧惧之情”，谢灵运多“愤懑之思”。

第八，遭际不幸。曹植初得宠爱，中受拘縻，备遭猜忌，抑郁而死；陆机之家，“为吴世臣”，己又“才冠当世”，在“国亡主辱”之际，“不思图济，而俯首入洛，竟縻晋禄，身事仇雠”，最后“冤结乱朝，身族分灭”；谢灵运家之于晋，有如陆机之在吴，“世居公爵，凌忽一代，无其等匹”；但“宋公受命，客儿称臣……低头执版，形迹外就，中情实乖，文帝继绪，轻戮大臣”，最后和陆机一样，不免弃市。

以上八同，殆是陆机、谢灵运诗，“其源出于陈思”之证。但是陆、谢二人也有不同。具体言之，则有以下几点：

第一，诗派不同：陆机“才高辞赡，举体华美；气少于公干，文劣于仲宣”，是纯《国风》派诗人；谢灵运虽出于陈思，但又“杂有景阳之体”，而张景阳则是属“楚辞”派者。

第二，诗风不一：陆机“尚规矩，不贵绮错，有伤直至之奇”；谢灵运则甚至比“雄于潘岳”的张协更“逸荡”——“风流倜傥”，变化多端。

第三，诗境不一：陆机论诗以“缘情”“绮靡”为宗，写诗以排偶雕琢惟务，可受“铺锦列绣”“错彩镂金”之评，有似后人所谓的“画工”；谢灵运则“尚巧似”，虽“经营惨淡，钩深索隐”，但最后却达如“初日芙蕖”、自然可爱之境，有似后人所谓的“化工”。

第四，内容不同：陆机诗，多写传统内容，颇有拟古之作；谢灵运则虽亦有《拟古》诗，但更多的则是那些具有高度美学价值的“山水诗”。

第五，用典亦有偏重之异：陆机多用《诗经》典故；谢灵运则多用《楚辞》和《庄子》，如《文选》卷二二《游览》录谢灵运《山水诗》九首，其中用《楚辞》典故者二二处；用《庄子》者十五处，而用《诗经》者，则只有九处。此亦可作“谢诗杂有景阳之体”的一个有力证明。

第六，思想不一：陆机“服膺儒术，非礼勿动”（《晋书》本传），“重规沓矩”（《抱朴子》佚文），是主儒家思想者；谢灵运则“性豪奢，车服鲜丽，衣裳器物，多改旧制”，“为性偏激，多愆礼度”，以“放荡为娱”（《南史》本传）；谢混说他“博而无检”，谢弘微以为“诞通”（《南史·谢弘微传》），自谓“纵诞”（《道路忆山中诗》），是主道家思想者。

第七，才性不一：陆机一派，多“经纶文雅才”；谢灵运则是属“廓落”不羁之才（白居易《读谢灵运诗》）。

第八，临刑前表现不一：陆机临刑前，虽从容就义，但有李斯在咸阳市上悲叹黄犬之意；谢灵运则既以谋逆被定罪，而在刑场还题反诗，将其“雄”分表露无遗。

第九，影响不一：从《诗品》所论言之，陆机和颜延之、江淹、任昉、檀超、谢超宗、丘灵鞠、刘祥、钟宪、颜则、顾则心等有一脉相承的关系；而谢灵运之“逸荡”，则和更早的阮籍、张协，同时的鲍照、汤惠休，稍后的张融、沈约及《诗品》未能论及的主张“为文且须放荡”的萧纲等，都有剪不断的联系。这两种联系一直衍变，到盛唐就分别联系上了杜甫和李白。用现代文学理论的熟语论之，则可视为现实主义和浪漫主义两大流派。

再从另一方面言之，英、雄二分之合，有似人们常说的方圆、规矩之形的合体。换言之，“英”似“方”似“矩”，“雄”似“圆”似“规”，二者当有“互补”之意。为人、为文，只规不矩、只圆不方不行；反之，亦不成。一个地域、时代的文学，也是如此。大体说来，在先秦，《诗经》似方似矩，《楚辞》似圆似规；汉代，司马相如似圆，扬雄似方；魏之曹操似方，曹丕似圆；晋宋之际，陆机似方，谢客似圆；齐梁之际，刘勰似圆，钟嵘似方；玄宗时之杜甫似方，李白似圆；高适似方，岑参似圆；王摩诘似圆，王昌龄似方；元和年间之韩昌黎似方，柳宗元似圆；宋之苏东坡似圆，黄庭坚似方；陆放翁似方，杨万里似圆……总之，“英”“雄”互补，方成社会；“英”分“雄”分，不可或缺。

可惜，历代以“英雄”论文之例不仅不多，且对“英”分“雄”分的体会理解也各异。兹举所见三例。

其一，明末与陈子龙、宋征璧齐名合称“云间三子”的李雯（1607—1647）《属玉堂集序》云：

> 大约以为诗贵沉壮，又须神明。能沉壮而无神明者，如大将军统军，刁斗精严，及其鼓角既动，战如风雨，而无旌旆悠扬之色；有神明而无沉壮者，如王夷甫、卫叔宝诸人，握麈谈道，望若神仙，而不可以涉山川冒险难；此所谓英雄之分也。以乐府、古诗论之，曹孟德雄而不英；曹子桓英而不雄；而子建独兼之。以唐诗言之，则高达夫雄而不英，李颀英而不雄；王右丞则英中之雄，王

龙标则雄中之英；而子美独兼之。（引自《陈忠裕公全集》卷首）

其二，清初毛先舒《诗辩坻》卷二云：

士衡、灵运，才气略等，结撰同方。然灵运隽掩其雄，士衡雄掩其隽。故后之论者，遂无复云谢出于陆耳。（引自《清诗话续编》第四十页）

此论即承记室之论而来。笔者亦受此启发而有“英雄”之论。

其三，清初贺贻孙《诗筏》开宗明义即云：

诗亦有英分、雄分之别。英分常轻。轻者不在骨而在腕。腕轻故宕，宕故逸，逸故灵，灵故变，变故化，至于化而英之分始全；太白是也。雄分常重。重者不在肉而在骨。骨重故沉，沉故浑，浑故老，老故变，变故化，至于化而雄之分始全；少陵是也。若夫骨轻则佻，肉重则板。轻与重不能至于变化，总是英雄之分未全耳。

八、指事造形

按，王弼《道德经注》云：“可道之道，可名之名。指事造形，非其常也。”记室“指事造形”出此。

九、文已尽而意有余

按，“文已尽而意有余”之句式和文意，早已有之。如刘桢云：“使其词已尽而势有余”（《文心雕龙·定势》引）；张华称左思《三都赋》云：“读之者尽而有余”（《晋书·文苑传》）；范晔云：“文患其事尽于形”（《狱中与甥侄书以自序》）；刘勰云：“情在词外曰隐”（《文心雕龙·隐秀》）；皆是。但是，二刘、张、范并未正面指出如何达到“文已尽而意有余”的方法。相比之下，记室比他的前辈更得诗家三昧。

后之论“兴”者颇多，兹举其中较著者。明李东阳《怀麓堂诗话》（不分卷）云：

诗有三义，赋止居一，而比、兴居其二。所谓比兴者，皆托物寓情而为之者也。盖正言直述，则易于穷尽而难于感发，惟有所寄托，形容摹写，反复讽咏，以俟人之自得，言有尽而意无穷，则神爽飞动，手舞足蹈而不自觉。此诗之所以贵情思而轻事实也。

清李重华《贞一斋诗话·诗谈杂录》三三条云：

兴之为义，是诗家大半得力处。无端说一条鸟兽草木，不明指天时而天时恍在其中；不显言地境而地境宛在其中；且不实说人事，而人事也隐约流露其中。故有兴而诗之神理全具也。

朱庭珍《筱园诗话》卷一云：

诗有六义，赋仅一体；比兴二义，盖为一种难题立法。因有不可直言、不敢显言、不便明言、不忍斥言之情之境，或借譬喻，以比拟出之；或取义于物，以连类引起之；反复回环，以至唱叹，曲折摇曳，愈耐寻求。此诗品所以贵温柔敦厚、深婉和平也，诗情所以重缠绵悱恻、酝酿含蓄也，诗义所以尚文外曲致、思表纤旨也。一味直陈其事，何能感人？

此三家之论，皆青出于钟嵘。

记室“文已尽而意有余”之论，还为历代论者所接受。如刘禹锡的“片言明百意”，“坐驰役万境”，“境生于象外”（《董氏武陵集记》）；皎然的“情在言外”（《诗式》）；司空图的“象外之象”，“景外之景”，“味外之旨”，“韵外之致”（《与李生论诗书》）；梅尧臣的“必状难写之景如在目前，含不尽之意见于言外”（欧阳修《六一诗话》引）；曾巩的“诗当使人一览语尽而意不穷”（魏庆之《诗人玉屑》卷六引）；惠洪的“吟讽之而味有余，追绎之而情不尽”（《石门洪觉范天厨禁脔》）；魏泰的“咀之而味愈长”（《临汉隐居诗话》）；范温的“有余意之谓韵”（《永乐大典》卷八百〇七《诗》下引）；李颀的“言尽而意不尽”，“意出尘外”，“有物外意”（《古今诗话》）；蔡绦的“作诗用事要如禅家语，水中着盐，饮水乃知盐味”（《西清诗话》）；蔡居厚的“象外句”（《诗史》）；张戒的“情在词外”，“不迫不露”（《岁寒堂诗话》）；吕本中的“诗皆思深远而有余意，言有穷而意无穷”（《童蒙诗训》）；杨万里的“读书必知味外之味”（《诚斋集》卷七七《习斋论语讲义序》）；姜夔的“语贵含蓄。东坡云：言有尽而意无穷者，天下之至言也。……句中有余味，篇中有余意，善之善者也”；“意有余而以约尽之，善措辞者也”（《白石道人诗说》）；严羽的“如水中之月，镜中之象，言有尽而意无穷”（《沧浪诗话》）；袁中道的“天下之文，莫妙于言有尽而意无穷”（《珂雪斋近集》卷六《淡成集序》）；李开先的“诗宜悠远而有余味”（《李中麓闲居集》卷六《西野春游词序》）；王士禛的“蕴藉”（《渔洋文》）；沈德潜的“语尽情遥，含吐不露”即“弦外音”“味外味”（《说诗晬语》卷上）；袁枚的“诗无言外之意，便同嚼蜡”（《随园诗话》卷二）；方东树的“诗外有余境”（《昭昧詹言》卷一）；刘毓崧的“谣谚皆天籁自鸣……言有尽而意无穷……与《风》《雅》表里相符”（《通义堂文集》卷十四《古谣谚序》）；陈廷焯的“诗外有诗，方是好诗；词外有词，方是好词”；“意在笔先，神于言外”（《白雨斋词话》卷八、卷一）；刘熙载的“词也者，言有尽而意无穷也”（《艺概·词概》）；况周颐的“事外远致”（《蕙风词话》卷一）；王国维的“言外之味，弦外之响”（《人间词话》卷上）；皆是也。

一〇、斯四候之感诸诗者也

按，旧注多引《文心雕龙·物色》首段以注。而彭铎《诗品注补》又增引陆机《文赋》、萧统《答湘东王求文集诗苑书》、萧纲《答张瓒谢示集书》、萧子显《自序》、陈后主《与詹事江总书》之有关内容补之。而后之注者，如曹旭《集注》《笺注》《集注（增订本）》皆引同彭铎。但彭铎虽博，犹有遗者。如王融《启世祖自试表》即云：“臣闻春庚秋蟀，集候相悲；露木风荣，临年共悦。夫唯动植，且或有心；况在生灵，而能无感！”此亦与《物色》同旨。

一一、轻薄之徒，笑曹刘为古拙，谓鲍照羲皇上人，谢朓今古独步

按，宋庾和《上明帝论书表》：“轻薄之徒，锐意摹学。”（《全宋文》卷五十五）各注皆未引此笺释，当补。

又按，曹刘和鲍谢诗歌之异，少有论述者。今稍作引述以论之。曹刘之作，属建安体，最具建安风骨。其特点有二：一是“出于天纵，不傍经史”，“语多直致”地实录现实生活，“言少切对”地抒发真实性情；二是不讲声韵，“或五言俱侧，或十字俱平”（《文镜秘府论》）。总之，如《诗人玉屑》卷十三所引范温所言：

> （建安诗歌）辨而不华，质而不俚，风调高雅，格力遒壮，其言直致而少对偶……得风雅骚人之气骨，最为近古者也。

而鲍照之诗，“杜甫称其‘俊逸’，夫‘俊逸’则非建安本色矣。”（叶燮《原诗》）其特点是过于雕琢、华丽、夸饰、瑰奇，颇伤清新、淡雅和自然；殆如萧子显所言：“发唱惊挺，操调险急，雕藻淫艳，倾炫心魂，亦犹五色之有红紫，八音之有郑卫。”（《南齐书·文学传论》）至于谢朓，其诗歌是典型的“永明体”，是用声韵谨严的语言，最精细地描写纤细的事物，“一简之内，音韵尽殊；两句之中，轻重悉异”（《宋书·谢灵运传论》），因此，“对照更工整了，题材更狭小了，情绪更纤细了，音律更精细了。”（郑振铎《插图本中国文学史》）兴膳宏《谢朓诗的抒情》亦云：谢朓诗所描写的时间短，空间小，事物轻，感情细，幅度狭。这些都和钟嵘在《诗品序》中所说的“务为精密，襞积细微”一致。

当时的“轻薄之徒”当然欣赏鲍谢之体，这也引起了一些人的不满。《南齐书·萧惠基传》云：“自宋大明以来，声伎所尚，多郑卫淫俗，雅乐正声，鲜有好者。惠基解音律，尤好魏三祖曲及相和歌，每奏，辄赏悦不能已。”又，《南史·王僧虔传》云：“（僧虔）雅好文史，

解音律。以朝廷礼乐，多违正典，人间竞造新声。时齐高帝辅政，僧虔上表请正声乐。”同书《裴子野传》云：“子野为文典而速，不尚靡丽，制多法古，与今文体异。当时或有诋诃者。”《柳恽传》云：“恽尝以今声转弃古法，乃著《清调论》，具有条流。”皆可证记室此论也。

按，《鬼谷子·捭阖》：“随其嗜欲，以见其志意。”可引以为笺。又，曹旭《集注（增订本）》注“准的”引《晋书·良吏传序》云云，似太晚，当引谢赫《古画品录》评宗炳之“必有损益，迹非准的”及《南齐书·文学传论》“本非准的”。

一二、诗之为技，较尔可知，以类推之，殆均博弈

按，逯钦立《钟嵘诗品丛考》云：“（《诗品》）乃袭取当时棋、书、绘画之体例而成……‘殆均博弈’云云，正取法棋、画品例之注脚也。”此说甚是。不过，就棋、画、书三者对《诗品》的影响而言，当以棋品类为大，故钟嵘只言“殆均博弈”。

品棋之书，晋代就有了。《世说新语》之《政事》《方正》注皆引范汪《棋品》。前者云：“（虞）謇，字道真，仕至郡功曹。”后者云：“江虨与王恬等，棋第一品。（王）导，第五品。”（后条，严可均《全晋文》失收）《隋书·经籍志》载：“《围棋九品序录》五卷，范汪等撰，亡”；“《棋九品序录》一卷，范汪等注。”

南朝诸史，也多记载品棋之事。《宋书·羊玄保传》：“善弈棋，棋品第三。”《南齐书·高帝纪》：“善弈棋，品第二。”同书《良政·虞愿传》：“帝好围棋，甚拙，去格七八道，物议共欺为第三品。与第一品王抗围棋，依品赌戏，抗每饶借之，曰：‘皇帝飞棋，臣抗不能断。’帝终不觉，以为信然，好之愈笃。”《萧惠基传》：“当时棋人，琅琊王抗第一品，吴郡褚思庄、会稽夏赤松，并第二品。”“永明中，敕抗品棋，竟陵王子良使惠基掌其事。”《江敩传》：“敩好文辞，围棋第五品，为朝贵重最。”

与此同时，《棋品》一类的著作也不少。见于《南史》的有：《柳

恽传》:“梁武帝好弈棋，使恽定《棋谱》，登格者，二百七十八人，第其优劣，为《棋品》三卷，恽为第二焉。”《陆云公传》:“大同末，云公受梁武帝诏，校定《棋品》。”见于《隋书·经籍志》的则有：宋员外殿中将军褚思庄撰《棋品序略》三卷、《建元永明棋品》三卷，亡；梁武帝撰《围棋品》一卷、《棋法》一卷；梁尚书仆射柳恽撰《天监棋品》一卷，亡；陆云（按，当作陆云公）撰《棋品序》一卷。此外，还有沈约《棋品序》、梁简文帝《棋品》五卷（《梁书》本纪）、袁遵《棋后九品序》一卷（见《隋志》）等。

这类《棋品》之书，对《诗品》的影响显而易见（除后出于《诗品》者之外）。以成于梁天监初年的柳恽《棋品》为例而言:（1）就书名而言，分别为《棋品》《诗品》;（2）结构方面，《棋品》先序后评，分为三卷;《诗品》亦然，先序后品，亦分三卷;（3）品评方法，《棋品》“第其优劣”，《诗品》亦“显优劣”。当然，宋齐梁时期的《画品》《书品》对《诗品》的启迪也不小。这个问题，逯钦立、兴膳宏等已有详论，兹不复道。

又按，当时品物之书极盛。除《棋品》《诗品》《书品》《画品》而外，还有《药品》《隐士品》等。《药品》，见陶弘景《本草序》:

> 魏晋以来……或三品混糅……今辄苞综诸经，研括烦省，以《神农本草经》三品、今三百六十五为主，又进名医副品亦三百六十五，合七百三十种，精粗皆取，无复遗落，分别例条，区畛物类，兼注明时用、土地所出及仙经道术所须。(《全梁文》卷四十七）

陶《序》所说的“三品”，指《神农本草经》所分的养命之上药、养性之中药、养症之下药。

一三、其人既往，其文克定，今所寓言，不录存者

按，《三国志·魏书·王昶传》载王昶《诫子书》下裴松之注云：“至若郭伯益、刘公干，其人皆往，善恶有定。”钟嵘《诗品》“其人

既往，其文克定”之句式、做法仿此。如此，才能比较公正。《四库提要》卷一百八十六“《国秀集》”条云：

> 考梁照明太子撰《文选》，以何逊犹在，不录其诗。盖欲杜绝世情，用彰公道。今（芮）挺章与（楼）颖，一则以见存之人采录其诗，一则以选己之诗为之作序。后来互相标榜之风，已萌蘖于此。

《文选》“不录存者”的体例，即出自钟嵘。

一四、挚虞《文志》，详而博赡，颇曰知言

按，记室评挚虞《文志》所用“博赡”一词，正见于挚虞《文章流别志》。萧绎《金楼子·立言下》云：“挚虞论邕《玄表赋》曰：‘《幽通》精以整，《思玄》博而赡，《玄表》拟之而不及。’余以仲治此言为然。”（此评《全晋文》之《挚虞集》未收）从这段评语看，挚虞对班固《幽通赋》、张衡《思玄赋》、蔡邕《玄表赋》是区分了优劣高下的，故刘善经《四声指归》云：“挚虞之《文章志》，区别优劣，编辑胜词，亦才人之苑囿。”钟嵘后谓“观斯数家，皆就谈文体而不显优劣”，似未尽然。

一五、至斯三品升降，差非定制，方申变裁，请寄知者耳

按，此数语意，常用为作者自谦之套语，在佛经编译序中尤为多见。如支愍度《合维摩诘经序》云：“若其配不相俦，倘失其类者，俟后之明哲君子，刊之从正。”释慧远《阿毗昙心序》云：“然方言殊韵，难以曲尽，倘或失当，俟之来贤，幸诸明哲，正其大谬。”《大智论钞序》云：“如其未允，请俟来哲。”《三法度经序》云：“后来贤哲，以裁厥中焉。”释僧卫《十注经合注序》云：“庶后来明哲有以引而补焉。”释道梃《毗婆沙经序》云：“粗列时事，以贻来哲。”释僧镜《后出杂

心序》云："至于折中，以俟明哲。"释弘亮《新出首楞严经序》云："如必纰缪，以俟君子。"释僧祐《续撰失译杂经录》云："陋学馊闻，多所未周；明哲大士，惠缝其阙。"《出三藏记集序》云："并识管窥，多渐博练，如有未备，请寄明哲。"《法集总目录》云："理远识近，多有未周；明哲傥览，取诸其心；使道场之果，异迹同臻焉。"皆是其例。而刘勰《文心雕龙·时序》云："鸿风懿采，短笔敢陈？飏言赞时，请寄明哲。"沈约《宋书·谢灵运传论》云："如曰不然，请待来哲。"陶弘景《本草序》云："虽未足近踵前良，盖亦一家撰制，吾去世之后，可贻诸知音耳。"则亦是其意。

一六、三贤或贵公子孙，幼有文辩

按，《吕校》等云："或"作"咸"，是。彭铎亦云："三人皆贵公子孙。""或"与"咸"，形近易混。《晋书·姚苌载纪》："诸将或欲因登骇乱击之"，中华书局《校勘记》云："'或'字，《册府元龟》《通志》并作'咸'。"又，《宋书·孝义·郭世道传》："亲戚咸共赙助"，《校勘记》云："'咸'，各本及《南史》并作'或'，据《通志》改。"

文辩，见《文子·微明》："治国有礼，不在文辩。"王叔岷《笺证稿》引此。李徽教谓出自《淮南子·道应篇》，误。文辩指文才和辩才，如《汉书·邹阳传》："阳与吴严（庄）忌、枚乘俱仕吴，皆以文辩著名"；《后汉书·文苑·刘毅传》："毅少有文辩称"；《三国志·蜀书·秦宓传》，吴使张温"大服宓之文辩"；颜延之《赠谥袁淑诏》："文辩优洽"；皆是其义。或作"才辩"，《南史·王融传》称："上以融才辩，使兼主客，接魏使房景高、宋弁。"主客，负责外事，非有文才、辩才，则不能胜任。

一七、锐精研思

按，王叔岷《笺证稿》引李徽教云："《三国志·魏书·高柔传》：

‘楚礼申公，学士锐精’；《颜氏家训·文章》：‘拙文研思，终归嗤鄙’。”非是。当引赵壹《非草书》：“夫务内者必阙外，志小者必忽大，俯而扪虱，不暇见天地，天地至大而不见者，方锐精于虮虱，乃不暇焉。第以此篇，研思锐精。”意为集中精力研究思考。

一八、古诗　陆机所拟十四首……惊心动魄，可谓几乎一字千金

按，包世臣《艺舟双楫·书韩文后（下）》论钟嵘此评云：“古人论诗文得失之语大约有三：有自得语，有率尔语，有僻谬语。自得语以心印心，直见作者真际，后学依类求义，可以悟入单微。……如钟嵘谓士衡所拟之十二首（当作十四首）古诗，惊心动魄，一字千金……此自得语也。”

一九、总杂

按，《萧译》云：“总杂，驳杂，指风格不一。”其实，“驳杂”，除指风格外，还指作者、时代、诗题、诗意、做法等等诸多方面。《文镜秘府·论文意》云：“杂诗者，古人所作，元有题目，撰入《文选》，《文选》失其题目，古人不详，名曰杂诗。”又，李善注《文选》“杂诗”之《古诗十九首》云：“并云古诗，盖不知作者。或云枚乘，疑不能明也。诗云：‘驱车上东门’，又云：‘游戏宛与洛’，此则词兼东都，非尽是乘，明矣。昭明以失其姓氏，故编在李陵之上。”《文选》王仲宣《杂诗》李善注云：“杂者，不拘流例，遇物即言，故云杂也。”吕向注云：“不知时代，又失姓氏，故但云古诗。”李周翰注亦云：“兴致不一，故名杂诗。”在六臣眼里，古诗就是杂诗；而其“杂”，主要表现在作者、时代不详等，而非风格不一。《诗品》评江淹“诗体总杂，善于模拟”，其意与此稍异（江淹“诗体总杂”主要才是“风格不一”）。

综合以上说法，即是“总杂”之表现。陈衍《诗品平议》“不知何以谓之‘总杂’”之论，可以休矣。古诗总杂，并不影响其在五言诗中的至高无上的地位，反而成为《诗品》将其“编在李陵之上”的正当原由。“总杂”一词，一说见挚虞《文章流别志》，一说见颜延之《庭诰》（详第五章“《向释》引挚虞《文章流别志》”条）。

二〇、人代冥灭

按，《后汉书·逸民传赞》：“江海冥灭，山林长往。”李徽教亦引此而笺。“人代冥灭”即《诗品序》“人世难详”之意。

二一、使陵不遭辛苦，其文亦何能至此

按，钟嵘这里将李陵的身世和创作联系起来进行考察、评论，是对孟子“知人论世”说诗主张的具体实践。这种苦辛成就诗人的理论，历代文人多有论述，如屈原“发愤以抒情”（《九章·惜诵》）、司马迁“发愤著书”（《报任安书》）、桓谭“人不失志则文采不发”（《新论·求辅》）、王充“鸿卓之义，发于颠沛之朝”（《论衡·定贤》）、杜甫“文章憎命达”（《天末怀李白》）、韩愈“穷苦之言易好”（《荆潭唱和诗序》）、欧阳修“愈穷则愈工”（《梅圣俞诗集序》）、杨冠卿“诗向贫中好”（《即事》）、楼钥“子惟能固穷，则诗愈高”（《跋戴式之诗卷》）等等。当然，也还有另一种情况，就是如吕不韦那样，要做了丞相，才有能力召集门客著书立说。但这两种情况是不成比例的，正如陈造在《跋沈子宿潇湘联璧诗》所云：“昔人谓诗穷人，或且曰诗能达人，是一为简斋发此语耳。达一二，穷乃十百千万也。”费锡璜《汉诗总说》云：“屈原将投汨罗而作《离骚》，李陵降胡不归而赋《别苏武》诗，蔡琰被掠失身而赋《悲愤》诸诗。千古绝调，必成于失意不可解之时，惟其失意不可解而发言乃绝千古。下此则嵇康临终、杜甫遭乱、李白

投荒，皆可继响前贤。”

二二、骨气奇高 体被文质

骨气奇高 与曹丕《典论·论文》评孔融“体气高妙”略同。“骨气”即“体气”；“奇高”亦“高妙”。“骨”“气”原是评人用语。刘劭《人物志·八观篇》云：“是故，骨直气清，则休名生焉；气清力劲，则烈名生焉。”而人中之“圣贤”，“骨气”与常人不同。王充《论衡·讲瑞篇》云：“闻圣人，人之奇者，身有奇骨。”又曰：“圣人有奇骨体，贤者亦有奇骨。”又，《吉验篇》云：“圣王当出，前后气验，照察明著。”钟嵘借以评诗中之“圣”。

体被文质 《论衡·书解篇》云：“龙鳞有文，于蛇为神；凤翔五色，于鸟为君。虎猛，毛蚡蜦；龟知，有背文。四者体文质，于物为圣贤。”体文质，即“体被文质”也。

二三、映余晖以自烛

按，宋释法明《答李交州非难佛不见影书》云：“余晖所映，足光季俗，信者，岂以萤烛增疑。”各注未笺。

曹植诗对后世的影响，胡应麟论之甚细，《诗薮》内编卷二云：

> 《虾䱇篇》，太冲《咏史》所自出也；《远游篇》，景纯《游仙》所自出也；“南国有佳人”等篇，嗣宗诸作之祖；“公子敬爱客”等篇，士衡群制之宗。诸子皆六朝巨擘，无能出其范围，陈思所以独擅八斗也。
>
> “明月照高楼，流光正徘徊”，谢灵运“清辉能娱人，游子澹忘归”祖之；“凝霜依玉除，清风飘飞阁”，谢玄晖“金波丽鳷鹊，玉绳低建章”祖之。然明月、高楼，去汉尚不远；凝霜、飞阁，不惟兆端宋齐，抑且开户梁陈。

胡氏所论，犹可补也。如曹植《送应氏》二首之一“步登北芒阪，遥望洛阳山”，陆机《君子有所思行》“命驾登北山，延伫望城郭”，谢灵运《晚出西射堂诗》“步出西城门，遥望城西岑”；曹植“朱华冒绿池”，士衡“层台冒云冠”，康乐“菰蒲冒清浅”；亦皆“映余晖”者之例。另外，曹植《赠丁仪王粲诗》“壮哉帝王居，佳丽殊万城”与谢朓《入朝曲》“江南佳丽地，金陵帝王州”、刘孝绰《归沐呈任中丞昉诗》“壮哉宛洛地，佳丽实皇居”之间，也不难看出前后之关联。唐初，以曹植诗句为题赋诗者，也大有人在，如刘孝孙《送刘散员同赋陈思王诗“游人久不归”》、杨濬《送刘散员赋得陈思王诗“明月照高楼”》、许敬宗《送刘散员赋得陈思王诗“山树郁苍苍”》。又按，“游人久不归”句，逯钦立未辑，当补。唐初所见曹植诗比现在更多。

《小澥草堂杂论诗·又杂论诗》云：“曹子建气骨奇高，词采华茂，左思得其气骨，陆机摹其词彩。左一传而为鲍照，再传而为李白；陆一传而为大小谢，再传而为孟浩然。沿流溯源，去曹益远。”

二四、公干升堂

按，唐初，卢照邻《幽忧子集》卷六《驸马都尉乔君集序》：“圣门论赋，相如为入室之雄；阙里裁诗，公干即升堂之客。”此当是最早引述《诗品》文字之一者。

二五、仗气爱奇

按，《吕校》作“壮气爱奇”。非是。《诗品序》有“刘越石仗清刚之气”一语，即与“仗气”义同。“仗气”一词，是南北朝人常用语。《宋书·孔觊传》：“为人使酒仗气，每醉辄弥日不醒”；《梁书·韦粲传》：“好学仗气，身长八尺，容貌甚伟”；《梁书·陆倕传》

载任昉《答陆倕感知己赋》:"得意同乎卷怀,违方似乎仗气。类平叔而靡雕,似子云而不朴";同书《刘孝绰传》"孝绰少有盛名,而仗气负才,多所凌忽,有不合意,极言诋訾";《陈书·后主本纪》:"其有负能仗气,摒压当时,著《宾戏》以自怜,草《客嘲》以慰志。人生一世,逢遇诚难";同书《鲁悉达传》:"虽仗气任侠,不以富贵骄人。雅好辞赋,招礼才贤,与之赏会";《北齐书·崔㥄传》:"子崔瞻《遗李概书》曰:'仗气使酒,我之常弊。诋诃指切,在卿尤甚。'"《周书·薛善传》:"兄元信,仗气豪侈,每食方丈,坐客恒满,弦歌不绝"等;是其证。

二六、贞骨凌霜,高风跨俗,气过其文,雕润恨少。然自陈思以下,桢称独步

按,《三国志·魏书·王昶传》载其《戒子书》云:"东平刘公干,博学有高才,诚节有大意。然性行不均,少所拘忌,得失足以相补。吾爱之重之,不愿儿子慕之。"此评少有征引者。因其"为人"与记室"为诗有偏"之评义近,故录之。

又,归庄《江位初诗序》云:

> 钟嵘评刘公干诗,以为"仗气爱奇,动多振绝,但气过其文,雕润恨少"。位初之诗,亦以气胜,有公干之风。唐人论诗有月锻季炼者,有刿钵心目掐擢肾胃者。诚太过。然所谓"雕润",殆不可少也。以位初之才气,而更加以锻铸藻绘,即轶东平而上之,岂难者哉!

与记室之意同。

又,"独步"一语,曹旭《集注(增订本)》引曹植《与杨德祖书》和《后汉书·戴良传》,太晚,当引《慎子·外篇》:

> (蔺相如曰:)"人谓秦王如虎,不可触也。仆已摩其顶,拍其肩矣。"慎子曰:"善哉,先生天下之独步也。"

又，秦观《淮海集后集》载《刘公干》诗云：

邺中多贤豪，公干气飘逸。弱岁颇徊徨，飘零低金室。君王事邀宴，下马列琴瑟。豪吹挟哀弹，娱欢非一日。当年侍赓酬，珠玉在挥笔。五字一何工，妙绝冠侪匹。所得虽经奇，未得偏人失。

秦观对刘桢评价甚高，认为他是“全才”而不是“偏人”。王士禛《香祖笔记》卷八则云：“秦少游亦云：‘五字一何工，妙绝冠侪匹。’殆亦‘耳食’之习。”

二七、评王粲诗

按，开头几句的标点当作：“其源出于李陵，发愀怆之词。文秀而质羸，在曹刘间别构一体。”“发愀怆之词”，是“其源出于李陵”之证；“文秀而质羸”，则与李陵不同。首先，李陵“文不秀”，而是“古朴”（笔者引吴乔《围炉诗话》录冯班语）。其次，李陵“质不羸”。萧子显《南齐书·文学传论》云：“少卿离词，五言才骨，难与争骛。”颇有“才骨”，故“文秀而质羸”是和以下论及的“曹刘”相较。

在曹刘间别构一体　曹旭《集注（增订本）》谓：“王粲‘别构一体’，知‘曹刘’亦构一体。”以为共有两体。其实，当有三体。一是曹植体：“骨气奇高，辞采华茂，情兼雅怨，体被文质”，属“文质彬彬”型；二是刘桢体：“仗气爱奇，动多振绝。贞骨凌霜，高风跨俗。但气过其文，雕润恨少”，属“质胜文”类；三是王粲体：“文秀而质羸”，属“文胜质”体。

“别构一体”一语，在以后的书评、诗评中，亦有运用。庾肩吾《书品》评阮研云：“居今观古，尽窥众妙之门，虽复师王祖钟，终成别构一体。”高仲武《中兴间气集》评李嘉祐诗：“袁州自振藻天朝，大收芳誉，中兴高流也，与钱郎别为一体。”

方陈思不足，比魏文有余　这类句式亦常见于各种评论之中。

评物，如张华《鹪鹩赋》：

鹪鹩巢于蚊睫，大鹏弥乎天隅，将以上方不足，而下比有余。

评书，如卫恒《四体书势》：

伯英自称上比崔（瑗）杜（度）不足，下方罗（晖）赵（袭）有余。

论人，如《世说新语·赏誉》：

（晋武帝问王济）曰：卿家痴叔死未？……济曰：臣叔不痴。称其实美。帝曰：谁比？济曰：山涛以下，魏舒以上。

评画，如谢赫《古画品录·夏侯瞻》：

虽气力不足，而精采有余。

评诗，如高仲武《中兴间气集》评李季兰诗：

上方班婕妤则不足，下比韩兰英则有余。

这些皆出于《庄子·骈拇》：“长者不为有余，短者不为不足。”

二八、评阮籍诗：其源出于《小雅》 厥旨渊放

按，关于阮籍诗的体源，后人说法较多，基本可归于二：一为《诗》《骚》，二为《庄》《列》。如：

宋濂《答章秀才论诗书》云：“正始之间，陆阮又迭作，诗道于是乎大盛，然皆师少卿而驰骋于风雅者也。”

何焯《义门读书记》卷二云：“其源出于《骚》，而钟记室以为出于《小雅》。”

方东树《昭昧詹言》卷三折中宋何二氏之论而云：“愚谓《骚》与《小雅》，特文体不同耳，其悯时病俗，忧伤之旨，岂有二哉！阮公之时与世，真《小雅》之时与世也，其心则屈子之心也。以为《骚》，以为《小雅》，皆无不可，而其文之宏放高迈，沉痛幽深，则于《骚》《雅》皆近之。钟、何之论，皆滞见也。”

胡应麟《诗薮》内编卷二云：“步兵虚无恬淡类《庄》《列》。”刘

熙载《艺概·诗概》云:“阮步兵出于《庄》。”王叔岷《笺证稿》引古直云:《魏志》谓嗣宗“倜傥放荡，行己寡欲，以庄周为模则”。

王船山《古诗评选》云:“步兵《咏怀》自是旷代绝作，远绍《国风》，近出入于《十九首》。”

言在耳目之内，情寄八荒之表　各注未笺。按，郭象注《庄子·知北游》云:“放形骸于天地之间，寄精神于八方之表。”

渊放　见《世说新语·赏誉》:“庾公（庾亮）目中郎（庾敳）:‘神气融散，差如得上。’”注引《晋阳秋》曰:“（庾）敳颓然渊放，莫有动其听者。”故又云:“庾太尉目庾中郎，家从谈谈[①]之许”，“时人目庾中郎，善于托大，长于自藏。”又注引《名士传》曰:“敳虽居职任，未尝以事自婴，从容博畅，寄通而已。是时，天下多故，机事屡起，有为者拔奇吐异，而祸福继之。敳常默然，故忧喜不至也。”显然，庾敳为人，深不可测，与阮籍相似。故记室以《晋阳秋》评庾敳之词“渊放”评阮籍。

又，吕祖谦《诗学武库》卷十二《咏诗门·陶冶性灵》:“梁钟嵘评阮嗣宗诗:‘无雕虫之工，而《咏怀》之作，可以陶性灵，发幽思。’故杜公‘陶冶性灵存底物，新诗改罢自长吟’是也。”

三〇、评潘岳诗

按，其源出于仲宣。旧注多引宋濂《答章秀才论诗书》、刘熙载《艺概·诗概》之说，以证记室所定潘诗渊源。其实，包世臣《艺舟双楫·答张翰风书》亦云:“安仁接武仲宣。”当然，也有异说。如沈约

---

① 按，谈谈，可写作沉沉、潭潭、谭谭、眈眈，深邃貌。语出《史记·陈涉世家》:“夥颐！涉之为王眈眈者！”言陈涉为王之后，所居宫室多么的广大深邃，让他原来的佣耕农友感到极度惊诧，大喊“夥颐（啊哟）！”后来韩愈有“潭潭府中居”的诗句。鲁迅《门外文谈·古时候言文一致么？》引此以作古代文章“采用一点俗语”之例。

《宋书·谢灵运传论》:“潘陆特秀，体变曹王”；邢劭《萧仁祖集序》:“昔潘陆齐轨，不袭建安之风”；何良俊《四友斋丛说》卷二十四“潘岳规模子建”。又,《翰林》叹其翩翩然如翔禽之有羽毛云云。按，王充《论衡·超奇篇》云:“人之有文也，犹禽之有毛也。毛有五色，皆生于体。”当引此以笺之。

谢混云:“潘诗烂若舒锦，无处不佳；陆文如披沙拣金，往往见宝。”车柱环云:“法国国立图书馆所藏敦煌所出唐写本《类书》(P. 2524)《文笔部》舒锦条有云:‘潘岳美丽，时号锦字文章，烂若舒锦，无处不佳。’”[①] 唐李嗣真《书后品》赞秦相刻铭时也用“烂若舒锦”一词。

“披沙拣金”，亦为后人乐用。唐人如刘知几《史通》就用过两次:《直书篇》“披沙拣金，时有获宝”,《补注篇》“言殊拣金”。李咸用有诗集名《披沙集》(见杨万里《唐李推官披沙集序》)。高仲武《中兴间气集》评崔峒诗云:“文采炳然，意思方雅……斯亦披沙拣金，往往见宝”；窦臮(同暨，字灵长)[②]《述书赋(下)》云:“信斫玉而剖石，即拣金而披沙”；韦渠牟《赠窦五判官》云:“故旧相逢三两家，爱君兄弟有声华。文辉锦彩珠重露，逸兴江天绮散霞。美玉自矜频献璞，真金难与细披沙。终须撰取新《诗品》，更比芙蓉出水花。”[③] 明人如张溥《百三家集·陆平原集题辞》云:“排沙简金，兴公造喻；子患才多，司空叹美。尚属轻今贱目，非深知平原者也。”《四库全书总目提要》“《诗人玉屑》”条云:“采摭既繁，菁华斯富。钟嵘所谓‘披沙拣金，往往见宝’，亦庶几焉。固论诗者所必资也。”

又按，谢混云云，如张溥所说，是谢混述兴公语。余嘉锡《世说

① 唐栋棵引。唐文《论钟嵘的形象批评》，载《古典文学》第八集，学生书局 1985 年版。载之注引韩国车柱环《校注诗品》。

② 曹旭《集注(增订本)》第 8 页引作窦皋，误；且另有九处均误为“窦皋”。

③ 明单宇《菊坡诗话》卷十八引此诗后云:“此诗极工。乃渠牟自称重表兄弟窦庠也。”而窦庠即窦臮之弟，故韦渠牟“真金难与细披沙”句与窦臮“拣金而披沙”有关。

新语笺疏·文学》引程震炎亦云："盖益寿述兴公耳。"

关于潘陆高下，颇有不同意见，故江淹《杂体诗序》云："安仁、士衡之评，人立矫抗。"而最早说潘胜陆者为欧阳生。《抱朴子·外篇》佚文有云："张茂先、潘正叔、潘安仁，文远过二陆。或曰：'张、潘与二陆为比，不徒步骤之间也。'欧阳曰：'二陆文辞，源流不出俗检。'"（《御览》卷五百九十九）其后褒潘贬陆者，则有孙兴公、谢混、谢灵运等。又萧绎《金楼子·立言》云："潘安仁清绮若是，而评者只称情切。"亦为安仁抱屈。这些意见均与记室扬陆抑潘不同。而与记室同者是萧统。《昭明文选》中录陆机诗达五十一首，是录选最多者，却只录九首潘岳诗。黄子云《野鸿诗的》云：平原"当日偶为茂先一语之褒，故得名驰江左。昭明喜平调，又多采录，后因沿袭而不觉，实晋诗中之下乘也"。此即由昭明多录陆机之诗而引出的过激之论。

前人多以潘陆并题，如《北史·文苑·虞世基传》载徐陵一见虞世基而奇之，"顾谓朝士曰：'当今潘陆也。'因以弟女妻焉。"其实潘陆之诗，在记室眼里却有很大不同，故《南齐书·文学传论》云："潘陆齐名，机岳之文永异。"钟嵘的看法是：（1）体源不同：士衡源出子建，子建出《国风》，为《诗经》一系；安仁体出仲宣，仲宣出李陵，李陵出《楚辞》，是《楚辞》一系。（2）所抒情意深浅不同。（3）文字繁简有异：陆文深而芜，潘文浅而净。《世说新语·文学》注引傅亮《续文章志》云："岳为文选言简章，清绮绝伦。"（4）诗才大小有异：陆才如海，潘才似江。但也有人不同意记室的意见，如陈祚明《采菽堂古诗选》卷十一云：

> 安仁情深之子，每一涉笔，淋漓倾注，宛转侧折，旁写曲诉，刺刺不能休。夫诗以道情，未有深而语不佳者，所嫌笔端繁冗，不能裁节，有逊乐府、古诗含蕴不尽之妙耳。安仁过情，士衡不及情；安仁任天真，士衡准古法。夫诗以道情，天真既优，而以古法绳之，曰未尽美，可也。盖古人之能用法者，中亦以天真为本也。情则不及，而曰吾能用古法，无实而袭其形，何益乎！故

安仁有诗而士衡无诗。钟嵘惟以声格论诗，曾未窥诗旨。其所云“陆深而芜，潘浅而净”，互易评之，恰合不谬矣。不知所见何以颠倒至此！

三一、评张协诗

其源出于仲宣。按，宋濂《答章秀才论诗书》即云：“张景阳则学仲宣。”与此相异者则有：黄子云《野鸿诗的》云：“景阳琢词，实祖太冲，而写景渐起康乐”；钱良择《唐音审体》云：“张陆学子建者，颜谢学张陆者也”；许学夷《诗源辩体》卷五云：“太康诸子，其体有不同者，当是气有强弱，才有大小耳，未必各有师承也。宋景濂谓安仁、茂先、景阳学仲宣，太冲、季鹰法公干。此论出于钟嵘，不免以形似求之。”

又，《小澥草堂杂论诗·续编》云：“景阳华净，景纯精圆，越石清拔；越石固自上。”

又，巧构形似之言。“形似”，原指人的外貌与某相像。《世说新语·排调》：“桓豹奴是王丹阳外生，形似其舅。桓甚讳之。宣武曰：‘不恒相似，时似耳！恒似是形，时似是神。’”

后来，谢赫、沈约又用以论赋、论画。谢赫《古画品录》云：

> 古画之略，至（卫）协始精。六法之中，迨为兼善。虽不说（按，当作该）备形妙，颇得壮气。凌跨群雄，旷代绝笔。

沈约《宋书·谢灵运传论》云：

> 相如巧为形似之言，班固长于情理之说。

钟嵘则首以“形似”论诗，其意似在以之论诗家对景物描写十分逼真。这种用法，与和他同时代的刘勰《文心雕龙·物色》篇稍有不同。刘勰云：

> 自近代以来，文贵形似，窥情风景之上，钻貌草木之中。吟咏所发，志惟深远；体物为妙，功在密附。故巧言切状，如印之

印泥，不加雕削，而曲写毫芥。故能瞻言而见貌，即字而知时也。

很显然，刘勰颇有贬义。这大概是刘勰论文不仅要求“巧言切状，如印之印泥”一样的“形似”，而且更进一步追求一种桓宣武所说的“神情之似”。稍后，颜之推《颜氏家训·文章》亦云：“何逊诗，实为清巧，多形似之言。”遍照金刚《文镜秘府论·十体》云：“形似体者，谓貌其形而得其似。可以妙求，难以粗测者是。”宋胡仔《苕溪渔隐丛话前集》卷八引《诗眼》云：“形似语者，如镜取形，灯取影也。”

何焯《义门读书记》卷三“张景阳杂诗”条云：“‘丛林森如束’，钟记室所谓‘巧构形似之言’。”

又，词彩葱蒨。按，王充《论衡·自然篇》云：“草木之生，华叶青葱，皆有曲折，象类文章。”“青葱”义同“葱蒨”，指草木的华叶长得很茂盛。仲伟以之比诗歌词彩之靡丽赡富，即本于仲任此文。

又，对于此评之语，唐权德舆《唐故漳州刺史张君集序》有所取用：“相如之形似，二班之情理，公干之卓荦经奇，景阳之铿锵葱蒨，升堂睹奥，我无愧焉。”

三二、评左思诗

其源出于公干。按，宋濂《答张秀才论诗书》云：“(左思诗)法公干”；何良俊《丛说》云：“左思步骤于公干”；刘熙载《艺概·诗概》云：“刘公干、左太冲诗壮而不悲”；包世臣《答张翰风书》云：“太冲追步公干”。与记室同。许学夷《诗源辩体》卷五先云：

> 左太冲五言《咏史》，出于班孟坚、王仲宣，而力气胜之。

后又云：

> 太康诸子，其体有不同者，当是气有强弱，才有大小耳，未必各有师承也。宋景濂谓：安仁、茂先、景阳学仲宣，太冲、季鹰法公干。此论出于钟嵘，不免以形似求之。

又，谢康乐常言：“左太冲诗、潘安仁诗，古今难比。”按，清乔亿

《剑溪说诗》卷上云：

> 三张以景阳为最，二陆则士衡居先，潘安仁稍逊士衡，远过士龙，宜乎康乐赏之。但与太冲并，窃所未喻。……太冲、越石、景纯，自是公干、仲宣勍敌。三家诗体不同，各具建安风骨。典午之世，与两汉同风，正赖鼎峙力耳。

此说可纠康乐、仲伟此评之失。

三三、评谢康乐诗

其源出于陈思，杂有景阳之体，故尚巧似，而逸荡过之。《诗品序》曾言："曹刘为文章之圣，陆谢为体贰之才。"此盖与"源出陈思"之说同。清厉志《白华山人诗说》卷二云："(康乐诗)是从思王来也。"陈祚明《采菽堂古诗选》卷十二云："(张协)风气微开康乐。"黄子云《野鸿诗的》第七十四条云："(景阳)写景，渐起康乐。"皆与记室之说不殊。

又，康乐诗之体源，还有数说。胡应麟《诗薮》内篇卷二云："灵运之词，渊源潘陆。"许学夷《诗源辩体》卷七引李献吉云："康乐诗是六朝之冠，然其始本于陆平原。此最得其实。今人不知，以为灵运自立门户耳。"毛先舒《诗辩坻》云："灵运邺中八子诗是拟建安，却得太康之调。"陈绎曾《诗谱》云："郭璞构思险怪，而造语精圆，三谢皆本于此。"

繁富 应劭《风俗通义序》云：

> 汉兴，儒者竞复比谊会意，为之章句，家有五六，皆析文便辞，弥以驰远；缀文之士，杂袭龙鳞，训注说难，转相陵高，积如丘山，可谓繁富者矣。

记室之"繁富"出此。其意则如陆机《文赋》所言之"或文繁理富，而意不指适"，指内容丰富，文辞繁多。《南史·齐高帝诸子下·武陵昭王晔传》：

> 与诸王共作短句，诗学谢灵运体，以呈高帝。帝报曰："见汝二十字，诸儿作中最为优者。但康乐放荡，作体不辨有首尾。"

又，上书《庾肩吾传》云：

> 简文《与湘东王书》论之曰："时有效谢康乐、裴鸿胪文者，亦颇有惑焉。何者？谢客吐言天拔，出于自然，时有不拘，是其糟粕……是为学谢，则不届其精华，但得其冗长。"

与钟嵘所见正同。特别是梁简文帝，在为晋安王时，昭明答书就称其"首尾裁净"，故于康乐"不辨首尾"之作持批评态度。清汪师韩《诗学纂闻·谢诗累句》对康乐"累句"多有罗列，而对钟嵘之好评，亦作批评云：

> 钟嵘《诗品》既见其"以繁芜为累"矣，而乃云："譬犹青松之拔灌木，白玉之映尘沙。未足贬其高洁。"后人刻画山水，无不奉谢为昆仑墟，不敢异议，甚矣，其耳食也。

迥句 《萧译》云：迥，远。按，非是。"迥句"，即"名句"，或作"出语""出言""迥出之句"等。钱锺书《管锥编》云：

> 陆云《与兄平原书》四："然了不见出语……"；《书》五："《刘氏颂》极佳，但无出言耳。"按，"出"如"出色"、"出乎其类"之"出"，"出语""出言"，即"奇句""警句"。《宋书·颜延之传·庭诰》"文理精出"、《南齐书·张融传·门律自序》："属词多出，比事不羁"，钟嵘《诗品上》称谢灵运"名章迥句"而《下》称江洪"亦能迥出"，皆此"出"字。

迥句，又如《诗品序》之"胜语"。其常为人所举证者有"明月照积雪""池塘生春草"等。

奔会 各注未笺。按，司马相如《子虚赋》："涌泉起，奔扬会。"言诗句如渊泉之涌出，似波涛汹涌之江流奔向扬州、会稽、大海。

未足贬其高洁也 此句式仿葛洪《抱朴子》佚文：

> 谢尧卿东南书士，说王充以为一代英伟，汉兴以来，未有充比。若所著文，时有小疵，犹邓林之枯枝，若沧海之流芥，未易

贬也已！（《北堂书钞》卷一百）

又，谢灵运为人处世，则不甚“高洁”。《南史·谢瞻传》载：

灵运问晦：“潘陆与贾充优劣？”晦曰：“安仁谄于权门，士衡邀竞无已，并不能保身，自求多福。公闾勋名佐世，不得为并。”灵运曰：“安仁、士衡，才为一时之冠。方之公闾，本自辽绝。”瞻敛容曰：“若处贵而能遗权，斯则是非不得而生，倾危无因而至。君子以明哲保身，其在此乎！”常以裁止晦如此。

三四、评秦嘉、徐淑诗

按，此评未直接述源流。而《陈注》谓：秦嘉《赠妇》三诗，盖出李陵；徐淑《答嘉诗》，则本《国风》焉。王叔岷《笺证稿》谓：前说良是，后说未审。王说是也。拙以为：秦嘉、徐淑之诗，皆属班婕妤、李陵、《楚辞》系统者。《离骚》《楚辞》“凄怆”“怨生”；李陵诗“文多凄怆，怨者之流”；班婕妤诗“怨深文绮，得匹妇之致”；而秦嘉、徐淑诗“夫妻事既可伤，文亦凄怨”。他们之间一脉相承的关系显而易见。

三五、评魏文帝诗

偶语 《史记·秦始皇本纪》：“有敢偶语《诗》《书》者弃市。”《史记正义》：“偶，对也。”“偶语”，“对话”也。

西北有浮云 见《杂诗》二首之二。江淹《学魏文帝诗》、钟嵘《诗品》、《昭明文选》、王世贞《艺苑卮言》、胡应麟《诗薮·内编》、王夫之《古诗评选》、陈衍《钟嵘诗品评议》等，皆重之。其中陈衍《评议》之“‘漫漫秋夜长’、‘候雁叫云中’，汉武之《落叶哀蝉》也；《燕歌行》，飞燕之《归风送远》也”二句，张伯伟《研究》（第254页）与曹旭《集注（增订本）》（第260页）所引、《中日韩诗品论文选评》

所录，标点皆有误，皆未查书也。故不知“漫漫”句与“候雁”句不是一首，不知“落叶哀蝉”是曲名，不知“归风送远”是操名。其实，“漫漫”句见《杂诗》二首之一的首句；“候雁叫云中”，见《寡妇诗》（六言）第三句：“候雁叫兮云中”。相传，汉武有《落叶哀蝉曲》，赵飞燕有《归风送远操》。逯钦立《汉诗别录·辨伪第一》云：

> 两汉诗歌，不可据信者颇多，如武帝《落叶哀蝉曲》，昭帝《淋池歌》，灵帝《招商歌》（皆见王子年《拾遗记》），赵飞燕《归风送远操》（《西京杂记》）……等，皆属此类，固不独李陵、班婕妤之见疑于后代也。[①]

三六、评何晏、孙楚、王赞、张翰、潘尼诗

庾信《伤心赋序》云：

> 婕妤有自伤之赋，扬雄有哀祭之文，王正长有北郭之悲，谢安石有东山之恨，斯既然矣。至若曹子建、王仲宣、傅长虞、应德琏、刘韬之母、任延之亲，书翰伤切，文辞哀痛，千悲万恨，何可胜言？

按，王正长赞“北郭之悲”之文已佚。

“风规”，义同“风谏”。张衡《东京赋》：“故相如壮上林之观，扬雄骋羽猎之词，虽系以颓墙填堑，乱以收罝解罘，卒无补于风规，只以昭其愆尤。”薛综注曰：“规，犹谏也。”[②]《史记·司马相如传》：“相如虽多虚辞滥说，然其要归引之节俭，此与《诗》之风谏何异？”张衡不同意司马迁之说，以为相如之“曲终奏雅”，也无补于风规，可证“风规”即“风谏”。

孙楚“零雨”，指孙楚《征西官属送于陟阳候作》，因有“晨风飘歧路，零雨被秋草”之句，为历代称赏、征引。沈约《宋书·谢灵运

---

① 逯钦立:《汉魏六朝文学论集》，陕西人民出版社 1984 年版，第 2 页。
② 曹旭《笺注》《集注》《集注（增订本）》作李善注，不确。

传论》:

至于先士茂制，讽高历赏，子建函京之作，仲宣灞岸之篇，子荆零雨之章，正长朔风之句，并直举胸臆，非傍诗史，正以音律调韵，取高前式。

昭明《文选》录孙楚诗，仅这首含“零雨”之句的诗章。又，《梁书·庾仲容传》:

除安成王中记室，当出随府。皇太子以旧恩，特降饯宴，赐诗曰:“孙生陟阳道，吴子朝歌县。未若樊林举，置酒临高殿。”时辈荣之。

又，隋尹式《送晋西公别诗》:“西候追孙楚，南津送陆机。”唐骆宾王《初夏邪岭送益府窦参军宴诗序》:“晨风轸孙楚之情，歧路下杨朱之泪。载言载笑，赏风月于离前；而一咏一吟，寄心期于别后。诗言志也，可不云乎。”《秋日饯鞠录事使西州序》:“闻秋声之乱水，已怆分沟；对零雨之飘风，倍伤歧路。”杜甫《寄杨五桂州谭》:“江边送孙楚，远附《白头吟》。”《随辛留后新亭舍送诸君》:“已堕岘山泪，因题零雨诗。”《秋日荆南送石首薛明府辞满告别奉寄薛尚书颂德叙怀斐然之作三十韵》:“南征为客久，西候别君初。”皇甫冉《送裴阐得归字》:“今府归舟行近远，子荆零雨正霏霏。”刘禹锡《董氏武陵集纪》:“自建安距永明以还，词人比肩，唱和相发。有以朔风、零雨高视天下，蝉噪、鸟鸣蔚在史前。国朝因之，粲然复兴。”皆是其例。

对于推崇此诗旨意，前人亦颇有论说。何焯《义门读书记》卷二云:“时，方贵《老》《庄》，而见之于诗，亦为创变，故举世推高。”又云:“骨力甚健，与后来孙、许不同。”沈德潜《古诗源》云:“《送别诗》以《齐物》为主。”而更早的陈仅《竹林答问》甚至说:“玄语入诗，始于孙子荆。”又说:“沈休文《晋书·谢灵运传论》[①]:子建函京之

① 按，当作《宋书·谢灵运传论》。

作，仲宣灞岸之篇，子荆零雨之章，正长朔风之句，取高前式。休文盖假四诗以为声律之准也。”综合言之，一是以为它是玄言诗的代表，二是以为它是永明声律体诗的前奏。

有褒就有贬。如张溥《汉魏六朝百三名家集题辞·孙子荆集》云：“子荆‘零雨’、正长‘朔风’，称于诗家，今亦未见其绝伦也。”毛先舒《诗辩坻》卷二则对其诗的两个特色（玄言诗和永明体的前奏）都一概否定：“子荆‘零雨’，旧亦有名，自今观之，抄撰《南华》，粗能谐韵耳。”

又，正长“朔风”，相比之下，论者不多。除沈约、钟嵘之论外，昭明《文选》也只录载王赞此诗。可见萧统对此诗的重视。其后，陈沈炯有《赋得边马有归心诗》，唐袁朗《饮马长城窟行》亦用“朔风动秋草”开头，刘禹锡也认为此诗“高视天下”。

又，方东树《昭昧詹言》、刘世伟《过庭诗话》、王闿运《八代诗选》的有关评述，曹旭《集注（增订本）》已录，兹不赘。

又，张翰诗的体源，钟嵘未述。按，宋濂《与章秀才论诗书》云：“张季鹰则法公干。”季鹰“黄华”之唱，既为江淹所拟于前，又为彦和、记室取例于《文心》《诗品》，还为昭明《文选》所收录于后，殊足为步兵涨价也。

又，正叔“绿蘩”之章，指潘尼《迎大驾》诗，昭明《文选》收录。毛先舒《诗辩坻》卷二云：“《迎大驾》一篇，颇见高华，宜为记室所赏。”

又，“高丽”，魏晋南朝习用语。裴松之《三国志注·王弼传》引何劭《王弼传》云：“弼注《老子》，为之指略，致有理统；著《道德论》，著《易》，往往有高丽言。”傅咸《芸香赋序》云：“先君作《芸香赋》，辞美高丽。”《宋书·谢惠连传》云：“为《雪赋》，亦以高丽见奇。”（亦见《南史·谢惠连传》）《梁书·刘孝绰传》云：“孝绰《答世祖书》：‘未劳刺举，且摛高丽。’”

三七、评陆云、石崇、曹摅、何劭诗

季伦英篇 指见于《文选》的石季伦《王明君辞》。胡应麟《诗薮》外编卷二“季伦之雅饬”，就是评此篇。王世贞《艺苑卮言》增补卷二亦云：“不在潘、陆下。”何焯《义门读书记》卷三言：“石崇《明君辞》，逼似陈王。此诗可以讽失节之士。”毛先舒《诗辩坻》卷二云：“石卫尉风流豪俊，兼长笔札，而流传无多。《金谷集序》，右军心折。”“《王明君辞》，亦奇警高苍，不减魏人之制，洵称才子矣”。所谓“右军心折”云云，见《世说新语·企羡》：“王右军得人以《兰亭集序》方《金谷诗序》，又以己敌石崇，甚有欣色。”《晋书·王羲之传》则谓：“或以潘岳《金谷诗序》方其文，羲之比于石崇，闻而甚喜。”多书所载《金谷诗序》皆不言潘岳有《金谷诗序》。潘岳仅存《金谷集作诗》一首，收录于《文选》卷二十；另有《金谷会诗》四言两句。

笃而论之 当时常语，余嘉锡《世说新语笺疏·轻诋》引《裴子》：“林公云：文度箸腻颜，挟《左传》，逐郑康成，自为高足弟子。笃而论之，不离尘垢囊也。”又《金楼子·立言下》引诸葛亮曰：“追观光武二十八将，下及马援之徒，忠贞智勇，无所不有，笃而言之，非减曩时。”余嘉锡《世说新语笺疏》释云：“笃而论之，犹要而言之。”亦有作“总而论之”者，颜延之《庭诰》：“总而论之，精理出于微明。”

朗陵为最 此评方式，出于评书。王僧虔《论书》评王廙云：“右军之前，唯廙为最善。”后之评画者如谢赫《古画品录》评王微、史道硕亦云：“细而论之，景玄为劣。”

又，《诗品》评诗多参考张华评语。此评“朗陵为最”即可为证。何劭有赠张华诗，而张华《答何劭诗》则云：“良朋贻新诗，示我以游娱。穆如洒清风，焕若春华敷。”张华赞之如此，故记室以之为最。

三八、评刘琨、卢谌诗

清拔之气　记室评刘琨、卢谌诗“自有清拔之气”，可能参考了裴松之《三国志注·卢毓传》：“谌字子谅。温峤《表》称谌清出，有文思。”“清出”即“清拔”。“出”者，“出乎其类，拔乎其萃”也（参评谢灵运诗“迥句”条）。

又，中郎仰之，康僧渊《代答张君祖诗序》云：

> 夫诗者，志之所之、意迹之所寄也。忘妙玄解，神无不畅。夫未能冥达玄通者，恶得不有仰赞之咏哉！吾想茂德之形容，虽栖守殊途，标寄玄同，仰代答之，未足尽美，亦各言其志也。

仰之，即仰答之意，表敬之词。记室谓：卢谌敬答刘琨之诗，稍逊一筹。清冯班《钝吟杂录》卷三云：“魏祖慷慨悲凉，自是此公文体如斯，非乐府应耳！文、明二祖，仰而不逮。”即用“仰”字表敬。

三九、评郭璞诗

宪章潘岳　郭璞诗体源还有一些说法。包世臣认为郭璞诗出于阮籍而讽世愤时之意更为深沉，《艺舟双楫·答张翰风书》即云：“景纯祖述步兵而变为沉响。”许学夷《诗源辩体》卷五则“对号入座”，明确指定出于某首某首：

> 郭景纯五言《游仙诗》，出于汉人“仙人骑白鹿”（《长歌行》）、“邪径过空庐”（《陇西行》）、“今日乐上乐”（《艳歌》）及曹子建“远游临四海”（《远游》）、“九州不足步”（《五游咏》）、“仙人揽六箸”（《仙人篇》）等篇。

其他如王夫之《古诗评》云：“委端启闭，自《楚辞》来。”黄子云《野鸿诗的》第廿七条云：“《游仙诗》，本之《离骚》。”何焯《义门读书记》云："景纯《游仙》，当与屈子《远游》同旨。"（引自梁章钜《文选旁证》卷二十）三人语异而实同，皆谓出于《楚辞》，与记室"宪章潘岳"之说不异也。

坎廪咏怀 宋玉《九辩》："坎廪兮贫士失职而志不平。"《文选》李善引王逸注"坎廪"云："数遭患祸，身困穷也。"曹旭《集注（增订本）》引《九叹·九思》，稍晚。

非列仙之趣 后人之评多与记室同。袁枚《随园诗话》卷八："游仙诗，大半出于寄托。"沈德潜《古诗源》："《游仙诗》本有托而言，'坎廪咏怀'，其本旨也。钟嵘贬其'少列仙之趣'，谬矣。"阙名《静居绪言》："景纯《游仙》，殆《杂诗》《咏怀》之流，类多讽刺时事。钟记室讥'少列仙之趣'；王弇州亦云'奕奕佳丽，第少玄旨'。真门外汉耳。"刘熙载《艺概·诗概》："嵇叔夜、郭景皆亮节之士，虽《秋胡行》贵玄默之致，《游仙诗》假栖遁之言，而激烈悲愤，自在言外。"

潘德舆《养一斋诗话》卷八云：

> 郭景纯《游仙诗》与颜延年《五君咏》同一命意，皆愤激之词耳……景纯《游仙》七首（指《文选》卷二一所录七首）首四句云："京华游侠窟……"；末章收四句云："……长揖当途人，去来山林客。"起结处命意分明，又岂真欲游仙哉！讥彼时朝贵扰扰胶胶，身握权要，皆蜉蝣耳。故一则曰："借问蜉蝣辈，宁知龟鹤年"；再则曰："蕣荣不终朝，蜉蝣岂见夕"。挥斥不容余力，而以游仙为托词，所以妙也。

但钟嵘"乖远玄宗""非列仙之趣"之评，并不含贬义，只是直述其特点而已，且整部《诗品》不仅不曾批评过郭璞，且在《诗品序》中就说过"先是郭景纯用俊上之才变创其体"。盖据记室之评，范文澜云：

> （《游仙诗》）文采详明，异乎玄言宗的平淡；寓言慷慨，异乎玄言诗的浮浅。阮籍《咏怀诗》以后，《游仙诗》可称独步。①

---

① 范文澜：《中国通史》第二册，人民出版社 1995 年版。

四〇、评袁宏诗

诗体未遒 曹旭《集注（增订本）》引《文选》五臣注：吕延济曰："遒，尽也。言未尽美也。"又，《文选·答宾戏》"《说难》既遒，其身乃囚"，李善引应劭注云："遒，好也。"按，《汉书·叙传》师古注"《说难》既遒，其身乃囚"云："遒，雄也。"又，王先谦《汉书补注》引王引之说，"遒"即"就"也。考此数说，这里当从李善之说。"未遒"，即"未完好"。

紧健 六朝人喜在形容词前加"紧"字，如王僧虔《论书》谓郗超："草隶亚二王，紧媚过其父，骨力不及也。"评谢综："其舅云：'紧洁生趣，实为得赏。'"记室则用"紧健"论诗，犹言其骨力"强健"也。《管子·问》"戈戟之紧"，尹知章注云："紧，谓其坚强者。"是其证。

又，袁宏《咏史》，谢尚以为"甚有情致"（《世说新语·文学》），檀道鸾誉为"是其风情所寄"（《世说新语注·文学》引《续晋阳秋》），《晋书·文苑传》称"声既清会，文又藻拔"，但《文选》未录，盖因"诗体未遒"耳。而李白则数次咏及袁宏在牛渚《咏史》遇谢尚事，慨叹自己无此好遇。如《劳劳亭歌》："昔闻牛渚吟五章，今来何谢袁家郎"；《答杜秀才五松山见赠》："吾非谢尚邀彦伯，异代风流各一时"；《夜泊牛渚怀古》（原注：此地即谢尚闻袁宏《咏史》处。）："牛渚西江夜，青天一片云。登舟望秋月，空忆谢将军。余尚能高咏，斯人不可闻"；皆是。另外，钱起《江行无题一百首》中也有咏及者，如"夜凉谁咏史，空泊运租船"，即谓此。

后人对其《咏史》则各有褒贬。胡应麟《诗薮》外编卷二云：

> 晋人能文而不能诗者袁宏，名出一时，所存《咏史》二章，吃讷陈腐可笑，当时亦以为工。

对其全盘否定，盖因《文选》未录也。而谭元春《古诗归》卷八评

“周昌梗概臣”首则云：“好眼好识，看断今古。”王夫之《古诗评选》先评第一首云：“犹未免以论断争雄。”后评第二首云：“先布意深，后序意蕴藉；咏史高唱，无如此矣。”王叔岷《笺证稿》云：“第二首则甚工。无愧于仲伟所谓‘鲜明紧健’之作。”

此评未“致流别”。按，其流别有迹可循。具体说来，袁宏《咏史》，既学太冲，更学公干，而其影响，则亦不小。《诗品下》的戴安道、王中、卞彬、卞铄等皆其传人。他们之中，有的是“袁彦伯之亚”，有的则“慕袁彦伯之风”。[①]

四一、评郭泰机、顾恺之、谢世基、顾迈、戴凯诗

泰机“寒女” 何焯《义门读书记》卷二评司马绍统（司马彪）《赠山涛诗》云：

> 向谓绍统“椅桐”（即《赠山涛诗》，首句为“苕苕椅桐树”）、泰机“寒女”，并为当时所重。然辞旨浅迫，有乖君子“不知不愠”“遯世无闷”之义。……按，……不容概讥也。

佥曰 《书·舜典》：“佥曰：‘伯禹作司空。’”《史记·五帝本纪》改作：“皆曰：‘伯禹为司空。’”据此，则“佥曰”即“皆曰”。但后来，“佥曰”却成为一个在句中表提引的发语词。日本古钞本《赋谱》：

> 发。发语有三种：原始、提引、起寓。若“原夫”“若夫”“观夫”……“其始也”之类，是原始也。若“洎夫”“且夫”“然后”“然则”“岂徒”“借如”“则曰”“佥曰”“矧夫”……“是以”“尔知”“是从”……之类，是提引也。如“士有”“客有”……“嗟乎”“至矣哉”之类，是起寓也。原始，发项；起寓，发头尾；提引，在中。[②]

① 王发国：《结构层次：校注释译诗品的新视角（上）》，《许昌学院学报》2005年第1期。
② 王利器《文镜秘府论校注》北卷《论属对》。

四二、评陶潜诗

其源出于应璩，又协左思风力 陶潜诗的体源，历代论者甚多，曹旭《集注（增订本）》列举了古今十四人之说。他们是：叶梦得、许学夷、南湖花隐、沈德潜、王夫之、张锡瑜、宋濂、胡应麟、刘熙载、陈延杰、古直、许文雨、逯钦立、王叔岷等。今再补录若干。

晁说之《嵩山集》卷十四《和陶引序》：

> 梁钟嵘作《诗品》，其中品陶彭泽出于应璩、左思。嗟乎，应璩之激，左思之放，本出于刘而祖于曹，未容后来者胜之也。

何良俊《四友斋丛说》卷二十四：

> 诗家相沿，各有流派，盖潘陆规模子建，左思步骤公干，而靖节质直，出于应璩《百一》，盖显然明著者也，则钟嵘《诗品》亦具眼。

谢榛《四溟诗话》卷二：

> 钟嵘《诗品》专论源流。若陶潜出于应璩，应璩出于魏文，魏文出于李陵，李陵出于屈原，何其一脉不同耶。

毛晋《诗品跋》：

> 六朝作者，各自专工一体，后来争相祖述，故云某出于某也。至若靖节先生诗，自写其胸中之妙，不屑屑于比拟，乃谓其出于应璩，不知何据？岂以靖节《述酒》诸篇，悼国伤时，仿佛《百一诗》托刺在位遗意耶。

王士禛《带经堂诗话》卷二《评驳类》：

> 至以陶潜出于应璩……尤陋矣，又不足深辩。

贺贻荪《诗筏》（不分卷）：

> 钟嵘云：陶彭泽出于应璩。陋哉斯言。使彭泽果出自应璩，岂复有好彭泽哉？

李调元《雨村诗话》：

钟嵘《诗品》云：其源出于应璩。真小儿之语矣。

方东树《昭昧詹言》卷四云：

如阮公、陶公，曷尝有意于为诗，内性既充，率其胸臆而发为德音耳。钟嵘乃谓陶公出于应璩，又处之以第七品，何其陋哉！宜乎叶石林之辟之也。

王闿运《论诗示黄镠》：

钟嵘以为陶诗出于《百一》，不言出《咏怀》者，陶语句更明白意晓也。

陈衍《钟嵘诗品平议》：

源出应璩，何止梦呓；谓“日暮天无云”“欢言酌春酒”，岂直田家语，“古今隐逸诗人之宗”，犹皮相耳。元亮以仲宣之笔力，写嗣宗之怀抱。

郭绍虞《中国文学批评史》：

《诗品》之论应璩，称其“善为古语”；论陶潜，称其“笃意真古”，则其所以系陶潜于应璩者或即在此。

文体省净，殆无长语 按，《世说新语·德行》：“作人无长物。”徐震堮《世说新语校笺》云：“长读为冗长之长，去声。《文赋》：‘故无取乎冗长。’长物，赘余无用之物。”钱锺书《管锥编》云：“‘长语’之‘长’，即‘长物’之‘长’，谓‘文多’也。‘体省净’，即‘体清’耳。（陆云《与兄平原书》‘《文赋》甚有词，绮语颇多，文适多，体便欲不清’）”释二句甚确。又范温《诗眼》谓：“（文章）苟不当理，一切皆为长语”；王渔洋《香祖笔记》卷三引姜白石《诗说》云：“句中无余字，篇中无长语，非善之善者也。”此二“长语”，亦与钟嵘所用义同，亦作“冗语”，如许学夷《诗源辩体》卷六云：“靖节诗不为冗语，惟意尽便了，故《集》中长篇甚少。”李徽教《汇注》以为“长语”犹“张语”——“张皇之语”“夸张之语”，非是。

田家语 按，即农民语言。六朝士人轻视劳动，《颜氏家训·文章》："多见士大夫耻涉农商，羞务工伎。"《南史·到溉传》：到溉先祖曾担粪自给，别人以此骂他"尚有余臭"。时人以陶潜诗为"田家语"，当是对陶潜的轻视。

欢言酌春酒　见《读山海经》十三首之第一首，主要写乡村读书之乐。前四句说，草庐已成，环境清幽，正是好读书的所在；五六句说，稼穑已毕，正有读书的时间；七八句说，居于偏僻的小巷，和高车断绝，友人不来打扰，正好读书；九十句说，春酒尚有，果蔬已熟，酒蔬正可助读书之兴；十一二句说，微雨飘飘，清风习习，天气清和，不冷不热，正好读书；十三十四句说，所读之书一是《山海经》，一是《穆天子传》，都是好读而有趣的书；又写读书的方法——"泛览"和"流观"，都是不费思虑的；十五句写收获大，俯仰之间就能游遍宇宙；于是"不乐复何如？"——"这还不快乐"？

应璩《与从弟君苗胄书》云：

> 风伯扫途，雨师洒道……亦既至止，酌彼春酒。接武茅茨，凉过大夏。扶寸肴修，味逾方丈。逍遥陂塘之上，吟咏菀柳之下。结春芳以崇佩，折若华以翳目。弋下高云之鸟，饵出深渊之鱼。蒲且赞善，便称嫚妙。何其乐哉！

应诗中表达的理想的隐居环境与感受，与陶诗正相似。如"风伯扫途，雨师洒道"之与"微雨从东来，好风与之俱"；"酌彼春酒"之与"欢言酌春酒"；"接武茅茨，凉过大夏"之与"孟夏草木长，绕屋树扶疏。众鸟欣有托，吾亦爱吾庐"；"扶寸肴修，味逾方丈"之与"摘我园中蔬"；"吟咏菀柳之下"与"时还读我书"；"何其乐哉"之与"不乐复何如"；其间的承传关系，明眼人即不难看出。

另外，"弋下高云之鸟，饵出深渊之鱼"与陶潜《始作镇军参军经曲阿作》之"望云惭高鸟，临水愧游鱼"，思路之同，亦显而易见。二者之不同，应璩只写理想，而渊明则写实际生活和亲历感受。

陶诗和其他诗人最大的不同是自然天成而又有理趣，正如宋李途在《文章精义》中所言："《选》诗，惟陶渊明"，"自理趣中流出，故浑然天成，无斧凿痕。余子止炼句锻字，镂刻工巧而已。”

四三、评颜延之诗

其源出于陆机 颜延之诗体源，除曹旭所录宋濂、何焯、陈延杰等的一些有限的说法外，还可细补。如何焯《义门读书记》卷三就具体说道：陆机《乐府》“数诗沉著痛快，可以直追曹王。颜延年专写仿其典丽，则偶人而已”；颜诗《北使洛》“拟士衡《赴洛诗》”，评《还至梁城作》，“拟《赴洛道中》”。王闿运《湘绮楼说诗》云：

> 颜光禄诗，大抵仿陆士衡、潘安仁。以立局总曲宽厚稳重，不以新艳为能。

刘师培《汉魏六朝专家文研究》说得比较笼统：

> 颜延之文，可以为士衡之体贰，不独炼句似陆，即风韵亦酷肖之。陆机风韵在“提”与“警”，延之得其一隅，故能俨然近真，惟其诗尚不及陆之显耳。

在用字上，则宋范晞文《对床夜语》卷一有论：

> 子建诗：“朱花冒绿池。”古人虽不于字面上著工，然“冒”字殆妙。陆士衡云：“飞阁缨虹带，层台冒云冠。”……颜延年云：“松风遵路急，山烟冒垄生。”……皆祖子建。

当然，谢灵运也有“菰蒲冒清浅”之句，可补。

喜用古事 《秋胡行》：“婉彼幽闲女，作嫔君子室。”不仅诗意袭古，就是用词也有来历。《毛传》云：“婉然，美貌。”又云：“窈窕，幽闲也。”又《尔雅》云：“嫔，妇也。”颜延之取以入诗，既化《诗经》《关雎》之“窈窕淑女，君子好逑”为五言，又有变俗为古之功。但是，这种喜用古语故实之法，却有“弥见拘束”之弊。

经纶文雅才 《宋书·乐志》云：“（元嘉）二十二年，南郊始设登歌，诏御史中丞颜延之造歌诗。”又云：“《宋南郊雅乐登歌》三篇，颜延之造。”这三篇是《天地郊夕牲歌》《天地郊迎送神歌》《天地飨神歌》。又，《南齐书·乐志》云：

> 宋文帝使颜延之造《郊天夕牲》《迎送神》《飨神歌》诗三篇，是则宋初又仍晋也。建元二年，有司奏……太庙登歌，宜用司徒褚渊，余悉用黄门郎谢超宗辞。超宗所撰，多删颜延之、谢庄辞，以为新曲，备改乐名。

又云：

> 颜延之、谢庄作《三庙歌》，皆各三章，章八句。此于序述功业详略为宜，今宜依之。郊庙之日，改降尊作主，礼殊宗庙，穆后母仪之化，事异经纶。此二歌为一章八句，别奏事御奉行。

史书中这些用于皇帝祭祀天地、宗庙的乐歌叫做“经纶文”。从上所载可知，颜延之具有写作这类乐歌的“雅才”。他的作品甚至南齐谢超宗也还沿袭，故《诗品下》评谢超宗等人的诗说：“祖袭颜延。”

经纶文雅才，主要表现于善用错彩镂金、雕绘满眼的雅词铺陈排比家国功业。故何焯《义门读书记》卷二云：“廊庙之诗，不过铺陈耳。”而颜延之正精于此道。故何焯又云：“颜诗大抵长于铺排。”何焯还认为颜延之是刘宋作经纶文的第一高手。他评其《郊庙歌》时说：“雅与题称，丽而不芜，扬、班俦也，康乐亦复不能兼。”刘熙载《艺概·诗概》亦云：“颜延年诗，长于廊庙之体。”王寿昌《小清华园诗谈》卷上《条辨》云：“颜延年之《郊祀》《曲水》《释奠》以及《侍游》诸作，气体崇闳，颇堪嗣响《雅》《颂》。”“侍游”之作，也属“经纶文”一类。

雅才减若人，则陷于困踬　按，钟会《檄蜀文》云：“益州先主以命世英才，兴兵新野，困踬冀徐之郊，制命绍布之手。”《一切经音义》引《通俗文》云：“事不利曰踬。”何焯《义门读书记》卷三评江文通《杂体诗·颜特进侍宴》云：“拟颜遂蹈困踬。然颜之诗体本尔。”江淹殆是“雅才”不及颜光禄者欤！亦或“江郎才尽”欤！宋周煇《清波杂志》卷十一云：“樊宗师为文奥涩不可读，亦自名家。才不逮宗师者，固不可效其体。”亦谓若效其体，则陷于困踬奥涩矣。

休鲍“颜谢优劣论” 黄彻《碧溪诗话》卷五云：

> 钟嵘《诗品》……与本传（《南史·颜延之传》）不同。《传》又称“延之尝薄惠休制作，以为委巷中歌谣耳”。岂惠休因为延之所薄，遂为“芙蓉”“错镂”之语，故史取以又饰之耶？坡云：“辩才诗如风吹水，自成文理；吾辈与参寥，如巧妇织锦耳。”取况亦类此。

按，文字虽有不同，而其意则不异。李白是较早引述此评者，其《经乱离后天恩流夜郎忆旧游书怀赠江夏韦太守良宰》云：“览君荆山作，江鲍堪动色。清水出芙蓉，天然去雕饰。”又，高仲武《中兴间气集》评韩翃诗云：“兴致繁富。芙蓉出水，未足多也。”皎然《诗式·文章宗旨》云：“惠休所评‘谢诗如芙蓉出水’，斯言颇近矣。故能上蹑《风》《骚》，下超魏晋。建安制作，其椎轮乎？”秦少游《诗话》云：“鲍照曰：‘谢康乐诗如初发芙蓉，自然可爱。’盖如其言也。”（《淮海集》卷三九）叶梦得《石林诗话》卷下云：“古今论诗者多矣，吾独爱汤惠休称谢灵运为‘初日芙蕖’……最当人意。‘初日芙蕖’，非人力所能为，而精彩华妙之意，自然见于造化之外。灵运诸诗，可以当此者亦无几。”许顗《彦周诗话》第七五条云：“宋颜延之问己与谢灵运于鲍照。照曰：‘……。’此明远对面褒贬，而人不觉，善论诗也。”

王楙《野客丛书》卷二三云：

> 《南史》与《世说》并曰：颜延之问鲍照，己与谢灵运优劣？照曰：谢五言如初发芙蓉，自然可爱。君诗若铺锦列绣，亦雕缋满眼。……钟嵘《诗品》则曰：颜延年诗……尚巧似，体裁绮密，情喻缘深，动无虚散。汤惠休云：谢诗如芙蓉出水，颜如错彩镂金。颜终身病之。二说不同。[①]

何汶《竹庄诗话》卷三引《诗评》评颜延之全文，在此不录。王世贞《艺苑卮言》卷一引叶梦得云：“吾独爱汤惠休所云‘初日芙

---

① 按，《世说》无论“颜谢优劣”之语，《丛书》误记。

蓉’。”胡应麟《诗薮》外篇卷二云：“‘清水芙蓉’‘错彩镂金’，颜谢之定衡也。”许学夷《诗源辩体》卷七云：

颜延年诗，体尽排偶，语尽雕刻……五言如《应诏观北湖田收》《车驾幸京口侍游蒜山》《拜陵庙》诸作，艰涩深晦，殆不可读，其意欲法《雅》《颂》，实则《雅》《颂》之厉耳。《南史》载延年问鲍照己与灵运优劣。照曰：……。汤惠休亦云：……。岂当时以艰涩深晦者，为“铺锦”“镂金”耶？然延年较灵运，其妙合自然者虽不可得，而拙处亦少，观其集当知之。

郝敬《艺圃伧谈》卷一云：

汤惠休谓谢康乐诗如“芙蓉出水”，颜延年如“错彩镂金”。六朝、宋人雅重二子，而谢多丰韵，清鬯可人；颜太雕刻，少天趣，故当逊之。二子才具，皆不如鲍照。

王士禛《带经堂诗话》卷一云：

昔人评谢康乐诗如“初日芙蓉”，颜延之诗如“镂金错采”。梁武帝取其语以入《书评》云：“李镇东书，如芙蓉之出水，文采之镂金。”

又卷六云：

馆阁翰林编修耿公愿鲁，字公望，亦字又朴，康熙庚戌进士。为文秀发，如“初日芙蓉，自然可爱”。

又，《师友诗传录》载：

张居实：“出水芙蓉，天然艳丽，不假雕饰。”阮亭答：“颜光禄之‘镂金错采’诚不如谢客儿‘初日芙蓉’也。”

陈仅《竹林答问》云：

问：颜谢优劣之论，当否？答曰：颜谢当日已有定评。至庙堂大手笔，不能不推颜擅场，大家不必兼工也。大抵山水、廊庙两种，诗家作者，每分镳而驰。

张玉谷《论古诗四十首》云：

委巷常谈笑惠休，镂金错采爱辞修。但愁过炼伤真气，水小何能物毕浮。

沈德潜《古诗源》云：

颜诗，惠休品为“镂金错采”。然镂刻太甚，填缀求工，转伤真气。

刘熙载《艺概·诗概》云：

沈约《宋书·谢灵运传论》谓灵运“兴会标举”，延年“体裁明密”，所以示学两家者，当相济有功，不必如惠休上人好分优劣。

王闿运《湘绮楼说诗》云：

谢灵运诗，托意遥深，神契自然。所谓“出水芙蓉”，只是于其虚处见之。人多赏其工刻，而忘其神韵。

陈衍《评议》云：

窃谓颜诗“镂”“错”处颇鲜，殆指“玉水方流，璇源圆折”等语。然实未数数然也。据汤说，谢胜于颜，然《北使洛》《五君咏》诸篇，沉雄简练，转过康乐。

例甚多，不备举。

四四、评谢瞻、谢混、袁淑、王微、王僧达诗

风流媚趣 曹旭《集注（增订本）》注此引王运熙师《魏晋南北朝文学批评史·诗品》所录“南朝书法理论中时有以媚与骨力相对的例子”四条云云。按梁武帝《答陶弘景书》：“《太师箴》小复方媚，笔力过嫩”；“纯骨无媚，纯肉无力”，也是一例。又，《唐文补》卷二十载蔡节综《书法论》引陶弘景云：“右军此数帖，皆笔下鲜媚，纸墨清新，不可复得。右军亦自讶焉。”原来陶氏亦用“媚”字评书。又，唐张怀瓘《书断》云：“崔瑗……善草章，师于杜度。”注：“一本云：‘师于杜度，媚趣过之，点画精微，神变无碍，利金百炼，美玉天姿，可谓冰寒于水也。’”亦用“媚趣”评书。《小尔雅·广诂》云：“媚，美也。”

谢瞻诗，在当世即颇负盛名。《文选》谢瞻《九日从宋公戏马台集送孔令诗》李善注引王俭《今书七志》曰：“高祖游戏马台，命僚佐赋诗，瞻之所作，冠于一时。”又注《文选》谢瞻《张子房诗》云：“王俭《七志》曰：‘高祖游张良庙，并令僚佐赋诗，瞻之所造，冠于一时。’”《宋书》本传亦谓：“（谢瞻）词彩之美与族叔混、（族）弟灵运相抗。”

后之论者，则于谢瞻诗各有褒贬。唐庚、强行父《唐子西文录》云：“江左诸谢，诗文见《文选》者六人。希逸无诗，宣远、叔源有诗不工。”陈绎曾《诗谱》云：“谢瞻，景至清虚，甚有古文。”胡应麟《诗薮》外篇卷二云：“唐子西谓：三谢（灵运、惠连、朓）外，宣远、叔源，有诗不工。非也。宣远《子房》《戏马》，格调辞藻，可坦步延之、灵运间。”[①]

许学夷《诗源辩体》卷七云：“谢宣远、谢惠连五言，篇什不多，而排偶雕刻，其语实工，与灵运绝相类。《南史》载：瞻尝作《喜霁诗》（原注：即《答灵运诗》），灵运写之，混咏之。王弘在座，以为三绝。……愚按，《喜霁诗》尤近自然，《语录》乃谓‘宣远有诗不工’，非也。”

何焯《义门读书记》卷二评《张子房诗》云：“后有采诗者，自此以下，可以不录，皆凡语耳。”以为是压卷之作。又评《答谢灵运诗》云：“后半浅促。”沈德潜《古诗源》云：“谢宣远诗，一味镂刻，失自然之致。咏张子房作，为生硬之尤者，虽当时推重，删之。”毛先舒《诗辩坻》卷二云：“宣远‘开轩灭华烛，白露皓已盈’，即景之秀句。”又云：“世目三谢，宣城既是隔代，而文笔音畅，大为不伦，无已，当跻豫章，鼎足为允。”[②]

对于谢混，时论亦甚重之。《世说新语·文学》注引《续晋阳秋》

---

① 按，《向释》引此作：“《诗薮》：唐子西谓：三谢外，宣远《子房》《戏马》，格调辞藻可坦步延之、灵运之间。”大误。他把唐庚否定谢瞻之意弄反了。

② 按此三谢是毛氏临时拼凑的，和后人所言之三谢不同。

云："至义熙中，谢混始改。"《宋书·谢灵运传论》云："叔源大变太元之气。"《南齐书·文学传论》云："谢混清新，得名未盛。"《诗品序》云："逮义熙中，谢益寿斐然继作。"《诗品下》云："义熙中，以殷仲文、谢益寿为华绮之冠，殷不竞矣。"《艺文类聚》卷八十八《木部上·松》云："谢混与从子灵运齐名，时人谓混风韵为高，目望蕣萧，如寒风振松；康乐凛凛，如霜台笼日。"

后人如胡应麟等对谢混诗亦有好评。《诗薮》外篇卷二云：

> 薛考功云："曰清曰远，乃诗之至美者也。"灵运以之。"白云抱幽石，绿篠媚清涟"，清也；"表灵物莫赏，蕴真为谁传"，远也；"岂必丝与竹，山水有清音"，"景昃鸣禽夕，水木湛清华"；清与远兼之矣。[①]

胡氏又云：

> 唐子西谓三谢外，宣远、叔源有诗不工。非也。……叔源"景昃鸣禽夕，水木湛清华"，几与"池塘春草""清晖娱人"竞爽，不工诗者能尔耶？

征君 指王微。先曾出仕，后因父忧去官，屡征不就，故名。江文通《杂体诗三十首》中就有拟王征君微者。《宋书》《南史》皆有传。《宋书》本传谓："微为文古甚，颇抑扬。袁淑见之，谓为诉屈。"王微《与从弟僧绰书》："文辞不怨思抑扬，则流淡无味。文好古，贵能连类可悲，一往视之，如似多意。当见居非求志，清论所排，便是通辞诉屈耶！"风格似与"清浅""风流"不类，但与《诗品序》所标"王微'风月'"则合。后世对王微诗文评介不多。今举一例：黄宗羲《前乡进士泽望黄君圹志》云："泽望少无师，以余为师。……其诗初喜僻奥，余一变而之冷淡，泽望亦变；其文华藻错落，颇以王微、范晔为则。"（《南雷文定》卷八）

---

① 按，"白云""表灵"二句，分别见灵运《过始宁墅诗》《登江中孤屿诗》；"岂必"二句，见左思《招隐诗》；"景昃"二句，见谢混《游西池诗》。张文勋：《胡应麟"神韵说"述评》（《社会科学战线》1990年第1期）引此，全作谢灵运诗，误。

太尉　指袁淑。身后赠侍中、太尉，故名。《宋书》本传谓其“博涉多通，好属文，词采遒艳，纵横有才辩”。颜延之代草《赠谥袁淑诏》亦谓其“文辩优洽”。《宋书·临川王义庆传》云：“太尉袁淑，文冠当时。”有《仿白马篇》《仿古诗》载于《文选》。其《从驾》诗亦为江淹《杂体诗三十首》所拟。胡应麟《诗薮》外篇卷二云：“宋齐之末，靡极矣。而袁阳源《白马》、虞子阳《北伐》，大有建安风骨，何从得之？”张溥《汉魏六朝百三名家集题辞·袁忠宪集》云：“诗章虽寡，其摹古之篇，风气竟逼建安。此人不死，颜谢未必能出其上也！”何焯《义门读书记》卷三云：袁阳源《效曹子建白马篇》“音节悲壮，近太冲”。其诗风，亦与“清浅”“风流”有异。殆由于王微、袁淑与谢瞻、谢混不同，故其二人只能“托乘后车”，地位，在王僧达、二谢之后。

四五、评谢惠连诗

谢惠连诗，未溯源流。按，正因为《诗品》未溯源流，故后人亦各持异说。陈绎曾《诗谱》云：“郭璞构思险怪，而造语精圆，三谢皆本于此。”又云：“谢灵运以险为主，以自然为工。”“谢惠连酌取险怪自然之中，而句句为之。”“谢朓藏险怪于意外，发自然于句中。”此言惠连有灵运之险怪和自然。宋濂《答章秀才论诗书》云：“三谢亦本子建而杂参郭景纯。”何焯《义门读书记》卷四十六云，谢惠连《西陵遇风献康乐》“清便婉转。此等诗亦宪章陈王，但比之康乐为差弱耳”。包世臣《艺舟双楫·答张翰风书》云：“法曹宪章康乐而发以幺弦。”

按此数说，可归结为两个体源。一是《国风》，一是《楚辞》。笔者以为当以前说为是。钟嵘此评后谓“工为绮丽歌谣，风人第一”。

风人　风人体诗歌的省称，即源于《国风》也。又，《诗品下》评吴迈远诗云：“吴善于风人答赠。”南朝或称之为“风人辞”。梁元帝萧绎即有《风人辞》，但仅存二句，难窥全豹。或谓之“谢惠连体”，梁简文帝萧纲有《戏作谢惠连体十三韵诗》，见《玉台新咏》。此诗写居人思夫况味，用语双关，运句钩连，极富民歌意味，其内容与形式、风格，与《西洲曲》相类。宋曾慥《类说》卷五十一引《乐府解题》云："梁简文《风人诗》，上句一语用下句释之成文：'围棋烧败袄，著子知然衣。'"

皮日休《杂体诗序》云：

> 《诗》云："维南有箕，不可以簸扬；维北有斗，不可以挹酒浆。"近乎戏也。古诗或为之，盖风俗之言也。古有采诗官，命之曰"风人"。"围棋烧败袄，著子故依然"，由此风人之作兴焉。

其后，张表臣《珊瑚钩诗话》、严羽《沧浪诗话》亦有所论。严羽云："论杂体，则有'风人'：上句述其语，下句释其义，如古《子夜歌》《读曲歌》之类，则多用此体。"明胡震亨《唐音癸签》卷二十九云：

> 风人诗……以前句比兴引喻，后句即覆言以证之。或取诸物，如《子夜歌》"擿门不安横，无复相关意"；或取之同音，如《懊侬歌》"桐树不结花，何由得梧子"。微旨所寄，无假猜榷而知。唐人以其见于《诗》之南箕北斗，可备采风，故命为"风人诗"。张祜、皮、陆为多。

学步惠连者，萧纲、萧绎之外，还有谢贞。《南史·孝行·谢贞传》云："八岁尝为《春日闲居诗》，从舅王筠奇之，谓所亲曰：至如'风定花犹落'，乃追步惠连矣。"而唐任希古《和李公七夕》即属"谢惠连体"，李绅《泛五湖》也是效谢惠连者。曹邺也有"风人体"，陆龟蒙则有《风人诗》四首。但不见胡震亨所说的张祜、皮日休之作。

兰玉夙凋，故长辔未骋 此语常为后人援用，如高适《皇甫冉集序》云："使前贤失步，后辈却立，自非无暇，何以追斯。恨长辔未骋而芳兰早凋，悲夫！"[①]《唐才子传》云：观李杜二公，"惜乎长辔未骋，奇才并屈，竹帛少色，徒列空言。"但辛文房所说之"长辔未骋"，指"干才"而非"诗才"。

---

① 高仲武《中兴间气集》评皇甫冉诗文字，几乎与此相同，当属高仲武语。

语有神助　按，“池塘生春草，园柳变鸣禽”二句，实仿陆机《悲哉行》“目感随气草，耳悲咏时禽”。神助之说，起源甚早。《三国志注·魏书·任城陈萧王传》引鱼豢《魏略》云：“植之华采，思若有神。”后王右军自叹书法作品如《兰亭集序》：“此神助耳，何吾力能致。”（见蔡节综《书法论》、何延之《兰亭始末记》）

杜甫则是论“诗神”最多的，如“诗成觉有神”（《独酌成诗》）、“篇什若有神”（《八哀诗·李邕》）、“诗应有神助”（《游修觉寺》）、“苍茫兴有神”（《上韦左相二十韵》）、“诗兴无不神”（《寄张十二山人彪三十韵》）、“词翰两如神”（《奉和阳城郡王太夫人》）、“下笔如有神”（《奉赠韦左丞丈二十二韵》）、“但觉高歌有鬼神”（《醉时歌》）、“将军善画盖有神”（《丹青引赠曹将军霸》）、“韩干画马，毫端有神”（《画马赞》）、“有若于神助”（《雕赋》）等，皆以“有神”论艺术家超奇的思维，即神秘的灵感。正因为“若有神助”，其艺术品就能产生动天地、感鬼神艺术效果。杜甫对此亦有论及，如“笔落惊风雨，诗成泣鬼神”（《寄李十二白二十韵》）、“思飘云物外，律中鬼神惊”（《敬赠郑谏议十韵》）等，皆是。

语有神助之说，当受陆机《文赋》启发。《文赋》云：

> 若夫应感之会，通塞之纪，来不可遏，去不可止……虽兹物之在我，非余力之所戮；故时抚空怀而自惋，吾未识夫开塞之所由。

钱锺书《管锥编》第三册云：

> “在我”而非“余力”，即如钟嵘《诗品》中《谢惠连》引《谢氏家录》载灵运自称其“池塘生春草”之句，云：“此语有神助，非吾语也。”……谢客儿夸五字“非吾语”……正陆机言“非余力之所戮”耳！

历代吟咏“池塘”句者颇多，如李白、裴夷直、朱庆余、张又新、白居易、李逢吉、吴可、万俟咏、元好问等，文繁不录。而作论者更多，如释皎然、遍照金刚、贾岛、叶梦得、惠洪、王直方、唐庚、谢采伯、张戒、张九成、田承君、葛立方、王楙、严羽、罗大经、俞文豹、王若虚、王世贞、胡应麟、许学夷、王夫之、汪师韩、宋征壁、贺贻孙、叶矫然、何焯、潘德舆、马位、钱泳、毛先舒、周容、陈衍等，文繁不录。

四六、评鲍照诗

其源出于二张 按，曹旭《集注（增订本）》只引宋濂《答张秀才论诗书》“明远则效景阳”、刘熙载《诗概》“张景阳诗开鲍明远”以注。其实，何焯《义门读书记》更有细论。如谓：“（张华）《轻薄》《壮士》诸篇，鲍明远所祖。”评张景阳《杂诗》云：“诗家炼字琢句，始于景阳，而极于鲍明远。”评鲍照《东门行》云：“直追《十九首》，又近景阳。”又云鲍照《苦热行》，“可敌（景阳）《苦雨》”。评鲍照《乐府》云：“诗至明远，已发露无余，李杜元白，皆从此出也。钟记室谓其‘含景阳之諔诡，兼茂先之靡曼’，知之最深。”另外，义门还谓：“《升天行》，似景纯。”《诗概》云：“陈孔璋《饮马长城窟》，机轴开鲍明远。惟陈纯乎质，而鲍济以妍。”这些说明鲍照还从其他诗人中吸取营养。

从《鲍参军集》中更可看到学习前贤的广泛，《代陈思王京洛篇》《代陈思王白马篇》《代陆平原君子有所思行》《拟阮公夜中不能寐诗》《学陶彭泽体》，以及《拟古》八首、《绍古辞》七首、《学古诗》、《学刘公干体诗》五首、《拟乐府》多首等等，可证。又岂止“总四家而擅美，跨两代而孤出”？而王士禛《渔洋诗话》卷下则云：“至以鲍照出于二张，尤陋矣，又不足深辩也。”又其《带经堂诗话》卷四云：“宋代词人，康乐为冠。诸谢奕奕，迭相映蔚。明远篇体惊奇，在延年之上。谢之与鲍，可谓分路扬镳。仲伟之品于明远多微词，愚所未解。”不以记室之评为是。

才秀人微，故取湮当代 按，历代多有为鲍照抱不平者。刘知几《史通·人物》云：“鲍照文宗，乐府驰名海内，方于汉代，褒、朔之流，事皆阙如，何以申其褒奖？”张溥《汉魏六朝百三家集题辞·鲍参军集》云：“鲍明远，才秀人微，史不立传，服官年月，考论据鲜。”何文焕《历代诗话考索》云：“钟常侍评鲍参军云：‘嗟其才秀人微，取湮当代。’夫明远之才，爵位微矣，犹然未彰，矧此下者哉！然而，其诗其名，故不磨也。人微乎哉！”中华书局《宋书》“出版说明”云：

《宋书》列传中，有关地主阶级代表人物高门士族的传，几乎占了半数……象陈郡谢弘微……琅琊王微……这两个人都是高门士族，所以《宋书》都为他们立了“佳传”……而对于象鲍照那样在作品中表现了对门阀制度反抗的诗人，又由于他出身寒微，就只附见于《临川王子义庆传》中。

何焯《义门读书记》卷三则云：“诗至于鲍，渐事夸饰，虽奇之又奇，颇乏天然，又不娴于廊庙之制，于时名价不及颜公，非但人微也。”按，此说非是。又，郝敬《艺圃伧谈》卷一云：“六朝如宋鲍照、齐王融，伟然博大，何可概以‘靡曼’目之？但一涉乐府，便有妖冶之气。大抵皆出《清商》《西曲》等歌，莫盛于六朝。”与何焯说相类。

言险俗者，多以附照　按，陈衍《评议》云：

夫凡庸之谓俗，险则不俗，俗则不险。险俗并称，一言不智矣。明远健句至多，而出以追琢，六朝人所绝无而仅有。宋敖陶孙《古今诗评》所谓“饥鹰独出，奇矫无前”也。明远与开府在南北朝中，能创体格，故杜少陵独云：“清新庾开府，俊逸鲍参军。”

又云：

晋宋以还，五言诗全体对偶，惟陶渊明、鲍明远篇中时时以单行出之。但陶多淡宕之言，鲍多凌厉之笔。陶开王、孟、储、韦先路，鲍辟岑、高、韩、孟一途。东野首联多对起、多警辟语，皆从鲍来也。《拟行路难》十八首，直开杜之《同谷》、韩之《感春》矣。

可见“附照”者，不止齐、梁之代矣。

又，宋叶廷珪《海录碎事》卷十九《文学门下·诗门》云：“鹘翻云”曰：“钟嵘曰：鲍参军诗，如野鹤翻云，良马走堤，俊逸奔放。”按，此非钟嵘语也。

又，清贺贻荪《诗筏》云：

> 杜子美以“清新”“俊逸”分称庾子山、鲍明远二人，可谓定评矣。但六朝人为清新易，为俊逸难。诗家清境最难，六朝虽有清才，未免字字求新，则清新尚兼人巧。而俊逸纯是天分，清新而不俊逸者有矣，未有俊逸而不清新者也。子美虽两人并称，然大半为明远左袒耳。及取两人诗读之，明远既有逸气，又饶清骨；子山虽多清声，不乏逸响。且俊逸易涉于佻，而明远则厚；清新易涉于浮，而子山则警。明远与颜谢同时，而能独运灵腕，尽脱颜谢板滞之习。子山当陈隋靡靡之日，而时有骨气，不为肤立。六朝人多不能为七言，而明远独以七言擅长。若子山五言诗，竟是唐人近体佳手矣。虽所就不同，要皆一时出类之才也。（《清诗话续编》第161页）

四七、评谢朓诗

王士禛《渔洋诗话》卷下云：“中品之谢朓，宜在上品。”

一篇之中，自有玉石　按，《历代名画记》评张僧繇之子善果而引李嗣贞曰：“一篇之中，自有玉石。”即沿用记室成句。“自有玉石”，即“颇在不伦”之意。而何焯《义门读书记》卷二云：“玄晖‘一篇之中自有玉石’等语，钟记室抑扬之词，不可据也。”

奇章秀句，往往警遒，足使叔源失步，明远变色　按，此数句言，谢朓诗中佳句使人惊绝。冯贽《云仙杂记》引《搔首集》：

> 李白登华山落雁峰，曰：此山最高，呼吸之气，想通天帝座矣。恨不携谢朓惊人诗来，搔首问青天耳。

曹旭《集注（增订本）》引此以为“登华山落雁峰”为李白诗题，加书名号，非是。又，刘善经《四声指归》云：

> 颍川钟嵘之作《诗评》，料简次第，议其工拙。乃以谢朓之诗末句多蹇，降为中品，侏儒一节，可谓有心哉！（引自《文镜秘府·天卷》）

元兢《古今诗人秀句序》云：

> 皇朝学士褚亮，贞观中奉敕与诸学士撰《古文章巧言语》，以为一卷。……借如谢吏部《冬序羁怀》，褚乃选其“风草不留霜，冰池共明月”，遗其“寒灯耻宵梦，清镜悲晓发”，若悟此旨，而言于文，每思“寒灯耻宵梦”，令人中夜安寝，不觉惊魂；若见“清镜悲晓发”，每暑月郁陶，不觉霜雪入鬓。

又云：

> 常与诸学士览小谢诗，见《和宋记室省中》，诠其秀句，诸人咸以谢“行（或作竹）树澄远阴，云霞成异色”为最。余曰：未若……“落日飞鸟还，忧来不可极”之妙者也。

遍照金刚《文镜秘府·论文意》云：“宣城公情致萧散，词泽义精，至于雅句殊章，往往惊绝。”王世贞《艺苑卮言》卷三云：“吾览钟记室《诗品》”，“独爱玄晖‘奇章秀句，往往警遒。足使叔源失步，明远变色’。”“此评赞既实，措撰尤工。”郝敬《艺圃伧谈》卷一第七十条云：“齐诗，谢朓最著。其工致流别，在灵运、延年之间，诸谢无出其右者。丰赡如鲍照，而灵秀过之。”顾起纶《国雅品·士雅品》第三五条评顾司寇华玉云：“经旬谢宾客，春草当门生”等句，“足使文通变色，彦升失步矣。”吴乔《围炉诗话》卷二引冯班《钝吟杂录》卷四云：“或问：如何是谢朓惊人句？答之曰：叔源失步，明远变色。”以上诸论，皆从记室之评而来。

谢朓其人其诗，后人颇有评议。除上文所列外，尚有：王通《文中子》、旧题李峤《评诗格》、王昌龄《诗中密旨》、李白《李太白集》、杜甫《杜少陵集》、白居易《白氏长庆集》、李商隐《李义山集》、高仲武《中兴间气集》、旧题白居易《文苑诗格》、韦庄《又玄集序》、范摅《云溪友议》、王直方《诗话》、叶梦得《石林诗话》、吴曾《能改斋漫录》、唐庚《唐子西文录》、葛立方《韵语阳秋》、谢采伯《密斋笔记》、张戒《岁寒堂诗话》、朱熹《朱子全书·论诗》、罗大经《鹤林玉露》、胡应麟《诗薮》、王世贞《艺苑卮言》、许学夷《诗源辩体》、朱承爵《存余堂诗话》引刘后村语、杨慎《升庵诗话》、谢榛《四溟诗话》、顾起纶《国雅品》、王夫之《古诗评选》、毛先舒《诗辩坻》、贺贻荪《诗筏》、贺裳《载酒园诗话》、王士禛《渔洋诗话》、费锡璜《汉诗总说》、田雯《古欢堂集·杂著》、叶矫然《龙性堂诗话初集》、吴乔《围炉诗话》、何焯《义门读书记》、沈德潜《古诗源》《说诗晬语》、李调元《雨村诗话》、王寿昌《小清华园诗谈》、方东树《昭昧詹言》、陈祚明《采菽堂古诗选》、宋征璧《抱真堂诗话》、牟愿相《小澥草堂杂论诗》、王闿运《湘绮楼说诗》、陈衍《评议》、曾习经《壬子八九月所读书题辞》、近藤元粹《诗品》等。谢朓对后世的影响主要有两方面：创作实践和诗学理论。

在创作实践上，永明体“渐有唐风”。唐庚《唐子西文录》云：“诗至玄晖，语益工，然萧散自得之趣，亦复减少，渐有唐风矣。”赵师秀《秋夜偶书》云：“辅嗣《易》行无汉学，玄晖诗变有唐风。”严羽《沧浪诗话·诗评》云：“谢朓之诗已有全篇似唐人者。”胡应麟《诗薮》外编卷二云：“六朝句于唐人，调不同而语相似者：‘余霞散成绮，澄江静如练’，初唐也；‘金波丽鳷鹊，玉绳低建章’，盛唐也；‘天际识归舟，云中辨江树’，中唐也；‘鱼戏新荷动，鸟散余花落’，晚唐也。俱谢玄晖诗也。”许学夷《诗源辩体》卷八云：“王元美云：‘玄晖特不如灵运者，匪直才力小弱。灵运语俳而气古，玄晖调俳而气今。’愚按，沧浪谓‘谢朓之诗已有全篇似唐人者’，此即所谓‘调俳而气今’也。”张溥《汉魏六朝百三名家集题辞·谢宣城集》云：“李青莲论诗，目无往古，惟于谢玄晖三四称服，泛月登楼，篇咏数见，至于携之上华山问青天。余读青莲五言诗，情文骏发，亦有似玄晖者，知其兴叹难再，诚心仪之，非临风空忆也。”毛先舒《诗辩坻》卷二云：“宣城惊人句，实始唐音”；“宣城词锋壮丽，大启唐音，元嘉遗响，自朓革之。”陈仅《竹林答问》云：“谢朓‘岁华春有酒，初服偃郊扉’……为唐贤启先轨也。”叶矫然《龙性堂诗话初集》云：“玄晖、明远，骨气秀劲，最称逸才。今谛观其集中，规摹太康、元嘉者，什三；开先初盛者，什七。风气之兆，若有神然。”又云：“谢公秀句，已肇唐风。”施补华《岘佣说诗》第三四条云：“谢玄晖名句络绎，清丽居宗……其秀气成采，江郎五色笔尚不能逮，唐人往往效之，不独太白也。‘玄晖诗变有唐风’，真确论矣。”皆是。

不过，李白诗源，不止玄晖一家。乔亿《剑溪说诗》卷上云：“太白诗，有似《国风》《小雅》者，有似楚《骚》者，似汉魏乐府及古歌谣杂曲者，有似曹子建、阮嗣宗者，有似鲍明远者，有似谢玄晖者，又有似阴铿、庾信者。”刘熙载《艺概·诗概》云：“太白诗以《庄》《骚》为大原，而于嗣宗之‘渊放’，景纯之‘俊上’，明远之‘驱迈’，玄晖之‘奇秀’，亦各有所取，无遗美焉！”

在诗学理论上，谢朓“好诗圆美流转如弹丸”论，是宋代诗学活法说的理论基石。[①]《南史·王昙首传》云：“（沈约）又于御筵谓王志曰：贤弟子文章之美，可谓后来独步。谢朓常见语云：‘好诗圆美流转如弹丸。’近见其数首，方知此言为实。”[②]谢朓此论极佳，可证钟嵘“极与余论诗，感激顿挫过其文”之评不虚，它道出了诗歌语意及其音韵贵“圆”，散文重“方”的真谛，足垂流千古。沈约《宋书·谢灵运传论》云：“欲使宫羽相变，低昂互节：若前有浮声，则后须切响。一简之内，音韵尽殊；两句之中，轻重悉异。”从此以后，“珠”“弹”便成论诗惯喻。

王绩《游北山赋》云：“赋成鼓吹，诗如弹丸。”元稹《见韩舍人近律戏赠》云：“玉磬声声彻，金玲个个圆。”白乐天《红楼夜吟元九

---

① 曾明：《诗学“活法”考索》，商务印书馆 2019 年版。

② 《石林诗话》径作“沈约语”，《竹林答问》又作“王筠评沈约诗”，皆是误读。

律诗》云："冰扣声声冷，珠排字字圆。"《琵琶行》云："大珠小珠落玉盘。"杜牧《注孙子序》云："后之人有读武书予解者，因而学之，犹盘中走丸。丸之走盘，横斜圆直，计于临时，不可尽知；必可知者，是知丸不能出于盘也。"

梅尧臣《读邵不疑学士诗卷杜挺之忽来因出示之且伏高致辄书一时之语以奉呈》云："作诗无古今，惟造平淡难。譬身有两目，瞭然瞻视端。召南有遗风，源流亦未殚。所得六十章，小大落珠盘。"苏轼《次韵答参寥》云："新诗如弹丸，脱手不暂停。"《新渡寺席上送欧阳叔弼》云："中有清圆句，铜丸飞柘弹。"《书楞伽经后》云："《楞伽》四卷，可以印心……句句皆理，字字皆法，后世达者，神而明之，如盘走珠，如珠走盘。"孔平仲《孔氏谈苑》卷五云："然圆熟多失之平易，老硬多失之干枯，能不失二者之间，则可与古作者并驱矣。"张耒《赠李德载》云："晁论峥嵘走珠玉。"吕本中《远游堂诗集序》云："谢玄晖有言：'好诗流转圆美如弹丸'，此真活法也。"谢薖《读吕居仁诗》云："吾宗宣城守，诗压颜鲍辈……自言得活法，尚恐宣城未。"曾几《赠空上人》云："今晨出数篇，秀色若可餐。清妍梅著雪，圆美珠走盘。"陆游《答郑虞任检法见赠》云："区区圆美非绝伦，弹丸之评方误人。"叶梦得《石林诗话》云："古今能诗者多矣，吾独爱汤惠休称谢灵运为'初日芙蕖'、沈约称王筠为'弹丸脱手'两语，最当人意。……'弹丸脱手'虽是输写便利，动无留碍，然其精圆快速，发之在手，筠亦未能尽也。然作诗审到此地，岂复更有余事。"张元干《苏养直诗帖跋尾》六篇之六云："养直二十三帖，作一轴，笔意圆熟，词采精明，如珠走盘，略无定势，而璀璨夺目，光彩射人。反复寻绎，沉著痛快，诚不在杨少师之下，李西台所不及也。"陈造《次韵臧秀才读苏集》云："怪子介且方，落笔盘走圆。子真苏门徒，岂独长短篇。"吴可《学诗诗》云："学诗浑似学参禅，自古圆成有几联。"吴炯《五总志》云："六朝人论诗，谓好诗流转如弹丸，唐人谓张九龄谈论滔滔，如下坡走丸。虽觅句置论立法不同，要之，以浏亮明白为难事。"陈善《扪虱新语》上集卷一云："文中有诗，则句语精确；诗中有文，则词调流畅。谢玄晖曰：'好诗圆美流转如弹丸'，此谓诗中有文也……观子美到夔州后诗，简易纯熟，无斧凿痕，信是如弹丸矣。"叶适《送薛景石兄弟问诗于徐道晖》云："弹丸旧是吟边物，珠走钱流义字通。"敖陶孙《诗话》云："杜牧之如铜丸走坂，骏马注坡。"严羽《沧浪诗话》云："下字贵响，造语贵圆。"王迈《贺林直院》云："笔有活法，珠走于盘而不出于盘；派接古文，冰生于水而寒于冰。"

刘克庄《江西诗派小序》云："紫微公作《夏均父诗集序》云：'学诗当识活法……谢玄晖有言：好诗流转圆美如弹丸。此真活法也。……余尝以为此序，天下之至言也。……所引谢宣城好诗流转圆美如弹丸之语，余以宣城诗考之，如锦工机锦，玉人琢玉，极天下巧妙。穷巧极妙，然后能流转圆美。近时学者，往往误认弹丸之喻而趋于易。故放翁诗云：弹丸之论方误人。又朱文公云：紫薇论诗，欲字字响。其晚年诗多哑了。然则欲知紫薇诗者，以《均父集》观之，则知弹丸之语，非主于易……后来诚斋出，真所谓得活法。所谓流转圆美如弹丸者，恨紫薇公不及见耳。'"俞文豹《吹剑录》云："古今诗人，间见层出，极有佳句，无人收拾，尽成遗珠。"章冠之《王梦德念久出远归惠诗次韵》云："别后新诗圆似弹。"陈寿老《又题叶子春诗》云："夫弹丸者，非以其圆且熟耶。"王若虚《论诗绝句》四首之四云："百斛明珠一一圆，丝毫无害彻中边。使渠屡受群儿谤，不害三光万古悬。"刘祁《归潜志》云："赵闲闲尝云：律诗最难工，须要工巧周圆。"

方回径称"活法诗"为"弹丸诗"，"活法"为"弹丸法"[①]。刘埙《隐居通义》卷七云："唐诗之清丽空圆者，比与兴为之也。"杨载《诗法家数》云："诗结尤难……说意要圆活。"陈绎曾《诗谱》云："王粲、刘桢，真实有余，澄滤不足，思健功圆……郭璞构思险怪，而造语精圆。"贺贻荪《诗筏》云："诗律对偶，圆如连珠，浑如合璧。连

① 李庆甲：《瀛奎律髓汇评》引方回评吕居仁《海陵杂兴》语，上海古籍出版社 2005 年版，第 180 页。

珠互映，自然走盘；合璧双关，一色无痕。八句一气而气愈老，一句三折而句通遒。愈老愈沉，愈遒愈老。”又云：“谢玄晖与沈休文论诗云：‘好诗圆美流转如弹丸。’此实玄晖自评也。”沈德潜《说诗晬语》卷下云：“隐侯云：‘弹丸脱手。’固是诗家妙喻。然过熟则滑。生熟相济，于生中求熟，熟处带生，方不落寻常蹊径。”陈仅《竹林答问》云：“问：王筠称沈约诗为弹丸脱手，言其圆熟也，故曰：‘文到妙来无过熟。’而韩子苍言：‘诗不可太熟，亦须冷生。’近人论文，一味忌语生，往往不佳。此言何谓耶？诗不宜太生，亦不宜太熟，生则涩，熟太滑，当在不生不熟之间。”乔亿《剑溪说诗·又编》云：“太白使韵如转丸，变易不常。”潘德舆《养一斋诗话·李杜诗话》卷二云：“（黄山谷谓）观子美到夔州后诗，退之自潮州还朝后文，皆不烦绳削而自合者也……山谷晚年不烦绳削之言，实不谬。故唐子西谓子美到夔州以后诗，简易纯熟，无斧凿痕，信如弹丸。”

钟嵘认为谢朓此论“感激顿挫过其文”，而他的创作实践则尚未达到“圆美流转如弹丸”之境，故谢薖《谢幼槃文集》卷一《读吕居仁诗》云：“吾宗宣城守，诗压颜谢辈……居仁相家子……哦诗亦能事。自言得活法，尚恐宣城未。”

谢朓“好诗流转圆美如弹丸”之论，虽为诗家“活法”作了一个形象的比喻，但要到北宋胡宿，才把此说和“诗家活法”联系起来，并在其基础上提出“珠走盘”说，后经苏轼全面实践，最后由吕本中总结出来。[①]

四八、评江淹诗

诗体总杂，善于摹拟 “总杂”亦见《评古诗》条，这里指体源和风格复杂多样。这都是“善于摹拟”各种不同体源、不同风格的诗

① 曾明：《诗学“活法”考索》，商务印书馆 2019 年版。

歌而形成的。江淹存诗百余首。标明拟作五言诗者有《杂体诗》三十首、《效阮公诗》十五首、《学魏文帝诗》一首、《悼室人诗》(即学潘岳《悼亡》诗)十首、《古意报袁功曹》(《广文选》卷十五作《效阮公体》)、《步桐台诗》一首;学《骚》体者八首:《应谢主簿骚体》一首、《刘仆射东山集学骚》一首、《山中楚辞》六首,这些诗作是钟嵘论五言诗"同祖风骚"说的先导。不仅如此,其摹拟顺序,始古诗,继李陵,续班姬,《诗品上》之排序,正与之同。

但从钟嵘之论的倾向看,江淹当为《楚辞》系诗人。《诗品》此评所涉人物,如王微、谢朓、张景阳、郭景纯,无一不是体源《楚辞》者。又,王通《中说·君子篇》云:"(江淹)急以怨。"抒"怨"情,即《楚辞》系诗的最大特点,故许学夷《诗源辩体》卷八云:

> 文通五言,善用《骚》语。如"平原忽超远,参差见南湘"(《侍始安王石头城诗》)、"忧怨生碧草,沅湘含翠烟"(《贻袁常侍》)、"览洲之宿莽,命为瑶桂因"(《感春冰遥和谢中书诗二首》之二)、"窃悲杜蘅暮,览涕吊空山"(《无锡县历山集诗》)、"南方天炎火,魂兮可归来"(《渡泉峤出诸山之顶诗》)、"汀皋日惨色,桂暗猿方啼"(《冬尽难离和丘长史诗》)、"常畏佳人晚,秋兰伤紫茎"(《渡西塞望江上诸山诗》)、"杜蘅念无沫,石兰终不睽"(《冬尽难离和丘长史诗》)、"暮心亦谁寄?江皋桂有丛"(《外兵舅夜集诗》)、"紫荷渐曲池,皋兰复径路"(《池上酬刘记室诗》)等句,皆《骚》语也。

其实,用楚《骚》语词者,远不止此,试举几例:《从冠军建平王登庐山香炉峰》"绛气下萦薄,白云上杳冥"、《从建平王游纪南城》"恭承此嘉惠,末官至南荆"、《望荆山诗》"岁晏君如何,零泪沾衣裳"、《步桐台诗》"思君出汉北,鞍马登楚台"、《秋至怀归诗》"秋至帝子降,客人伤婵娟"、《赤亭渚诗》"一伤千里极,独望淮海风"、《迁阳亭诗》"桂枝空命折,烟气坐自惊"、《还故园诗》"汉臣泣长沙,楚客悲辰阳"、《陆东海谯山集诗》"日暮崦嵫谷,参差彩暮云"、《寄丘三公诗》"菊秀空应夺,兰芳几时坚"、《卧疾怨别刘长史诗》"但见一落叶，哀恨方未平”、《灯夜和殷长史诗》“此心冀可缓，青芷在沅湘”、《惜晚春应刘秘书诗》“烟景抱空意，蘅杜缀忧心”、《秋夕纳凉奉和刑狱舅诗》“崦嵫生暮霞，空居寂以欷”、《郊外望秋答殷博士诗》“折麻异离群，纫蕙非索居”、《采石上菖蒲诗》“缓步遵汀渚，扬枻泛春澜”、《就谢主簿宿诗》“季月寒气重，滋兰错无芳”，等等。

赞赏江淹《拟古》的始作俑者是钟嵘，接着就是萧统。《文选》全录江淹五言诗三十二首，除《杂体诗三十首》外，还有两首也是五言：《从冠军建平王登庐山香炉峰》《望荆山诗》。继此以后，代不乏人。叶梦得《石林诗话》卷下云：“魏晋间人诗，大抵专攻一格，如侍宴、从军之类。故后来相与祖袭者，亦但因其所长取之耳。谢灵运《拟邺中七子》与江淹《杂拟》是也。梁钟嵘作《诗品》，皆云‘某人诗出于某人’，亦以此。”陈善《扪虱新语》下集卷四云：“要知渊明诗，须观江文通《杂体诗》中拟渊明作者，方是逼真。”吴聿《观林诗话》云：“江文通学李陵等《杂体》三十首，内学休上人《怨别》一首，有‘日暮碧云合，佳人殊未来’之句，后人便以为休上人语。”吴曾《能改斋漫录》卷八云：“‘日暮碧云合，佳人殊未来’，盖用魏文帝《秋胡行》‘朝与佳人期，日夕殊不来’。梁武帝《鼓角横吹曲》云：‘日落登雍台，佳人殊未来。’梁沈约《洛阳道》云：‘佳人殊未来，薄暮空徙倚。’二人所作，又袭江也。江，齐人。”（亦见吴幵《优古堂诗话》）张表臣《珊瑚钩诗话》卷一云：“古之圣贤，或相祖述，或相师友。生乎同时，则见而师之；生乎异世，则闻而师之……陆士衡作《拟古》，而江文通述《杂体》，虽华藻随时，而体律相仿。”严羽《沧浪诗话·诗评》云：“《拟古》惟江文通最长，拟渊明似渊明，拟康乐似康乐，拟左思似左思，拟郭璞似郭璞，独拟李都尉一首，不似西汉耳。”陈绎曾《诗谱》云：“江淹善观古作，曲尽心手之妙，其自作乃不能尔。故君子贵自立，不可随流俗也。”

谢榛《诗家直说》卷二十一云：“江淹拟刘琨，用韵整齐，造语沉著，不如越石吐出心肝肺……拟颜延年辞致典缛，得应制之体，但不变句法耳。”胡应麟《诗薮》外篇卷二云：“文通拟汉三诗俱远，独魏文、陈思、刘桢、王粲四作，置之魏风莫辨，真杰思也。”许学夷《诗源辩体》卷三云：“江文通《杂体》，拟其大略，不仿形似，则情性逸荡，神韵自超。故仿魏文、子建、仲宣、士衡等，有酷相类者，如今人学羲、献是也。”卷八云：“文通《杂体三十首》，体貌前哲，欲兼关西、邺下、河外、江南，总制众善，兴会高远，而深厚不如，非其才拙，世限之也……江诗拟临川《游山》，又似深知谢者。”冯班《钝吟杂录·正俗》云：“陆士衡《拟古诗》、江淹《拟古三十首》，如搏猛虎，捉生龙，急与之较，力不暇，气格悉敌。今人拟诗，如床上安床，但觉怯处，种种不逮耳。然前人拟诗，往往只取其大意，亦不尽如江、陆也。”王士禛《带经堂诗话》卷一云：“前人拟古，莫妙于陆机、江淹。”

何焯《义门读书记》卷三对江诗多有评论，总评云：“江文通《杂体诗》，所拟既众，才力高下，时有不齐，意制体源，罔轶尺寸，爰自椎轮汉京，讫乎大明、泰始，五言之变，旁备无遗矣。虽孙、许似《道德论》，渊明为‘隐逸宗’，亦并别构，成是‘总杂’。惟永明声病，不在旧列也。”评《古离别》云：“《拟古诗》，殆欲远跨士衡，不在多少也。”评《拟陈思王赠友》云：“拟陈王，亦自遒秀。”评《拟阮公咏怀》云：“精卫衔木石，阮公知己。”评《拟许征君自序》云：“‘采药白云隈’八句，有此，即虚实相间，不复苦其‘平典’。此拟议之变化也。”评《拟殷东阳兴瞩》云：“稍革孙、许之风，余有虚无之趣。推移方始，实之惟肖。”评《拟谢临川游山》云：“模范之巧，工细无敌，兼以一幽一显，更互成奇妙。是谢公屐齿淹留，非复寻常登眺。”评《拟颜特进侍宴》云：“拟颜遂蹈困踬，然颜之诗体本尔。”评《拟谢光禄郊游》云：“‘云郁石道深’，名句。”评《拟休上人怨别》云：“看其层次，胜本诗。”

沈德潜《古诗源》卷十二评《拟刘太尉伤乱》云：“末段悲壮，去太尉不远。”评《拟陶征君潜田居》云：“得彭泽之清逸矣。”毛先舒

《诗辩坻》卷二云："广微《补亡》，调乖《四始》；士衡《拟古》，曲异二汉。康乐《邺下》之篇，得施《山王》之咏，大苦质木。自运维艰，而形似匪易。故知考城之染翰，调美于常均也。"又云："考城《杂体诗》，拟司空《离情》，特进《侍宴》，便胜二公。至于《咏扇》云'画作秦王女，乘鸾向烟雾'，虽不必其本调所宜，而调从兴生，不傍古事，语趣飞举，无惭彩笔。"吴乔《围炉诗话》卷二引冯班云："李都尉诗，皆直叙无作用，尤为古朴。江淹所拟《从军》一篇最合。严沧浪都不解此。"王寿昌《小清华园诗谈》卷下云："拟古贵得其神，而后求之气韵，而后求之趣味，而后求之格调，而后求诸语意之间……江文通《杂拟三十》如'凉风荡芳气，碧树先秋落'诸句，究不似汉魏古音。其《田居》一篇，可谓得其神似，然杂诸陶集中，后人犹辨其为江诗者，神韵不同也。"刘熙载《诗概》云："江文通诗……虽长于杂拟，于古人苍壮之作亦能肖物，究非其本色耳。"

贬抑《杂体》的也不少。陆时雍《诗镜总论》云："江淹才具不深，凋零自易。其所《拟古》，亦寿陵余子之学步于邯郸者耳。"汪师韩《诗学纂闻·江文通杂体诗拙句》云："江文通《杂拟三十首》，自谓'无乖商榷'，后人每效为之。观其词句，多有可议。"贺贻孙《诗筏》云："江文通《拟陶征君》一首，非不酷似，然皆有意为之。如富贵人家园林，时效竹篱茅舍，闻鸡鸣犬吠声，以为胜绝，而繁华之意不除。若陶诗，则如桃源异境，鸡犬桑麻，非复人间，究其不异人间；又如西湖风月，虽日在歌舞浓艳中，而天然淡雅，非装点可到也。"吴乔《围炉诗话》卷二云："凡拟诗之作，其人本无诗，诗人知其人与事与意而拟为之诗，如拟苏李《送别诗》及魏文帝之《刘勋妻》者最善；其人固有诗，诗人知其人与事与意而拟其诗，如文通之于阮公，子瞻之于渊明者亦可。《十九首》之人与事与意皆不传，拟之则为字句而已。皮毛之学，儿童之为也。阮籍、郭璞诗有忧时虑患之意，文通所拟皆失之。"潘德舆《养一斋诗话》卷九云：

姜白石云："一家之语自有一家之风味。摹仿者语虽似之，韵亦无矣。”诚哉是言也！且无论赵闲闲辈，即如《文选·杂拟上》、《杂拟下》，凡六十首，惟陶公“日暮天无云”一首得自然之趣，然亦浑言拟古，故能自尽所怀。若陆士衡专取一题而拟之，共十二首，谢康乐、江文通专取一人而拟之，谢共八首，江共三十首，舍自己之性情，肖他人之笑貌，连篇累牍，夫何取哉！然则浑言拟古、效古，犹之太白之《古风》，诚作者所不废。若专效一题一人之作，惟全集中偶见一二，可为排闷遣日具，多至数十首，断非通达诗本者也。严沧浪谓：“拟古惟江文通最长，拟渊明似渊明，拟康乐似康乐，拟左思似左思，拟郭璞似郭璞，独拟李都尉首不似西汉。”吾取江诗，反复细读，如拟左记室诗，只是数史中典故；拟郭弘农诗，只是砌道书景物；拟谢临川诗，只是状山水奇奥；此为神似，吾亦能之，何必五色笔也？若拟陶征君诗，气味去之亦远，惟剌取陶《集》“东皋舒啸”、“稚子候门”、“或巾柴车”、“种豆南山下”、“带月荷锄归”、“浊酒聊自持”、“但道桑麻长”、“闻多素心人”诸字句，能为貌似而已，岂独不似李都尉哉！文通一世隽才，何不自抒怀抱，乃为赝古之作，以供后人嗤点？沧浪回护，仍是为古人大名所压。

江郎才尽　两晋南朝文人“才尽”，是一种社会现象。《文心雕龙·时序》云：“晋虽不文，人才实盛……前史以为运涉季世，人未尽才。诚哉斯谈，可为叹息。”“人未尽才”，可说是“才尽”的一种表现形式，实际上是“不敢尽才”。究其原因，实为诸帝“忌才”。《南史·宋宗室传》云：

> 文帝（按，当作孝武帝）以（鲍）照为中书舍人。上好文章，自谓人莫能及。照悟其旨，为文章多鄙言累句，咸谓照才尽，实不然也。

《梁书·沈约传》云：

> 约尝侍宴，值豫州献栗，径寸半，帝奇之，问曰：“栗事多少？”与约各疏所忆，少帝三事。出谓人曰：“此公护前，不让即

羞死。”帝以其言不逊，欲抵其罪，徐勉固谏乃止。及闻赤章事，大怒，中使谴责者数焉，约惧遂卒。有司谥曰“文”，帝曰：“怀情不尽曰隐。”故改为“隐”云……又撰《四声谱》，以为在昔词人，累千载而不寤，而独得胸衿，穷其妙旨，自谓入神之作。高祖雅不好焉。

《南史·刘峻传》云：

初，梁武帝招文学之士，有高才者，多被引进，擢以不次。峻率性而动，不能随众沉浮。武帝每集文士策经史事，时范云、沈约之徒，皆引短推长，帝乃悦，加其赏赉。会策锦被事，咸言已罄。帝试呼问峻，峻时贫悴冗散，忽请纸笔，疏十余事，坐客皆惊，帝不觉失色。自是恶之，不复引见。及峻《类苑》成，凡一百二十卷，帝及命诸学士撰《华林遍略》以高之，竟不见用。

张溥《汉魏六朝百三名家集题辞·鲍参军集》云：

临川好文，明远自耻燕雀，贡诗言志。文帝矜才，又自贬下就之。相时投主，善周其长，非祢正平、杨德祖流也。《集》中文章，实无鄙言累句，不知当时何以相加？江文通遭逢梁武，年华望暮，不敢以文陵主，意同明远，而蒙讥才尽，史臣无表而出之者，沈休文窃笑后人矣。

对于“江郎才尽”之因，还有二说。一是的确诗才已尽。王世贞《艺苑卮言》卷八云：

文通裂锦还笔入梦以来，便无佳句，人谓才尽，殆非也。昔人闻歌《渭城》甚佳，质明迹之，乃一小民佣酒馆者。捐百缗，予使鬻酒，久之，不复能歌《渭城》矣。近一江左贵人，强仕之始，诗颇清淡，既涉贵显，虽篇什日繁，而恶道岔出，人怪其故。予曰：“此不能歌《渭城》也。”或云：“鲍是避祸令拙耳。”

姚鼐《惜抱轩笔记》卷八云：

江诗之佳，实在宋齐之间仕宦未盛之时。及名位益登，尘务经心，清思旋乏，岂才尽之过哉！后世才人，受此病者，亦多有之，“匆匆不暇唱《渭城》”，文通、休文固皆不免乎耳。

二是不愿“尽才”。王船山《古诗评选》评江文通《卧疾怨别刘长史》云：

> 文通于时，乃至不欲取好景，亦不欲得好句，脉脉自持，一如处女，惟循意以为尺幅耳。此其所作者，自命何如也！前有任笔沈诗之俗誉，后有宫体之陋习，故或谓之才尽，彼自不屑尽其才，才岂尽哉！

江淹后期不屑与永明体、宫体同流，故被轻薄之徒视为“才尽”。

四九、评范云、丘迟诗

范云诗，历代也有一些评论。李商隐有三诗提到。《漫成三首》之一云：“不妨何范尽诗家，未解当年重物华。远把陇山千里雪，将来拟并洛阳花。”之三云：“雾夕咏芙蕖，何郎得意初。此时谁最赏，沈范两尚书。”《送王十三校书分司》云：“多少历曹掌秘文，洛阳花雪梦随君。定知何逊缘联句，每到城东忆范云。”这三首诗就有两首言及那首“清便宛转如流风回雪”之《别诗》。

胡应麟《诗薮》外编卷二云：“梁陈而下，沈（约）、范（云）、江（淹）、何（逊）、柳（恽）、吴（均）、徐（陵）、庾（信），大概鲁卫之政，地丑德齐，莫能相尚矣。”王士禛《带经堂诗话》卷四云：“梁代右文，作者尤众，绳以风雅，略其名位，则江淹、何逊，足为两雄；沈约、范云、吴均、柳恽，差堪羽翼；固知此道真赏，论定不诬，非可以东阳、零陵身参佐命，遂堪劫持一代文柄也。”沈德潜《古诗源》评《别诗》后二句云：“自然得之，故佳。后人学步，便觉有意。”又评《赠张徐州谡》云：“既是疑非，跌宕有神。”王寿昌《小清华园诗谈》卷下云：“韵之自然与句凑者”，“范彦龙之‘江干远树浮，天末孤烟起’……之类是也。”李重华《贞一斋诗话·谈诗杂录》第十四条云：“宋以后，只当以老谢作主，其余若江鲍，若何范，若小谢，皆其羽翼。观昭明选录体裁，便自如此。”

丘诗点缀映媚，似落花依草 按，点缀，乃装点、衬托之意。《世说新语·言语》：“于时天月明净，都无纤翳，太傅叹以为佳。谢景重在座，答曰：‘意谓乃不如微云点缀。’”映，映衬；媚，指丽词好句。句谓：丘迟之诗，有佳句点缀映衬，好似落红依偎着绿草。丘迟《与陈伯之书》云：“暮春三月，江南草长，杂花生树，群莺乱飞。”记室正以希范自作之词意赞美其诗。妙哉！《南史》本传称其诗“词彩丽逸”。何焯《义门读书记》卷三评丘迟《侍宴乐游苑送张徐州应诏诗》云：“体制未工而有新句。”评《旦发鱼浦潭》云：“步趋康乐而未届精微，所工特模范间矣。体物工矣，兴象不逮。‘沓障’下插上‘村童’‘野老’一联，与‘擢歌’‘鸣鞞’萦拂，则结处‘坐啸’‘卧治’，气脉皆贯穿生动。然后模山范水，亦纡徐不直矣。‘崖倾屿难傍’五字，不惟叙致窈折，亦可随时脱卸出后四句，书家所谓‘意在笔先’也。”

宋代江西诗派中推重吕本中“活法说”的谢薖《次韵董之南见赠》云：“钟嵘无并世，无人识丘迟。虽有落花句，知为何等诗？如逢贺宾客，方叹《乌栖辞》。”（《溪堂集》卷三）对谢氏提出的“知为何等诗”问题，后来就有人作答，认为钟嵘所评范云、丘迟之“清便宛转如流风回雪”、“点缀映媚似落花依草”一类诗作，就如谢朓主张的“流转圆美如弹丸”一样的好诗，都是活法诗。如明陆时雍《诗镜》卷二十云：“范云《乐府·当对酒》：范云浅浅流活，如寸草茎茎，疏花点点，生气俱存。”其“生气”之表现有二：一如释怀悦《诗家一指》所云：“谐会五音，清便宛转，宫商迭奏，金石相宜，谓之声律。”二如陈善《扪虱新话》卷下论诗思和结构云：“桓温见八阵图曰：‘此常山蛇势也。击其首则尾应，击其尾则首应，击其中则首尾皆应。’予谓：‘此非特兵法，亦文章法也。文章亦要宛转回复，首尾俱应，乃为称善。’山谷论文亦云：‘每作一篇，先立大意，须曲折三致意，乃成章耳。’此亦常山蛇势也。”王叔岷《笺证稿》注“流风回雪”云：“谢朓云：‘好诗圆美流转如弹丸。’彦升诗亦似之。”

五〇、评任昉诗

任昉诗，记室未论体源。按，清包世臣《艺舟双楫·答张翰风书》云："彦升宪章康乐而发以幺弦。""幺弦"，出陆机《文赋》："犹弦幺而徽急，故虽和而不悲。"句谓：任昉虽学谢灵运，但其成就远远不及。谢如大弦，任是幺弦。故谢在上品，而任虽在中品犹偏下。

任笔沈诗 按，《南史》本传云：

昉早称神悟，四岁诵诗数十篇，八岁能属文。

（王）俭每见其文，必三复殷勤，以为当时无辈，曰："自傅季友以来，始复见于任子。若孔门是用，其入室升堂。"于是令昉作一文，及见，曰："正得吾腹中之欲。"乃出自作文，令昉点正，昉因定数字。俭拊几叹曰："后世谁知子定吾文！"其见知如此。……

琅邪王融有才俊，自谓无对，当时见昉之文，怳然自失。……

昉尤长为笔，颇慕傅亮才思无穷，当时王公表奏无不请焉，昉起草即成，不加点窜。沈约一代辞宗，深所推挹。……

梁台建，禅让文告，多昉所具。……

既以文才见知，时人云："任笔沈诗。"昉闻，甚以为病。

同书《沈约传》云："谢玄晖善为诗，任彦升工于笔，约兼而有之，然不能过也。"萧绎《金楼子·立言》云："任彦升甲部阙如，才长笔翰，善辑流略，遂有龙门之名，斯亦一时之盛。"萧纲《与湘东王书》云："近世谢朓、沈约之诗，任昉、陆倕之笔，斯实文章之冠冕，述作之楷模。"杜甫《八哀·故相张公九龄》云："绮丽玄晖拥，笺诔任昉骋。"李商隐《读任彦升传》云："任昉当年有美名，可怜才调最纵横。梁台初建应惆怅，不得萧公作骑兵。"皆谓任昉工笔而不善诗。

彦升少年 与《诗品下》评鲍行卿诗之"行卿少年"意同，皆指其二十几岁时。任昉生于宋大明四年（460），三十岁时，正值王俭卒之齐永明七年（489）。萧统《文选》也认可“任笔”之说。昭明《文选》录其诗仅二首，而录“笔”则多至十八篇[①]，其中策文三、表五、启三、弹事二、牋二、序一、墓志一、行状一。和陆机相比，陆文虽多至五十七篇（不计赋），但除《演连珠》五十首外，真正是“文”者，仅七篇。而为任昉推重的傅亮，入《文选》的也只有教二、表二。故张溥《汉魏六朝百三家集题辞·任彦升集》云：“昭明《文选》载彦升令、表、序、状、弹文，生平笔长，可悉推见。”王士禛《带经堂诗话》卷一《品藻类》对此有不同意见：“六朝人谓文为笔。齐梁江左，有‘沈诗任笔’之语，谓沈约之诗，任昉之文也。然余观任昉之诗，实胜休文远甚，当时惟玄晖足相匹敌耳，休文不足道也。”按此说非也。

得国士之风 司马迁《报任安书》谓：“仆以为（李陵）有国士之风。”李善注：“一国之中，推而为士。”“国士”之“国”，与“国色”（《公羊》僖十年）、“国能”（《庄子·缮性》）、“国马”（《庄子·徐无鬼》）、“国狗”（《左传》哀十二年）之“国”同义。何休《解诂》释“国色”云：“其颜色，一国之选也。”则“国士”，当指一国之中最优秀的人才。任昉讲道德，明义理，重修名，通古今，辨然否，有智能，多才艺，堪任事，官清廉，严家教，广结友，乐人乐，忧人忧，是很出色的“君子”，只是未能如宋范仲淹那样“先天下之忧而忧，后天下之乐而乐”而已！《南史》本传云：

> 衣冠贵游莫不多与之交好，座上客恒有数十，时人慕之，号曰“任君”，言如汉之“三君”也[②]。……为《家诫》，殷勤甚有条贯。陈郡殷芸《与建安太守到溉书》曰：“哲人云亡，仪表长谢。元龟何寄？指南谁托？”其为士友所推如此……东海王僧孺尝论

---

① 曹道衡、沈玉成：《南北朝文学史》谓：“《文选》所收任昉的文共十七篇，数量冠于全书”，似误（人民文学出版社 1991 年版）。

② 按，“三君”指东汉陈蕃、窦武、刘淑。又，陈寔及其子陈纪、陈谌，也有“三君”之号。前者见《后汉书·党锢传》，后者见《后汉书·陈寔传》。

之，以为“过于董生、扬子。昉乐人之乐，忧人之忧，虚往实归，忘贫去吝，行可以厉风俗，义可以厚人伦，能使贪夫不取，懦夫有立”。其见重如此……平原刘孝标……著《广绝交论》曰：“近世有乐安任昉，海内髦杰，早绾银黄，夙昭民誉。遒文丽藻，方驾曹王；英跱俊迈，联衡许郭。类田文之爱客，同郑庄之好贤。见一善则盱衡扼腕，遇一才则扬眉抵掌；雌黄出其唇吻，朱紫由其月旦。于是冠盖辐凑，衣冠云合，辎軿击辖，坐客恒满。蹈其阃阈，若升阙里之堂；入其隩隅，谓登龙门之坂。”

又王通《文中子·事君》云：“任昉：其文约以则，有君子之心。”君子之心，即“国士”之基也。

昉既博物，动辄用事，所以，诗不得奇。少年士子效其如此，弊矣！ 按，博物：《左传》昭元年云：“晋侯闻子产之言，曰：‘博物君子也。’”这里是说任昉博通典事、物理，既能如上所评那样“善诠事理”，又能“动辄用事”。《南史》本传云：

晚节转好著诗，欲以倾沈。用事过多，属词不得流便。自尔都下士子慕之，转为穿凿。于是有才尽之谈矣。博学，于书无所不见。家虽贫，聚书至万余卷，率多异本。及卒后，武帝使学士贺纵共沈约勘其书目，官无者就其家取之。

又，王僧孺《太常敬子任府君传》云：

耻一物之不知，惜寸阴之徒靡，下帷闭户，投斧悬梁。虽玄晏书淫，文胜经溢，康成之忽忘所往，公叔之颠坠硎岸，无以异也。若夫天才卓尔，动称绝妙，辞赋极其清深，笔记尤近典实。若问金石，似注河海。少孺速而未工，长卿工而未速，孟坚词不逮理，平子意不及文，孔璋伤于健，仲宣病于弱。其有集论尚书，穷文质之敏；驻马听信，极亹亹之功；莫尚于斯焉。

王僧孺与任昉“可称冥契，是为神交”（同上），但对其诗作，不置一词，皆因“词不贵奇，竞须新事”之故。任昉是以作“笔”之道为“诗”。“诗有别才，非关书也。”

后之论者，也有不同意记室之说的。如黄彻《䂬溪诗话》卷十即云：

> 凡作者，须饱材料。《传》称“任昉用事过多，属词不得流便”。余谓昉诗所以不能倾沈约者，乃才有限，非事多之过。坡《集》有全篇用事者……曷尝不流便哉！

陈祚明《采菽堂古诗选评》卷廿五更云：

> 以彦升之才，而晚节始能作诗，要将深诣于斯，不肯随俗靡靡也。今观其所存，仅二十篇许耳！而思旨之曲，情怀之真，笔调之苍，章法之异，每一篇如构一迷楼，必也冥心动神，雕搜无象，然后能作，方将抉《三百篇》《离骚》之蕴，发《十九首》汉魏之覆，云变澜翻，自成一家，而高视四代，此掣巨鳌手也。千秋而下，惟少陵与相竞爽。所造至此，钟嵘胡足以知之！而谓“动辄用事，诗不得奇”。悲夫！奇孰奇于彦升，且其诗俱在，初亦未尝用事也。作此品题，何殊梦语？

按，此评有拔高之嫌，何殊梦语？又，黄子云《野鸿诗的》第八十二条亦云：“彦升孤峭苍异，不堕颓靡，有足多者。”按，“不堕颓靡”，指不合永明体。而永明体的代表作家，正是谢朓、沈约辈。他们是在谢朓“好诗流转圆美如弹丸”、沈约“三易说”等理论指导下而进行创作的。胡应麟《诗薮》外编卷二云：“（彦升）典质有余，风神不足。”乔亿《剑溪说诗》卷下云：“《南史》谓‘任昉用事过多，属词不得流便’，后人喜用事者，尚鉴兹哉！”二说有理。

五一、评沈约诗

观休文众制，五言最优 按，休文诗今存者，逯钦立辑得一百八十五首，另有佚句“崖倾护石髓”未录。其体有四言、五言、七言、杂言等，而以五言为多，竟至一百五十五首。《文选》录其诗十三首，全是五言。可见记室“五言最优”之评不虚。

宪章鲍明远　记室此言一出，后人即有“沈鲍”并称者。如杜甫《寄彭州高三十五使君适虢州岑二十七长史参三十韵》：“高岑殊缓步，沈鲍得同行。意惬关飞动，篇终接混茫。举天悲富骆，近代惜卢王。”杜甫将沈约、鲍照与高适、岑参，富家谟、骆宾王，卢照邻、王勃等并论，且给以高度评价，谓其诗作已至神采飞扬之化界。又有曹（植）刘（桢）、沈鲍、（李）陵（苏）武共称者，如陈造《江湖长翁集》卷二“曹刘骥騄骋，沈鲍鸿鹄举。并称五字雄，绳墨盖陵武”；有仅与“曹刘”并称者，如元稹《乐府古题序》“曹刘、沈鲍之徒”，高棅《唐诗品汇》（王琦《李太白集注》引）“李翰林天才纵逸，佚荡人群，上薄曹刘，下该沈鲍”，李存《俟庵集》卷一“沈鲍不足避，曹刘真欲肩”；有与“欧（阳修）黄（庭坚）”并称者，如袁说友《东塘集》卷五“今代欧黄真有种，向来沈鲍肯同行”；有与班（固）扬（雄）并言者，如朱希晦《云松巢集》卷三“声名过沈鲍，制作拟班扬”，陈廷敬《午亭文编》卷十一“名列班扬盛，文兼沈鲍工”；有与孔（子）杨（朱）并言者，如石珤《熊峰集》卷七“孔杨谬见数，沈鲍惟坚让”；有与王（勃）杨（炯）共列者，如周孚《蠹斋铅刀编》卷九“自来不数王杨辈，平处犹参沈鲍行”；有与吕本中同言者，如叶梦得《建康集》卷一“家声合继紫薇郎，不独诗同沈鲍行”；有与庾（信）徐（陵）同称者，如毛奇龄《西河集》卷三十五《王西园偶言集序》“是得毋所称庾徐、沈鲍者”；更有与（诸葛）亮、（周）瑜相比者，如陈廷敬《午亭文集》卷十一“偏嗟亮与瑜，名声陵沈鲍”。

但是，论“沈鲍”诗学体源者甚少。今举一例。清吴乔《围炉诗话》卷二引冯班之语曰：

> 至于沈鲍，文体倾侧。宫体滔滔，作俑于此。永明、天监之际，鲍体独行，延之、康乐微矣。严沧浪……不言鲍明远，则宫体红紫之文不知其所法矣。

此论甚是。陈祚明《采菽堂古诗选评》卷二十三则云：

> 休文诗体，全宗康乐。以命意为先，以炼气为主，辞随意运，态以气流，故华而不浮，隽而不靡。《诗品》以为宪章明远，源流既讹，独谓工丽见长，品题亦谬。要其据胜，特在含毫之先，命旨既超，匠心独造，浑沦跌宕，具以神形，字句之间，不妨率直。所未逮康乐者，意虽远而不曲，气虽厚而不幽。

与记室反。如此，则沈约就从《楚辞》系诗人而一变为《国风》派诗人了。

谢朓未遒，江淹才尽，范云名级故微，故约称独步 按，宋长白《柳亭诗话》卷十云：

> 元（玄）晖于永元初（499），死于江祏之难，沈休文为梁皇佐命。钟嵘求誉沈约，约拒之，及卒，嵘评其诗谓：此时谢朓未遒，江淹才尽，故约称独步。才尽之说，吾不敢知。若梁武谓"三日不读谢朓诗便觉口臭"。岂得訾为"未遒"耶？至沈约《怀旧诗》有曰："调与金石谐，思逐风云上。"其推逊为何如者！记室三品与班掾同科。

又按，宋说非。谢朓诗歌的创作高潮，盖在永明九年（491）转为随王萧子隆文学以后。如《谢宣城集》中一些被《文选》登录的名篇，都作于永明末及以后。其中，《暂使下都夜发新林至京邑赠西府同僚》作于永明十一年（493）；稍后，作《游东田》；《晚登三山还望京邑》作于建武二年（495）出任宣城太守前夕；《之宣城出新林浦过板桥》作于赴任宣城途中。生于宋大明八年（464）的谢朓，至齐高帝建元（479）不过十五岁，到齐武帝永明年间（483—493），还不到三十岁。而生于元嘉十八年（441）的沈约，永明初已五十余。正是诗文创作的旺盛期。许学夷《诗源辩体·世次》云：

> 江淹、沈约虽终仕于梁，谢朓、王融虽终仕于齐，而王谢之年实幼。故江诗多宋齐间作，而声犹未入律；沈谢在永明间，始多入律，王则入律更多矣。

姚鼐《惜抱轩笔记》卷八亦云：

> 阮亭《五言诗抄》置谢朓于齐，置江淹于梁，此以二人所卒之朝定耳。实则醴陵乃玄晖之前辈。故钟嵘云："齐永明中，谢朓未遒，江淹才尽。"以江在谢前也。江诗之佳，实在宋齐之间，仕宦未盛之时。

故记室"约称独步"之说不虚，许、姚之证有力。